Le secret d'Annie

Une exquise tentation

DEBBI RAWLINS

Le secret d'Annie

Passions extrêmes

éditions HARLEQUIN

Collection : PASSIONS

Titre original : NO ONE NEEDS TO KNOW

Traduction française de CLAIRE NEYMON

ÉDITIONS HARLEQUIN

83-85, boulevard Vincent Auriol, 75646 PARIS CEDEX 13.

Service Lectrices — Tél. : 01 45 82 47 47
www.harlequin.fr

ISBN 978-2-2803-1306-3 — ISSN 1950-2761

- 1 -

Le coucher de soleil embrasait le ciel derrière les montagnes Rocheuses, mais ce n'était pas ce qui retenait l'attention d'Annie. Juchée sur la rambarde du porche, au ranch de Sundance, elle regardait le petit groupe de ses hôtes, assis autour de la table installée dehors.

Rester à l'écart et observer était devenu sa spécialité. Depuis deux ans qu'elle vivait exilée à Blackfoot Falls, elle s'était habituée à ce qu'on la considère comme la femme étrange, solitaire et sauvage, qui dirigeait Safe Haven, le refuge pour grands animaux. Celle qui n'acceptait jamais les invitations, à moins qu'il n'y ait à la clé quelque avantage pour le refuge — une faveur, une donation, une famille d'accueil pour un animal. Bien sûr, tout le monde la connaissait et elle savait qu'il circulait bon nombre d'histoires la concernant pour tenter d'expliquer la vie d'ermite qu'elle menait.

Mais aucune, elle en était certaine, n'approcherait jamais de la vérité.

Elle porta son verre de vin blanc à ses lèvres, but une gorgée, plaisir rare, tout comme l'avaient été le délicieux steak et les pommes au four dégustés un moment plus tôt. La dernière fois qu'elle avait dîné hors de chez elle, c'était… dans une autre vie.

Ce brusque rappel du passé lui fit quitter son poste d'observation. Elle se dirigea vers les McAllister, tous rassemblés autour de Barbara, la mère. S'il était une chose à laquelle elle se prenait à aspirer, ces temps-ci, hormis trouver des fonds pour financer son refuge, c'était à l'amitié du clan McAllister.

Les trois frères, Cole, Jesse et Trace, étaient toujours prêts à lui venir en aide. Jesse, pilote confirmé, avait secouru plus d'un animal et en avait acheminé bon nombre d'autres vers des refuges ou des familles d'accueil lors de missions de sauvetage.

Et puis il y avait Rachel et son petit ami Matt, amoureux fous l'un de l'autre. Au cours des six derniers mois, deux des frères McAllister, et maintenant leur sœur Rachel, avaient trouvé l'âme sœur. Seul Trace était encore célibataire, une situation à laquelle les pensionnaires des chambres d'hôtes du ranch, toutes de jeunes femmes célibataires autour de la trentaine, tentaient de remédier.

A maintes reprises, Rachel avait tenté de gagner l'amitié d'Annie, mais celle-ci avait toujours gardé ses distances. Toutefois, les limites qu'elle avait si farouchement fixées avaient tendance à devenir plus mouvantes, ces derniers temps.

— Te voilà sur le départ ?

Shea, la petite amie de Jesse, était venue la rejoindre. C'était grâce à elle si Annie sortait du refuge et acceptait de voir du monde. Durant les fêtes de fin d'année, Shea était venue travailler au refuge comme bénévole et avait séjourné au ranch. A l'époque, elle souhaitait faire une pause dans son travail d'informaticienne de haut niveau. Une pause loin de tout. Puis elle avait rencontré Jesse — et l'amour — et avait choisi de revenir à Blackfoot Falls. Toutefois, ce qui tenait du miracle, c'était qu'elle soit devenue la collaboratrice la plus active et la plus influente de Safe Haven.

Annie poussa un soupir ; elle était sincèrement désolée de devoir partir.

— Du travail m'attend.

— Tu as besoin d'aide ?

— Merci de me le proposer, mais il n'en est pas question. Profitez de votre soirée, Jesse et toi.

— Je suis contente que tu sois restée aussi longtemps. Jesse m'a dit que c'était la première fois que tu venais dîner au ranch.

— C'est vrai. Il y a toujours quelque chose à faire, au refuge. Surtout en ce moment, avec toutes les femelles pleines.

Elle posa son verre.

— J'ai passé une très agréable soirée.

— Moi aussi, dit Shea. D'habitude, je déteste les soirées. Je m'ennuie, je ne sais jamais que dire. Mais avec les McAllister, c'est différent.

Elle se pencha vers Annie et baissa la voix.

— Hier, j'ai discuté avec Sadie, du Watering Hole, pendant près d'une demi-heure.

— Bravo ! Te voilà mêlée à la vie mondaine, plaisanta Annie.

— Jesse connaît mon tempérament sauvage ; c'est lui qui me pousse à sortir de ma coquille.

Jesse avait dû entendre prononcer son nom car il les rejoignit. Il entoura les épaules de Shea de son bras.

— Je vais à Missoula, mardi. Tu veux peut-être ajouter quelque chose à ma liste de courses, Annie ?

C'était une aubaine. Missoula était à une bonne centaine de kilomètres, et Annie savait pouvoir y acheter des articles qu'on ne trouvait pas dans une petite ville comme Blackfoot Falls, ni même à Kalispell, pourtant plus importante.

— Je vais regarder et je te dis ça très vite.

— Avec tout l'argent que vous avez amassé, toutes les deux, dit Jesse, vous allez certainement avoir du mal à décider quoi acheter.

Il la taquinait. Annie sourit. Jesse était le seul à savoir que les rentrées d'argent provenaient soit de la générosité de Shea, soit des dons qu'elle s'employait à collecter.

— Nous avons déjà quasiment tout dépensé, dit-elle en sortant ses clés de sa poche. C'est incroyable le nombre de réparations et de choses à changer auquel il faut faire face. Il est dans un tel état, ce refuge !

— Sans parler du chalet, ajouta Shea.

— Il est très bien comme il est, ce chalet, répliqua Annie. Shea, tu apporteras la liste ? ajouta-t-elle aussitôt, soucieuse de changer de sujet. On se voit demain ?

— Bien sûr.

— Parfait. Alors, à demain ! lança-t-elle en s'éloignant d'eux.

Elle alla rapidement saluer les McAllister et, avant qu'ils aient eu le temps de suggérer qu'elle reste pour le dessert, elle grimpa dans son vieux pick-up vert.

Elle avait beau faire, il sentait toujours le cheval. Mais l'odeur lui était familière, et ne la dérangeait pas. Toute sa vie, les chevaux avaient été un réconfort pour elle, et même s'ils représentaient une somme de travail colossale, surtout à cette époque de l'année, elle n'aurait pas voulu d'autre compagnie.

Ils l'aimaient telle qu'elle était. Avec eux, peu importait son passé, le fait qu'elle soit en cavale et ait gâché sa vie au-delà du possible.

Il ne lui fallut pas longtemps pour regagner Safe Haven. Elle commença par faire le tour des écuries. L'étalon abandonné, recueilli récemment, commençait à reprendre du poids et sa robe se lustrait de jour en jour. Elle ajouta un peu de foin dans sa mangeoire puis alla voir les juments auprès desquelles elle passa un peu plus de temps. Deux d'entre elles devaient pouliner, mais le travail n'avait pas encore commencé ; elle disposait donc encore de temps.

Une heure plus tard, sa tournée d'inspection terminée, elle regagna son chalet — un chalet qui faisait manifestement parler de lui. Lorsqu'elle entra, elle pressa l'interrupteur du plafonnier dont la lampe éclaira faiblement l'intérieur. L'installation était plutôt rudimentaire, il fallait bien l'admettre, mais cela lui suffisait. Elle avait son ordinateur, un four à micro-ondes, une cafetière électrique et un petit réfrigérateur. Quand elle était étudiante à la Columbia University et habitait en cité universitaire, elle s'était accommodée de beaucoup moins de confort. La minuscule salle de bains n'était même plus un problème. Certes, elle aurait bien aimé avoir une baignoire, mais la douche était raisonnablement chaude et elle avait remplacé le miroir cassé. Quant aux toilettes… elles auraient eu besoin d'être remplacées, elles aussi, mais il était hors de question d'envisager ce genre de travaux. Il y avait d'autres priorités, notamment renflouer le stock de provisions de secours et changer le moteur du tracteur.

Elle monta dans la mezzanine, alluma sa lampe de chevet et se rendit compte alors qu'elle avait oublié de se changer en rentrant de Sundance. Elle avait gardé son seul jean encore présentable et son beau chemisier pour aller soigner les animaux. Tant pis, il n'était plus temps de s'en inquiéter. Il était déjà tard, et son réveil sonnerait aux premières lueurs de l'aube. Elle se déshabilla, enfila sa chemise de nuit et, quelques instants plus tard, elle se glissa sous sa couette avec un roman policier.

Elle n'en lut pas beaucoup. Très vite, elle sentit ses paupières se fermer. Oubliées les insomnies ! Le sommeil lui venait facilement, désormais. La solution était simple, elle s'épuisait à la tâche. Cela aussi, c'était devenu sa spécialité.

*
* *

Pour la deuxième fois en une heure, Tucker Brennan se surprit à observer les écuries par la fenêtre de son bureau plutôt que de se concentrer sur son travail. Plusieurs cow-boys vaquaient à leurs occupations, comme d'ailleurs la majorité des employés du ranch à cette heure. Il aurait mille fois préféré être dehors, en train de s'activer avec eux, plutôt qu'assis là, à s'occuper de la gestion du Rocking B.

De toute façon, ce lundi avait commencé de manière totalement calamiteuse. D'abord, il s'était rendormi, puis il avait renversé la moitié de son café sur son costume. Peut-être aurait-il mieux fait de sortir se distraire, la veille. Il connaissait pas mal de jeunes femmes qui n'auraient pas décliné une invitation de dernière minute, mais les choses n'étaient pas aussi simples dans la vie.

— Il y a un gala de bienfaisance au profit de City of Hope le mois prochain.

Il fit pivoter son fauteuil pour se tourner vers son assistant. Ce dernier eut à peine le temps de dissimuler son impatience. De toute évidence, ce n'était pas la première fois qu'il prononçait cette phrase.

— C'est chez McDermott ?

— Oui. Tenue de soirée, précisa Darren. L'Orchestre symphonique de Dallas donnera un concert avant le dîner.

Tucker cliqua sur son ordinateur, fit apparaître son agenda du mois de mai. Il comportait déjà trois dates de gala. Il était hors de question d'en ajouter une quatrième.

— Envoyez un chèque, Darren. En mon nom propre.

— Même montant que l'année dernière ?

La somme avait été coquette.

— Oui. Même montant.

Ils passèrent en revue la liste des demandes qui augmentait d'année en année. Darren assurait l'essentiel de la correspondance concernant les opérations financières du ranch, mais Tucker avait à cœur de rédiger lui-même les messages qu'il considérait plus personnels. Comme celui qu'il souhaitait faire parvenir à un vieux rancher de l'Idaho, sur le point de prendre sa retraite. Sans héritier, il s'apprêtait à mettre aux enchères trente mille hectares de terrain ainsi que son bétail, ses chevaux et tout son équipement. Tucker avait l'intention d'en racheter une grande partie.

Il vit à peine Darren quitter le bureau. Il s'était déjà mis à rédiger une lettre pour le rancher, manuscrite comme au bon vieux temps. Pas une année, cet homme et son épouse, aujourd'hui disparue, n'avaient manqué de lui envoyer un petit mot pour lui souhaiter une bonne année.

Alors qu'il commençait le second paragraphe, une fenêtre s'ouvrit sur son écran, lui signalant l'arrivée d'un message. Il allait machinalement effacer l'intrus d'un clic quand les mots retinrent soudain son attention.

Il afficha le contenu de l'alerte. Un an plus tôt, il avait lancé une bonne douzaine de recherches sur le Net, sans être vraiment convaincu que ce type de démarche finirait par payer. Depuis, il avait reçu des centaines de messages parce que les mots-clés couvraient un champ très large, et les avait tous consultés. Celui qu'il venait de recevoir correspondait à l'alerte « Ann », même si la personne qu'il recherchait était en réalité née Leanna Warner. Les autres mots-clés étaient « chevaux » et « collecte de fonds ».

Il n'était pas certain d'avoir fait le bon choix car tout cela touchait d'un peu trop près à l'histoire de Leanna, mais il n'avait rien voulu laisser au hasard. Il cliqua sur le lien sans s'autoriser à fonder trop d'espoirs.

Une photo apparut. Celle d'une femme blonde. Elle ne regardait pas l'objectif et avait le visage tourné vers la gauche. Il sauvegarda la photo puis ouvrit le fichier

« Warner » enregistré sous un mot de passe séparé. Il stockait toutes les informations qu'il pouvait trouver à propos de cette femme depuis que son frère Christian avait cessé de jouer les fiers-à-bras et reconnu enfin qu'il s'était fait berner. Berner par une femme dont le métier était de collecter des fonds. Une femme extrêmement douée, grande et mince, dotée d'un physique propre à faire perdre toute raison à un homme.

Leanna était membre de l'Association des Collecteurs de fonds professionnels. Elle avait débuté dans une firme très importante puis fini par ouvrir son propre bureau.

Christian et elle s'étaient associés. Ils étaient parvenus à constituer un capital très important destiné à financer bon nombre de projets caritatifs. Mais les dividendes n'étaient jamais arrivés sur le compte. Les bénéfices avaient tout simplement disparu. Ils s'étaient volatilisés. Et Leanna Warner aussi, mais seulement après que le bureau du procureur de New York, saisi d'une plainte, s'était retourné contre Christian.

Aux yeux de tous, il semblait impossible que Christian n'ait pas été au courant, qu'il ne sache pas ce qu'il était advenu de cet argent. Cependant, il n'y avait aucune preuve tangible contre lui, aucune trace qu'il ait lui-même détourné ces fonds. Le bureau du procureur n'avait pas pour autant cessé d'investiguer, et Christian demeurait un suspect potentiel tant que Leanna ne serait pas retrouvée et que l'on n'aurait pas recueilli son témoignage, sa version des faits.

Il y avait maintenant deux ans que les faits s'étaient produits, un an que Tucker menait sa propre enquête, et il n'avait toujours pas le moindre indice lui permettant de localiser la jeune femme.

Il y avait d'ailleurs de grandes chances que l'alerte qu'il venait de recevoir aboutisse encore à une impasse.

Les photos de Leanna dont il disposait montraient une jeune New-Yorkaise élégante et sophistiquée, une battante fermement décidée à faire fortune et à conquérir un statut social lui assurant définitivement une place parmi l'élite de Manhattan. Si son plan avait réellement été de détourner cet argent et de fuir, elle ne s'était pas rendu service. Avec son physique, l'assurance qu'elle montrait dans les deux vidéos d'elle qu'il avait visionnées, il était clair qu'elle possédait tout ce qu'il fallait pour aller très loin.

Malheureusement, l'appât du gain faisait parfois commettre de graves erreurs, même aux personnes les plus avisées.

La photo sur son écran ne lui permettait pas d'être certain que cette femme répondant tout simplement au nom d'Annie puisse être Leanna Warner. Si seulement elle s'était tournée un peu plus vers l'objectif... Quant à sa tenue, on aurait juré qu'elle avait vécu toute sa vie dans un ranch.

Il sélectionna l'une des vidéos de Leanna et fit un arrêt sur image dès qu'il parvint à capter son profil. Il rapprocha ensuite les deux visages sur l'écran. Pendant un long moment, il les étudia, son regard allant de l'un à l'autre. Il y avait incontestablement des similitudes, mais il ne fallait pas qu'il s'emballe. Les chances d'avoir retrouvé Leanna Warner restaient minces, mais il ne devait négliger aucune piste. Il fallait qu'il sache. Et, surtout, il devait à Christian de découvrir la vérité.

Il pressa une touche sur son téléphone, celle qui correspondait à George Morgan, un ami de la famille, détective privé à New York. Il était sur l'affaire depuis le jour où Christian lui avait parlé de Leanna Warner. George avait trouvé une mine de renseignements relatifs à son passé, mais n'était pas parvenu pour autant à la retrouver.

— Tucker ! Ça fait longtemps, dis-moi.

— Oui, trop longtemps.

Tucker se renversa dans son fauteuil, le regard rivé sur les photos, comme si fixer la jeune femme allait la faire changer miraculeusement de position.

— Je t'appelle au sujet de Leanna Warner.

George hésita un instant.

— Il y a du nouveau ?

— C'est possible. J'ai découvert une photo, mais je ne me fais pas trop d'illusions. S'il s'agit bien d'elle, elle vit dans un coin perdu, dans le nord du Montana, et travaille dans un refuge pour animaux.

— Et tu veux que j'aille vérifier sur place.

— Oui, ce serait bien.

— Je suis très pris, en ce moment, mais dans deux semaines ce sera sans problème.

Comme Tucker gardait le silence, George ajouta aussitôt :

— Si tu préfères, je peux te mettre en relation avec un ou deux autres détectives tout à fait dignes de confiance.

Voilà qui changeait totalement la donne. Il avait fallu la découverte de cette photo pour que Tucker mesure à quel point retrouver Leanna Warner lui tenait à cœur. Cela ne résoudrait certainement pas tous les problèmes qu'il avait avec son frère et ne mettrait pas non plus un terme au contentieux qui opposait Christian à leur mère, mais ce serait un bon début.

— Je crois que je vais m'y rendre moi-même, répondit Tucker. Si ça se trouve, je ferai le déplacement pour rien. Mais si c'est elle, je peux t'assurer que, cette fois, elle ne nous filera pas entre les doigts.

— Tu es conscient que la remettre entre les mains du procureur ne suffira pas forcément à innocenter Christian.

— Je le sais.

Tucker fixait le paysage par la fenêtre, en s'efforçant de mettre de l'ordre dans ses pensées.

— Je ne vais pas précipiter les choses. Je mènerai mon enquête sur place, et j'essaierai de voir si je peux trouver des éléments qui la lient de près ou de loin à cet argent.

— Certes… Tu es sûr que ça ne peut pas attendre quinze jours ?

— Sois tranquille, je ne prendrai pas de risques inutiles. En fait, je dispose de la couverture parfaite. Ma fondation finance des réserves et des refuges pour animaux.

— Tu peux jeter un coup d'œil, t'assurer qu'il s'agit bien d'elle et, en m'attendant, t'offrir un petit séjour de pêche. Sais-tu que le Montana regorge de lacs et de rivières fantastiques ?

Tucker se mit à rire et George rit à son tour.

— Je sais. Où avais-je la tête ? Tu es le portrait craché de ton père ; il était incapable de prendre deux minutes de repos.

— Ecoute, rends-moi un service. Epluche de nouveau le dossier Warner. Quelque chose a pu nous échapper.

— Très bien. Je m'y mets rapidement.

Après avoir raccroché, Tucker jeta un coup d'œil à son planning du mois d'avril. Il était plein, comme d'habitude. Le ranch, le Rocking B, créé à partir de presque rien par son grand-père adoptif et érigé en empire par feu son beau-père, représentait une propriété de deux cent cinquante mille hectares. On y élevait du bétail et des chevaux. Il y avait également des terres agricoles et douze puits de pétrole en activité sur une immense parcelle de terrain située plus au sud. Plusieurs directeurs et contremaîtres assuraient la gestion du ranch au jour le jour, mais la responsabilité de ce vaste domaine lui incombait entièrement.

Ça n'allait pas être facile d'entreprendre ce voyage dans le Montana, mais il s'arrangerait. En modifiant son emploi du temps, il pourrait partir dès lundi. Ainsi, il disposerait d'un peu de temps pour se replonger dans l'histoire de Leanna et recueillir le maximum de renseignements sur Safe Haven, le refuge dont elle s'occupait — s'il s'agissait bien d'elle —, et sur la petite ville de Blackfoot Falls.

Il demanda à Darren de venir le rejoindre et ils commencèrent à déplacer les rendez-vous. Cela ne posait aucun problème, sauf pour un. Il consacrait toujours le mardi soir à sa mère ; ils dînaient ensemble. S'il partait lundi, il ne pourrait pas être de retour le lendemain.

Bien qu'Irène habitât au ranch, dans une suite privée, ils ne se croisaient que rarement. Elle avait ses propres relations, ses amis, ce qui l'occupait, mais elle ne se remettait pas de la perte de son mari, disparu dix-huit mois plus tôt.

Tucker passait ses week-ends à Dallas pour remplir ses obligations mondaines et, le reste de la semaine, il travaillait au ranch. Irène ne ferait sans doute aucune remarque, mais il savait que le moment qu'elle attendait avec le plus d'impatience était ce rendez-vous hebdomadaire avec lui, et il regrettait de devoir l'en priver. Malheureusement, il ne pouvait faire autrement.

Tout en travaillant avec Darren sur son planning, il jetait de temps en temps des coups d'œil aux photos affichées sur l'écran de son ordinateur. Il en voulait beaucoup à son frère et ne comprenait pas qu'il ait pu se montrer aussi crédule, mais il comptait bien faire tout son possible pour l'aider à blanchir son nom. Car l'enjeu ne se limitait pas à cette seule question de détournement de fonds. Il y avait bien davantage. Christian n'avait pas tiré le bon numéro lorsqu'ils étaient enfants, et si Tucker en éprouvait de la culpabilité, ce n'était rien en comparaison de celle qu'éprouvait sa mère.

Il ne pouvait se permettre d'attendre que George se libère. L'envie le démangeait d'aller se rendre compte sur place, de voir lui-même cette « Annie ». Et si elle s'avérait être Leanna Warner, la femme qui avait laissé porter le chapeau à Christian, alors la remettre entre les mains de la justice permettrait peut-être de ressouder une famille déchirée par le passé.

Tout en sirotant son café, Annie observait le tableau noir accroché au mur en face de son bureau. Il indiquait les jours de la semaine, le planning des bénévoles, les rendez-vous, les échéances… en un mot, toute sa vie inscrite à la craie.

Le lundi était son jour préféré, en particulier l'après-midi, lorsque Mélanie Bowles arrivait avec son petit groupe de lycéens bénévoles. Mélanie était parvenue à convaincre le proviseur et le conseil d'administration du lycée d'intégrer cette activité dans le cursus des élèves qui le souhaitaient.

L'après-midi débutait toujours par une séance d'une heure de présentation et d'information concernant tous les aspects du refuge, de l'élevage des animaux à la gestion du budget. Puis, chaque lycéen se voyait assigner une tâche.

De leur propre initiative, Mélanie et ses élèves avaient mis en place un projet ambitieux qui serait sur le long terme bénéfique pour le refuge.

Une bénédiction pour Annie, car la situation financière de Safe Haven ne permettait que d'assurer la nourriture et les soins de base pour les pensionnaires. Heureusement, le refuge avait bénéficié d'une avancée significative : Safe Haven était devenu une organisation à but non lucratif, ce qui lui permettait de recevoir des subventions et des dons plus substantiels. Tout cela grâce à Shea qui l'avait aidée pour les démarches administratives et la paperasse.

Sa participation allait cependant bien au-delà. Shea était devenue l'égérie de Safe Haven.

Annie sentit sa gorge se nouer au souvenir de cette période, juste avant qu'elle lui demande de prendre la présidence du conseil d'administration. L'avenir du refuge était en jeu ; il lui était impossible de se servir de son nom véritable sur les documents officiels. En tant que bénévole, fort heureusement, elle n'apparaissait nulle part.

Le reste du conseil d'administration était constitué de résidents de longue date de Blackfoot Falls, un groupe qui ne manquait pas de tempérament, c'était le moins que l'on puisse dire. La première réunion aurait lieu la semaine prochaine, et elle serait présente pour diriger les débats, Shea le lui avait fait promettre. Mais, maintenant qu'il était pourvu d'un conseil d'administration officiel et légal, Safe Haven pourrait continuer d'exister même si elle devait subitement s'évaporer dans la nature.

Rien que d'y penser, elle sentit soudain son moral flancher et décida de s'activer avant de se mettre sérieusement à broyer du noir.

Le jour n'était pas encore levé, mais elle allait devoir commencer sans trop tarder sa première tournée de nourriture. Elle alluma son ordinateur et jeta un coup d'œil à ses mails. Il n'y avait pas grand-chose. Quelques messages de bénévoles, un rappel pour une facture à régler. Shea avait envoyé des photos de la soirée de la veille qu'elle avait publiées sur le site de Sundance.

Lorsqu'elle aperçut la quatrième photo, Annie sentit son sang se glacer.

C'était une photo d'elle. Une photo à laquelle tout le monde pouvait avoir accès. Y compris le procureur de New York.

- 2 -

Tucker s'était installé dans la véranda en attendant que sa mère le rejoigne pour le déjeuner. Il ne refusait jamais de passer du temps avec elle, mais il aurait aimé pouvoir faire davantage pour l'aider à garder le moral.

Trouver Leanna Warner y contribuerait, c'était certain. Irène désirait tant que Christian fasse de nouveau partie de sa vie ! Mais, même s'il parvenait à prouver l'innocence de Christian, rien ne garantissait que ce dernier puisse dépasser la douleur d'avoir été abandonné, enfant, et leur donne, à sa mère et à lui, une seconde chance. Quoi qu'il en soit, il devait essayer.

Lui aussi avait eu sa part de chagrin et de doute lors du divorce houleux de ses parents, mais il avait eu plus de chance que Christian. Il avait vécu avec sa mère et un beau-père qu'il admirait, au sein d'un foyer où l'argent et les privilèges lui avaient tout naturellement tracé la route de la réussite. Christian, lui, avait servi d'enjeu. Rory Andrews, leur père, avait fait de sa garde une condition pour accorder le divorce à Irène. Jamais elle n'aurait pu imaginer que Rory disparaîtrait, entraînant son fils dans une vie d'errance et de fuite devant ses créanciers tandis qu'il assouvissait sa passion pour les courses de chevaux.

Il avait fallu à Christian beaucoup de courage et de détermination pour intégrer finalement l'université et en sortir avec un master en finances, car il n'avait bénéficié d'aucun soutien de la part de son père. Les soupçons qui, aujourd'hui, pesaient sur lui et entachaient sa réputation étaient un nouveau coup dur qu'il ne méritait pas.

Comme chaque fois qu'il songeait au mal que Leanna Warner avait fait à sa famille, la colère de Tucker redoublait, mais il n'était pas homme à agir sur un coup de tête. Il saurait se montrer patient et, lorsqu'il livrerait cette femme à la justice, ce serait en ayant réuni toutes les preuves afin que Christian sorte de toute cette histoire la tête haute.

Irène entra, altière, le sourire aux lèvres. Ce n'était que pure façade, il le savait. Cependant, il savait aussi que c'était la seule chose qui la faisait tenir. Ça et l'espoir.

La matinée d'Annie fut particulièrement chaotique. Elle tenta d'appeler Shea, mais tomba systématiquement sur sa messagerie — sans doute avait-elle oublié de rallumer son portable. A plusieurs reprises, elle passa au chalet jeter un coup d'œil à son ordinateur, juste pour s'assurer qu'elle n'était pas en train de s'affoler pour rien. Hélas ! sa photo accompagnée de son prénom et associée à Safe Haven était bien là, sur le site de Sundance. Il y avait donc largement de quoi s'inquiéter. Shea saurait lui dire combien de personnes s'étaient connectées sur le site et sur cette page en particulier. Si elles étaient nombreuses, elle n'aurait d'autre choix que de fuir de nouveau. Si peu de personnes avaient vu la photo, il devenait moins risqué de rester.

Et elle avait tellement envie de rester !

Quelle ironie ! Elle qui, toute à sa frénésie de devenir une des battantes du milieu d'affaires de Manhattan, s'était mise dans le pire pétrin qui se puisse imaginer, voilà qu'aujourd'hui son seul rêve était de vivre dans un chalet grand comme un mouchoir de poche et de passer son temps à brasser du foin et à soigner toutes sortes d'animaux. Mais mieux valait ne pas y penser. Ce serait tellement horrible si elle devait tout quitter…

— Annie ? Je pourrai monter Candy Cane quand j'aurai fini ?

Arrachée à la panique qui était en train de la gagner, elle sourit à Stéphanie, l'une de ses lycéennes préférées, un petit bout de chou amoureuse des chevaux.

Elle acquiesça d'un signe de tête.

— Bien sûr. En plus, elle a besoin d'exercice.

La jeune fille venait de retourner à sa tâche qui consistait à curer l'un des box réservés aux naissances, lorsqu'un bruit de pneus sur le gravier fit se retourner Annie. Shea venait d'arriver.

— Désolée pour le retard, dit-elle, à peine descendue de voiture. J'ai rencontré le Dr Yardley, et nous avons discuté un moment. Mais je n'ai pas oublié d'apporter le…

Annie attrapa le sachet de médicaments qu'elle lui tendait.

— Il faut que je te parle, l'interrompit-elle. Entre, j'arrive.

Surprise, Shea la dévisagea un instant mais ne posa pas de question et se dirigea vers le chalet.

Annie alla rapidement voir Mélanie qui aidait un petit groupe d'élèves à nourrir les chèvres.

— Tu peux surveiller les activités, un moment ? J'ai un problème à régler.

Mélanie, dont le rêve était de devenir vétérinaire, accepta aussitôt. Annie avait une totale confiance en elle. Elle fut frappée de constater à quel point elle connaissait cette jeune femme calme, réservée, et qui apportait tant à Safe Haven.

En fait, elle connaissait beaucoup de monde dans cette petite ville pittoresque du Montana. Ce n'était pourtant pas ce qu'elle avait souhaité au départ. Elle entendait garder ses distances, ne se lier avec personne. Et elle savait pourquoi.

S'obligeant à marcher tranquillement, à respirer profondément pour retrouver son calme, elle prit la direction du chalet.

Depuis qu'elle avait vu cette photo sur le site, elle avait imaginé les pires catastrophes, mais n'avait pas réfléchi une seconde à ce qu'elle allait pouvoir dire à Shea. Le moins possible, en tout cas.

Elle trouva Shea en train de préparer du café. Elle aurait préféré quelque chose de plus fort…

— Que se passe-t-il ?

— J'ai un service à te demander.

— Pas de problème.

Annie étudia un instant son visage ; elles étaient devenues très proches…

— La photo que tu as publiée sur le site de Sundance, celle sur laquelle je suis. Je souhaiterais que tu l'enlèves. S'il te plaît.

Shea n'eut pas la moindre réaction, pas même un haussement de sourcils.

— Très bien, dit-elle calmement en s'installant devant l'ordinateur.

Il ne lui fallut qu'un instant pour se connecter sur le site et trouver la photo. Un simple clic, et ce fut fait — elle avait disparu.

Annie poussa un soupir de soulagement.

— C'est ce matin que tu l'as mise ?

— Non, hier soir, répondit Shea, revenant à la page d'accueil. Tard. Juste avant minuit.

Pratiquement douze heures. Sa photo avait été accessible pendant pratiquement douze heures, mais la probabilité que quelqu'un appartenant à son passé se soit connecté sur le site du ranch était vraiment très faible. Quant à la reconnaître à partir d'une photo où l'on distinguait aussi mal son profil, c'était peu vraisemblable. Néanmoins, le plus raisonnable était de tout dire à Shea. Maintenant. Au cas où.

— Sais-tu combien de personnes se sont connectées sur le site de Sundance ?

Shea vérifia.

— Dix-huit.

Dix-huit, ce n'était pas beaucoup. Des habitants de la région ou des pensionnaires de Sundance, sans doute.

— Cela ne se reproduira plus, reprit Shea. Je ne m'étais pas rendu compte à quel point tu détestais qu'on te photographie. Excuse-moi.

Il lui suffisait d'acquiescer d'un signe de tête et les choses en resteraient là. Shea ne poserait pas de questions et n'en parlerait à personne, sauf peut-être à Jesse. Ils attribueraient sa réaction à son désir de vivre cachée.

Mais il s'agissait de Shea. Shea qui n'avait compté ni son temps ni son argent, qui l'avait fait bénéficier de ses compétences et lui avait offert son amitié sans rien attendre en retour. Jamais elle ne s'était montrée indiscrète ; elle avait toujours respecté en tout point sa vie privée. Il aurait donc été d'autant plus facile de ne rien lui dire.

Toutefois, le secret était lourd à porter. Dans une autre vie, Annie avait été tout sauf introvertie, et elle n'avait jamais craint les objectifs des photographes, bien au contraire.

— Avant, mon métier était de collecter des fonds…, commença-t-elle en s'asseyant à la table.

Ces quelques mots, ce simple aveu, firent s'emballer son cœur. Elle se sentait les joues en feu, à la fois prise de panique et soulagée.

Shea ne dit rien. Elle se leva, alla prendre deux tasses et servit le café.

Annie ferma les yeux et prit une profonde inspiration. Lorsque Shea posa les tasses sur la table et s'assit en face d'elle, elle était prête à lui parler.

— J'aimais ce travail et je réussissais très bien. J'avais fait de la collecte de fonds pour financer de justes causes une croisade personnelle. Pas seulement parce que j'étais très bien payée, mais parce que je savais que lorsque les gens donnent, ils se sentent différents, meilleurs.

— Tu n'as rien perdu de ton efficacité, lui fit remarquer Shea. C'est incroyable ce naturel, cette aisance, avec lesquels tu abordes les gens. Et ils répondent presque toujours favorablement à ta demande.

— Les gens ont envie d'apporter leur aide. Enfin, la plupart… Mais il y a également ceux qui ont tout compris aux motivations que l'on peut avoir à faire du bien et qui s'en servent sans le moindre scrupule pour vous exploiter.

— Que cherches-tu à me dire, exactement ? demanda Shea en l'observant attentivement.

— Je travaillais avec un associé qui s'est révélé être un escroc. Malheureusement, lorsque je me suis aperçu qu'il détournait de l'argent, il était déjà trop tard pour agir.

— Oh !

Annie dut se détourner pour ne pas craquer.

— J'ai dû fuir. Tout quitter.

— Mais personne n'a pu te croire complice. C'est ridicule !

— Oh si ! Ils l'ont cru.

Elle pensait avoir depuis longtemps vaincu son amertume, mais elle se rendit compte qu'elle était encore bien vivace.

— J'ai découvert qu'un de mes clients avait senti que quelque chose ne tournait pas rond et qu'il était allé voir mon associé. Il voulait retirer son argent et l'investir par lui-même. Mon partenaire s'est défilé et le client est allé voir le procureur.

Elle posa sa tasse et essuya ses mains moites sur son jean. Le chalet lui sembla soudain trop petit, étouffant. Elle éprouva le besoin de bouger et se leva.

— La presse s'est très vite emparée de l'affaire. Mon associé était présenté comme responsable, mais il paraissait évident que j'étais impliquée moi aussi. Ce n'était qu'une question de jours avant que je sois assignée à comparaître par le ministère public pour m'expliquer. Malheureusement, je ne voyais pas ce que je pouvais leur dire. J'ai été la première abasourdie en constatant que l'argent avait disparu. Tous les bénéfices des investissements avaient été détournés ; le capital, lui, était toujours là. Je suis allée consulter un avocat, un de mes amis de l'université, et il m'a clairement fait comprendre que j'avais intérêt à disposer de preuves contre mon associé. La justice ne plaisante pas lorsqu'il s'agit de fonds destinés à des œuvres caritatives. Dans ce genre d'affaire, il y a toujours quelqu'un qui tombe, et j'étais la victime toute désignée.

Elle inspira profondément. Tout allait trop vite dans sa tête. Au départ, elle n'avait pas eu l'intention de se confier, de révéler autant de choses à Shea. Cependant, il y avait si longtemps qu'elle gardait le silence. C'était un soulagement de parler enfin, de se libérer. Mais la suite…

Il était si douloureux d'y penser ! Alors l'idée même d'en parler… Et elle ne voulait surtout pas que Shea cesse de travailler pour Safe Haven. Elle voulait qu'elle demeure une amie.

— Je ne suis pas fière de ce que j'ai fait, mais la seule solution que j'aie pu trouver a été la fuite.

Shea termina son café, plongée dans ses réflexions. Lorsqu'elle leva de nouveau les yeux vers elle, son regard exprimait une profonde compassion.

— Je suis vraiment désolée que tu aies eu à traverser une telle épreuve. Ce doit être très dur. Tu as de la famille ?

— Mes parents, et une sœur plus jeune. Je leur ai laissé une lettre d'explication. Je voulais qu'ils sachent que j'étais vivante, mais je ne peux pas les appeler, communiquer avec eux.

— Ils doivent te manquer terriblement.

— Il n'y a pas un jour où je ne pense pas à eux.

Elle se pencha vers Shea et riva son regard au sien.

— Cela doit rester entre nous. Promets-moi de n'en parler à personne.

— Evidemment. Tu as ma parole.

— Merci.

Annie ne détourna pas les yeux et continua à la fixer intensément. Par « personne » elle entendait aussi Jesse.

— Et merci d'avoir effacé la photo sans me demander d'explication.

Peu coutumière des gestes d'affection, Shea posa la main sur son bras.

— Si tu as besoin de quoi que ce soit, il te suffit de demander.

Annie eut envie de la serrer dans ses bras, mais elle se contenta d'un hochement de tête et la précéda vers la porte, attrapant le sachet de médicaments au passage. Malgré cette histoire de photo qui s'était retrouvée sur le Net, cela faisait longtemps qu'elle ne s'était pas sentie aussi légère.

Irène but une gorgée de bourbon.

— Je l'ai invité à venir s'installer ici.

— Et qu'a-t-il répondu ?

— Il a refusé.

Tucker n'était pas surpris.

— Il a une vie à New York. Des amis.

— Mais nous sommes sa famille ! protesta Irène, la voix soudain brisée par l'émotion.

C'était ainsi chaque fois qu'elle parlait de Christian. Tucker en avait l'habitude, mais il aurait tellement voulu qu'elle parvienne à accepter la situation !

— Il a besoin de temps, maman. Il n'y a pas longtemps qu'il a découvert que son père ne te laissait pas le voir. Pendant quasiment toute sa vie, il a cru que tu ne voulais pas de lui.

— Mais toi, il y a des lustres que tu n'en veux plus à personne. Pourtant, Rory ne s'est jamais soucié de toi.

— Je t'avais, toi, et un homme merveilleux qui a été plus qu'un père. J'ai eu de la chance. Christian n'avait que Rory et les histoires qu'il lui racontait.

C'était curieux, mais il ne se sentait aucun lien avec Rory bien qu'il soit son père biologique. Il n'avait qu'un vague souvenir de lui, comme s'il n'avait pas réellement existé, comme s'il s'était agi d'un personnage de fiction figurant dans une histoire qu'il aurait lue enfant.

— Tu sais que je voulais vous garder tous les deux.

Irène porta le verre de bourbon à ses lèvres mais, cette fois, elle ne se contenta pas d'une gorgée. Elle ne tarderait pas à lui demander de lui en servir un autre, et il le ferait. Elle buvait un peu trop, songea-t-il. Si ce n'était pas encore un problème, ça pourrait le devenir si elle ne faisait pas attention.

Mais comment aurait-il pu lui en vouloir ? Il se sentait coupable, lui aussi, par rapport à Christian.

Etait-ce pour cette raison que retrouver Leanna Warner était en train de tourner quasiment à l'obsession ? Pour cette raison qu'il avait failli partir plus tôt, faisant fi de tous ses engagements ?

Il devait garder son calme et jouer finement. Il avait déjà lancé l'appât en faisant miroiter la possibilité d'un don important pour Safe Haven. Ensuite, il avait volontairement prévu un laps de temps entre l'envoi de son mail et la date de son arrivée. Ainsi, elle ne soupçonnerait rien car, si on la recherchait, jamais on ne lui aurait laissé autant de temps pour fuir. Il était convaincu qu'elle ne mettrait pas un instant en doute ce qu'il prétendait être, à savoir le représentant d'une fondation de bienfaisance.

Il ne lui restait donc plus qu'à être patient, sur le qui-vive, et prêt à la faire tomber.

Il était minuit largement passé. Tucker fit quelques mouvements pour détendre sa nuque avant de se pencher de nouveau vers les documents étalés sur le bureau, dans sa chambre. Tous concernaient Leanna Warner, et tous l'intriguaient au point de le tenir éveillé malgré sa fatigue.

Quelque chose ne collait pas, dans cette histoire. Ses parents avaient toujours eu l'ambition de s'élever dans l'échelle sociale. Joseph Warner, avocat de renom, travaillait pour l'une des firmes les plus prestigieuses de New York, mais il n'avait jamais voulu s'associer. Son épouse, directrice adjointe d'une entreprise de design, faisait également partie de l'élite.

D'après Christian, Leanna semblait si bien intégrée dans le monde richissime des jeunes décideurs et chefs d'entreprises de Manhattan qu'il avait été totalement abasourdi en apprenant qu'elle collectait des fonds pour des associations caritatives. En y regardant de plus près, néanmoins, il s'était aperçu que les vêtements et accessoires de créateurs qu'elle portait toujours n'étaient qu'une façade, un leurre extrêmement habile. C'était sa personnalité et son flair qui lui permettaient de franchir toutes les barrières.

Christian percevait ce genre de choses. Il était du même

monde. Ses diplômes en finances lui avaient permis de travailler dans cette ville où tout se jouait par relations, mais c'était son audace et sa témérité qui avaient fait de lui un gestionnaire de portefeuilles hors pair. Il n'était guère étonnant que Leanna Warner et lui aient décidé de faire équipe. Ils rêvaient tous deux d'un style de vie qui était hors de portée.

La lecture de toutes ces informations annexes était certes très utile, mais il devait avant tout rester objectif. S'il se laissait dominer par ses émotions, il risquait de passer à côté de quelque chose d'important ou de tirer des conclusions erronées. Quoi qu'il en soit, il fallait reconnaître que Leanna Warner était une femme extrêmement intelligente.

Sur le papier, elle donnait l'impression d'être vraiment la dernière personne au monde susceptible d'avoir volé de l'argent. Mais si elle n'avait vraiment rien à voir avec cette escroquerie, pourquoi avoir disparu ? La conclusion logique était qu'elle avait voulu faire porter le chapeau à Christian. Dans ce cas, pourquoi ne pas avoir tenté de laisser une preuve qui aurait pu le faire inculper ? Une transaction, un mail même, faisant référence à un compte en banque offshore, auraient suffi pour que Christian soit sérieusement inquiété. Au lieu de cela, elle vivait en cavale et la carrière de Christian risquait d'être fortement compromise par les soupçons qui pesaient sur lui.

Elle s'était enfuie avec plus de cinq cent mille dollars, sans toucher toutefois au capital ce qui, présumait-il, était une manœuvre assez subtile destinée à ne pas attirer l'attention. Malheureusement, le pot aux roses avait été découvert et les choses s'étaient emballées. Elle n'avait sans doute pas eu le temps de retirer le reste des fonds. Mais comment savoir ce qu'elle avait en tête ?

Trop d'invraisemblances, d'éléments inexpliqués

rendaient difficile d'imaginer sa stratégie. Mais il était du genre patient. Il ne commettrait pas l'erreur d'agir trop vite, de se montrer imprudent. S'il existait un élément permettant de la démasquer, il le trouverait. Puis il la remettrait bien gentiment entre les mains du procureur ; un joli paquet-cadeau.

Il éteignit son ordinateur, rassembla ses documents — pour la plupart des copies envoyées par George — auxquels s'ajoutaient quelques articles de journaux new-yorkais, deux annuaires d'entreprises, quatre brochures rédigées par Leanna et un petit paquet de photos.

Son portable sonnerait dans moins de six heures, et son planning jusqu'à dimanche n'allait pas lui laisser un instant de répit. Il regrettait d'avoir accepté d'aller voir jouer les Rangers mais, une fois de plus, cela faisait partie des obligations liées au travail et il n'avait donc pas le choix. Cela faisait longtemps qu'il ne s'était pas rendu à un match pour le simple plaisir.

Il ôta son caleçon et se coucha. Epuisé comme il l'était, il aurait dû sombrer immédiatement dans le sommeil, mais le visage de Leanna — Annie ? —, telle une ronde obsédante, tournait en boucle dans son esprit.

- 3 -

Annie aimait cette période de l'année. Le regard levé vers les festons de neige qui ornaient encore les sommets des Rocheuses, elle inspira profondément l'air frais, léger, du printemps. Safe Haven ne possédait que très peu de vaches et de veaux, mais cela n'aurait pas été un problème si elle avait dû gérer un troupeau. Elle aimait chevaucher ces grands espaces au nord du domaine. La vie au grand air agissait sur elle comme une véritable thérapie.

Un martèlement de sabots derrière elle la fit se retourner. Bien sûr, il s'agissait de Will Woodruff, venu prendre la relève, et non de types bardés de badges venus lui passer les menottes. Vingt-quatre heures s'étaient écoulées depuis que Shea avait supprimé sa photo. Cela faisait un laps de temps suffisamment long pour que ses ennemis, s'ils l'avaient vue, aient eu le loisir de débarquer pour l'arrêter, mais trop court encore pour qu'elle cesse de sursauter au moindre bruit ou ombre qui passait.

Elle ne baisserait pas sa garde pour autant, mais elle devait cesser d'y penser. La chance semblait plutôt être de son côté et, de toute façon, elle avait décidé de courir le risque de rester. Nombreux étaient ceux, animaux et humains, qui comptaient sur elle.

— Salut, Annie. Tout va bien par ici ?

Will avait été un cow-boy célèbre, connu pour avoir dressé les chevaux les plus sauvages et apprivoisé les plus belles femmes. Il avait la soixantaine bien sonnée, aujourd'hui, et s'avérait un précieux collaborateur.

— Oui, tout va bien. Et au ranch, il y a du nouveau ? ne put-elle s'empêcher de demander.

Il la regarda, interloqué.

— Non, rien. Pourquoi ?

— Comme ça.

Ils discutèrent quelques minutes, puis elle rebroussa chemin avec l'intention de rentrer manger quelque chose avant de s'attaquer aux tâches de l'après-midi.

Son repas terminé, elle se prépara du café et, pendant qu'il passait, jeta un coup d'œil à ses mails. Il y en avait un, assez long, provenant d'un ranch texan, le Rocking B. Elle eut beau le relire trois fois, elle n'en croyait toujours pas ses yeux.

Elle se rendit sur le site de ce ranch. La liste des aides, dons, bourses, accordés au fil des ans par la fondation de l'établissement avait de quoi faire tourner la tête. Ces gens n'y allaient manifestement pas de main morte. Quand ils avaient décidé de vous apporter leur aide, ils ne faisaient pas les choses à moitié.

D'une main fébrile, elle prit son téléphone. Heureusement, Shea décrocha tout de suite, car elle n'aurait pu attendre pour partager la nouvelle avec elle.

Tucker adorait voler. Chaque fois qu'il montait dans son Cessna, il songeait à son père adoptif. C'était Michael Brennan qui avait eu l'idée de lui faire prendre des leçons de pilotage. Il avait toujours eu des idées progressistes, et le ranch en était la preuve.

Le Cessna CJ2 + coûtait une fortune, mais l'investissement en valait la peine. Il était amené à se déplacer souvent et rapidement, et son avion lui donnait cette liberté. Et puis, il serait peut-être pratique d'avoir l'avion à portée lorsqu'il rencontrerait Annie Sheridan. La possibilité existait qu'elle choisisse de se rendre, même s'il n'y comptait pas trop.

Alors qu'il avait espéré beaucoup de l'échange de mails, ce dernier n'avait en rien éclairci la situation. Toutefois, il avait trouvé intéressant que Shea Monroe soit investie dans le fonctionnement de Safe Haven au point d'assurer elle-même la majeure partie de la correspondance.

Une recherche rapide sur son nom l'avait amené à demander un complément d'informations à George. Il lui avait confirmé qu'il s'agissait bien d'un ingénieur en informatique de très haut niveau, amenée à travailler sur des questions de sécurité liées à des programmes gouvernementaux top secret qui pourraient se monnayer une petite fortune auprès d'acheteurs intéressés.

Plus il y pensait, plus il avait beaucoup de mal à croire que Leanna Warner, s'il s'agissait bien d'elle, soit allée s'enterrer dans un coin perdu comme Blackfoot Falls sans une bonne raison.

Il secoua la tête. De toute façon, il avait atteint le point de non-retour et décidé d'agir à partir de cette photo. Photo qui avait disparu du Net, comme par hasard, ce qui ne le rendait que plus soupçonneux. Heureusement, il en avait gardé une copie sur son disque dur.

Les mails d'Annie Sheridan concernaient essentiellement les questions de logistique. Elle l'avait informé qu'il existait une piste d'atterrissage à Kalispell, la ville de taille moyenne la plus proche, où il trouverait également de quoi se loger et louer une voiture. Il avait réservé une chambre au Hilton Garden Inn et loué un 4x4.

Plus il approchait du Montana, plus il avait hâte de faire la connaissance de cette femme qui occupait l'essentiel de ses pensées. Elle l'intriguait, le déconcertait. Souvent, il avait eu à conduire des négociations délicates face à des concurrents aguerris. Cette fois, cependant, il avait le sentiment que ses compétences allaient être mises à rude épreuve.

Il allait devoir rester vigilant, se souvenir de ce que dissimulait ce séduisant visage. Et ne pas perdre de vue un instant ce qu'elle avait fait à Christian.

Annie leva les yeux de la table où se trouvaient posées quelques copies de l'ordre du jour du futur conseil d'administration de Safe Haven. Il lui semblait que le temps avançait à la vitesse de l'escargot, ce qui lui laissait tout le loisir de s'inquiéter et de voir les soucis éclipser tout le bien qu'elle pouvait espérer de la visite de Tucker Brennan.

Safe Haven était une structure trop petite qui ne comptait qu'une poignée de bénévoles permanents, travaillant à temps partiel. Du fait de sa situation isolée, elle ne pouvait recruter que localement, et elle avait déjà épuisé cette source de main-d'œuvre.

Mais le problème principal était que la plupart des refuges pour animaux avaient mis sur pied un programme destiné aux visiteurs et qu'ils disposaient de structures d'accueil pour les éventuels candidats à l'adoption. Comme elle ne disposait pas des locaux nécessaires et qu'il n'y avait pas d'hôtel à Blackfoot Falls, elle ne pouvait recevoir ni inviter qui que ce soit.

Devoir dire à Tucker Brennan que, après avoir fait le voyage depuis Dallas, il lui faudrait louer une voiture pour rejoindre Safe Haven avait été très gênant. Et elle espérait que la cuisine de Marge lui plairait, parce qu'il n'aurait pas d'autre choix. En fait, elle aurait voulu qu'il soit déjà là.

Non, en réalité, ce qu'elle aurait voulu c'était qu'il passe, lui remette un énorme chèque et s'en aille. Elle avait beau avoir fait des recherches très poussées le concernant, la perspective de rencontrer quelqu'un qu'elle ne connaissait pas la rendait toujours très nerveuse.

Brennan vivait à des milliers de kilomètres du monde trépidant de Manhattan, mais il y avait toujours la possibilité qu'il connaisse quelqu'un qui connaissait quelqu'un…

Il fallait qu'elle cesse de ratiociner de la sorte ! Pour s'occuper, elle entreprit de faire un peu de rangement, agrafant, et classant des documents. Lorsqu'elle eut terminé, dix minutes à peine s'étaient écoulées. Et Brennan n'était censé arriver que dans une heure… Jamais elle ne tiendrait jusque-là.

Et si elle se changeait ? Non, elle allait attendre. Ses vêtements, un jean de travail, un vieux T-shirt et des boots étaient une tenue parfaite pour tous les jours. Et peu importait qu'ils sentent l'écurie. Quoique… il serait quand même mieux qu'elle se pomponne un peu pour sa rencontre avec le propriétaire du gros carnet de chèques. Rien d'extravagant. Simplement un jean en bon état et un chemisier propre.

Mon Dieu ! Quand elle pensait à la vie qu'elle menait avant ! Au début, faire du shopping lui avait terriblement manqué, mais il avait bien fallu qu'elle s'adapte. Qu'elle apprenne à cuisiner un peu, aussi. Elle se serait damnée pour déguster un de ces cocktails qu'elle adorait. Elle en rêvait souvent…

Mais il y avait des avantages à vivre ainsi, avec presque rien. Elle avait également appris à coudre, et cela lui avait servi. Plus d'une fois, elle avait dû recoudre un animal blessé.

Le refuge subsistait en partie grâce à la gentillesse de quelques acteurs clés, comme le vétérinaire, le Dr Yardley, qui donnait de son temps sans compter, M. Jorgensen, le quincailler et marchand d'aliments pour animaux, qui lui faisait crédit pour le grain et autres vivres. En fait, le refuge tenait grâce à la bonne volonté et à la patience des uns et des autres. Et ce M. Brennan avait le pouvoir de changer tout cela.

Grâce à Shea, elle avait déjà vu la différence que pouvait représenter l'apport d'un peu d'argent pour une institution comme Safe Haven, en permanence sur la brèche. Toutefois, elle demeurait prudente. Pas question de prendre de risques, de se mettre dans une position qu'elle pourrait regretter ; il lui avait fallu plus d'un an pour sortir la tête de l'eau après la catastrophe qu'elle avait vécue.

Il y eut un petit coup frappé à la porte, et l'un des élèves de Mélanie passa sa tête dans l'entrebâillement.

— Pinocchio s'est coincé dans la clôture, près de la pompe à eau !

Annie se leva d'un bond, oubliant aussitôt Tucker Brennan. Elle attrapa ses gants et quitta le chalet en trombe, courant à toutes jambes derrière le gamin.

Malgré les circonstances, Tucker trouvait le trajet très agréable. Il n'était venu qu'une fois dans le Montana, pour affaires, et n'était pas monté aussi haut vers le nord. Le spectacle qu'offraient les Rocheuses et ces hectares de terres luxuriantes faisait resurgir les souvenirs, lui rappelant ses débuts au ranch, son apprentissage.

Son père avait pris soin de lui faire effectuer toutes les tâches qu'un cow-boy pouvait être amené à accomplir au Rocking B. Il avait travaillé dur, et cela s'était avéré tout aussi instructif que ses années d'université. Il n'y avait pas seulement gagné une expérience pratique, mais une vision également, l'idée de ce que pouvait être un ranch.

Il remarqua à peine la petite ville de Blackfoot Falls en passant sur la route. Elle ressemblait sans doute à des milliers d'autres, avec un *diner* qui servait de la bonne cuisine faite maison, un bar où l'on pouvait boire de la bière bon marché, jouer au billard et écouter de la musique country. Lui, tout ce qui l'intéressait, c'était qu'il ne se trouvait plus qu'à une quarantaine de kilomètres de l'embranchement pour Safe Haven.

Enfin, il aperçut le grand panneau de bois indiquant l'entrée du refuge. Il était en avance et espérait que l'effet de surprise lui donnerait un petit avantage. Il aimait jauger les gens lorsqu'ils étaient pris au dépourvu ; ils révélaient alors beaucoup plus d'eux-mêmes qu'ils ne l'imaginaient.

Il ralentit donc, soucieux de se faire discret, tandis qu'il se dirigeait vers le bâtiment principal. Il passa devant un pré où paissaient une demi-douzaine de chevaux. Ils ne parurent pas particulièrement dérangés par sa présence et avaient l'air en forme, pour des animaux recueillis.

Les clôtures n'étaient pas toutes neuves, mais elles semblaient robustes. C'était en gros ce à quoi il s'attendait. D'après ses renseignements, lorsque Annie Sheridan avait repris le refuge, il y avait quelques corrals, une grange, deux écuries et un chalet. Visiblement, elle avait apporté des améliorations.

Son pouls se mit à battre plus fort tandis qu'il s'approchait des bâtiments. Il lui suffirait d'un simple coup d'œil pour connaître la vérité, mais la vérité seule ne suffirait pas. Il faudrait qu'il soit sur le qui-vive, qu'il sache profiter des moments où elle baisserait sa garde pour recueillir les preuves dont il avait besoin, même si cela devait prendre du temps.

Il se gara sur le parking. Plusieurs véhicules y étaient alignés, des pick-up pour la plupart, ainsi qu'un tracteur qui avait connu des jours meilleurs, et un minibus scolaire jaune.

Derrière, il aperçut le chalet qui devait être le domicile

d'Annie ; elle n'avait pas exagéré en disant qu'il était petit. Le reste des bâtiments lui fit une très bonne impression. Ils étaient anciens, mais espacés et très bien entretenus.

A l'arrière de la grange, il vit un petit groupe rassemblé en demi-cercle, comme s'ils assistaient à une bagarre. Quelque chose d'assez violent, s'il fallait en croire la poussière qui s'élevait au-dessus des têtes.

Intrigué, il s'arrêta et descendit de son 4x4. En s'approchant, il découvrit que les spectateurs étaient essentiellement des adolescents. Il n'y avait que deux adultes. Une femme d'une cinquantaine d'années, la main pressée contre sa poitrine, et une autre, vingt ans environ, menue, et qui tenait un des garçons par le bras pour l'empêcher d'avancer. Ils paraissaient tous très inquiets.

C'est alors qu'il entendit le cri, le bêlement totalement affolé d'une chèvre.

Il franchit les derniers mètres en courant, et se fraya un passage au milieu du groupe. Il s'agissait d'une chèvre pygmée qui s'était coincé les cornes dans un fil de clôture métallique extensible. Malgré leur nom, ces chèvres n'étaient pas beaucoup plus petites que les autres, et la situation était donc extrêmement dangereuse. La jeune femme qui essayait de la dégager courait un très gros risque, car les chèvres étaient connues pour leurs réactions violentes. Elles pouvaient donner des coups de sabots et se débattre avec une telle frénésie qu'il arrivait parfois à leur cœur de lâcher.

Tucker savait que le mieux à faire était de la laisser tranquille, en espérant qu'elle finirait par se fatiguer. Il deviendrait alors possible d'intervenir. Sans cela, la personne qui tentait de la dégager risquait fort de finir blessée.

La jeune femme qui commettait cette erreur n'était autre qu'Annie Sheridan. Il dut admettre qu'elle s'y prenait avec beaucoup d'efficacité pour couper le fil, mais il constata également qu'elle avait reçu des coups. Ses cheveux blonds étaient plaqués par la transpiration et elle avait le visage maculé de boue et de sang.

L'adolescent à côté de Tucker était un grand gaillard qui tenait à la main une paire de gants.

— Passe-moi tes gants, lui dit-il.

— Annie nous a dit de ne pas nous en mêler. Ça peut être dangereux, répondit ce dernier.

— Je sais.

Le gamin le détailla de la tête aux pieds et lui tendit les gants. Après les avoir enfilés, Tucker s'approcha d'Annie et de l'animal.

Elle venait de couper un nouveau fil. Il n'en restait plus qu'un enroulé autour de la corne droite de la chèvre lorsque cette dernière se remit à ruer. Tucker évita un coup de sabot qui aurait pu faire très mal, puis il plongea vers l'avant, plaqua une main sur le dos de l'animal tout en saisissant sa corne de l'autre.

— Qu'est-ce que... Allez-vous-en d'ici, espèce d'idiot !

— Coupez ce foutu fil !

Tucker maintenait la tête de la chèvre en arrière, soulevant juste assez l'animal pour l'empêcher de prendre appui sur ses pattes avant.

— Vite !

Annie poussa un grognement au moment où le corps de l'animal la heurtait violemment à la hanche, mais elle parvint à sectionner le dernier fil.

Tucker n'eut pas trop de ses deux mains pour immobiliser la chèvre terrifiée tandis qu'Annie, avec des gestes précis et rapides, débarrassait l'autre corne des fragments de fil.

La chèvre était libre, à présent, mais elle ne le savait pas et Tucker ne voulait pas la lâcher tant qu'Annie ne se serait pas écartée. Mais elle était trop occupée à lui hurler de s'en aller pour s'apercevoir que c'était lui qui se trouvait en position de force, et non elle.

Ce fut finalement une tierce personne qui intervint, un homme plus âgé qui accourut soudain en criant.

— Annie, écartez-vous, bon sang ! Vite !

Elle obtempéra aussitôt, mais avec un froncement de sourcils furieux.

Tucker cessa de la regarder, et se prépara à son tour à battre en retraite. Brusquement, il lâcha l'animal et fit un bond en arrière, au risque de perdre l'équilibre. Heureusement, la chèvre fila sans demander son reste en direction de la grange.

— Qu'est-ce qui vous a pris ?

Pour la première fois, il eut le temps de bien regarder la femme qui l'invectivait, hors d'haleine, furieuse.

Trop occupé à intégrer le fait qu'il venait de trouver Leanna Warner, il ne répondit pas.

- 4 -

— Eh bien, il ne manquait plus que cela ! s'exclama Annie. Bien sûr, vous êtes Tucker Brennan.

— Et vous, Annie Sheridan.

Elle acquiesça d'un signe de tête et allait serrer la main qu'il lui tendait lorsque la douleur interrompit son geste. Pinocchio s'était sacrément débattu et elle sentait déjà qu'elle allait le payer cher.

— Bienvenue à Safe Haven, dit-elle. Oh ! Vous saignez…

Il suivit son regard. En effet, la manche de sa chemise était déchirée et tachée de sang. Heureusement, la coupure n'était pas profonde.

— Dommage. J'aimais bien cette chemise.

— Ce n'est pas de chance.

Elle prit le temps de le regarder. Il appartenait à un type d'hommes qu'elle n'avait plus l'occasion de rencontrer, aujourd'hui. Les frères MacAllister étaient l'exemple même des grands et beaux ténébreux, c'était incontestable. Le shérif et Matt Gunderson aussi, mais Brennan avait un charme tout à fait différent.

Malgré les gros gants qu'il portait et la manche de chemise déchirée, c'était exactement le genre d'homme qu'on imaginait sans peine buvant une coupe de champagne dans une soirée mondaine. Il n'avait pourtant pas le type new-yorkais, ce qui devint encore plus évident lorsqu'il ôta ses gants — il avait quelques callosités aux mains.

Quant à son bronzage, il ne provenait de toute évidence pas de séances d'UV prises dans quelque spa de luxe.

Elle l'imaginait chevauchant dans la prairie. Un gentleman propriétaire de ranch, bien sûr, mais avec un physique… Cheveux sombres, visage aux traits fermes et réguliers, regard vert intense… Un physique qu'elle n'aurait certainement pas dû être en train de détailler. De son côté, il ne se gênait pas non plus pour l'observer, cherchant visiblement à évaluer à qui il avait affaire. Elle ne pouvait pas lui en vouloir… Cela dit, venant d'un autre homme, elle aurait trouvé cela extrêmement déplaisant.

— Suivez-moi jusqu'au chalet, proposa-t-elle. Il faut vous désinfecter.

— Ça va aller. Vous, en revanche, vous êtes dans un sacré état.

Elle jeta un coup d'œil à sa tenue et ne put s'empêcher de sourire.

— En effet.

Heureusement qu'elle ne s'était pas changée ! Elle se tourna vers la grange. Très disciplinés, les élèves de Mélanie s'étaient déjà tous remis au travail, mais l'heure du départ approchait pour eux.

— Avant de passer au chalet, il faut que j'aille m'assurer que Levi et Kathy s'occupent de Pinocchio, dit-elle. Je vais mettre quelque chose sur votre coupure, si vous pensez que ça peut attendre un peu.

— Bien sûr. Ce n'est rien. J'imagine que Pinocchio est le nom de la chèvre rebelle.

— Exactement. C'est un mâle vraiment curieux. Il a l'art de se mettre dans des situations incroyables.

— Les chèvres ne sont pas des animaux faciles.

— A Safe Haven, nous n'avons pas d'animaux faciles. A croire qu'ils signent un engagement avant de venir ici. Bon, prélude à la visite, annonça-t-elle en entrant dans un premier bâtiment. C'est ici que nous hébergeons les chèvres et les poulets. Nous avons vingt-deux chèvres. Nous sommes perpétuellement en quête de nouvelles familles pour elles, mais uniquement pour le lait et la reproduction, pas pour la viande.

Elle prit un chiffon propre sur une étagère près de la porte, le plia, et le lui tendit. En le pressant sur sa blessure, il ne put réprimer une grimace.

Le coup d'œil qu'elle lui jeta la rassura. Ça irait, visiblement. D'autant qu'ils n'en avaient pas pour longtemps. En tant que propriétaire de ranch, il devait savoir que le bien-être des animaux passait en premier.

— Les poulets, eux, font en quelque sorte partie du lieu, expliqua-t-elle. Parfois, je me rends compte qu'il y a une ou deux nouvelles poules ou alors je découvre des coqs que les gens ont abandonnés en passant.

Elle vit qu'il observait attentivement le bâtiment. La nourriture était soigneusement rangée, les poulaillers spacieux et bien entretenus. Les chèvres disposaient d'abreuvoirs tout neufs reliés à un réservoir central. C'était l'aménagement le plus coûteux dans lequel Annie avait investi depuis qu'elle avait repris le refuge. Il n'y avait plus de seaux à transporter, désormais. En revanche, il y avait toujours le nettoyage des abreuvoirs à assurer, mais les adolescents l'aidaient volontiers dans cette tâche.

— Ah ! Ce doit être Levi, non ? dit-il en apercevant un homme d'âge mûr, assis sur une botte de foin, en train de caresser doucement Pinocchio tandis qu'une femme s'employait à nettoyer ses plaies.

Annie ralentit le pas et il l'imita. Inutile de risquer d'effrayer davantage Pinocchio. Cela dit, les autres animaux ne se privaient pas pour tourner autour. Les poulets allaient et venaient en picorant, faisant un raffut qui était devenu un bruit de fond qu'Annie n'entendait quasiment plus. Certaines chèvres allaitaient. Il y avait des box destinés au repos et aux femelles sur le point de mettre bas, et des bottes de foin empilées afin d'aider les chevreaux nouveau-nés à se dresser sur leurs pattes.

— C'est un lieu très bien aménagé, commenta-t-il.

— Oui, mais toujours à la limite de la saturation.

Elle poussa un soupir.

— C'est cela qui est difficile. Il y a tellement d'animaux en détresse. Nous essayons de ne pas surcharger nos locaux, de trouver de l'aide dans le secteur. Nous avons la chance d'avoir un pilote qui habite tout près et qui effectue des missions de sauvetage pour nous. Il lui arrive également d'acheminer des cas particuliers vers des refuges mieux équipés que le nôtre.

— Comment va Pinocchio ? demanda Brennan, s'adressant à Levi et son épouse, après qu'Annie eut fait les présentations.

— Il est un peu sonné, dit Kathy. Mais ça ira une fois qu'il aura retrouvé son calme. C'est un vrai diable, celui-là ! S'il n'était pas aussi adorable, il y a longtemps que nous l'aurions jeté dehors.

Levi et Annie se mirent à rire.

— Le jour où tu jetteras un animal dehors, ça voudra dire que nous aurons fermé boutique, répliqua Annie. Il n'y a pas plus sentimentale que toi !

Les enfants de Kathy avaient quitté la maison. Elle était mariée depuis trente-deux ans avec Levi, professeur aujourd'hui à la retraite. Elle avait grandi dans une région où on élevait du bétail, et son corps mince et noueux était incroyablement robuste. A soixante ans, elle soulevait encore sans sourciller des sacs de vingt-cinq kilos de grain.

Son mari était tout aussi vigoureux, et il n'entendait pas laisser son arthrite le handicaper.

— Mais où aviez-vous la tête, bon sang, pour vous jeter

ainsi dans la mêlée ? lança-t-il en dévisageant Brennan, les sourcils froncés.

Le sourire qui étira lentement ses lèvres et la lueur amusée dans son regard montraient clairement que personne d'habitude ne lui parlait de cette manière.

— Une opportunité s'est présentée. Je l'ai saisie.

— Vous auriez pu vous faire tuer ! Et vous, Annie, ajouta Levi en se tournant vers elle. Vous avez pourtant l'habitude ! Qui aurait pris la relève, au refuge, si vous aviez été grièvement blessée ? Il faudra y penser, la prochaine fois, avant de vous jeter dans la tourmente. Nous ne pouvons pas sauver tout le monde, poursuivit-il, son regard s'adoucissant soudain lorsqu'il le reporta sur Pinocchio. Bien que ce soit notre vœu le plus cher.

Annie avait hâte de changer de sujet. Elle ne voulait surtout pas que Brennan la juge irresponsable. Levi n'avait pas tort, mais il aurait pu éviter de lui parler ainsi devant leur visiteur. Saisissant la première échappatoire qui lui vint à l'esprit, elle fit la grimace, porta la main à son côté et laissa échapper un petit « oh ! » de douleur.

Tucker se tourna aussitôt vers elle. Son visage ne reflétait aucune douleur. Néanmoins, elle dissimulait peut-être quelque chose de grave sous ces vêtements usagés.

— Nous devrions nous occuper de vous, dit-il.

Elle acquiesça d'un hochement de tête et la seule pensée qui vint à Tucker fut que ni les photos ni les vidéos ne l'avaient préparé à rencontrer cette femme étonnante. Il savait qu'elle était grande et constata avec surprise que si elle portait des talons hauts, elle serait presque de la même taille que lui. Elle avait un teint superbe, c'était visible malgré la saleté qui maculait son visage, et ce qui le frappa soudain fut le peu d'attention qu'elle portait à son apparence. Elle lui avait donné un chiffon, sans en prendre un pour elle.

Lorsqu'elle aurait essuyé la boue de son front et de ses joues, ses yeux paraîtraient-ils encore d'un bleu aussi intense sous l'épaisse frange de ses cils ?

Quant à ses cheveux, ils étaient… intéressants. Il était prêt à parier qu'elle se les coupait elle-même, mais elle n'en était que plus attirante encore. Sa beauté était une arme imparable, évidemment. Et, bien sûr, Christian avait été conquis. Quel homme ne l'aurait pas été ?

Elle jeta un dernier regard à Pinocchio et se dirigea vers la porte. Tucker la suivit, à distance, afin de pouvoir l'observer de dos. Fine, élancée, elle marchait avec une parfaite assurance. Une nouvelle énigme à résoudre. Pourquoi ? Pourquoi avait-elle fui pour venir s'enterrer dans ce coin perdu et s'éreinter à la tâche ?

En passant, iI jeta un bref coup d'œil à l'écurie. La jeune femme qu'il avait vue à son arrivée s'approcha d'Annie en souriant.

— Ça va ?

— Oui. Un peu cabossée, mais ça va.

Annie se tourna vers lui.

— Je vous présente Mélanie Bowles. Elle enseigne au lycée de notre secteur, et c'est grâce à elle que nous bénéficions de l'aide des adolescents que vous avez vus dehors. Mel, voici Tucker Brennan.

Tucker serra la main de la jeune femme, mais elle était de toute évidence trop préoccupée par Annie pour se soucier de lui.

— Vous avez besoin d'aide ? demanda-t-elle, pointant du menton le gros hématome qui était en train de se former sur son avant-bras.

— Ça va aller. L'aide la plus précieuse que vous puissiez m'apporter, c'est d'être ici, avec les élèves.

— Pas de souci. Vous pouvez compter sur nous, répondit Mélanie.

Puis, après lui avoir adressé un petit signe de tête, elle regagna l'écurie où l'attendaient d'autres tâches.

Annie boitait légèrement lorsqu'ils arrivèrent finalement au chalet. Elle ouvrit la porte, le laissa entrer, et faillit le percuter de plein fouet lorsqu'il s'immobilisa soudain, sidéré.

Le lieu ressemblait davantage à une cabane qu'à un chalet. Et encore, une bien piètre cabane ! Une vieille table occupait le centre de la seule pièce, flanquée de trois chaises dépareillées. Le coin-cuisine se résumait à un étroit comptoir où un four à micro-ondes et une cafetière se disputaient l'espace à côté d'un évier. Une planche servait de bureau avec un ordinateur posé dessus, et un grand tableau noir surplombait l'ensemble. On y avait inscrit la liste des bénévoles, les tâches à accomplir, les choses à ne pas oublier. Pour compléter le tout, un fauteuil inclinable était coincé contre le mur, dans si peu d'espace que Tucker doutait qu'il puisse s'incliner un jour.

Un escalier conduisait à une mezzanine. La chambre, certainement. La seule autre porte devait être celle de la salle de bains. Et ça s'arrêtait là.

Annie posa la main sur son bras pour pouvoir passer, et il sursauta.

— Désolée, dit-elle. La salle de bains est juste là. Si vous alliez vous rafraîchir et ôter votre chemise que je puisse jeter un coup d'œil à votre blessure ?

— D'accord.

Il contourna la table pour gagner la salle de bains. Au passage, il aperçut une jolie lampe en cuivre, seul objet décoratif de la pièce. Il n'y avait rien aux murs, pas de photos, et aucun bibelot. Une véritable cellule monacale. Il devait être difficile d'y dissimuler quelque chose, à moins de faire preuve de beaucoup d'imagination.

Il aurait bien aimé pouvoir aller jeter un coup d'œil en haut. Si des preuves reliant Annie Sheridan à son passé existaient, c'était certainement là qu'elle les cachait.

La salle de bains était minuscule. Entre la cuvette des toilettes et la douche, il y avait à peine de quoi se retourner. Il ne connaissait pas une femme qui aurait pu tenir plus d'une journée dans ce chalet miniature.

La faïence du lavabo était ébréchée mais impeccablement propre. Au-dessus, il y avait une petite armoire avec un miroir. En dessous, une trousse de premiers secours.

Sa main heurta le mur lorsqu'il ôta sa chemise. Il la posa sur le couvercle des toilettes et se lava les mains et les bras avant d'inspecter son torse. Il n'avait pas de blessure, seulement une ecchymose au-dessus de la hanche droite qui commençait à bleuir. La coupure à son bras lui faisait mal et s'était remise à saigner. Heureusement, elle était peu profonde et ne nécessiterait pas de points de suture. Un comprimé d'aspirine aurait toutefois été le bienvenu.

Il y avait des serviettes propres. Tucker en prit une et se sécha. Puis il récupéra sa chemise, saisit la trousse, et sortit.

— Voilà ! La salle de bains est à vous, dit-il.

Annie ouvrit la bouche pour parler, mais resta sans voix, le regard rivé sur son torse. Il savait qu'il ne ressemblait pas à ces hommes qui passent leur vie dans les salles de musculation, mais il faisait du sport, se maintenait en forme, et était raisonnablement musclé là où il fallait. Il fut surpris de la voir rougir. S'il se trouvait là, c'était pour parler projets et financements.

— J'ai fait du café, dit-elle finalement. Vous trouverez tout ce qu'il vous faut. Je n'ai pas de crème, mais il y a du lait de chèvre.

— Merci.

Il la regarda gagner la salle de bains et se sentit tout à coup emprunté, trop grand dans ce petit espace. Tandis qu'il inspectait les placards, trouvait les mugs rangés avec les assiettes, les verres et les différents ustensiles, il comprit à quel point il fallait être organisé pour rendre un tel lieu habitable.

A quoi bon s'être enfuie avec de l'argent si c'était pour vivre ainsi ? Il n'y avait pas deux mugs ou deux assiettes assortis. Tout semblait être d'occasion. Quant au petit réfrigérateur, il ne contenait pas grand-chose. Du lait, quelques condiments et, dans le freezer, des burritos surgelés et un bac de glaçons.

Lorsqu'elle sortit de la salle de bains, Tucker vit qu'elle n'avait plus les joues roses, mais elle ne croisa pas pour autant son regard.

— Asseyez-vous, dit-elle en tirant une chaise.

— Nous pouvons peut-être boire le café pendant que nous faisons ça, proposa-t-il en désignant la trousse de premiers secours.

— Oui, bien sûr.

Il avait la réponse à sa question. Sans la boue sur ses joues, ses yeux étaient toujours de ce bleu incroyablement lumineux. Il aimait sa bouche, également, ses lèvres pleines, bien dessinées, naturellement roses. Elle ne portait aucun maquillage, et il était clair qu'elle n'en avait nul besoin.

Prenant brusquement conscience de ce qui était en train de se passer, il fronça les sourcils. Il ne la connaissait que depuis une demi-heure à peine et se laissait déjà distraire par son physique. Bon sang !

— Allez-y, reprit-elle en indiquant la cafetière du menton. Servez-vous. Je vais aller chercher ce qu'il nous faut. Je me servirai ensuite.

Ils parvinrent à se mouvoir dans l'espace étroit. Elle

avait évité de justesse son torse, mais lorsque son épaule l'effleura soudain, ils se figèrent tous deux comme s'ils venaient de braver un interdit. Gênée, elle s'éclaircit la voix tandis qu'il s'efforçait de faire comme si de rien n'était.

Il s'installa avec son café et ouvrit un paquet de compresses tandis qu'elle allait à son tour remplir son mug dans le coin-cuisine. Il songea que, finalement, la situation servait au mieux ses intérêts. Se retrouver dans ce genre d'intimité avec Annie Sheridan, il n'en espérait pas tant. Il allait en apprendre plus sur elle dans les minutes à venir que si elle lui avait fait faire la visite complète du refuge. A condition qu'il ne se laisse pas distraire, bien évidemment. C'était une femme magnifique, il n'y avait pas de doute mais, compte tenu de la façon dont elle s'était servie de son physique pour duper Christian, il n'allait pas être stupide au point de tomber dans le même piège.

En même temps que son café, elle rapporta un linge humide et une serviette propre. Elle avait déjà préparé les ciseaux, un flacon d'antiseptique et quelques autres produits. Il la regarda examiner son bras en se mordant la lèvre. Elle fit la grimace au moment où elle allait appliquer le désinfectant. Tucker se crispa sous l'effet du produit et inspira l'air avec un petit sifflement.

Elle leva vers lui un regard d'une grande douceur qui le surprit de la part d'une femme qu'il supposait endurcie, habituée à soigner les animaux.

— Désolée, je sais que ça pique, dit-elle très vite avant de désinfecter une seconde fois la plaie.

Lorsqu'elle la protégea avec une compresse de gaze qu'elle fixa avec du sparadrap, il la vit se détendre. Elle était redevenue la femme sûre d'elle, maîtrisant la situation. Il n'aurait su dire encore si l'empathie qu'elle lui avait témoignée était feinte ou sincère.

— Merci, fit-il. A votre tour, à présent.

— Non. Je peux me débrouiller seule.

Il la vit rougir de nouveau.

— J'étais là, j'ai vu ce qui s'est passé.

Quelques secondes s'écoulèrent, puis elle poussa un soupir résigné.

— Bon, d'accord. Mais je sais que ce n'est rien.

Elle se leva lentement.

— C'est mon dos. Je me suis accrochée au fil de fer barbelé.

Il pivota sur sa chaise. Elle était debout, devant lui, et il avait les yeux à la hauteur de sa ceinture. Il aperçut alors les petites taches de sang sur sa chemise. Elle la souleva délicatement, révélant la peau claire, satinée de ses reins marquée par deux énormes ecchymoses qui viraient au violet.

— Hum… Ce n'est pas très beau, constata-t-il, sincèrement inquiet, ce qui le mit mal à l'aise. Vous devriez peut-être montrer ça à un médecin.

Comme il effleurait la plus gonflée du bout des doigts. elle se raidit.

— Si vous pouviez cesser d'y toucher…

— Je voulais m'assurer qu'il n'y a pas d'hémorragie interne.

— Ça va. J'ai connu pire.

— C'est juste au-dessus du rein. Ça pourrait être dangereux.

— Je sais qu'il n'y a pas de dégâts, répondit-elle en soulevant un peu plus haut sa chemise.

Ce fut à son tour de se raidir.

— Et la coupure ? reprit-elle.

— Euh… Oui, la coupure, répéta-t-il automatiquement, sous l'effet du trouble que la vue de son soutien-gorge lui avait causé.

C'était le soutien-gorge le plus basique qui soit. En coton

blanc, tout simple. Un soutien-gorge très sage qui n'avait aucune raison de paraître aussi joli sur sa peau claire et, surtout, qu'il n'était absolument pas censé remarquer.

Il avait mal rien qu'à voir ses ecchymoses et la coupure ne semblait pas anodine non plus. Malgré cela, il était impossible de rester indifférent au reste de son corps. A la grâce, l'élégance des lignes, la courbe de ses reins, le dessin délicat de sa colonne vertébrale... Elle était si près qu'il sentait son parfum filtrer à travers l'odeur de foin de ses vêtements ; un troublant parfum de pêche mûre.

Ses sens ne pouvaient-ils donc pas le laisser en paix ? songea-t-il, étouffant un juron.

— Qu'y a-t-il ? demanda Annie. C'est grave ?

Il s'éclaircit la voix et se concentra sur la blessure. Maintenant qu'il y prêtait attention, il vit que ce n'était pas grand-chose, mais que telle qu'elle était située, elle ne pouvait se soigner seule.

S'efforçant de se ressaisir, il prit un morceau de coton.

— Ce n'est pas grave, mais ça risque de piquer beaucoup.

— Allez-y.

Cette fois, les rôles étaient inversés. Se rappelant la douleur qu'il avait ressentie, il fit la grimace mais ne s'excusa pas. Il fallait qu'il se montre efficace et garde son objectif à l'esprit. Une rare opportunité se présentait à lui et, par son inconséquence, son incapacité à maîtriser ses sens, il risquait de la laisser filer.

— Je vous ai réservé un accueil peu banal, je crois.

Elle rit. Un rire un peu haut perché, nerveux.

— Je suis vraiment désolée...

— Vous n'avez pas à vous excuser. Je comprends parfaitement. Bien. Revenons à notre sujet, à présent. J'ai vu une jument qui semblait sur le point de pouliner. Combien en avez-vous qui sont grosses ?

Elle parut se détendre bien qu'il ait saisi un second

tampon de coton et soit sur le point de désinfecter de nouveau sa blessure.

— A ce jour, nous avons eu deux naissances, toutes deux sans problème. En plus de Glory que vous avez vue, une autre jument est proche de pouliner et une troisième ne devrait pas tarder. C'est tout. Ce sont les dernières femelles que nous avons. Elles faisaient partie d'un troupeau qu'on nous a amené un beau matin. La plupart des animaux ont été transférés dans un refuge dans le Wyoming. Heureusement, les chevaux qui restent se portent très bien. Certains…

Annie s'interrompit. L'air siffla entre ses dents au moment où les doigts de Tucker pressaient sa peau pour mettre en place la compresse de gaze.

— Certains étaient sous-alimentés, poursuivit-elle. Au début, il a fallu faire intervenir très souvent le vétérinaire. Nous avons peut-être trouvé des familles d'accueil pour deux de nos étalons, ce qui est extraordinaire. Ils ne vont pas être faciles à placer.

— Je vais aller jeter un coup d'œil, si vous voulez. Je ne peux rien vous promettre, mais je connais des personnes qui pourraient être intéressées et qui ne vivent pas trop loin d'ici.

— Oui, la distance est un réel problème. J'accepte très volontiers l'aide que vous pourrez nous apporter.

— Très bien. Vous êtes certaine de ne pas être blessée ailleurs ? Je peux aller chercher Melody, si vous vous sentez plus à l'aise avec elle.

— Mélanie.

Annie laissa retomber sa chemise.

— C'est inutile, merci. Si vous vous sentez prêt, je peux vous faire visiter le refuge.

Elle lui tendit sa chemise avec un petit sourire. Il se leva, l'enfila, et dut se contorsionner pour la glisser dans son pantalon. Lorsqu'il lui fit face de nouveau, elle buvait son café, le regard lointain, absorbée dans ses pensées.

Songeait-elle à une autre vie ? A ses plans futurs ? Elle avait compris que la fondation du Rocking B allouait des bourses et des subventions importantes. Voilà qui pouvait faire de sa petite entreprise un centre avec lequel il faudrait compter, d'autant qu'elle avait la possibilité de bénéficier de transports aériens, ce qui représentait un énorme potentiel en termes d'aide aux animaux. Ou peut-être songeait-elle simplement que l'argent de la fondation, ajouté à celui qu'elle avait détourné, pourrait lui permettre de mener une vie de rêve au Canada, juste de l'autre côté de la frontière.

— Nous pouvons discuter en marchant, proposa-t-il. Si vous ne souffrez pas trop, bien sûr.

— Dans nos métiers, même si l'on souffre, il faut assurer. J'imagine que vous n'êtes pas sans le savoir.

Oui, il le savait, mais pas comme elle. Il avait dû apprendre, se frotter à toutes les tâches, même les plus ingrates. Et depuis il travaillait dur. Mais il n'avait quasiment jamais eu à affronter seul le froid, un matin d'hiver, lorsque chaque animal compte sur vous pour manger, être protégé et soigné.

Diriger un refuge n'était pas une tâche facile. Il en avait visité, évalué, un très grand nombre. Chaque fois, il y avait derrière une personne ou un couple qui était le moteur, l'âme de l'opération. Des gens qui avaient renoncé à mener une vie normale pour se consacrer au bien-être des animaux.

Et c'était ce qu'Annie faisait, seule, depuis pratiquement deux ans. Il ne comprenait pas ce qui l'y avait poussée. Se punir ? Cela n'avait aucun sens alors qu'elle pouvait tout simplement retourner à New York et arranger la situation. Pas une seconde il ne l'avait imaginée travaillant ainsi, comme une forcenée. Qu'avait-elle fait de l'argent qu'elle avait détourné ?

— Je dois passer quelques coups de fil urgents, dit-il.

Il jeta un coup d'œil à sa montre, puis leva la tête et la fixa droit dans les yeux, guettant sa réaction.

— Serait-il possible que je vous rejoigne à l'écurie dans une vingtaine de minutes ?

Bien vu. Un éclair de panique traversa son regard, juste le temps pour lui de la voir jeter un coup d'œil en direction de la mezzanine. Il était évident qu'elle n'avait pas envie de le laisser seul ici, quelle qu'en soit la raison. Il attendit patiemment sa réponse.

— Bien sûr. Pas de problème. Je vous attends là-bas.

— Merci. Ce ne sera pas long.

Elle prit sa tasse, la posa dans l'évier. A la porte, elle hésita un instant, puis finit par sortir. Son portable à l'oreille, il la regarda s'éloigner.

Dès qu'elle eut disparu, il grimpa dans la mezzanine. Son cœur battait à tout rompre. Il abordait toujours les problèmes de front et détestait avoir recours à ce genre de mensonge. Mais cette affaire semblait partie pour lui faire enfreindre toutes les règles qu'il s'était fixées.

Il garda le plus évident pour la fin, et fit rapidement la tour des lieux, inspectant les lattes de plancher, les recoins, à l'affût d'une cachette possible.

Il n'y avait rien aux murs, pas de penderie non plus, ce qui limitait les possibilités, mais il prit son temps. La commode était remplie de vêtements tassés. Il les sortit un à un. Rien.

Le lit était intact, autant qu'il put en juger sans le défaire complètement. Mais dessous…

Des boîtes de café. Quatre. Et une vieille valise. Ce fut elle qu'il ouvrit en premier. Il jeta un coup d'œil à sa montre, effaré de constater à quelle vitesse le temps filait.

Elle pouvait revenir d'une seconde à l'autre, et elle aurait alors toutes les raisons d'appeler la police.

La valise était pleine de livres et de CD. Il vérifia chaque poche deux fois, feuilleta tous les livres, ouvrit chaque boîte de CD sans rien trouver d'intéressant. Déçu, il remit la valise en place.

Il heurta une boîte de café et, histoire de ne rien laisser au hasard, il vérifia. Elle n'était pas ouverte. Pas plus que la deuxième et la troisième.

La quatrième contenait une enveloppe non cachetée. A l'intérieur se trouvait une feuille de papier sur laquelle étaient inscrits un numéro et un mot de passe. Il était certain qu'il s'agissait d'un numéro de compte bancaire. Il y avait également un permis de conduire au nom d'Alison Bishop, avec une photo ressemblant vaguement à Annie, et un rouleau de billets plus gros que son poing.

Il photographia le permis ainsi que le numéro de compte, puis remit tout en place sous le lit tel qu'il l'avait trouvé et quitta au plus vite les lieux, avant de se faire prendre la main dans le sac.

- 5 -

Les élèves étaient partis et Mélanie avec eux. Annie se dirigea vers l'écurie. Tout était paisible et elle en fut soulagée. Elle devait recouvrer son calme avant d'aller voir les juments. Pas question de leur faire subir ses préoccupations, son angoisse. Les animaux, et les chevaux en particulier, étaient très sensibles aux ondes, positives ou négatives, que pouvaient transmettre les humains.

Il fallait qu'elle se raisonne. Il n'y avait rien d'anormal à ce que Brennan ait besoin de passer quelques coups de fil et qu'il souhaite être seul pour le faire, au calme dans le chalet.

Elle était maintenant convaincue que la photo publiée sur le Net n'avait eu aucune incidence et que personne ne l'avait démasquée. Elle avait effectué des recherches sur Brennan, et tout était O.K. Même Shea avait mené son enquête et déclaré qu'il n'y avait pas de problème.

De plus, il ne semblait pas le genre d'homme à fureter. Et quand bien même, elle ne le voyait pas allant fouiller dans les boîtes de café sous son lit. Non, il fallait qu'elle se calme.

Elle inspira profondément et le mouvement lui fit faire la grimace. Cela lui permit néanmoins de se détendre un peu. Tucker Brennan ne découvrirait pas sa véritable identité.

Le calme fut cependant de courte durée. Elle se mit

à penser à tout ce qui était allé de travers depuis qu'il était arrivé au refuge. Si seulement il avait été possible de rembobiner le film, de repartir de zéro ! Pourquoi avait-il fallu que l'homme qu'elle souhaitait tellement impressionner la trouve en train de commettre une erreur fondamentale en matière de gestion des animaux ? Une erreur qui aurait pu leur coûter cher à tous les deux, et qui risquait de lui faire perdre une subvention. En effet, quelle fondation serait prête à investir dans un refuge dirigé par une pauvre idiote sentimentale ?

Et, comme si cela ne suffisait pas, sa libido qu'elle était parvenue à maintenir sous l'éteignoir pendant deux longues années se réveillait brusquement. Son corps s'affolait, en proie au désir, menaçant de lui faire perdre la tête. Lorsque Brennan l'avait touchée pour la soigner, c'était tout juste si elle avait pu se retenir de gémir de plaisir.

Dieu merci, il avait remis sa chemise. Mais rien n'avait pu chasser de son esprit la vision de son torse mince et musclé, de la toison sombre qui descendait vers son ventre plat, du V parfait que formait la carrure de ses épaules avec ses hanches étroites. Heureusement, une fois la chemise enfilée, il lui avait été plus facile de résister à l'envie irrépressible de le toucher, de le caresser.

Elle regrettait de ne pas avoir emporté son café et pris un comprimé pour calmer les douleurs qui commençaient à se manifester. Un instant, elle songea à retourner au chalet, mais elle conservait toujours de l'aspirine dans la trousse médicale de l'écurie. Elle aurait dû proposer à Brennan de prendre quelque chose, lui aussi, mais elle avait été bien trop distraite par lui pour y songer.

— Ça ne va pas ? demanda-t-il soudain derrière elle. Vous avez le vertige ?

Elle sursauta ; elle ne l'avait pas entendu arriver. Il devait penser qu'elle était folle, plantée au milieu du chemin, le regard perdu dans le vague.

— Si, si, tout va bien, dit-elle très vite. Désolée, j'étais seulement en train de penser à… Nous devrions aller voir les chevaux.

— D'accord.

Il sourit. Un sourire qui lui sembla un peu forcé et la rendit nerveuse.

— Au ranch, lorsque j'étais adolescent, je passais beaucoup de temps auprès des juments pour voir les naissances.

— C'est parfait. Vous pourrez donc me donner un coup de main, si besoin. Je crois que Glory risque de donner naissance à son poulain cette nuit. Elle s'est agitée toute la journée. Je ne serais pas surprise qu'elle ait déjà perdu les eaux.

— C'est son premier ?

Annie fut soulagée que la conversation s'oriente en terrain sûr. Elle pouvait parler d'animaux pendant des heures, sans risque de commettre de faux pas.

— Je l'ignore, dit-elle. Elle est arrivée pleine et sous-alimentée. Nous l'avons soignée, mais il est impossible de mesurer l'impact que cette période de malnutrition a pu avoir sur le fœtus. Le Dr Yardley se tient prêt à intervenir et moi, je vais monter la garde cette nuit.

— Cela vous arrive souvent ?

— Suffisamment pour savoir à quel moment appeler à l'aide.

Parvenue à la porte de l'écurie, elle se tourna vers lui.

— Je voulais vous poser une question, dit-elle en le regardant droit dans les yeux.

Elle sentit son pouls se mettre à battre plus fort et ce trouble qu'elle pensait ne plus jamais éprouver face à lui l'assaillit de nouveau, mais elle ne pouvait se permettre de détourner le regard. Il fallait qu'elle sache. Cette question n'avait cessé de la tarauder depuis le premier mail qu'il avait envoyé.

— Vous êtes le patron du Rocking B et votre fondation a pour directeur Rafael Santiago. Comment se fait-il que ce soit vous qui soyez là et pas lui ?

La question fit naître un sourire sur ses lèvres.

— Je trouve qu'il est important de faire les choses personnellement

— Vous visitez tous les refuges vous-même ?

— Non, pas tous. Celui-ci est un cas à part.

— Pourquoi ?

— D'accord, je l'admets, j'avais à faire dans le secteur et je me suis dit que cette visite me distrairait de ma routine.

Annie ne put s'empêcher de rire.

— Vous choisissez un refuge au bord du gouffre avec dans l'idée de vous distraire ? Monsieur Brennan, je ne dispose que de six bénévoles à temps partiel. Levi et Kathy ont surveillé la jument toute la journée, mais ils s'en vont le soir. Je vais être seule jusqu'à 8 heures, demain matin, et je vais avoir de quoi m'occuper. Je ne peux même pas vous offrir à dîner, à moins que vous ne vous contentiez de burritos surgelés.

Le sourire réapparut.

— Vous m'avez déjà offert une distraction. Ce n'est pas tous les jours que j'ai l'occasion de lutter avec une chèvre.

— A chacun sa conception des distractions, répliqua-t-elle avec un haussement d'épaules.

Mais elle comprenait très bien ce qu'il voulait dire. Les dernières vacances qu'elle avait prises, elle les avait passées à travailler dans un refuge pour chevaux, dans le nord de l'Etat de New York.

— Suivez-moi, poursuivit-elle. Voici l'écurie la plus importante. Elle accueille les chevaux qui ont besoin de soins particuliers. Nous aimerions construire un bâtiment qui nous permettrait de mettre des animaux en quarantaine, mais nous n'avons pas encore trouvé le financement. La crise économique ne favorise pas l'arrivée de dons, bien que la présidente de notre conseil d'administration, Shea Monroe, ait accompli des prouesses dans ce domaine. Nous avons lancé plusieurs campagnes par mail, et d'autres sont prévues.

— Au fait, l'interrompit-il. Moi, c'est Tucker.

Elle s'arrêta et se tourna vers lui, surprise.

— Pas « monsieur Brennan ».

— Très bien. Comme vous voudrez.

Se remettant en marche, elle expliqua :

— Les box font cinq mètres sur cinq. Ce mur, ici, sépare cette partie de l'écurie de celle que nous réservons aux nouveaux arrivants. Il y a quatre box au fond. Les quatre du milieu sont pour les animaux blessés et les quatre les plus proches de nous sont affectés aux naissances.

Annie lui laissa tout le temps d'inspecter la grande bâtisse. Pour une écurie qui avait presque vingt ans, elle était en très bon état. L'homme qui avait construit Safe Haven était originaire de l'Idaho et avait consacré sa vie aux chevaux.

Tucker passa devant les juments pleines pour aller jeter un coup d'œil aux chevaux malades. Aucun n'était contagieux ; ils avaient juste besoin de soins spécifiques.

Levi et Kathy se trouvaient dans le box vide jouxtant celui de Glory. Annie s'approcha.

— Comment va-t-elle ?

Glory était une solide jument noire avec une tache blanche en forme d'étoile sur le front. Elle était couchée sur sa litière de paille fraîche, mais son agitation était évidente.

— Elle va bien, répondit Kathy. J'ai parié avec Levi sur l'heure à laquelle elle perdra les eaux. J'ai dit 22 heures.

— Et moi minuit, dit Levi. Vous allez appeler le Dr Yardley ?

— Il viendra, mais ne vous inquiétez pas, tout ira bien. Je peux faire face.

— Nous pouvons rester, vous savez, proposa Kathy.

— Ce ne sera pas nécessaire, intervint Tucker. Je serai là.

Annie réagit aussitôt.

— Ne vous sentez pas obligé. Je peux parfaitement me débrouiller seule. Vous avez fait un long voyage, et lutter avec une chèvre, ça fatigue.

Le sourire que Tucker lui adressa lui donna l'envie soudaine de s'ébouriffer les cheveux dans un geste de coquetterie, telle une adolescente face à son miroir.

— J'aimerais rester, dit-il. En attendant les naissances nous avions coutume de nous raconter toutes les histoires embarrassantes qui nous étaient arrivées. C'était drôle.

Annie se tourna vers lui et fit la grimace lorsqu'elle voulut croiser les bras sur sa poitrine. Elle aurait dû mettre de la glace sur ses contusions avant de proposer la visite du refuge ; il fallait absolument qu'elle prenne de l'aspirine.

— Nous avons énormément de choses à faire, demain, notamment la visite des terres à cheval. Vous me l'avez réclamée dans votre mail. De plus, je n'ai pas le souvenir que le récit de situations embarrassantes fasse partie intégrante du poulinage.

Le petit clin d'œil que Tucker lui adressa fit s'emballer son pouls.

— Vous n'avez pas dû fréquenter les bonnes écuries…

Kathy et Levi se mirent à rire, ce qui eut pour effet de faire se lever Glory. Annie pénétra dans le box pour la rassurer. Elle l'approcha avec des gestes lents, lui murmurant les petits mots rassurants qu'elle avait coutume de lui glisser à l'oreille. Elle l'avait également habituée au contact physique, à son parfum, à la caresse de ses mains.

Le travail était déjà bien avancé pour Glory, mais elle ne paraissait pas stressée. Avec un peu de chance, il n'y aurait pas beaucoup à intervenir lors de la naissance. Lorsque Annie quitta le box, tout était paisible dans l'écurie. Il ne subsistait que les bruits familiers : un cheval qui s'ébroue ou qui brasse sa paille, un autre qui souffle…

Elle gagna la porte. Elle savait que Kathy, Levi et Tucker suivraient. Dès qu'ils furent sortis, elle se tourna vers eux.

— Vous pouvez partir, à présent. Il est presque 18 heures.

Kathy la fixa, les sourcils froncés.

— Vous avez l'air d'avoir mal. Vous avez mis quelque chose sur vos contusions ?

— Ça va aller, dit Annie. Ne vous inquiétez pas.

— Ce n'est pas pour rien que je vous ai apporté mon onguent ! insista Kathy. Nous sommes là, allez vous soigner, ne soyez pas têtue.

Annie poussa un soupir résigné et se tourna vers Tucker.

— A part votre coupure, vous avez mal ailleurs ? Kathy fabrique elle-même ses onguents. Ils font des miracles.

— Non, tout va bien. Je peux surveiller Glory pendant que Kathy vous aide à vous soigner.

Sans prendre la peine de lui répondre, Kathy la poussa en direction du chalet. Il était clair qu'elle avait envie de parler avec lui sans que cette dernière l'entende.

Résignée, Annie les laissa. La douleur lui vrillait la hanche à chaque pas ; il était temps qu'elle fasse quelque chose. Soudain, ce fut aux mains d'un homme qu'elle se surprit à rêver, un homme en train d'appliquer l'onguent sur son corps meurtri. Un homme bien trop séduisant, surtout lorsqu'il ne portait pas de chemise…

*
* *

Tucker aurait volontiers pris quelque chose pour soulager les douleurs qui le taraudaient depuis déjà un petit moment mais, pour l'instant, toute son attention se portait sur ce couple qu'il sentait prêt à lui parler. Il se targuait de bien connaître la nature humaine, et il devait en grande partie sa réussite en affaires à sa capacité à deviner les gens. C'était l'un des atouts qui lui avaient permis de maintenir le Rocking B à flot malgré la crise.

Une fois de plus, il avait vu juste. Dès qu'Annie fut loin, Kathy s'approcha de lui.

— Si nous parlions de la partie qui ne se voit pas, monsieur Brennan ?

La remarque le ramena à un peu plus d'humilité, lui rappelant qu'il n'était pas le seul à deviner les autres.

— Cette jeune femme se prive de tout pour pouvoir nourrir les chevaux. Elle n'en a jamais rien dit, bien évidemment. Nous nous en sommes rendu compte petit à petit. Alors, nous avons commencé à l'aider, un repas, du café… Elle ne garde rien pour elle de l'argent qu'elle reçoit ; elle investit tout dans le refuge.

Glory s'agitait. Ils rentrèrent dans l'écurie. Levi alluma la rampe d'ampoules rouges, baignant soudain l'espace d'une étrange beauté, leur permettant d'observer ce qui se passait sans déranger la jument. Elle n'avait pas encore perdu les eaux mais se tournait et se retournait dans son box, rassemblant la paille, préparant l'arrivée de son poulain.

— Annie ne se rend pratiquement jamais en ville, dit Levi. Lorsqu'elle y va, c'est pour acheter de la nourriture pour les animaux ou obtenir de l'aide sous une forme ou une autre. Ce n'est jamais pour elle.

— Vous savez pourquoi ?

— Pourquoi elle donne autant, vous voulez dire ?

Tucker acquiesça d'un hochement de tête.

— Elle ne parle pas d'elle. Nous ne savons même pas d'où elle vient. Elle est juste arrivée, un beau jour, pour travailler comme bénévole. Moins de deux semaines plus tard, Edgar, celui qui avait construit le refuge, décida de regagner l'Idaho pour être proche de ses petits-enfants.

— Merci pour toutes ces informations, dit Tucker. Mais, ainsi que je l'ai déjà dit à Annie, je ne peux rien promettre. Je ne décide pas seul, et ma fondation procède selon des critères très stricts pour l'attribution de financements.

— Oh ! nous le savons ! répondit Lévi. Mais nous ne pouvions pas vous laisser partir sans vous dire que votre argent ne pourrait pas être mieux investi qu'ici. Et pas seulement en ce qui concerne les animaux. Si vous saviez tout ce que les adolescents apprennent ici. Toute personne qui s'engage comme bénévole chez Annie en repart enrichie.

— Je veux bien le croire, assura Tucker.

Il n'avait aucune raison d'en douter. Quelles que soient ses motivations, Annie avait décidé de jouer pleinement le jeu. Il était clair qu'elle faisait tout pour mettre les gens de son côté. Tout comme avec Christian, qui avait été si enthousiaste à son égard jusqu'à ce qu'il découvre la catastrophe.

Depuis qu'il avait trouvé le numéro de compte, Tucker était plus que jamais convaincu que, quelle que soit la qualité de Safe Haven, le refuge servait de couverture à Leanna. Ou peut-être n'était-ce que le marchepied pour un projet plus ambitieux. Il avait quelques idées concernant le numéro de compte et le permis trouvés dans la boîte de café. Il devait s'agir d'une stratégie de repli. Mais, dans ce cas, pourquoi ne s'en était-elle pas encore servie ? Attendait-elle un moment plus opportun ? Quelqu'un d'autre tirait-il les ficelles ? Un associé, quelque part ?

Ce soir, il allait devoir trouver le temps d'envoyer des

photos à George afin qu'il puisse faire des recoupements, tenter de reconstituer le puzzle. Quant à lui, il lui faudrait impérativement conserver son sang-froid, ignorer l'attirance physique qu'il éprouvait pour Annie. Il avait déjà rencontré des escrocs d'envergure dans sa vie, mais elle était d'un genre très différent. Elle le désarçonnait. Il ne parvenait ni à comprendre ce qui la poussait à agir ni à prévoir ce qu'elle allait faire. Il avait l'impression qu'il lui manquait un élément essentiel, une information capitale qui permettrait de résoudre toute l'énigme.

Levi et Kathy lui serrèrent la main et s'assurèrent qu'il savait où se trouvait le matériel pour les naissances. Il les regarda s'éloigner et faire un petit signe d'au revoir à Annie qui revenait.

Lorsqu'elle entra dans l'écurie, elle lui tendit deux comprimés et une bouteille d'eau.

— Aspirine, précisa-t-elle.

— Merci.

Elle alla jeter un coup d'œil à Glory. Il la suivit et sentit soudain l'odeur du baume de Kathy. Il connaissait ce genre d'odeurs, elles faisaient partie de sa propre histoire. Des odeurs familières, liées à la vie d'un ranch et qui, en cet instant, se mêlaient au parfum de pêche mûre d'Annie…

Une bouffée de désir l'envahit sans crier gare, fulgurante, traversant son corps tel un éclair. C'était totalement insensé ! Peut-être était-il trop fatigué et aurait-il dû partir lui aussi. Il se croyait fort, capable de contrôler ses réactions ; ce n'était visiblement pas le cas. Mieux valait s'éloigner. Il décida donc d'aller jeter un coup d'œil à l'autre jument qui devait pouliner sous peu.

Il longea ensuite les deux box vides et s'enfonça dans les profondeurs de l'écurie, attentif aux autres chevaux. Il vit un mustang avec un bandage sur un œil, puis une Appaloosa à la robe claire, qui portait un pansement au flanc. Elle lui rappela cette magnifique jument qu'il avait montée pendant cinq ans, une alezane dorée, si belle que toutes les femmes en étaient folles.

— Pretty Girl était dans un état épouvantable en arrivant ici, dit Annie qui l'avait rejoint en désignant l'Appaloosa. Elle s'était prise dans des fils de fer barbelés, et il a fallu beaucoup de soins pour qu'elle se remette de ses blessures.

— Vous me semblez très douée dans ce domaine.

— Rien de tel que l'apprentissage sur le tas. J'ai préparé du café. Je vais aller en chercher une Thermos pour chacun. Comment prenez-vous le vôtre ?

— Noir, si c'est possible. Si vous m'indiquez ce que je dois faire en attendant, je peux…

— Non. La naissance n'est pas pour tout de suite. Je serai largement de retour à temps.

Elle s'éloignait déjà. Arrivée sur le seuil de l'écurie, elle se retourna.

— Vous m'assurez que vous avez déjà participé à des naissances ?

Il leva la main.

— Je le jure.

Lorsqu'elle eut disparu au détour du chemin, il saisit son portable et appela George. Il l'informa de ce qu'il avait découvert sous le lit et lui demanda de chercher si Leanna n'avait pas travaillé avec quelqu'un — quelqu'un qui pourrait être en train de se servir d'elle.

— Tu penses qu'elle a pu agir sous la contrainte ?

— Je n'en sais rien. J'essaie d'envisager toutes les possibilités. Il y a des choses qui ne collent pas, dans cette affaire. Si elle n'a pas agi seule, je veux le savoir. Tu as du nouveau, de ton côté ?

— Non. Ce numéro de compte pourrait bien être la réponse à nos questions.

— Possible. Je te rappelle dès que je peux.

Il rangea son portable, et jeta un coup d'œil autour de lui. Il trouva deux couvertures. S'ils devaient attendre, autant le faire confortablement. Lorsque le travail était commencé, les juments avaient tendance à s'affoler et il fallait éviter au maximum les mouvements susceptibles de les déranger.

Il étala les couvertures dans le box jouxtant celui de Glory. Puis il alla dans la sellerie chercher le matériel nécessaire à l'arrivée du poulain. Le peu d'éclairage ne lui permettait pas de voir ce qui était écrit sur les boîtes disposées sur des étagères, mais il trouva rapidement ce pour quoi il était venu.

Il aurait aimé que ce soit aussi simple en ce qui concernait Annie qui demeurait à ses yeux toujours aussi énigmatique. S'il était retourné à son hôtel, à Kalispell, il se serait précipité sur son ordinateur. En fait, non. Il n'aurait pas pu attendre jusque-là. Il avait son iPad dans la voiture et il se serait arrêté en cours de route pour relire le dossier qu'il avait constitué sur elle, revoir les vidéos et les photos, comme si chaque détail de tout cela n'était pas déjà gravé dans sa mémoire.

Patience, se dit-il. Il ne connaissait Annie que depuis quelques heures, il n'était donc pas aberrant qu'il ne soit pas encore capable de tout comprendre. Le moment était venu de pousser plus loin les recherches, de retourner chaque pierre, y compris celles qui semblaient ne rien cacher.

Il songea soudain à sa mère qui passait seule sa soirée du mardi. Tout en connaissant déjà la réponse, il lui avait demandé si elle avait prévu quelque chose. Elle dînerait d'un plateau-repas dans sa chambre, devant la télévision, en regardant des enregistrements d'émissions qu'elle avait aimées du vivant de son beau-père.

Tucker l'avait entendue lui parler, comme si Michael Brennan s'était trouvé assis à côté d'elle. Elle ne se remettait pas de sa disparition et ce qu'il craignait, c'était qu'elle ne veuille à tout prix obtenir le pardon de Christian que parce qu'elle ne comptait pas lui survivre très longtemps.

Tucker se frotta les yeux — il était fatigué —, puis jeta un coup d'œil à sa montre. Annie mettait beaucoup de temps. Beaucoup plus qu'il n'en fallait pour préparer deux Thermos. Peut-être vérifiait-elle ses cachettes afin de s'assurer qu'il n'avait touché à rien. Génial ! Il avait probablement déplacé quelque chose qui l'avait rendue méfiante. Ou peut-être avait-elle tout simplement préparé une Thermos de café et pris la fuite.

Comme pour confirmer ses craintes, un bruit de moteur retentit soudain. Il se leva d'un bond, s'attendant à la voir démarrer en trombe dans un nuage de poussière, au volant de son vieux pick-up vert. Lorsqu'il sortit de l'écurie, il vit qu'il s'agissait en fait d'un 4x4 flambant neuf, qui descendait la route en direction du refuge. Il pensait qu'il serait seul avec elle pour la nuit, mais peut-être le vétérinaire passait-il finalement pour voir où en étaient les juments.

Annie apparut au détour du chemin et s'immobilisa pour regarder le véhicule qui venait dans sa direction. Tucker ne voyait pas son visage, mais il perçut la crispation dans son attitude tandis qu'elle serrait les deux Thermos contre sa poitrine. Un instant plus tard, il la vit se détendre ; elle connaissait le véhicule. Elle se dirigea vers le parking.

Le 4x4 s'était garé près de son pick-up vert. Quatre personnes en descendirent, deux hommes et deux femmes. Les deux hommes étaient grands, l'un brun, l'autre châtain clair, vêtus comme auraient pu l'être ses employés mais, dans une région de ranchs, cela ne voulait pas dire grand-chose. Il connaissait des patrons qui portaient au quotidien des jeans et des Stetson. La plus petite des deux femmes était une brunette, l'autre était rousse et toutes deux étaient également vêtues de jeans. Annie les dépassait d'une bonne tête.

Au lieu de rester à les regarder, il rentra dans l'écurie. Glory était couchée sur le flanc et soufflait bruyamment. Il resta quelques instants à l'observer et elle finit par se calmer. Il ressortit. L'un des hommes sortit une glacière du 4x4 et l'autre, un panier de pique-nique. Un peu plus loin, Annie et les deux femmes attendaient. Il se dirigea vers elles. Plus il se rapprochait, plus Annie paraissait mal à l'aise.

— Kathy a appelé Shea, expliqua-t-elle. Tout le monde arrive avec le dîner, prêt à nous donner un coup de main. Le Dr Yardley est retenu dans un ranch, probablement pour toute la nuit.

Son regard passa de Tucker aux nouveaux arrivants.

— Je vous présente Tucker Brennan, reprit-elle.

— Shea Monroe, dit la brunette.

Elle lui tendit une main ferme qu'il serra.

— Ah oui, la présidente du conseil d'administration. Enchanté.

Annie désigna l'homme qui portait la glacière. Il avait les cheveux coupés très court ; presque une coupe militaire.

— Jesse McAllister.

— Le pilote. Bravo. Ce sont de belles missions que vous assurez.

— Simple collaboration. Je vais où on me dit d'aller.

— Et voici sa sœur, Rachel.

Il y eut quelques hochements de tête pour se saluer.

— Et moi, je suis Matt Gunderson, dit le deuxième homme. J'espère que nous ne vous dérangeons pas. D'après Shea, vous vous apprêtez à passer une longue nuit.

— Vous ne nous dérangez pas du tout, assura Annie.

Elle paraissait sincère, mais elle ne regardait personne et continuait de serrer les deux Thermos contre sa poitrine.

— Nous nous sommes déjà rencontrés, non ? demanda Tucker à Gunderson.

— Je ne pense pas.

— Vous faites du rodéo, si je ne m'abuse. Sur taureaux. Je vous ai vu à Dallas. L'année dernière, vous avez gagné le championnat des USA à Las Vegas.

Matt hocha la tête.

— C'est bien moi. Ecoutez, nous savons que vous avez du travail. Alors, nous pouvons vous laisser le pique-nique et repartir, si vous n'avez pas besoin de nous.

Annie regarda Matt puis Tucker, et il sentit qu'elle avait envie de les voir s'en aller. Puis elle jeta un coup d'œil à Shea et parut changer d'avis.

— Non, restez. Vous allez pouvoir discuter et renseigner Tucker sur Kalispell. Moi, je dois aller voir Glory.

Elle lui tendit une Thermos, puis tourna les talons et disparut dans l'écurie. Tucker éprouva la désagréable sensation d'être mis à l'écart. Il tenta de se convaincre qu'il réagissait ainsi à cause de son enquête, mais il savait pertinemment qu'il n'y avait pas que cela.

- 6 -

Depuis deux ans, Annie refusait toute intrusion dans sa vie solitaire. Déroger à cette règle serait aller au-devant des ennuis, elle en avait conscience. C'était pourtant ce qu'elle venait de faire.

Elle avait fixé les limites, n'acceptant rien pour elle. La générosité, les largesses, c'était pour Safe Haven. Elle ne supportait pas qu'on veuille l'aider, elle.

Personne ne savait qui elle était en réalité, quel mal elle avait fait autour d'elle. Même Shea, avec ce qu'elle savait aujourd'hui, était encore loin du compte. On la voyait soigner, sauver des animaux, et tout le monde l'imaginait généreuse et altruiste.

Si elle n'avait pas renvoyé les McAllister, c'était uniquement à cause de Tucker. Elle aurait dû prévoir un repas, ce soir... Or, en dépit des apparences, elle n'avait pas grandi dans une ferme.

Une chose au moins était certaine. En ce qui concernait Tucker, elle pouvait faire confiance à Shea. Contrairement à Kathy et Levi, elle avait davantage pour objectif de lui obtenir une subvention que de vanter ses mérites. Comme si elle n'avait pas remarqué leur petit manège, tout à l'heure !

Glory transpirait beaucoup, à présent, et ne cessait de tourner dans son box. Tout à coup, elle perdit les eaux. Ce n'était pas le moment de s'éloigner. Pas tant que le poulain ne serait pas né. Glory s'ébroua, plia les jambes, et se coucha de nouveau sur sa litière.

Lorsque le poulain apparut, elle retint son souffle. Il s'agissait des deux sabots avant et du museau. Parfait. Néanmoins, tout n'était pas encore gagné.

— Ça se présente bien, dit soudain Tucker derrière elle.

Elle sursauta. En une seconde, son cœur se mit à battre follement. Il fallait qu'elle cesse de sursauter ainsi, à tout bout de champ. Elle ne l'avait pas entendu arriver et il était là, si près, tout contre son épaule.

Toute son attention concentrée sur la jument, elle ne répondit pas. Les contractions s'accéléraient. Elle fit la grimace. Le poulain arrivait vite, c'était à peine croyable. Bientôt, il fut aux trois quarts expulsé. La jument avait besoin de reprendre un peu de forces avant l'ultime effort. Lorsqu'elle poussa pour la dernière fois, le poulain glissa d'un trait sur la litière, petit paquet tout mouillé. Ensuite, tout se passa comme sur des roulettes.

Tucker n'intervint pas, mais il était là quand elle coupa le cordon ombilical et il lui tendit les serviettes pour frictionner le poulain.

Elle n'avait aucune idée de l'heure qu'il pouvait être lorsque Glory se mit à prendre soin de son poulain, mais elle savait qu'à présent, il fallait la laisser seule avec lui.

Après avoir jeté un coup d'œil aux deux autres juments, elle se lava les mains dans le vieil évier, puis quitta l'écurie, suivie de Tucker. Elle espérait que tout le monde aurait dîné et serait parti, mais c'était sans doute trop demander.

Matt ouvrit la glacière et en sortit deux bouteilles de bière.

— A quoi boit-on ? lança-t-il.

Tucker les prit, en tendit une à Annie.

— A une naissance modèle, répondit-il.

— Bonne nouvelle, dit Shea. Allons dîner, à présent.

Tous se dirigèrent vers le parking. Annie vit qu'ils avaient installé le repas à l'arrière du 4x4 et sorti des chaises pliantes.

Elle se rendit brusquement compte qu'elle avait faim. La journée avait mis ses nerfs à rude épreuve et ce n'était pas encore terminé. Elle se sentait plus détendue, maintenant, mais elle savait qu'une mise au point allait être inévitable. Heureusement, il n'était pas très tard. Tucker pourrait regagner son hôtel après s'être restauré, et elle pourrait alors aller se coucher et essayer de dormir un peu.

Mais, même épuisée, elle avait le sentiment qu'il lui serait difficile de ne pas penser à lui. Elle avait tant de choses à régler liées à sa visite, sans compter un problème de taille. Chaque fois qu'il s'approchait d'elle, son cœur s'emballait et son corps réagissait aussitôt, envahi d'un trouble totalement incontrôlable.

— Il y a des sandwichs, annonça Rachel. Rosbif, thon, ou végétariens. Des chips, des bâtonnets de carotte…

— Et des cupcakes ! renchérit Jessie, avec un enthousiasme qu'Annie trouva un peu exagéré.

Tucker hocha la tête.

— Des cupcakes et de la bière ? Voilà un choix pour le moins audacieux.

— Nous n'avons eu que dix minutes pour tout préparer, expliqua Rachel. Parce que quelqu'un qui aurait dû demander de l'aide plus tôt ne l'a pas fait, ajouta-t-elle en lançant à Annie un regard entendu. Oh ! et il y a aussi des sodas et de l'eau, dans la glacière !

Annie pesta intérieurement contre Kathy.

— C'est gentil, dit-elle, mais il va falloir que vous regagniez le ranch. Je suis épuisée, je dois me reposer.

— J'ai entendu dire que d'autres juments devaient mettre bas, dit Matt.

— Oui, une. Mais rien ne permet de penser que le travail commencera cette nuit.

Shea se tourna vers elle.

— Tu préfères qu'on te laisse ?

Annie savait que Shea posait la question très sincèrement, sans arrière-pensée.

— Je ne veux surtout pas vous retenir, vous avez à faire, j'imagine, et Tucker est fatigué. Il est arrivé de Dallas cet après-midi.

— Ne vous inquiétez pas pour moi, répondit Tucker. Ça va très bien, et j'avoue que je mangerais volontiers un morceau.

Annie posa un instant la main sur son bras.

— Merci pour votre aide.

Il fixa son bras, là où se trouvait sa main une seconde plus tôt, puis il leva les yeux vers elle et plongea son regard dans le sien.

— Tout le plaisir a été pour moi. C'est une journée qui restera gravée dans ma mémoire.

Elle ne sut que répondre. Que fallait-il penser ? Qu'il se montrait tout simplement poli ou qu'il flirtait avec elle ? Mais qu'allait-elle imaginer ? Serait-elle en train de prendre ses désirs pour des réalités ? C'était absurde ! De toute façon, à quoi bon ? Il ne se passerait jamais rien entre eux. C'était impensable.

Elle avala sa salive pour chasser l'émotion soudaine qui lui nouait la gorge. Ce qu'elle redoutait le plus était en train de se produire. Le désir était de retour, l'envie de toucher un homme et qu'un homme la touche. Et Tucker Brennan était très exactement le genre d'homme à pouvoir satisfaire cette envie. Refusant la tentation, elle s'écarta de lui. Et il s'en fallut de peu qu'elle ne prenne ses jambes à son cou.

***

Profondément troublé par la présence d'Annie, Tucker prit un sandwich au hasard et un paquet de chips. Bien qu'il n'en ait pas eu l'intention au départ, surtout devant ses amis, il avait un peu flirté avec elle. La fatigue lui faisait perdre toute maîtrise. Il allait devoir se ressaisir, et vite.

Il s'assit, espérant qu'elle prendrait place en face de lui. Il avait envie de pouvoir l'observer. Mais, compte tenu de la fascination qu'elle exerçait sur lui, mieux valait qu'il ne soit pas trop près. Il en alla, en fait, tout autrement. Lorsque tous se furent servis, ils s'assirent, laissant à Annie la chaise qui se trouvait tout de suite à sa gauche.

— Comment avez-vous découvert Safe Haven ? lui demanda soudain Shea.

Pris au dépourvu, il marqua un temps d'arrêt. Et elle ? Il eut envie de lui retourner la question. Que faisait ici une informaticienne de haut niveau, assurant de surcroît des missions secrètes pour le gouvernement ? Cela ne cadrait pas très bien avec ce coin perdu du Montana.

— Par le directeur de ma fondation, dit-il. Il fait de l'excellent travail en matière de prospection. Il sait trouver les causes à défendre.

Shea hocha lentement la tête.

— J'aimerais m'entretenir avec lui, si c'est possible. J'aimerais savoir si notre politique de marketing en ligne est efficace. Il est difficile de savoir quels sont les bons choix à opérer, lorsqu'on a un budget très serré.

— Je ferai en sorte de vous obtenir cette information.

Tucker mordit dans son sandwich avec appétit. Annie mangeait, elle aussi, et il fut fasciné par son élégance. Elle parvenait à faire de cet acte simple quelque chose d'étonnant, presque sensuel, au point que, malgré sa faim, il faillit en oublier son sandwich.

Et elle était si belle ! Comme toute belle femme, elle avait été tentée de se servir de son physique pour obtenir ce qu'elle voulait. Comment lui en tenir rigueur alors que le monde tout autour rendait la chose si facile ? La beauté vous ouvrait tant de portes… Même dans l'enfance, on traitait différemment les enfants mignons ; lui-même avait bénéficié de ce manque d'objectivité. Et il savait de façon certaine qu'Annie s'était servie avec succès de son physique pour duper Christian.

Pourtant, elle vivait ici, entourée d'animaux, alors qu'elle aurait pu choisir nombre d'endroits nettement plus agréables. Il imaginait aisément qu'elle n'aurait pas eu à chercher beaucoup, que les hommes se seraient bousculés pour assurer sa sécurité.

Le sandwich n'avait pas suffi à calmer sa faim. Il se leva.

— Quelqu'un veut un autre sandwich ?

— Je reprendrais volontiers une bière, tant que vous y êtes, dit Matt, le champion de rodéo.

— Vous continuez à monter des taureaux ? demanda Tucker en lui tendant la bière.

Matt resta un instant songeur.

— Oui, répondit-il finalement. Mais, en ce moment, j'ai d'autres priorités ici, à Blackfoot Falls.

— Ça tombe bien, intervint Annie. Nous pensions organiser un rodéo de bienfaisance pour Safe Haven. Le problème, c'est comment loger les gens qui viennent de l'extérieur. Je crains que nous devions nous rapprocher de Kalispell.

— Ce n'est pas très loin, de toute façon, dit Tucker.

— Peut-être, mais les gens boivent trop de bière dans ce genre d'événement. Il n'est pas raisonnable de prendre le volant ensuite, fit observer Annie.

Grâce à la conversation qui s'était engagée, Tucker pouvait l'observer aisément.

— C'est vrai, convint-il. Mais organiser un rodéo demeure néanmoins une excellente idée.

— D'après ce que j'ai pu voir sur votre site, votre ranch n'a pas trop souffert de la sécheresse, remarqua Jesse.

Tucker pesta intérieurement. Il n'avait pas prévu de se faire happer dans une discussion tournant autour de la météo et du bétail qui, de plus, dériva très vite vers les innovations possibles à apporter à un ranch. Lorsque le repas prit fin, il était fatigué et sentait peser sur lui chaque heure de cette longue journée et dans chacun de ses muscles les conséquences douloureuses de l'affrontement avec la chèvre.

Personne ne voulut qu'il aide à ranger le pique-nique, mais il fut autorisé à retourner à l'écurie voir le nouveau-né. Debout sur ses pattes flageolantes, le poulain au poil encore tout humide était attendrissant à voir.

Annie, qui l'avait suivi, l'observait. Elle voulut lui dire un mot et se rapprocha de lui. Le contact de son épaule, la chaleur de son corps si proche firent s'emballer son pouls.

— Nous devrions y aller, dit-elle, très vite.

Il sentit son souffle chaud sur sa joue et le désir, intense, fulgurant, traversa son corps, jusque dans ses reins et son sexe qui durcit instantanément.

Incapable de dire quoi que ce soit, il acquiesça d'un signe de tête et se dirigea vers la porte. Les autres étaient encore là, discutant près du pick-up. Sa première réaction fut de leur en vouloir, mais il fallait qu'il se calme. C'était très bien de souhaiter être seul avec Annie, et même judicieux s'il tenait à obtenir des informations, mais pas si cela devenait une affaire personnelle.

— Que se passe-t-il ? s'enquit Annie lorsqu'ils rejoignirent le groupe.

— Ça, répondit Rachel en désignant Tucker du menton.

Surpris en train de bâiller, Tucker referma aussitôt la bouche.

— Ce n'est rien, ça va.

— Peut-être, mais nous ne voulons pas que vous preniez de risques. Safe Haven a besoin de votre argent ! répliqua Rachel avec un grand sourire.

Elle ne plaisantait pas tout à fait.

— Nous habitons tout près, et nous avons une chambre libre. Il sera bien temps, demain matin, de passer à votre hôtel.

— Je vous assure qu'il n'y a pas de problème. J'ai l'habitude. J'ai vécu toute ma vie dans des endroits reculés. De plus, je n'ai bu qu'une bière. Je peux conduire.

Jesse secoua la tête.

— Vous rencontrerez plus de cerfs, de vaches et de coyotes que de voitures, mais là n'est pas le problème. Vous avez fait un long voyage, aujourd'hui. Pourquoi courir le moindre risque alors que nous pouvons vous offrir le gîte ?

— En outre, ajouta Rachel, il faut absolument que vous veniez jeter un coup d'œil à notre ranch avant de partir. Vous allez être surpris.

— Surpris ? Par quoi ?

— Par toutes les belles jeunes femmes qui résident avec nous, dit Jesse.

Il poussa un grognement lorsque Shea lui décocha un coup de coude.

— Ils ont transformé le ranch en chambres d'hôtes pour citadines en mal de Far West, expliqua Annie.

— Un instant ! fit Jesse, visiblement contrarié. C'est faux. L'activité principale de Sundance demeure l'élevage du bétail.

Shea et Rachel échangèrent un regard, se retenant de sourire. Les chambres d'hôtes étaient visiblement un sujet sensible et, en tant qu'éleveur lui-même, Tucker comprenait. Quoi qu'il en soit, ce sujet ne le concernait pas. Ce qui l'intéressait, en revanche, c'était la possibilité de glaner davantage d'informations sur Annie grâce aux gens de Sundance. En particulier Shea… Peut-être devrait-il s'intéresser davantage à elle.

— D'accord, rectifia Annie. Sundance demeure avant tout un ranch, mais les chambres d'hôtes contribuent à transformer le secteur. Qui dit plus de résidents dit plus de touristes et plus d'argent qui circule. Et davantage d'occasions de faire de la publicité pour Safe Haven !

Rachel partit d'un petit rire.

— Vous pouvez faire confiance à Annie pour caser Safe Haven aussi souvent que possible.

Tucker aurait bien sûr préféré avoir ses affaires avec lui, mais il sentait qu'il ne fallait pas laisser passer l'occasion de discuter avec des gens qui connaissaient Annie. Et, pour être tout à fait franc, après cette longue journée, il ne lui déplaisait pas de se coucher plus tôt que s'il devait retourner à Kalispell.

— J'accepte votre proposition, dit-il. Merci beaucoup.

— A la bonne heure ! s'exclama Annie.

Un sourire très doux éclaira son visage.

— Je crois que je n'aurais pas pu dormir en vous sachant sur la route.

L'idée traversa soudain l'esprit de Tucker qu'il serait volontiers resté là, avec elle, à dormir sur la couverture dans l'écurie. Il secoua la tête. Décidément, il avait besoin de repos. Très sérieusement.

Annie était épuisée. Elle avait regardé la voiture de Tucker suivre le 4x4 et s'éloigner en direction de Sundance, puis elle était allée jeter un dernier coup d'œil aux chevaux.

Le peu de distance à parcourir pour regagner le chalet lui avait paru interminable. Avant de passer à la salle de bains, elle s'était encore obligée à tout préparer pour le café du lendemain et, maintenant, il ne lui restait plus qu'à grimper l'escalier. Elle n'aspirait qu'à se glisser entre les draps et de s'abandonner enfin au sommeil.

Une heure plus tard, elle fixait le plafond, les yeux grands ouverts, incapable d'endiguer le flot de pensées qui l'assaillait. Au début, elle ne trouva pas désagréable de songer à Tucker, à la façon dont il l'avait regardée, dont il lui avait parlé. Avait-il réellement voulu flirter avec elle ? Cette pensée la bouleversait et, le corps soudain en émoi, elle songea à se caresser, à se donner du plaisir. Mais il y avait si longtemps qu'elle ne l'avait plus fait. En serait-elle seulement encore capable ?

C'est alors qu'elle se mit à penser à sa situation, à la raison pour laquelle elle avait cessé toute relation avec les hommes. Elle était en fuite, en exil dans le Montana, ce qui excluait toute relation avec qui que ce soit. Pour un temps indéterminé et, qui sait, peut-être pour toujours…

Il lui avait fallu six mois pour en arriver à ne plus penser à un homme, à la chaleur d'un corps contre le sien, au vertige de l'amour. Non, en réalité, il lui avait fallu davantage. Et l'envie avait parfois été si grande, elle était passée si près d'y céder, qu'elle préférait se tenir à distance maintenant.

On la pensait introvertie, timide, et c'était très bien ainsi. Les gens ne se montraient pas familiers. Au départ, elle avait pensé que les frères MacAllister allaient être un problème, mais sa peur, son besoin de se protéger, avaient annihilé toute attirance qu'elle aurait pu éprouver.

Elle était devenue célibataire, dans tous les sens du terme. Puis Tucker Brennan était entré en scène.

Ce n'était pas juste. Il n'allait rester en ville que quelques jours. Elle ne le reverrait jamais, mais si elle continuait de penser à lui, au contact de ses doigts sur sa peau nue, à la façon dont son pouls s'emballait chaque fois qu'elle surprenait son regard posé sur elle…

Le corps ne pouvait pas se débrancher comme un vulgaire appareil électrique. Bien qu'elle n'ait que vingt-neuf ans, elle avait la conscience aiguë qu'au plus profond d'elle-même, l'horloge tournait. Travailler jusqu'à l'épuisement avait toujours été sa meilleure parade, mais voilà qu'aujourd'hui, à l'issue d'une journée totalement éreintante, elle était incapable de trouver le sommeil. Il avait suffi à Tucker Brennan de quelques effleurements de doigts et d'un sourire pour réduire à néant plus d'un an de défenses.

Elle s'efforçait de ne jamais penser à ce qu'elle avait laissé derrière elle, à tout ce qu'elle avait perdu. Elle travaillait jusqu'à ce que son corps soit à bout de forces, puis elle recommençait.

Ce qui se passait ce soir était la preuve manifeste qu'elle n'avait rien à gagner à remettre les pieds dans le monde réel. Tucker Brennan était synonyme de financement, un gros chèque pour Safe Haven. Il fallait qu'elle ne songe qu'à cela, sinon elle risquait de le regretter amèrement.

Malheureusement, cela signifiait s'éloigner également de Shea. Elle avait tenté l'expérience avec elle, essayé de voir si elle pouvait se risquer à entrouvrir la porte.

La réponse était un non catégorique.

- 7 -

La fonction réveil de son téléphone arracha brusquement Tucker à son sommeil. Il se leva, se doucha. Il aurait donné n'importe quoi pour boire un café, mais il devait d'abord faire le point avec George.

Malgré l'heure matinale, le détective était déjà levé.

— Je n'ai pas grand-chose de nouveau à t'apprendre, dit George. J'ai entrepris des recherches concernant le compte dont tu m'as donné le numéro. De ce côté, j'ai bon espoir. Quant au permis de conduire, le numéro ne correspond ni au nom ni à l'adresse. Il s'agit donc d'un faux. Je ne crois pas que cela nous mènera bien loin. J'ai envoyé la photo que tu as prise à quelques personnes, mais ne te fais pas trop d'illusions.

Tucker ne s'en faisait pas beaucoup. Il attendait davantage de l'hypothèse qu'il avait évoquée la veille.

— Et la coercition ? Tu as trouvé quelque chose qui pourrait prouver qu'elle a été contrainte de voler l'argent ?

Comme George hésitait, Tucker sentit la nervosité le gagner.

— Je n'ai rien de nouveau, répondit-il finalement. Rien n'a changé depuis un an. On ne lui connaissait ni amis ni relations douteuses, et pas de problèmes familiaux. Si elle a détourné l'argent sous la contrainte, je n'en possède pas la preuve. Ça ne veut pas dire que je ne vais pas continuer à chercher. Nous n'avions pas les mêmes priorités, il y a un an. J'ai pu laisser passer un détail crucial.

— Parfait, dit Tucker.

Il se frotta les yeux.

— Et sur les hommes de sa vie, tu as quelque chose ?

— Elle a eu quelques relations à la fac. Rien de très sérieux. Lorsqu'elle travaillait à Keystone, elle sortait avec un certain Alec Phillips. Ils sont restés trois ans ensemble. Ensuite, il est parti à Washington et il travaille aujourd'hui pour un important consortium de télécommunications new-yorkais. Il est marié et a un fils. Il n'a jamais eu le moindre problème avec la justice, et n'a été mêlé à aucun scandale.

— Bon, fit Tucker. Et Shea Monroe ?

— Terrain miné. Elle a travaillé sur des projets classés secret-défense et, si je fouille un peu trop dans ce secteur, nous risquons d'aller au-devant de problèmes. Je sais qu'elle est encore sous contrat pour quelque chose d'important, mais j'ignore de quoi il s'agit.

— Vois ce que tu peux trouver à ce sujet. Et cherche aussi du côté de la famille d'Annie. Quelqu'un a peut-être des ennuis, qui sait ?

— Ecoute, Tucker…

George prenait son ton paternaliste, et Tucker n'aimait pas cela.

— Au départ, nous ne pensions pas aller aussi loin. Je veux dire que la situation se complique, et que nous ferions mieux de prévenir les autorités et de les laisser faire leur travail. Vu la façon dont elle s'est enfuie, tout porte à croire qu'elle est coupable.

Tucker n'en revenait pas. La conclusion de George était pour le moins prématurée.

— Nous savions que la trouver ne suffirait pas à disculper Christian. Il faut que je creuse davantage, que je comprenne ce qui s'est passé avant que le bureau du procureur ne s'empare de l'affaire. Mon instinct me dit qu'il nous manque une pièce essentielle du puzzle. Je n'ai pas l'intention d'en parler à Christian pour l'instant. Alors, fais ton possible, OK ?

— Tu sais très bien que c'est ce que je fais.

— Merci.

Pour le second coup de fil qu'il avait à passer, il allait devoir attendre encore un peu. A cette heure-ci, Darren n'était pas encore arrivé. Quant à Irène, elle dormait certainement. De toute façon, il n'avait pas très envie de lui parler. Elle ignorait que le but de son voyage était d'aider Christian, et il ne tenait pas à ce qu'elle l'apprenne maintenant.

Il lui fallait absolument un café. De délicieuses odeurs l'accueillirent au bas du grand escalier, et il les huma avec plaisir. De toute évidence, il n'était pas le premier levé. Tout un groupe de ravissantes jeunes femmes avait investi la cuisine et s'activait à la préparation d'un petit déjeuner qui s'annonçait pantagruélique.

— Bonjour ! lança une brunette, vêtue d'un jean si moulant que Tucker doutait qu'elle puisse s'asseoir.

— Qui êtes-vous ? Quand êtes-vous arrivé ? demanda une autre.

Une spatule à la main, elle le dévisageait en arborant un sourire qui lui rappela celui de la Miss Texas de l'année.

— Rachel ne nous a pas dit qu'elle avait loué à un homme !

— Parce que ce n'est pas le cas, dit soudain Shea qui venait d'entrer dans la cuisine derrière lui. Rachel m'a demandé de vous rappeler que vous partez en excursion dans une heure. Petit déjeuner terminé ou non, ajouta-t-elle.

Les jeunes femmes paraissaient impressionnées par Shea. Tucker songea aux mails qu'elle lui avait adressés.

Elle y montrait une réelle aptitude à la communication, aux relations humaines, qualités indispensables pour qui participe à des missions qui se négocient dans les hautes sphères du pouvoir.

Ici, sur place, il découvrait une femme très différente. Il y avait chez elle une certaine rudesse, une franchise sans complaisance. Il se demanda si elle serait susceptible de se laisser manipuler… disons par une femme en cavale attendant de frapper un dernier grand coup avant de passer la frontière et de s'enfuir au Canada.

Annie était capable d'élaborer un plan de ce type, il n'en doutait pas. D'ailleurs, les traits de caractère qui l'attiraient chez elle étaient précisément ceux qui rendaient plausible son implication dans le vol.

— Un café, Tucker ? proposa Shea.

— Volontiers.

— J'imagine que je vous le sers dans un mug à emporter.

— J'ai un peu de temps. Peut-être pourrions-nous discuter un peu.

— Pourquoi pas ? Venez, passons dans le salon.

Il la suivit. La pièce offrait une vue imprenable sur Sundance et les montagnes Rocheuses aux sommets enneigés. Elle s'assit sur l'accoudoir d'un fauteuil et il aurait pu la croire tout à fait à l'aise s'il n'avait remarqué avec quel soin elle évitait de croiser son regard.

— Si vous avez des questions concernant Safe Haven, sa situation financière ou la collecte de fonds, je peux y répondre. Annie parle peu.

— Vraiment ?

Elle joua un instant avec sa tasse.

— Nous la connaissons peu, mais son implication dans la cause des animaux est totale et absolue. C'est ce qui compte.

— Elle travaille très dur ; je m'en suis rendu compte hier.

— Elle est tout entière investie dans sa mission, vous savez.

Shea croisa son regard, moins méfiante brusquement. En reconnaissant les mérites d'Annie, il venait apparemment de s'en faire une alliée.

— A moins qu'elle ne préfère tout simplement la compagnie des animaux, reprit-elle. Je peux le comprendre. C'est quelque chose que je ressens, moi aussi.

Tucker sourit devant tant de sincérité.

— Il m'arrive très souvent de penser comme vous.

— Lorsqu'on voit qu'elle est capable d'accomplir des miracles avec trois fois rien, on imagine ce qu'elle pourrait faire avec un financement adéquat.

— Je vous promets d'accorder la plus grande attention au dossier de Safe Haven. Ce que j'ai vu jusqu'ici m'a séduit. Y a-t-il autre chose que vous ayez envie de me dire qui pourrait faire pencher la balance ?

Shea fronça les sourcils.

— Quelle sorte de chose ?

— Je ne sais pas. Par exemple, quel est, à votre avis, l'atout majeur de Safe Haven ?

— Annie.

C'était exactement la réponse qu'il voulait.

— Justement... Cela pose un problème, dit-il, laissant aux mots le temps de faire leur effet.

Elle le regarda, surprise.

— Nous ignorons si Annie restera longtemps ici. Elle peut partir un jour. Qui dirigera Safe Haven, alors ?

— Elle ne partira pas.

— Elle pourrait avoir le mal du pays.

Le regard voilé d'une tristesse qu'elle dissimula aussitôt, Shea secoua la tête.

— Ou rencontrer quelqu'un et avoir envie de se marier, d'avoir des enfants, insista-t-il.

— Non, murmura-t-elle, les yeux baissés. Elle ne fera rien de tout cela.

Il éprouva presque de la culpabilité pour l'avoir attristée, mais il n'était pas à blâmer. C'était Annie la personne à incriminer. Il eut soudain la certitude qu'elle s'était confiée à Shea. Peut-être venait-il de découvrir son talon d'Achille. Ce serait parfait, car Shea était manifestement une piètre menteuse.

Voilà qui aurait dû lui remonter le moral. Alors pourquoi se sentait-il si minable ?

— Merci pour le café, dit-il. Il est temps que je regagne mon hôtel. Je souhaite arriver à Safe Haven de bonne heure. Pourrez-vous remercier Rachel et sa famille pour moi ? J'ai vraiment apprécié leur hospitalité.

— Je n'y manquerai pas.

Elle lui sourit, et il eut le sentiment qu'elle était heureuse qu'il s'en aille.

Le trajet jusqu'à Kalispell ne lui prit guère de temps. Arrivé à l'hôtel, il se changea et relut ses notes en avalant le petit déjeuner qu'il s'était fait monter dans sa chambre.

Les informations dont il disposait sur Annie prenaient un éclairage nouveau, maintenant qu'il avait fait sa connaissance. En relisant son parcours, des années de lycée aux concours hippiques remportés sur des chevaux prestigieux, il cernait beaucoup mieux la femme qu'il venait de découvrir. Les renseignements collectés sur sa famille ne laissaient rien soupçonner de suspect, mais il gardait le sentiment que c'était de ce côté-là que George devait chercher. Il savait par expérience à quel point les familles pouvaient parfois poser problème.

Il lut *in extenso* tous les documents qui composaient le dossier, conscient qu'il aurait dû être parti depuis longtemps, mais il avait besoin de faire cela avant de la revoir.

Son instinct lui disait qu'il manquait un élément

crucial dans le portrait de Leanna Warner et le récit de sa disparition. L'idée que quelqu'un agissant en coulisses ait pu la contraindre à fuir s'était imposée à lui et il avait la certitude de ne pas se tromper.

Tous ces aspects de sa vie qui paraissaient illogiques et qui intriguaient la police, qu'elle travaille aussi durement, qu'elle vive seule, à l'écart de tout, faisaient sens brusquement si on admettait l'hypothèse qu'elle ait pu subir des pressions.

Leanna Warner se cachait, c'était un fait, mais ce n'était pas la justice qu'elle fuyait. Il était prêt à en prendre le pari. Christian en savait certainement davantage, sans même être conscient de l'importance que cela pouvait avoir.

S'il n'avait pas craint qu'il en parle à leur mère, Tucker l'aurait appelé sur-le-champ. Or, Christian nourrissait encore trop de rancune à son égard pour qu'il puisse lui faire confiance. Il ne lui en tenait pas rigueur, mais il n'était pas stupide. Il savait pertinemment qu'il se servait d'Irène, de la culpabilité qu'elle éprouvait pour lui soutirer de l'argent. Il disparaissait ensuite, jusqu'à la fois suivante, lorsqu'il avait de nouveau besoin d'elle. Tucker avait décidé de ne pas s'en mêler, par égard pour elle.

Mieux valait attendre de voir où les mènerait l'enquête de George.

Il glissa son iPad dans son sac ainsi que des vêtements de rechange, au cas où, et gagna sa voiture, impatient de revoir Annie. Il n'aurait jamais dû éprouver un sentiment aussi insensé, il le savait, mais c'était plus fort que lui.

A l'instant où Annie se réveilla, elle sut que quelque chose n'allait pas. La lumière entrait à flots par la fenêtre et elle avait mis son réveil à sonner à… L'avait-elle mis à sonner ?

Le cœur battant, elle jeta un coup d'œil au réveil. 10 heures. Mon Dieu ! Et Glory et son poulain ? Et les animaux à nourrir ? Elle bondit hors du lit et faillit pousser un hurlement de douleur, les courbatures et les contusions de la veille se rappelant brusquement à son souvenir. Elle s'habilla en pestant, prêtant à peine attention à ce qu'elle enfilait. Puis elle se hâta vers la salle de bains et se passa un peu d'eau sur le visage.

Pour le café, on verrait plus tard. Elle courut jusqu'à l'écurie en s'efforçant de recouvrer ses esprits, mais elle n'était pas au bout de ses surprises.

Tucker Brennan se tenait à l'entrée du box de Glory. Il se tourna vers elle et posa un doigt sur ses lèvres.

— Ne faites pas de bruit ! Il est en train de manger.

— Il ?

— Oui, le petit mâle, murmura-t-il. Il a eu un peu de mal au début, mais maintenant il ne lâche plus sa mère.

— Depuis combien de temps êtes-vous là ?

— Environ une demi-heure.

— Mon Dieu ! La nourriture des animaux… Je dois…

— Levi et Kathy s'en sont occupés.

— Je ne me suis pas réveillée. Cela ne m'arrive jamais.

Tucker lui sourit ; un sourire chaleureux qui la surprit. Ils étaient étrangers, appelés peut-être à travailler ensemble, et ce sourire était celui d'un ami, ce qu'il ne pourrait jamais être.

— Hier fut une longue journée, dit-il. Venez voir.

Elle s'avança et se surprit à ralentir le pas pour admirer sa silhouette de dos. Il portait un jean et une chemise bleu pâle. Il était impeccable, si séduisant, alors qu'elle n'avait même pas pris le temps de se brosser les cheveux.

Elle aperçut alors le poulain, tout emprunté encore, ses jambes frêles et noueuses largement écartées afin de pouvoir se glisser sous le ventre de sa mère pour téter. Glory, quant à elle, mâchonnait tranquillement son foin.

— Quel joli spectacle !

— Il pourrait se répéter bientôt, dit Tucker. Le travail a commencé pour Cocoa.

— Eh bien ! Voilà qui promet encore une longue journée…

— Je connais ça. Il est des périodes au ranch où je dors peu.

Annie hocha la tête. Elle était heureuse de discuter ainsi, tout simplement. A une condition, toutefois, ne pas trop s'approcher de cet homme qui la troublait si fort, ne pas laisser son regard dériver trop souvent vers lui, car l'attirance était irrésistible.

— Je dois aller faire ma ronde, à présent. Vous pouvez m'accompagner, si vous voulez, ou m'attendre. De toute façon, nous nous retrouverons pour prendre un café au chalet lorsque j'aurai terminé.

— Je vous accompagne.

Tucker la laissa d'abord inspecter les box de l'écurie, puis la suivit à la grange.

Pinocchio se portait comme un charme. Kathy leva la tête lorsque Annie s'approcha.

— Alors, ça va ? demanda-t-elle.

— J'avoue que c'est un peu difficile, ce matin. Pinocchio ne m'a pas épargnée.

— Vous n'aviez qu'à le laisser se débrouiller seul. Il aurait fini par s'écrouler, épuisé.

Annie savait que Kathy ne pensait qu'à son bien, mais elle n'avait pas envie de s'entendre rabâcher cette rengaine.

— Il aurait aussi pu se tuer.

Kathy poussa un soupir.

— Ou vous blesser grièvement.

— C'est bon, j'ai compris. Je tâcherai de faire mieux la prochaine fois.

— Levi a enfin trouvé la pièce de rechange, poursuivit Kathy. Le camion devrait être réparé cet après-midi.

Annie se détendit, ravie par la bonne nouvelle.

— Formidable !

— Bon et maintenant, dit Kathy, ce serait peut-être le moment d'emmener M… Oh ! désolée, j'ai une mémoire épouvantable des noms ! N'y voyez rien de personnel.

— Tucker, dit ce dernier.

— Eh bien, oui, Annie, vous pourriez emmener M. Tucker faire un tour à cheval pour lui montrer les terres.

Annie et Tucker se regardèrent et pouffèrent de rire. Kathy fronça les sourcils.

— Que se passe-t-il ?

— Rien, répondit Annie. C'est seulement…

Elle s'éclaircit la voix.

— Tucker est son prénom.

C'était étrange de partager soudain cette complicité avec un homme. Avec cet homme. Etrange et troublant. Il y avait si longtemps que cela ne lui était plus arrivé !

— J'ai prévu de faire le tour du domaine, mais nous devons d'abord éplucher les comptes, expliqua-t-elle. A quelle heure partez-vous, aujourd'hui ?

— En fin d'après-midi, répondit Kathy. Will restera ce soir, aussi longtemps que nécessaire. La possibilité d'obtenir une subvention compte beaucoup pour nous tous, alors prenez tout le temps qu'il vous faudra pour en discuter.

— Merci, dit Tucker. L'attitude des bénévoles en dit toujours très long sur une organisation.

— Vous savez, nous sommes des gens très simples, tous originaires des alentours de Blackfoot Falls. Ce refuge aide chacun d'entre nous. Selon moi, une communauté devrait être jugée à la façon dont elle traite ses créatures les plus vulnérables. Nous faisons ce que nous pensons être juste au plus profond de notre cœur.

— Je partage tout à fait votre avis.

— Et moi, j'ai besoin d'un café, intervint Annie. On se voit plus tard, Kathy. Vous venez ? ajouta-t-elle à l'intention de Tucker.

Elle fit volte-face et sortit avant que Tucker ait eu le temps de voir le sourire ravi qui illuminait son visage.

A mi-chemin du chalet, Tucker décida de passer à l'offensive.

— Puisque vous aurez du renfort, ce soir, que diriez-vous de sortir dîner ?

Elle ne répondit pas. Il sut qu'il l'avait totalement prise au dépourvu, déstabilisée. Elle ne s'attendait pas à une invitation. Jusqu'à présent, ils n'avaient pas quitté le terrain purement professionnel. Dîner ensemble ouvrait d'autres perspectives.

— Je me demande ce qui vous a amenée à prendre la direction de ce refuge. Je sais peu de chose de vous, et il est toujours intéressant de découvrir ce qui conduit quelqu'un à mener une existence si difficile. Il faut être vraiment très motivée. Je pensais que nous pourrions en discuter en dînant.

Il sentit qu'elle avait peur, mais elle se maîtrisait parfaitement. Il fallait qu'il insiste, qu'il la pousse dans ses derniers retranchements. Il tenait à percer le mystère. Pas uniquement pour Christian et l'enquête, mais pour lui-même aussi. Il voulait comprendre qui était cette femme.

— Voyons d'abord comment se passe la journée, répondit-elle.

Elle pressa le pas, entra dans le chalet.

— Prenons le café et regardons les comptes. Pour le reste, nous verrons ensuite. Je veux dire… vous rentrez chez vous demain, alors…

— J'ai déplacé quelques rendez-vous. J'ai pensé que je pourrais assister à votre réunion, demain, et rencontrer les autres membres du bureau.

Totalement désarçonnée, elle le dévisagea longuement. C'était ce qu'il souhaitait, et il avait parfaitement réussi. Alors pourquoi, au lieu d'en tirer satisfaction, n'avait-il qu'une envie, voler à son secours ?

- 8 -

Annie attribua Ronald Weasley à Tucker. C'étaient les lycéens qui avaient baptisé le cheval ainsi, en référence au personnage de Harry Potter. De son côté, elle montait Candy Cane, devenue la coqueluche du refuge.

Le temps qu'elle explique tout cela à Tucker, ils avaient dépassé le deuxième corral. Cette visite à cheval était la bienvenue, mais Annie savait qu'elle n'allait pas pouvoir différer indéfiniment le moment de se retrouver en tête à tête avec lui. Au retour, elle avait prévu de se doucher, de se changer tandis qu'il partirait seul devant. De toute façon, ce serait idiot de ne prendre qu'une voiture alors qu'il devait regagner son hôtel à Kalispell. Elle le retrouverait chez Marge.

Plus tôt, dans la journée, elle avait envisagé d'inventer un prétexte pour annuler ce dîner, mais cela aurait été le plus sûr moyen de gâcher ses chances d'obtenir une subvention. Un homme tel que Tucker Brennan devait avoir l'habitude de parler affaires au restaurant. Lorsqu'elle travaillait à New York, elle avait souvent été amenée à le faire, elle aussi. Et puis, elle n'avait aucune raison de le soupçonner d'avoir autre chose en tête. En tout cas, le fait qu'il parte en avant lui laisserait le temps de réfléchir à ce qu'elle devait dire.

Lors de son arrivée à Blackfoot Falls, elle avait éveillé la curiosité, bien évidemment. Les gens lui avaient posé des questions, mais elle avait su rester vague et garder ses distances, si bien que depuis bientôt deux ans qu'elle habitait le refuge, plus personne ne s'était risqué à l'interroger sur son passé. On cancanait un peu à son sujet, elle le savait, mais c'était sans importance.

Avec Tucker, elle n'était pas restée suffisamment sur ses gardes. C'était un homme qui avait de l'argent, certes, mais c'était avant tout un cow-boy, et elle avait eu d'emblée envie de lui parler de Safe Haven et de ses projets. En revanche, devoir lui mentir la mettait très mal à l'aise.

Ce n'était pas rien d'avoir usurpé une identité. Lors des rares occasions où on lui posait la question, elle répondait qu'elle venait de l'Est — ce qui était vrai. Lorsqu'on lui demandait pourquoi elle avait choisi de prendre la direction de Safe Haven, elle expliquait qu'elle avait toujours aimé les chevaux, ce qui était également vrai, puis elle changeait de sujet. Mais elle savait que cette manœuvre ne marcherait pas avec Tucker.

— Cette région est magnifique. J'avais oublié à quoi ressemblait un vrai printemps.

Tucker montait merveilleusement. A côté de lui, elle se sentait gauche. Elle était pourtant très bonne cavalière, mais on sentait chez lui l'aisance d'un homme né dans un ranch.

— La sécheresse a frappé très durement le Texas, poursuivit-il, sa belle voix grave teintée de tristesse. Le paysage ne ressemble plus à celui que j'ai connu enfant. C'est douloureux de voir ça.

— Je comprends, dit Annie. Les terres qui nous entourent appartiennent au refuge. C'est à nous de les gérer. En cas d'incendie, par exemple. Sauf si les bâtiments et les animaux sont menacés. Heureusement, nous n'avons pas beaucoup de problèmes de sécheresse. Plutôt de la pluie et de la neige.

— Et ça se passe comment avec les prédateurs ?

— Nous perdons des bêtes, mais c'est le prix à payer lorsqu'on les laisse en liberté. Cela dit, les animaux restent peu chez nous. Nous ne sommes pas équipés pour en accueillir beaucoup. Les vaches trouvent vite preneur.

— Et les chevaux ?

— Nous recueillons beaucoup de chevaux abandonnés. Avec la crise, les gens perdent leurs propriétés et ne peuvent plus s'en occuper. Personne n'aime envoyer un cheval à l'abattoir, et il n'est pas facile de leur trouver un point de chute. J'imagine que c'est un problème que vous devez rencontrer souvent.

— Chaque refuge que nous aidons a ses caractéristiques propres, liées à la région où il est implanté.

Tucker jeta un regard autour de lui, à la prairie qui s'étendait à perte de vue.

— Il y a de nombreux lacs, par ici, des arbres pour s'abriter et des sources. Un cheval a de bonnes chances de s'en sortir, dans ce secteur.

— Oui. Et heureusement, car nous sommes toujours au maximum de nos capacités d'accueil. Chaque semaine, nous sommes contraints de refuser des animaux.

— Même avec un financement, cela ne changera pas.

— On peut espérer que ce sera moins fréquent.

Tucker sembla l'observer soudain avec un intérêt tout particulier.

— Safe Haven a de la chance de vous avoir. Quelle que soit l'issue de ma visite, vous pouvez être fière du travail que vous avez accompli.

— Merci.

Elle donna un petit coup de genou à Candy Cane et prit quelques mètres d'avance. Elle ne voulait pas qu'il voie à quel point ce compliment l'avait troublée. Que signifiait-il, au juste ? Qu'il avait déjà éliminé Safe Haven de la liste des refuges à financer ? Dans ce cas, pourquoi prendre la peine de rester pour la réunion du lendemain ?

Peut-être n'était-il pas tout à fait prêt à s'engager. Elle avait déjà vécu ce genre de situation lorsqu'elle collectait des fonds ; une organisation pouvait attendre que certains objectifs soient atteints avant de décider d'une aide.

Ce serait une immense déconvenue, mais elle s'était sans doute enthousiasmée trop vite. C'était son défaut. Elle savait pourtant bien que rien n'était jamais gagné, même lorsque les indicateurs semblaient au beau fixe.

Ils ne se trouvaient plus très loin du champ qu'Annie souhaitait lui montrer. Mettant de côté ses inquiétudes, elle se laissa porter par l'excitation de ce projet qui lui tenait tant à cœur. Candy le sentit et se mit à trotter allégrement, entraînant Weasley dans son sillage. La brise jouait dans ses cheveux, les soulevait doucement, et elle sentit se dissiper la panique qui la tenaillait depuis que Tucker avait parlé de dîner ensemble.

La journée n'aurait pas pu être plus belle. Autour d'eux, ce n'était que feuilles d'un vert tendre, bourgeons, premières fleurs. L'air embaumait et le ciel était d'un bleu lumineux. Tout à ses préoccupations, Annie n'avait rien goûté de tout cela depuis leur départ. Il était temps qu'elle se calme et profite de ce qui lui était donné, tant que c'était encore possible.

Lorsque Tucker arriva à sa hauteur, elle découvrit un homme différent. Cette sévérité qu'il y avait en lui et cette distance qui en imposait avaient disparu. Il n'était plus l'homme âpre et déterminé qui détenait le pouvoir de l'aider. Il paraissait détendu, heureux, comme s'il se sentait soudain chez lui, ici, dans le Montana.

— Qu'est-ce que c'est ? demanda-t-il lorsqu'ils atteignirent le champ dans lequel elle comptait mener son expérimentation. C'est rare de voir une clôture aussi élevée.

— C'est vrai. Elle fait deux mètres cinquante. Le but est d'empêcher les cerfs de pénétrer.

— Qu'est-elle censée protéger ?

— L'avenir, répondit-elle, la voix soudain tendue.

Lorsqu'il se tourna vers elle et la regarda, elle se sentit soudain tout excitée. A cause de son projet, sans doute. Pas à cause de lui.

— Vous me montrez ?

— Il n'y a rien de très probant, encore.

Elle lança Candy Cane au galop, longea un grand pan de la clôture. Bien sûr, Tucker ne verrait encore que du terrain vierge, mais elle voulait qu'il se rende compte de l'ampleur du projet. Elle ramena bientôt Candy Cane au pas, puis elle s'arrêta et mit pied à terre. Tucker la rejoignit et fit de même.

Ils marchèrent un moment le long de la clôture.

— Ce sera un champ de luzerne, expliqua-t-elle. Deux hectares et demi. Nous avons encore quelques problèmes d'irrigation à régler avant que tout fonctionne, mais je sais que ça fonctionnera. Il n'y aura ni moteur ni générateur. Le vent sera la seule force motrice.

Tucker hocha la tête, le regard perdu au loin, comme s'il voyait déjà ce que donnerait le projet dans cinq, dix ans.

— Ce sera le premier d'une série de projets visant à fournir de l'alimentation pour les animaux. Pas seulement dans le but de rendre Safe Haven autonome, mais pour initier les futurs stagiaires aux méthodes d'agriculture alternative. Nous voulons former les propriétaires de ranchs afin qu'ils puissent rentabiliser leurs terres avec des méthodes nouvelles de construction et de culture. Cet enclos est un projet à grande échelle qui a été totalement pris en main par les élèves du lycée. Cela représente une somme de travail énorme. Ils se sont occupés du financement, des matériaux, de la main-d'œuvre. Il est également question de créer une coopérative afin d'aider d'autres ranchs à commencer à reconstruire, eux aussi. Mais cela, c'est à plus long terme.

Lorsque Tucker se tourna vers elle, cette fois, son sourire la fit rougir. Il était visiblement impressionné, bien au-delà de ce qu'elle avait pu espérer.

— C'est remarquable, dit-il. Tout à fait remarquable. C'est vous qui avez eu cette idée ?

— Je l'avais évoquée, comme un rêve lointain, mais Mélanie et ses élèves ont tout de suite relevé le défi. Elle croit très fort aux vertus pédagogiques du refuge. Elle est extraordinaire.

— Elle n'est pas la seule, fit Tucker.

Annie sentit ses joues s'empourprer de plus belle. Elle baissa la tête, gênée, glissa une mèche de cheveux derrière son oreille. Lorsqu'elle leva de nouveau les yeux, quelque chose avait changé. Le sourire de Tucker s'était figé et il semblait préoccupé.

— Quelque chose ne va pas ?

— Non, tout va très bien. Je suis heureux que vous m'ayez conduit ici.

Il se rapprocha, tendit la main. L'espace d'un instant, elle crut qu'il allait effleurer son bras, mais il arrêta son geste.

— Vous avez d'autres surprises à me montrer ?

— Non. C'était la seule.

— Dans ce cas, nous devrions peut-être rentrer. J'ai quelques coups de fil à passer, et je me doute que vous avez du travail. Nous réglerons les détails pour ce soir en route.

— Pas de problème.

Déconcertée et déçue, elle se remit en selle. Ces instants qu'ils venaient de vivre avaient été magiques. Que s'était-il passé qui puisse expliquer ce brusque changement d'humeur ? Elle ne se souvenait pas d'avoir dit quoi que ce soit. Mais il était vrai qu'elle ne se rendait pas toujours compte et se laissait vite déborder par son enthousiasme. Au temps pour elle et pour cette surprise sur laquelle elle comptait !

Il n'y avait pas beaucoup de monde, chez Marge. Deux hommes sirotaient leur café au comptoir. Tucker les salua au passage et gagna le box au fond du restaurant. Une serveuse apparut aussitôt et lui tendit la carte, intriguée par cet étranger.

Il n'en passait pas beaucoup à Blackfoot Falls. L'autoroute était loin, et la ville n'était qu'un tout petit point sur la carte. Sundance mis à part, il n'y avait guère de distractions susceptibles d'attirer des touristes.

Tucker était en avance, mais cela ne le dérangeait pas d'attendre. Il songeait encore à ce qui s'était passé lorsque Annie lui avait montré le champ. Il avait été subjugué. Brusquement, tout lui était apparu avec une absolue clarté : sa vision de l'avenir, son engagement profond, son énergie indéfectible à vouloir changer le monde. L'espace d'un instant, totalement envoûté, il avait bien failli sortir son carnet de chèques.

C'est alors que la réalité l'avait frappé de plein fouet. Cette femme n'était pas Annie Sheridan. Il ne dépensait jamais l'argent de sa fondation à la légère. Tout financement était mûrement réfléchi mais, en ce qui la concernait, la fascination qu'elle exerçait sur lui aurait pu l'entraîner très loin.

Il savait que son intuition ne le trompait pas. L'histoire de Leanna ne se résumait pas à ce que Christian en avait dit. Elle n'était pas la femme sans scrupule, avide d'argent, qu'il avait décrite. Il faisait confiance à son jugement, mais cela ne changeait rien à la réalité. Il ne savait rien de sa situation. Elle pouvait fort bien se trouver sous la coupe de quelqu'un ou avoir besoin d'argent pour se sortir d'un mauvais pas. Il en doutait, toutefois. Ce n'était certainement pas en dirigeant un refuge qu'elle risquait d'en gagner beaucoup. Quant à son engagement, son enthousiasme, ils n'étaient pas feints, il en était certain.

Il leva les yeux au moment où elle entrait dans le restaurant. Elle avait changé de jean et de chemisier. Il regretta qu'elle n'ait pas choisi de porter une robe, une tenue plus sophistiquée qui mette davantage en valeur son corps mince, délié, sa très belle démarche. Elle devait avoir des jambes superbes.

Il se leva à son approche, attendit qu'elle se soit installée sur la banquette, face à lui, avant de se rasseoir.

— Vous êtes arrivé en avance.

— Je ne suis là que depuis quelques minutes. C'est un endroit agréable.

Elle ne put s'empêcher de sourire en regardant l'alignement monotone des box, le comptoir vieillot avec son Formica noir et ses tabourets chromés.

— C'est le seul, dit-elle.

— Il y a d'autres restaurants à Kalispell, si vous préférez.

— Cocoa risque de pouliner cette nuit. Je ne peux pas m'éloigner longtemps.

Ils consultèrent la carte. Tucker remarqua qu'il y avait un ragoût de bœuf maison au menu.

— Vous ne m'avez toujours pas expliqué comment vous vous êtes retrouvée ici, dans le nord du Montana.

Elle l'observa un instant, le regard grave.

— Par un heureux hasard. J'avais entendu parler de Safe Haven lorsque je voyageais. J'adore les chevaux et les refuges pour animaux ont toujours été ma passion. Lorsque je suis venue à Blackfoot Falls, je n'avais pas l'intention de reprendre Safe Haven. Ça s'est fait comme ça.

— D'où veniez-vous ?

— De l'Est.

Annie étudia un instant le menu, puis elle leva la tête et lui sourit.

— Je ne viens que rarement chez Marge, mais je connais sa cuisine de réputation. Le filet de poulet frit et les hamburgers sont divins, paraît-il. Ah ! et si vous aimez les frites, c'est ici qu'il faut venir en manger !

Elle avait changé habilement de sujet et Tucker allait le lui faire remarquer lorsqu'il se retrouva happé par son regard. Espérant briser les défenses qu'elle avait si fermement érigées, il se pencha vers elle. Il n'avait pas l'impression qu'elle lui ait menti sur quoi que ce soit. Il ne l'avait pas vue hésiter ni paniquer devant ses questions, et cela ne la rendait que plus énigmatique encore.

Et elle était si belle ! Il avança la main sur la nappe, presque à toucher la sienne, mais il interrompit son geste au dernier moment. Il y avait trop de choses qu'il souhaitait apprendre à son sujet pour laisser l'attirance qu'il éprouvait pour elle compromettre ses plans.

Malheureusement, ce qu'il lut dans son regard ne fut pas l'inquiétude qu'il s'attendait à y voir, mais un désir intense, évident, qui ne répondait que trop au sien.

Ses lèvres roses, sensuelles, sans maquillage, s'entrouvrirent, révélant un instant l'éclat de ses dents blanches. S'il s'était écouté, il l'aurait embrassée, encore et encore, jusqu'à ce qu'ils soient tous deux ivres de désir. Cependant, il n'aurait pas cédé tout de suite, il ne lui aurait pas fait l'amour. Il aurait attendu de la sentir trembler dans ses bras, éperdue.

Comment pouvait-il être aussi présomptueux ? C'était ce qu'il aurait fait, peut-être, mais seulement après lui avoir fait une première fois l'amour. Jamais il ne pourrait se contrôler à ce point avec elle.

— Etes-vous prêts à commander ?

La voix de la serveuse l'arracha si brusquement à ses fantasmes qu'il faillit renverser son verre d'eau. L'incident lui laissa au moins le temps de reprendre contenance.

Lorsqu'il leva de nouveau les yeux vers elle, Annie regardait ailleurs.

— Quelques instants encore et nous serons prêts, dit-il.

La serveuse sourit et s'éloigna. Il reporta son attention sur Annie, presque inquiet à l'idée de se perdre de nouveau dans le bleu de ses yeux. Il semblait ne plus posséder de défenses contre elle. Elles s'abattaient les unes après les autres, comme des rangées de dominos, chaque fois qu'il la regardait.

Elle posa son menu et croisa les mains sur la table.

— J'ai souvent travaillé auprès des chevaux lorsque j'étais adolescente, et je rêvais d'en posséder un. Mes parents pensaient qu'il ne s'agissait que d'un caprice, que j'allais très vite m'intéresser aux garçons et que je cesserais d'y penser. Ils se trompaient.

— Aucun garçon n'a jamais pu rivaliser avec les chevaux ?

— Ce n'est pas ce que j'ai dit. J'étais une jeune fille tout à fait normale. J'ai eu des petits amis, et même des relations plus sérieuses, mais ma passion pour les chevaux n'a jamais faibli.

— Aviez-vous songé à prendre la direction d'un refuge ?

— Je voulais m'occuper d'animaux, qu'ils fassent partie de ma vie d'une manière ou d'une autre. Vous voyez, j'ai eu ce que je voulais. Je n'ai peut-être pas la vie que j'avais imaginée, mais je me sens à ma place, ici, à faire des choses qui comptent.

— J'ai connu bon nombre de personnes qui ont abandonné la direction de refuges. Vous êtes l'une des plus dévouées et des plus passionnées que j'aie rencontrées.

Vous allez sans doute me dire que ça ne me regarde pas, mais ne vous sentez-vous pas un peu solitaire parfois ? J'ai l'impression que les occasions de rencontrer des gens sont rares, par ici.

Elle se redressa, le visage tendu.

— Seule ne veut pas dire solitaire.

— Je le sais.

— Et vous ?

— Moi ?

— Vous êtes marié ?

Il eut un petit rire.

— Non.

Une lueur amusée dansa dans les yeux d'Annie.

— Pourquoi riez-vous ? Est-ce si absurde ? Vous n'y avez jamais songé ?

— Je pense que le mariage en soi n'a rien d'absurde. Si je rencontre un jour une personne qui me convient, je l'envisagerai peut-être.

— Et quelles qualités devra avoir l'intéressée pour vous « convenir » ? Appartenir à la bonne société de Dallas ? Avoir reçu une excellente éducation et descendre d'une longue lignée de Texans ?

— C'est l'image que vous avez de moi ? Je serais donc davantage intéressé par un pedigree que par une personne ?

Embarrassée, elle baissa la tête.

— Je suis désolée. C'était vraiment idiot de ma part. Mais d'après ce que je sais de votre travail et de vos priorités, j'imagine que vous souhaiteriez une compagne digne de confiance et de respect, quelqu'un que vous puissiez admirer.

— N'est-ce pas ce que nous souhaitons tous ? répliqua Tucker, davantage touché par cette conversation qu'il ne l'aurait cru.

Annie lui sourit. Un sourire d'une infinie tristesse.

— Je crois que je vais prendre comme vous, le ragoût de bœuf, dit-elle.

Il fut soulagé que la conversation revienne en terrain neutre mais, pendant tout le repas, elle demeura tendue. Ils étaient tous deux mal à l'aise, riant un peu trop ostensiblement à des choses qui n'étaient pas franchement drôles, évitant tant bien que mal les silences qui se faisaient de plus en plus nombreux. Ils mangèrent rapidement en échangeant des banalités.

Lorsqu'il régla l'addition, il se rendit compte qu'il n'aurait su dire quel goût avait le plat qu'il venait de manger.

Arrivé à la porte, il demanda :

— Vous êtes garée dans la rue ?

— Non. Sur le parking, derrière.

D'un mouvement spontané, il lui prit délicatement le coude. Ils s'immobilisèrent tous deux à ce contact, mais il n'ôta pas sa main.

Plus important encore, elle ne s'écarta pas.

Ils gagnèrent lentement le parking. De la musique country s'échappait d'un bar, un peu plus loin dans la rue. Tucker remarqua qu'il n'y avait pratiquement que des pick-up garés sur le parking. Ce détail n'avait pas la moindre importance, mais il s'y raccrocha pour ne pas penser à l'envie qui le taraudait de prendre Annie dans ses bras et de l'embrasser.

Peut-être était-ce le mystère dont elle s'entourait qui rendait si irrésistible l'attirance qu'il éprouvait pour elle. Quoi qu'il en soit, il n'était pas certain que cela suffisait à l'expliquer. Il se revoyait, assis dans sa chambre à Dallas, son dossier étalé devant lui, songeant qu'elle aurait pu vraiment lui plaire si elle avait été la personne qu'elle semblait être.

Maintenant qu'il avait fait sa connaissance, il trouvait qu'elle ressemblait de plus en plus à cette personne.

Courageuse, forte, passionnée, profondément humaine. Et, qui plus est, elle correspondait à tout ce qu'il aimait physiquement chez une femme. Force était d'admettre qu'il ne s'agissait pas d'une simple attirance physique.

Annie lui plaisait. Beaucoup trop. Jamais il n'aurait dû éprouver une telle attirance pour elle, compte tenu du mal qu'elle avait fait à son frère. Pourtant, c'était plus fort que lui. Alors, que se passait-il ? Etait-il en train d'essayer de justifier ce qu'il ressentait à son égard ? Etait-ce pour cette raison qu'il trouvait de plus en plus difficile de la croire capable d'avoir fait ce dont son frère l'accusait ?

Si ce que lui soufflait son instinct était vrai, il devait envisager sérieusement la possibilité que Christian ne lui ait pas tout dit, voire qu'il lui ait carrément menti. C'était une hypothèse qu'il n'avait aucune envie de voir se vérifier. Sa mère ne s'en remettrait pas.

Mais plus il discutait avec Annie, plus il avait l'intime conviction qu'elle n'était pas entièrement responsable de ce qui s'était passé. Il jeta un coup d'œil dans sa direction, mais elle ne le vit pas. Elle avait levé la tête et regardait le ciel que la nuit tombante commençait à assombrir. Indéniablement, elle aimait Safe Haven et ce petit coin du Montana. L'action qu'elle menait ici était bénéfique non seulement pour les animaux, mais pour toute la communauté, et elle n'en attendait pas le moindre gain personnel. Il n'était pas seul à le penser ; ceux qui travaillaient avec elle partageaient cet avis.

Il était certain de ne pas se tromper à son sujet, et il n'était pas en train de se laisser aveugler par le désir qu'il éprouvait pour elle.

Plongé dans ses réflexions, il fut surpris lorsqu'elle s'arrêta tout à coup, puis il se rendit compte qu'ils étaient arrivés près de son vieux pick-up.

Lâchant son coude à regret, il se tourna vers elle.

— Merci d'avoir accepté de dîner avec moi.

Elle eut un petit haussement d'épaules.

— Comme l'a si bien dit Shea, j'ai grand besoin de votre argent.

— C'est la seule raison pour laquelle vous êtes venue ?

— Non, je l'avoue. Je vous trouve d'une compagnie très agréable. Vous m'avez été d'une aide précieuse, hier, et je vous en remercie sincèrement. Aujourd'hui, vous m'avez écoutée avec intérêt, et j'ai pu constater à quel point vous êtes impliqué dans ce que fait votre fondation. C'est quelque chose que j'apprécie beaucoup.

— Je vous ai trouvée fascinante. J'aurais pu vous écouter parler de vos projets pendant des heures.

Il ne dissimulait plus rien. Il lui montrait clairement l'attirance qu'il éprouvait pour elle et il l'observa attentivement, attendant sa réaction. Un signe montrant qu'elle avait compris qu'il était sur le point de craquer. Qu'un sourire enjôleur suffirait pour qu'il sorte à coup sûr son carnet de chèques…

— Merci, dit-elle. Sincèrement.

Il savait qu'il aurait dû partir immédiatement. Lui souhaiter bonne nuit et s'en aller au plus vite.

— Annie…, murmura-t-il d'une voix douce.

Elle se pencha vers lui.

— Vous êtes…

— Je suis… ?

Il n'y eut pas de réponse.

Lentement, il s'approcha d'elle. Son souffle chaud balaya un instant sa joue et il l'embrassa, espérant démasquer l'impitoyable Leanna Warner qui avait bouleversé tant de vies.

Mais ce fut la douce Annie Sheridan qui lui rendit son baiser.

- 9 -

Le contact enivrant des lèvres de Tucker bouleversa Annie. Instinctivement, elle se serra contre lui, contre son corps solide. Il y avait si longtemps qu'elle était seule, qu'elle n'avait plus senti la présence rassurante d'un homme !

Elle entrouvrit ses lèvres, lui offrit sa bouche, l'accueillit en elle. Il avait un goût extraordinaire, indéfinissable. Un goût qui se mêlait à l'odeur de sa peau. Elle se sentit vaciller.

Il glissa une main dans ses cheveux, la referma sur sa nuque et elle ne put retenir un gémissement. Il plongea alors plus profondément en elle, sa langue cherchant la sienne, la pressant avec fougue, attisant en elle un désir si violent qu'elle se mit à trembler.

Eperdue, elle se cramponna à ses épaules, pressa son corps contre le sien. Déjà, il laissait sa main glisser jusqu'au creux de ses reins, pour la plaquer contre lui.

Elle s'écarta tout à coup, haletante, le souffle court.

— Non, murmura-t-il, ses lèvres contre sa joue, la courbe délicate de son cou.

Puis, de nouveau, il prit sa bouche. Il mordilla ses lèvres, les écarta de la pointe de la langue, plongea un instant en elle, provocateur. Leurs souffles se mêlaient, leurs lèvres s'effleuraient tandis qu'ils goûtaient ce moment précieux, intense.

A chaque baiser, chaque caresse, Annie prenait conscience qu'elle était en train de s'abandonner dans les bras de cet homme, que tout ce qu'elle avait imaginé dans ses fantasmes devenait réalité.

Elle l'avait laissé briser le carcan de deux ans d'abstinence et savait que les sensations merveilleuses qui bouleversaient son corps et faisaient monter le désir au creux de ses reins allaient lui coûter cher.

Elle chavirait, le corps parcouru de frissons. Elle ne voulait plus penser à rien. Elle tendit la main, la posa sur son torse. Si seulement elle avait pu la glisser sous sa chemise ! Elle imaginait déjà le contact de sa peau sous ses doigts, ses lèvres effleurant ses muscles souples, ses dents titillant les petites pointes dures de ses tétons tandis qu'il gémissait de plaisir…

Soudain, des éclats de rire et des voix rompirent le silence qui les enveloppait, et ce fut comme si une porte se refermait entre eux. Elle recula si vivement qu'elle trébucha.

Tucker la rattrapa. Heureusement, le parking était plongé dans la pénombre car elle avait les joues en feu. Comme le joyeux groupe approchait, elle détourna la tête de peur d'être reconnue.

— Il vaut mieux que je vous laisse rentrer, dit Tucker en la lâchant.

Elle hocha la tête, encore troublée par les sensations qui s'attardaient dans son corps.

— La réunion est à 13 heures, chez Sadie, au Watering Hole, répondit-elle. Vous ne pouvez pas vous tromper, c'est le seul bar.

— Une réunion dans un lieu où l'on vend de l'alcool ? Il devrait y avoir du monde.

Elle sortit ses clés de sa poche.

— Les membres du bureau forment un groupe très éclectique.

— J'ai hâte de voir ça. Vous n'avez pas besoin de moi, demain matin ? Je veux dire, au refuge…

— Non. Mais si vous avez envie de passer…

— Je mettrai ce moment à profit pour régler quelques affaires.

— Très bien. A demain, alors.

Il se pencha vers elle pour l'embrasser, mais elle s'écarta, et ouvrit la portière de son pick-up.

— Bonne nuit.

— Bonne nuit, répondit-il en s'éloignant.

La main d'Annie tremblait lorsqu'elle mit le contact. Elle quitta le parking en regardant s'éloigner la silhouette de Tucker dans son rétroviseur.

Elle sortit de Blackfoot Falls et prit la route du refuge. C'est alors seulement que les regrets l'assaillirent.

Tucker dut relire une troisième fois le mail que lui avait adressé George. Il ne parvenait pas à se concentrer. Le souvenir du corps d'Annie pressé contre le sien l'obsédait littéralement, et il s'en voulait. Jamais il n'aurait dû l'embrasser.

Le travail s'accumulait, son assistant était en train de devenir fou à force de devoir sans arrêt reprogrammer ses rendez-vous et lui, il était incapable de réfléchir, de démêler cette affaire. Pourquoi ? Parce qu'il avait franchi une limite qu'il n'aurait jamais dû franchir.

Une chose était certaine, en tout cas, il ne subsistait aucun doute dans son esprit au sujet d'Annie. La femme qu'il avait embrassée n'était pas une froide manipulatrice, capable de détourner sans le moindre scrupule une importante somme d'argent destinée à financer des œuvres caritatives.

Beaucoup de questions demeuraient toutefois sans réponse, et c'était bien ce qui le préoccupait.

Il demeurait plus que jamais déterminé à disculper son frère, mais il voulait plus encore comprendre ce qui s'était passé et qui était responsable du détournement.

Que pouvait-il faire de plus pour y parvenir ? Il enfouit son visage entre ses mains, ferma les yeux et s'efforça de faire le point, de chercher ce qui avait pu lui échapper, mais George n'avait négligé aucune des pistes qu'il lui avait indiquées.

De toute façon, il n'avait pas l'intention de prévenir le procureur, de lui dire qu'il avait trouvé Leanna Warner tant qu'il n'aurait pas compris ce qui s'était passé et réuni les preuves pour établir la vérité. Il n'arracherait pas non plus Annie à Safe Haven tant qu'il ne détiendrait pas les éléments nécessaires pour la sortir de ce mauvais pas et disculper son frère. Il n'allait sans doute pas pouvoir rester avec elle jusqu'à ce que toute la lumière soit faite, mais il disposait d'un avion et faire le trajet ne posait pas de problème. De plus, avec les moyens de communication actuels, il pouvait travailler de n'importe où.

Il lui revint soudain à la mémoire qu'il devait téléphoner à sa mère, le lendemain matin, avant même de faire le point avec George. Il hésita sur la conduite à adopter. Allait-il les mettre au courant de ce qui se passait, Christian et elle ?

Non, il s'en tiendrait à ce qu'il avait décidé. Moins il y aurait de monde au courant, mieux ce serait pour Annie. Elle n'allait pas s'enfuir, de toute façon — pas avec un poulain à naître. Jamais elle n'abandonnerait ses animaux. Sauf si elle se retrouvait dos au mur. Il avait pu constater à quel point le refuge comptait pour elle. Il l'avait lu dans ses yeux, dans cette passion qui l'animait. Mais il l'avait surtout vu à ses actes.

Il était facile de tromper le monde avec des paroles et il fallait être idiot pour se laisser prendre. Il la désirait comme un fou, et c'était certainement une erreur, mais il ne se trompait pas sur la femme qu'elle était.

Il croyait en elle, et l'avenir prouverait qu'il avait raison.

Il rouvrit les yeux ; il venait d'avoir une idée. Il ne savait pas s'il la mettrait en œuvre, mais elle était intéressante. Très intéressante.

Son téléphone se mit à sonner et le nom de sa mère s'afficha. Il fut surpris. Il était tard au Texas.

— Maman ?

— Tu rentres demain ? demanda-t-elle.

— Non. Je suis désolé. Je ne sais pas exactement quand je rentrerai.

— Je vois…

Son soupir au bout du fil le glaça. Elle savait toucher où ça faisait mal, et elle l'avait souvent prouvé.

— Tu es sortie avec Andréa, ce soir ?

— Non. Elle voulait aller manger des sushis, et tu sais ce que je pense des sushis.

— Oui, je sais. Tu as regardé un film ?

— Si je l'ai fait, ça ne m'a pas laissé un souvenir mémorable. Il y avait des craquements dans la maison. J'ai pensé…

— Tu as eu peur ?

— Un peu. J'ai laissé partir Martha de bonne heure, ce soir.

Il se leva et se mit à arpenter nerveusement sa chambre. Il aurait voulu pouvoir faire davantage pour sa mère, mais il ne pouvait pas tout laisser tomber dans l'hypothétique espoir qu'elle aille mieux. Il savait que le chagrin pouvait revêtir bien des aspects, et que le temps était une notion très relative lorsqu'on pleurait la perte d'un être cher. Il était bien placé pour le savoir ; il avait aimé son beau-père et il lui manquait. S'il avait été encore vivant, ni lui ni sa mère ne se seraient retrouvés embarqués dans cette histoire avec Christian.

Il se sentit brusquement coupable et préoccupé de la savoir seule.

— Tant que je suis absent, ne laisse pas le personnel partir trop tôt le soir, d'accord ? Pas même Martha.

— Je ne sais même pas où tu es... Pas à Dallas, j'imagine.

— Je suis dans le Montana.

— Nous connaissons du monde, là-bas ?

— Oui. Mais ce n'est pas pour cette raison que je m'y trouve.

Il hésita. Il savait qu'il valait mieux ne rien lui dire à ce stade, car elle se mettrait à poser trop de questions auxquelles il ne pourrait pas répondre. Mais elle aurait au moins quelque chose à quoi se raccrocher, et il se sentirait peut-être un peu moins coupable.

— Ecoute, ne te fais pas trop d'illusions, mais il est possible que j'aie trouvé Leanna Warner.

— Oh ! Tucker ! fit-elle, la voix brisée par l'émotion.

— Il n'y a rien de certain.

Il détestait devoir mentir, mais il n'avait pas le choix.

— George travaille avec moi sur cette affaire et il faut encore attendre, insista-t-il.

— Si c'est elle, Christian va être fou de joie. Le procureur va enfin le laisser tranquille. Il va pouvoir de nouveau travailler où il voudra. Et pourquoi pas ici, à Dallas ? Nous pourrions lui trouver quelque chose, tu connais tellement de monde dans la finance. Oh ! Tucker, ce serait merveilleux !

Il regrettait déjà de lui avoir parlé.

— Maman, ne t'emballe pas, je t'en prie. Rien ne prouve encore qu'il s'agisse d'elle. Nous ne pouvons que l'espérer. N'en parle pas à Christian. Je ne voudrais pas qu'il...

— Oui, oui, d'accord. Je suis déprimée, mon chéri, pas stupide. Je comprends tout à fait. Merci, en tout cas. J'avais besoin d'une petite dose d'espoir, aujourd'hui, et tu me l'as donnée.

— Je suis vraiment désolé de ne pouvoir être avec toi.

— Ne t'inquiète pas. Maintenant que je sais ce que tu fais, tout va bien. Cela représente beaucoup pour moi.

— Je fais mon possible.

Brusquement, il songea au baiser échangé avec Annie et sa poitrine se serra.

— Je t'appelle très vite. Demain, si je peux.

— Tiens-toi sur tes gardes. Cette femme doit être particulièrement intelligente pour avoir pu duper Christian. C'est certainement une redoutable manipulatrice.

Il retint un soupir. Il aurait voulu pouvoir lui dire à quel point elle aimerait Annie si elle la connaissait, et combien cette affaire était complexe.

Au lieu de cela, il lui dit au revoir et raccrocha. Il n'appela pas George tout de suite. Annie était très intelligente, en effet, et c'était l'une de raisons pour lesquelles il croyait si résolument en elle.

Et, demain après-midi, il entendait bien le lui prouver.

Une boîte de dossiers sous le bras, Annie poussa la porte du Watering Hole. Le bar était désert. Il n'ouvrait pas avant 16 heures, mais Sadie devait être dans les parages.

Le vieux juke-box était silencieux. Annie songea aux soirées passées dans des bars, avec des amis, à écouter de la musique en buvant quelques verres. Tout cela lui semblait appartenir à une autre vie. Tant de choses avaient disparu de la sienne depuis qu'elle avait dû fuir… L'idée même d'aller chez le coiffeur ou de se faire faire une manucure semblait ridicule, compte tenu de la façon dont elle vivait. A Manhattan, elle passait de temps à autre une journée en institut, à se faire belle. C'était une chose impensable, aujourd'hui.

— Hé ! salut ! lança Sadie. Je me doutais que tu viendrais de bonne heure. Ça me fait plaisir de te voir.

Annie lui sourit. Chaque fois qu'elle la voyait, la fringante cinquantenaire avait perdu encore un peu de poids et se maquillait davantage.

— Tu es superbe.

— Tu as raison. Je suis une bombe !

Les deux femmes se mirent à rire.

— Shea ne devrait pas tarder, dit Annie. Mais la surprise du jour, c'est que nous accueillons un donateur potentiel à notre réunion.

— Vraiment ? Tu crois que c'est raisonnable ?

— Je l'ai prévenu. Il sait que les membres du bureau sont tous des locaux préoccupés du sort des animaux. Je pense que ça ira. Je l'espère, du moins. Tant qu'Abe et Will se tiennent tranquilles…

— S'ils recommencent leur cinéma, j'en prends un pour taper sur l'autre avec. Viens, suis-moi, nous allons installer les tables. Tu veux boire quelque chose ?

— Non. Merci.

Annie posa ses dossiers sur le bar et aida Sadie à pousser les tables et à les disposer en U. Elles installaient les chaises lorsque Shea entra.

Elle alla droit au but.

— Alors, il vient toujours assister à la réunion ?

Annie hocha la tête, et Sadie demeura impassible. A Blackfoot Falls, on commençait à s'habituer aux manières directes, un peu brusques, de Shea.

— D'après ce que j'ai entendu dire, intervint Sadie en jetant un regard amusé à Annie, tu étais chez Marge, hier soir, en compagnie de l'homme le plus séduisant qu'on ait vu ici depuis la visite de Paul Newman, il y a quarante ans.

Annie sentit ses joues s'empourprer. Elle détestait ça.

— Il s'appelle Tucker Brennan, et ne t'avise pas de laisser les gens commencer à cancaner à son sujet. Il est riche et il possède une fondation qui pourrait bien être la bouée de sauvetage de Safe Haven. Le reste ne regarde personne.

— Hé ! doucement ! Je n'ai rien dit de mal.

— Les gens, ici, adorent les commérages, mais je ne sais pas ce que je ferais si, à cause d'une remarque idiote, tout ce beau projet échouait.

Sadie posa une main rassurante sur son épaule.

— Je comprends. Je ferai de mon mieux pour couper court aux rumeurs.

— Merci. Désolée de m'être laissé emporter.

— Ne t'inquiète pas pour ça.

Sadie se retourna pour accueillir Jesse qui venait juste d'entrer, puis elle précéda Shea au bar pour servir les bières.

La bière faisait partie intégrante de toutes les réunions qui se tenaient au Watering Hole. Annie y était habituée, mais elle se demandait ce que Tucker allait en penser.

Il suffisait qu'il soit question de lui pour que déjà le trouble l'assaille. Elle avait chaud, soudain, le corps en émoi.

Ce n'était vraiment pas le moment de se conduire comme une adolescente ! Les heures qui allaient suivre pouvaient s'avérer les plus déterminantes qu'elle ait vécues depuis son arrivée à Blackfoot Falls. Elles scelleraient peut-être un destin qu'elle avait accepté et qui était maintenant la vie qu'elle aimait. Chaque jour passé à travailler à Safe

Haven grignotait un peu de la culpabilité et du chagrin qu'elle éprouvait lorsqu'elle songeait à tout ce qu'elle avait laissé derrière elle.

Peu à peu, les membres du bureau arrivèrent et se dirigèrent en silence vers le fond de la salle où Jesse était en train d'installer des chaises supplémentaires.

Abe entra. Tout le monde le savait amoureux de Sadie — amour non partagé. Will suivit. Lui aussi avait le béguin pour elle, mais aimer la même femme ne les réconciliait pas pour autant. Ils passaient leur vie à se chamailler.

Cy Heber arriva juste derrière eux. Annie éprouvait une tendresse toute particulière pour ce vieux cow-boy. Il avait fait don au refuge de plusieurs hectares de terres. Il se sentait très concerné et voulait faire quelque chose de bien alors même que son propre ranch n'était plus que l'ombre de ce qu'il avait été.

La porte s'ouvrit de nouveau et Tucker Brennan entra. Jean noir, chemise bleu pâle et blazer. Dès qu'il l'aperçut, un sourire illumina son visage.

— Oh… je vois, murmura Sadie qui se tenait près d'Annie et venait de poser quatre bières sur la table. Ils n'exagéraient pas, alors.

Annie lui lança un regard noir.

— Chut !

Elle s'avança pour accueillir Tucker en s'efforçant de ne pas songer au baiser de la veille.

Très vite, tout le mode s'installa et Annie fit les présentations. Elle plaça Tucker à une extrémité de la table et s'assit à l'autre. Presque aussitôt, elle comprit son erreur ; son regard ne cessait de croiser le sien.

Toutefois, elle parvint à commencer la réunion et à la diriger à peu près selon l'ordre du jour prévu, avec des membres du bureau — tous de Blackfoot Falls — peu habitués à une telle discipline.

Tout se passa bien, du moins, jusqu'à ce qu'elle en arrive à la question des projets. C'est à ce moment-là que Tucker se leva. Il plongea la main dans la poche de sa veste et en sortit une feuille de papier.

— Depuis mon arrivée, commença-t-il, j'ai passé du temps à Safe Haven et je dois avouer être très impressionné. J'ai visité des refuges qui disposaient de bien plus de moyens et ne réalisaient pas la moitié de ce qui se fait ici. Je vous félicite tous pour votre dévouement à la cause des animaux.

Il s'interrompit, jeta un regard autour de lui et s'arrêta sur Annie.

— Voici un chèque. Il n'émane pas de la fondation du Rocking B. Il s'agit d'un chèque personnel. J'espère qu'il vous aidera à continuer à développer le refuge. Cet argent vous est alloué sans conditions. Vous le dépenserez à votre guise.

Il fit le tour de la table et tendit le chèque à Annie. Lorsqu'elle vit la somme qui y figurait, elle demeura sans voix. Vingt mille dollars ! Ce qu'elle pouvait réaliser avec dépassait ses espérances. Elle leva les yeux vers lui, sous le choc, puis se tourna vers les autres.

— Nous pouvons acheter le moteur. Nous pouvons réparer le tracteur !

De nouveau, elle regarda le chèque pour s'assurer qu'elle n'avait pas rêvé.

— Je crois en ce que vous faites, dit Tucker. Je crois en vous.

Annie crut que son cœur allait cesser de battre.

Elle aurait été aux anges si Tucker s'était contenté de dire qu'il croyait en ce qu'elle faisait. Car croire en elle, c'était croire en un mensonge.

- 10 -

— Eh bien, moi je dis qu'il faut utiliser le reste de l'argent pour construire un bâtiment destiné aux animaux en quarantaine, déclara l'homme aux cheveux argentés qui tenait la supérette.

Tucker lui accorda à peine un regard, pas plus qu'aux autres. Il ne voyait qu'Annie. Il avait dû aller se rasseoir à l'autre extrémité de la table et ne pouvait rien faire, sinon la dévorer des yeux.

— Nous devrions investir dans ces trucs publicitaires sur internet, dit Cy Heber. Vous savez, ces choses qui apparaissent tout le temps à l'écran. Ça attirerait l'attention.

— Heber, ce sont des spams, ce dont tu parles, répondit Jesse en parvenant non sans mal à garder son sérieux. De plus, nous avons déjà lancé deux campagnes de publicité sur internet.

Tucker vit Annie glisser finalement le chèque dans sa poche, puis elle le regarda de nouveau. Mais la flamme qui brûlait un moment plus tôt dans son regard avait disparu. Elle paraissait profondément troublée. Beaucoup plus que ne le justifiait ce chèque. Il aurait aimé la voir sourire, au moins, mais il imaginait qu'elle devait être en proie à des sentiments confus.

Il voulait qu'elle sache qu'il était de son côté. Quoi qu'il advienne plus tard et quelles que soient les répercussions, il avait besoin qu'elle soit intimement persuadée qu'il avait foi en elle. Ce chèque représentait beaucoup pour lui. Il n'avait jamais agi à la légère avec son argent, qu'il en ait hérité ou qu'il l'ait gagné. Il souhaitait l'aider et ne pouvait attendre pour ce faire qu'il n'y ait plus de zone d'ombre entre eux. Il espérait que son geste, au moins, la soulagerait un peu de ses soucis.

Will, le cow-boy le plus âgé, intervint.

— Je pense que nous devrions engager quelqu'un qui puisse relayer Annie. Elle travaille trois cent soixante-cinq jours par an. Tout le monde a le droit de se reposer.

Annie réagit aussitôt.

— Je n'ai besoin de rien.

Tout le monde se mit à parler en même temps, sauf Shea qui se contenta de secouer la tête. En fait, elle n'avait quasiment rien dit depuis le début de la réunion.

Sadie abattit sa main sur la table avec force, faisant sursauter tout le monde. Le brouhaha cessa instantanément.

— On se calme ! dit-elle. Nous allons faire avec ce chèque comme nous avons fait avec tous les autres dons. Nous allons laisser Annie décider. Elle sait mieux que nous tous réunis ici ce dont Safe Haven a besoin. Et si vous n'êtes pas d'accord, je déclare la réunion terminée et chacun paie sa bière.

Annie regarda Tucker, qui eut droit enfin au sourire qu'il avait tant espéré.

Annie bénissait Sadie d'être intervenue et d'avoir mis fin au vacarme. Elle supportait mal tout ce monde, et ce n'était pas non plus facile d'être assise face à Tucker.

Elle n'avait pas encore vraiment pris la mesure de ce que représentait ce chèque, de ce qu'elle allait pouvoir faire avec cet argent. Il lui semblait entendre encore les paroles de Tucker. Cette confiance qu'il lui témoignait la bouleversait.

S'il avait su la vérité, aurait-il été aussi prompt à lui faire ce cadeau ? Non, évidemment ! Mais cet argent, ce n'était pas à Leanna Warner qu'il était destiné, il ne fallait pas qu'elle l'oublie. Il était destiné à Safe Haven. Si elle en avait pris la direction, c'était dans le but de faire tout ce qui était en son pouvoir pour servir la cause des animaux. Elle avait enfoui le passé dans une boîte à café cachée sous son lit, et choisi de consacrer tout son temps à un combat qui en valait la peine.

Le mieux serait de poursuivre son action comme si rien n'avait changé. Ce qui était le cas, après tout. Mis à part ce sentiment de culpabilité revenu en force… et ce désir irrésistible qu'elle éprouvait pour Tucker, si intense qu'elle en était toute retournée…

La nuit dernière, elle avait eu du mal à trouver le sommeil. Elle s'en voulait de l'avoir embrassé alors qu'il existait un tel enjeu concernant Safe Haven. Au fond d'elle, elle savait que Tucker ne se servait pas de sa position pour la manipuler, pas plus qu'elle n'utilisait l'attirance qu'ils éprouvaient l'un pour l'autre pour obtenir quoi que ce soit de lui. Cependant, le chèque et la confirmation que la fondation prendrait très certainement une décision en sa faveur la faisaient douter.

Elle s'efforça de clore la réunion le plus normalement possible, d'écouter Will et Cy, d'échanger quelques mots avec les uns et les autres, mais ce fut plus stressant qu'elle ne l'avait imaginé. Tucker était là, tout près, et plus elle le voyait, plus elle avait envie de lui.

Shea et Jesse s'attardèrent après le départ des autres membres, prenant le temps de remercier Tucker et de s'enquérir du type de reçu qu'il souhaitait pour le don qu'il venait de faire.

Annie avait hâte que tout cela se termine.

— Tu retournes à Safe Haven ? lui demanda Shea.

— Non. Je pensais faire un saut à Kalispell pour déposer le chèque. La banque de Tucker a une succursale là-bas. Je pourrai peut-être garder de quoi acheter le moteur, cela devient urgent.

Tucker, qui discutait avec Jesse, s'approcha.

— Je peux vous y emmener. Et m'assurer que vous disposiez tout de suite de la somme qui vous est nécessaire.

— Non, ça ira, merci, répondit-elle en s'efforçant de ne rien montrer de la nervosité qu'elle éprouvait à le sentir si proche d'elle. Je dois rentrer à Safe Haven, ce soir. Vous n'allez pas faire toutes ces allées et venues, surtout en partant demain.

— Je suis un très bon client de cette banque. Ma présence peut faire la différence pour vous obtenir ce que vous voulez.

Il sourit, haussa une épaule.

— Et, soyons fous, nous pourrions même dîner sur place.

Dîner avec lui ? Annie se troubla. Le danger était grand et la preuve désormais faite qu'elle pouvait se retrouver sans défense face à cet homme. Elle avait déjà enfreint toutes les règles qu'elle s'était fixées. Mais le tracteur était immobilisé depuis si longtemps, et les élèves de Mélanie avaient tant travaillé à ce projet…

Elle se tourna vers Shea.

— Tu crois que tu pourrais me remplacer quelques heures ?

— Bien sûr.

— Je l'accompagnerai, dit Jesse.

Il donna un petit coup de coude à Shea, se voulant discret, mais Annie surprit son geste. Son pouls s'emballa lorsqu'il demanda à Tucker de le retrouver dehors.

— Tu devrais prendre une brosse à dents, suggéra Shea.

— Quoi ? Tu es devenue folle ?

Quelqu'un avait dû surprendre leur baiser, hier soir, c'était certain.

Elle avait rougi, mais Shea ne se laissa pas impressionner.

— Tant que tu y seras, achète aussi des sous-vêtements. Cela t'évitera de devoir revenir à Safe Haven. Jesse et moi pouvons y rester aussi longtemps que tu auras besoin de nous.

Annie n'en croyait pas ses oreilles. Jesse s'y mettait, lui aussi. Elle n'aurait jamais dû embrasser Tucker. Ou, plus exactement, le laisser l'embrasser. Tout le pays était-il donc au courant ?

Quelle idiote elle était ! A Blackfoot Falls, les rumeurs allaient bon train. Et ce baiser n'était même pas une rumeur, il avait bel et bien existé. Pour arranger le tout, Tucker et elle n'avaient cessé de se regarder pendant toute la réunion. Mon Dieu ! Elle ne s'en remettrait jamais. Jamais.

Heureusement, ce que les gens pensaient n'était pas en tête de liste de ses préoccupations. Tucker l'était, en revanche. Et son départ imminent aussi. Pourquoi fallait-il qu'il lui plaise autant ? Depuis des années, les hommes ne faisaient plus battre son cœur ni frémir son corps. Mais il fallait avouer qu'elle n'avait encore jamais rencontré un homme tel que lui. Pour autant qu'elle sache, les hommes riches et puissants ne gaspillaient pas leur précieux temps pour aider à mettre un poulain au monde, pas plus qu'ils ne se salissaient les mains pour sauver une chèvre.

Peu lui importait de mériter ou non d'être avec un homme comme lui. Son départ la bouleversait et, à l'idée de ne plus le revoir, elle sentait ses résolutions fondre comme neige au soleil.

Elle avait beau tenter de se raisonner, elle voyait les choses différemment, à présent. Il lui avait déjà donné le chèque, sans conditions, et la fondation était une entité à part. C'était déjà un obstacle de levé. Etait-ce pour cette raison qu'il avait choisi la réunion pour lui remettre le chèque ? Aucune importance. Au fond de son cœur, elle savait… Elle avait besoin de cette nuit avec lui.

— Tu as raison. Je crois que je ferais bien de passer acheter quelques affaires, dit-elle en évitant de croiser le regard de Shea. Si tu es sûre…

— Oh ! je t'en prie ! s'exclama Shea. Ça crève les yeux que vous avez envie l'un de l'autre. Allez, dépêche-toi !

Annie se sentit soudain sur un petit nuage. Elle lui sourit, et adressa un salut de la main à Sadie avant de foncer vers la porte, en route vers une nuit inoubliable. Et au diable les conséquences !

Tucker était le plus heureux des hommes. Il avait une femme merveilleuse assise à son côté et, devant lui, la perspective de toute une nuit à passer avec elle. Une nuit entière à l'aimer, à la gâter, à lui donner du plaisir.

Jamais il n'aurait demandé à Annie de passer la nuit avec lui. Au mieux, il avait espéré qu'elle l'inviterait chez elle après le départ des bénévoles, ce soir. Mais Shea et Jesse avaient proposé leur aide et elle avait disparu dans les magasins. A son attitude, il supposait qu'elle avait acheté l'essentiel pour passer la nuit à Kalispell. Et lorsque Shea lui avait dit : « A demain », il n'avait plus eu aucun doute.

— Je ne sais comment vous remercier pour votre générosité, dit-elle tandis qu'ils atteignaient l'autoroute. La confiance que vous nous faites ne sera pas trahie, je peux vous l'assurer.

Tucker lui jeta un regard un peu trop satisfait.

— Je suis sincère ! s'offusqua-t-elle.

— Désolé. Je sais que vous l'êtes. Je ne voulais pas

vous offenser. C'est seulement… Vous m'avez surpris en train de penser à tout ce que je vais avoir envie de faire après être passé à la banque. Avec vous. Avec toi, plutôt.

Il lui prit la main.

— Pour toi.

— Continue, je t'en prie.

— J'y compte bien, répliqua-t-il en riant.

Il pressa un instant sa main, puis reposa la sienne sur le volant. Il cherchait un endroit où se garer. Il en trouva bientôt un sur le bas-côté.

— Que se passe-t-il ? Il y a un problème avec la voiture ?

— Non.

Il coupa le contact, se tourna vers elle.

— Non, avec moi. Le problème, c'est qu'il y a une éternité que je ne t'ai pas embrassée.

Il ôta sa ceinture de sécurité, se pencha vers elle et referma une main sur sa nuque. Il n'eut pas besoin de l'attirer vers lui. Elle se glissait déjà dans ses bras, fébrile.

Elle ne perdit pas de temps en préliminaires et lui offrit sa bouche, glissant sa langue contre la sienne, la pressant avec fougue, mettant définitivement un terme à tous les doutes qu'il avait pu concevoir quant à la finalité de cette escapade.

Il ne put retenir un grognement de plaisir. Il retrouvait le goût de sa bouche, l'odeur enivrante de sa peau, de ses cheveux, et il songeait déjà au moment où ils seraient enfin nus, dans les bras l'un de l'autre.

A l'instant où elle posa la main sur son torse, il l'attira plus près, la plaquant contre lui, et prit sa bouche, possessif, mordillant ses lèvres, les écrasant sous les siennes, plongeant sa langue en elle à lui couper le souffle.

Elle eut un petit gémissement de plaisir et il faillit perdre tout contrôle, le corps en feu, son sexe se dressant déjà, gonflé et dur.

La voiture résonnait à présent de leurs souffles mêlés, haletants, de leurs gémissements de plaisir, portant au paroxysme ce désir qui les poussait l'un vers l'autre. Et leurs mains impatientes, fébriles se cherchaient, cherchaient leurs corps.

Tucker prit soudain conscience qu'il pouvait la toucher, la caresser, maintenant, faire ce qu'il n'avait pas osé faire la veille. S'il n'avait pas eu la perspective de l'avoir bientôt toute à lui, dans son lit, il aurait écouté la petite voix qui lui murmurait que la banquette arrière de son 4x4 était large et confortable, et que pas une voiture n'était encore passée depuis qu'ils s'étaient garés.

Il s'efforça de garder le contrôle, referma doucement la main sur ses seins. Il les sentait palpiter sous ses paumes, leurs pointes durcies se dressant sous le coton du chemisier.

Elle s'écarta lorsqu'il se mit à les caresser.

— Nous devrions peut-être y aller, dit-elle, le souffle court.

Il ouvrit les yeux et la vue de ses lèvres roses, gonflées de leur baiser, acheva de l'exciter. Son sexe en pleine érection pressait presque douloureusement la braguette de son jean.

— Quelque chose ne va pas ? demanda-t-il.

— Non, bien au contraire. Mais je veux…

— Tout ?

Elle sourit, effleura ses lèvres d'un baiser furtif. Puis se réinstalla sur son siège et boucla sa ceinture de sécurité.

— Est-il possible de tout avoir en une nuit ?

— Nous pouvons toujours essayer, répondit-il.

Puis il mit le contact, engagea la voiture sur la route, le goût de leurs baisers s'attardant, délicieux, sur ses lèvres.

*
* *

— A sept ans, je rêvais d'être pompier.

Annie l'imagina figurant dans l'un de ces calendriers où les pompiers en uniforme prennent des poses sexy. Nul doute qu'il ferait la couverture.

— Ensuite, ce fut Batman.

Elle lui jeta un coup d'œil. Elle avait l'impression de vivre un rêve. Etre là, avec lui, semblait si simple, si naturel… Sa réalité à elle, c'était Blackfoot Falls et sa vie au refuge. Mais elle la retrouverait bien assez tôt et il serait temps, alors, d'avoir des regrets. Une seule chose comptait aujourd'hui, vivre l'instant.

— Et après Batman ?

— C'est très simple, j'ai commencé à apprendre le métier. Le bétail, les chevaux, la vie au ranch. Il n'y a pas que des héros en cape et collants. Certains portent des jeans et des chemises à carreaux, ajouta-t-il en riant.

— Et le héros s'est-il essayé au rodéo ?

— Oui, mais ça n'a pas duré longtemps. Ma première chute m'a laissé un souvenir cuisant. J'ai préféré opter pour le base-ball. Je faisais partie de l'équipe de l'université.

— Tu étais lanceur.

— Comment le sais-tu ?

— Une intuition.

— En effet. Et j'étais plutôt bon à ce poste.

Il tendit la main, prit la sienne, et en caressa doucement la paume. Ce n'était qu'une toute petite caresse, mais elle fit courir un délicieux frisson dans tout son corps.

— Et toi, dit-il. Ça a toujours été les chevaux ?

— Oui. J'ai joué au basket, à une époque, mais je n'étais pas suffisamment douée pour poursuivre au-delà du lycée. La grande passion de ma vie a toujours été les chevaux.

— Il n'y a pas d'hommes sur la liste ?

Elle secoua la tête.

— J'ai vécu avec un homme quelques années. J'ai cru

qu'il s'agissait d'amour. Ce n'était en fait qu'une histoire purement physique. Après, il n'y a rien eu d'important. Quelques erreurs. Et toi ?

— J'ai eu plusieurs relations au fil des années. Plus jeune, j'imaginais qu'à l'âge que j'ai maintenant, je serais déjà marié, que j'aurais des enfants et que je les élèverais dans un ranch comme mon père l'a fait avec moi. Mais les femmes qui m'ont le plus intéressé avaient des vies professionnelles très actives et des projets personnels.

— Et ce n'était pas compatible avec toi ?

— Je vis au ranch cinq jours par semaine, et je passe mes week-ends à Dallas. Pour une femme qui poursuit une carrière, ce n'est pas évident. Quant à moi, il me serait très difficile, surtout en ce moment, d'envisager d'abandonner mon rôle au ranch.

Ils se rapprochaient de Kalispell et la circulation se faisait plus dense. Annie n'avait pas envie de l'imaginer marié, avec des enfants. En fait, elle n'avait pas du tout envie de l'imaginer ailleurs que dans cette voiture.

Elle tourna la tête vers lui pour l'observer, laissant son regard suivre la courbe de sa pommette, la ligne ferme, virile, de sa mâchoire. La ville apparut bientôt. Trop tôt à son goût. Ce moment dans la voiture, à son côté, avait été l'instant le plus agréable qu'elle ait vécu depuis longtemps. Un petit aperçu d'une vie qu'elle n'aurait jamais.

Cela faisait à peine cinq minutes qu'ils étaient entrés dans la banque lorsque le téléphone de Tucker se mit à sonner. Le nom qui s'afficha le surprit.

— Ne quitte pas, je te reprends dans une minute, dit-il très vite.

Il se tourna vers Annie.

— Il faut que je réponde. Je ne devrais pas en avoir pour longtemps.

— Vas-y, ce n'est pas un problème. Si j'ai besoin de toi pour l'argent, j'attendrai.

Il se pencha pour embrasser ses lèvres, mais ce fut finalement sur sa joue qu'il posa un baiser. Annie en parut aussi surprise que lui. Ce devait être une conséquence du coup de fil. Il tenterait de s'expliquer pourquoi plus tard.

Il ne parla à Christian que lorsqu'il se fut suffisamment éloigné.

— Que se passe-t-il ?

— C'est ce que j'aimerais bien savoir, répondit Christian.

Le ton était acerbe. Tucker s'immobilisa.

— Tu vas devoir te montrer un peu plus précis.

— Pourquoi ne m'as-tu pas dit que tu recherchais Leanna ?

— Parce que je n'ai pas de comptes à te rendre, répondit Tucker, agacé par le toupet de son frère.

Et par sa mère, du même coup, bien qu'il ne puisse présumer de ce qu'elle lui avait dit.

— Maman t'a téléphoné, si je comprends bien ?

— Oui. Irène m'a appelé.

Christian prenait un malin plaisir à l'appeler ainsi, pour bien insister sur le fait qu'il ne lui avait toujours rien pardonné. Ce qui ne l'empêchait toutefois pas de prendre son argent.

— Elle m'a dit que tu avais trouvé Leanna.

— Je ne suis pas certain qu'il s'agisse d'elle. Mais si c'est le cas, cela devrait te faire plaisir, non ?

— Non. Je menais ma propre enquête de mon côté. Je ne t'ai jamais demandé de t'en mêler. Leanna est une femme dangereuse.

— En quoi ? rétorqua Tucker.

Bon, s'énerver ne servirait à rien, songea-t-il. Mais Annie, une femme dangereuse ? C'était ridicule !

— Tu as simplement dit que c'était une voleuse, qu'elle était partie avec l'argent.

Pour toute réponse, Christian poussa un soupir agacé. Tucker sentit cependant qu'il y avait autre chose. Son frère n'était pas seulement en colère ; il avait peur. Mais de quoi ?

— Ecoute, je ne t'en ai pas parlé parce que je n'en voyais pas l'intérêt, mais il y avait des gens très dangereux dans l'entourage de Leanna. Des gens liés à la mafia. Des types dont il vaut mieux ne pas trop s'approcher, tu comprends ? Ils pourraient s'en prendre à toi, Tucker. Et à Irène.

La mafia et Annie ? Etait-ce pour cela qu'elle avait fui, qu'elle était venue se cacher dans cette petite ville perdue au milieu des bois, près de la frontière ? Si Christian le savait, alors pourquoi…

— Pourquoi n'as-tu pas alerté la police ?

— Parce que je n'avais pas particulièrement envie de mourir ! Je te l'ai dit, ces hommes sont très dangereux. Si tu as retrouvé Leanna, ce ne serait pas lui rendre service que de la ramener. Autant signer tout de suite son arrêt de mort. Laisse tomber, Tucker. C'est une affaire que ni toi ni ton argent ne pouvez régler.

— Si seulement tu m'avais dit que…

Il s'interrompit. Il ne pouvait tout de même pas en vouloir à son frère d'essayer de le protéger, de protéger sa famille.

— Très bien. Je ne ferai rien qui puisse te mettre en danger. Ni elle, si c'est elle.

— N'en parle à personne, Tucker. Je suis très sérieux. Ça pourrait très mal se terminer.

— Je comprends.

Tucker longea le bâtiment de la banque et s'approcha de l'entrée. Il vit Annie qui attendait à l'intérieur.

— Où es-tu, au fait ? demanda Christian. Maman ne me l'a pas dit.

Ah ! c'était « maman », à présent, ce n'était plus Irène ! Il n'aurait su dire pourquoi, mais ce brusque changement l'agaça au plus haut point.

— Je rentre à Dallas. Il faut que je me dépêche. Je t'appellerai à mon retour.

Tucker rangea son téléphone, plus inquiet que jamais au sujet d'Annie. Et de Christian, bien sûr. Mais son frère lui paraissait tout à fait capable de prendre soin de sa petite personne.

Il attendrait d'avoir accompagné Annie pour commander le moteur du tracteur avant d'appeler George. Il voulait faire le point avec lui, et surtout le mettre en garde. Pourvu qu'il n'ait pas pris de risques inconsidérés à cause de cette enquête !

Son inquiétude était telle qu'une fois le problème de l'argent réglé, il inventa un prétexte pour laisser Annie seule avec le vendeur dans le magasin.

— Une affaire urgente, que je suis seul à pouvoir régler. Ce ne sera pas long.

Annie l'attira vers elle. Il s'attendait à ce qu'elle effleure ses lèvres d'un baiser, mais non. Elle l'embrassa vraiment. Peu lui importait, manifestement, qu'ils se trouvent au beau milieu d'un magasin. Elle prit tout son temps et il se laissa faire. Et tandis qu'il savourait l'instant, il songea qu'il avait eu entièrement raison à son sujet. Elle n'était pas coupable. Il y avait quelqu'un d'autre derrière ce détournement d'argent, quelqu'un qui lui avait forcé la main. Mais que fallait-il faire ? Il savait maintenant qu'un danger la menaçait. Fallait-il tenter de l'aider quand même ? Ne lui ferait-il pas courir encore plus de risques ?

Il s'écarta, posa son front contre le sien et resta ainsi un moment, respirant son parfum, s'efforçant de se calmer. Il devait y avoir une solution. Il la trouverait. Car laisser les choses en l'état n'était tout simplement pas acceptable.

Quelques minutes plus tard, il était au téléphone avec George qui lui apprit une nouvelle à laquelle il était loin de s'attendre.

— Des bookmakers ?

— Oui, et pas n'importe lesquels. Des types liés à la mafia russe, Tucker. Je suis désolé, mais c'est là que mène la piste.

— Et tu es certain qu'elle mène à Christian ?

— Pas vraiment, répondit George, prudent. Mais voilà où nous en sommes.

— Ecoute, George, je te remercie pour tout ce que tu as fait, mais il faut laisser tomber, à présent. Je ne pensais pas soulever un tel lièvre. Je ne veux pas que tu te mettes en danger.

— Tu dois me faire confiance sur cette affaire, dit George. Je n'ai pas l'intention d'y laisser ma peau. Ni de vous faire courir ce risque-là, à toi ou à Irène. J'ai tiré quelques sonnettes, sollicité des faveurs. Ça va aller, ne t'inquiète pas. En tout cas, je ne laisse pas tomber. Si je peux innocenter ton frère, je le ferai. Mais je ne ménagerai personne, quoi que je découvre.

Tucker passa la main sur sa nuque douloureuse, la massa un instant.

— Si Irène savait, elle te serait infiniment reconnaissante. Et elle partagerait également mon inquiétude. Sois prudent, George. Il ne faut pas de victime dans cette histoire. Ça n'en vaut pas la peine.

— Je suis entièrement d'accord avec toi. A très bientôt. Je reste en contact.

Tucker raccrocha et remit le téléphone dans sa poche.

Des bookmakers. Il n'avait rien noté dans la vie de Leanna qui puisse la lier, de près ou de loin, aux jeux d'argent et aux paris. Absolument rien. Il ne pouvait pas en dire autant de Christian.

Si… Non. Il ne devait pas tirer de conclusions hâtives. L'idée que Christian puisse être impliqué l'avait déjà effleuré, bien sûr, il n'était pas idiot. Mais il n'avait pas voulu y croire.

La raison en était simple : il ne voulait pas faire souffrir sa mère. Elle souffrait déjà suffisamment.

Tout à coup, il comprit ce qui l'avait tant agacé lorsque Christian était passé d'« Irène » à « maman ». Inconsciemment, il avait senti qu'il s'agissait d'une tactique. De la pure manipulation, en fait. Christian avait voulu jouer sur la corde sensible. Il savait que son frère ne resterait pas insensible au fait que leur mère puisse courir un danger et qu'il laisserait tomber ses recherches.

La question demeurait : Pourquoi ? Christian croyait-il Leanna réellement impliquée avec la mafia et avait-il peur pour sa propre vie ? Ou craignait-il qu'elle détienne des informations le mettant en cause et susceptibles de prouver qu'il était lui-même coupable ?

La situation était devenue extrêmement complexe, songea-t-il. Il n'aurait jamais dû venir dans le Montana. Mais, s'il ne l'avait pas fait, il n'aurait jamais rencontré Annie. Elle ne pouvait pas être la femme que dépeignait Christian. C'était impossible.

Il entra dans le magasin et la trouva près des tracteurs. Dès qu'elle eut récupéré le double du bon de commande, il l'attira dans ses bras et l'entraîna vers la porte.

— Je t'emmène dîner. Tu n'as rien avalé depuis des heures.

— Mais…

Il la regarda. Il avait envie de tout lui dire et de l'emmener loin, très loin, là où personne ne pourrait lui faire de mal. Elle n'était pour rien dans toute cette histoire, il le savait, le sentait dans toutes les fibres de son être. Et il la désirait comme jamais il n'avait désiré aucune femme.

— Tu as faim ?

— Je meurs de faim, répondit-elle avec un sourire enjôleur.

— Mettons-nous à la recherche d'un restaurant, alors.

— C'est hors de question. Où est ton hôtel ?

- 11 -

L'hôtel n'était pas tout à côté. Ils durent reprendre la voiture, longer plusieurs rues. Durant le trajet, Annie ne songea qu'à Tucker, à ce désir irrépressible qu'elle éprouvait pour lui. Elle brûlait d'impatience de se retrouver dans ses bras. Il y avait si longtemps qu'elle n'avait pas fait l'amour, et la dernière fois n'avait pas été très enthousiasmante. Elle s'était alors juré de ne plus jamais se retrouver dans le lit d'un homme à moins que l'attirance ne soit violente et réciproque.

C'était le cas avec Tucker. Il ne cessait de la regarder et, chaque fois que leurs regards se croisaient, la température montait d'un cran.

Ils entrèrent dans le hall de l'hôtel main dans la main, mais à peine la porte de l'ascenseur refermée, il l'attira dans ses bras, la plaqua contre lui et prit sa bouche.

Lorsque la cabine s'arrêta, à l'étage, Annie ne savait plus où elle en était, les cheveux emmêlés, les joues en feu, les lèvres tout humides et gonflées du baiser de Tucker.

Il l'entraîna vers sa suite. Dès qu'elle en franchit le seuil, des souvenirs de sa vie antérieure l'assaillirent. Le temps de se ressaisir, elle alla se réfugier dans la salle de bains. Elle était superbe, d'un goût très raffiné, dotée à la fois d'une douche et d'une immense baignoire. Elle s'efforça de chasser l'impression de déjà-vu qu'elle ressentait.

Debout devant le lavabo, c'était Leanna Warner qu'elle

voyait dans le miroir. Sa gorge se serra brusquement et elle ferma les yeux.

— Je suis là, aujourd'hui, murmura-t-elle, avec l'homme le plus extraordinaire que j'aie jamais rencontré. Je ne peux pas gâcher ce moment.

Elle inspira profondément, se rafraîchit le visage et se recoiffa. Puis elle ouvrit la porte et, soudain, toutes ses préoccupations s'envolèrent lorsqu'elle l'aperçut près du lit.

Un seul regard de lui et elle sentit un frisson la parcourir, les pointes de ses seins se dresser.

Le regard plongé dans le sien, Tucker s'avança lentement vers elle. Il voulait voir son regard se troubler, l'iris bleu de ses yeux s'assombrir à son approche.

Lorsqu'il fut tout près, il tendit la main, défit les boutons de sa chemise.

— Annie..., murmura-t-il en la faisant glisser le long de ses épaules.

Elle ne dit rien, et le laissa faire lorsqu'il lui ôta ensuite son jean. Il ne s'était pas trompé. Elle avait des jambes magnifiques. Il sentait déjà son pouls s'accélérer, le sang battre à ses tempes.

Il ôta ses bottes.

— Tu veux que je t'aide ? proposa-t-elle.

— Non. Laisse-moi te regarder.

Elle rougit, mais le rouge ne s'arrêta pas à ses joues. Il gagna son cou, sa gorge. Tout à l'heure, il couvrirait de baisers sa peau claire, veloutée, si fine, il la lécherait partout. Mais il devait ralentir le rythme ; il était déjà en pleine érection.

Il effleura son cou, ses épaules, la fit se tourner. Elle avait vraiment un corps superbe. Il laissa son regard glisser de sa nuque jusqu'au creux de ses reins. Il avait déjà aperçu son dos en la soignant, mais il découvrait la courbe délicate de ses hanches, la chute de ses reins, la rondeur envoûtante de ses fesses. Il avait tant rêvé de cet instant !

Très vite, il ôta sa chemise, dégrafa son jean, s'en débarrassa en même temps que de son caleçon. Elle se retourna alors et le regard qu'elle posa sur lui alluma un véritable incendie dans tout son corps.

— Enlève ton soutien-gorge, dit-il.

Il avait une envie folle de l'attirer vers lui, de poser les mains sur sa peau nue, de lui arracher ses sous-vêtements et de la faire sienne, là, tout de suite, mais il n'en fit rien. Il la regarda tendre les mains derrière son dos, faire sauter l'agrafe du soutien-gorge. Les bras le long du corps, les poings serrés, il ne bougea pas. Elle fit glisser les bretelles et bientôt le petit sous-vêtement tomba sur le sol, révélant sa poitrine frémissante, ses jolis seins ronds.

Son sexe réagit aussitôt, se dressant, dur, palpitant.

Annie tremblait légèrement. Elle n'avait pas peur, non. Elle était seulement tendue, impatiente. Elle glissa les doigts sous l'élastique de son slip et la résolution que Tucker avait prise de la regarder fondit comme neige au soleil. Avant même de se rendre compte de ce qu'il faisait, il tombait à genoux devant elle.

Elle sursauta, mais il ne s'écarta pas. Il leva les yeux, croisa son regard et y lut son accord tacite. Il pressa alors son visage contre la peau douce, satinée de son ventre et respira son odeur. Elle sentait bon, un parfum frais, léger, mêlé à celui plus musqué de son intimité.

Il saisit l'élastique de son slip et, malgré l'envie qui le dévorait de le lui ôter d'un seul geste, il le fit glisser lentement le long de ses hanches, comme on dévoilerait un objet précieux.

Un petit triangle de boucles blondes apparut. Il se

pencha, y enfouit son visage et inspira de nouveau. Il n'existait pas à la surface de la terre parfum plus délicieux que celui de cette femme, et il aurait juré qu'elle avait été faite pour lui plaire.

Il tendit la main, effleura doucement l'intérieur de sa cuisse, espérant qu'elle comprendrait ce qu'il souhaitait. Il la sentit frissonner lorsqu'elle écarta légèrement les jambes. Déjà, il glissait deux doigts en elle. Son sexe était chaud, tout humide, doux comme de la soie. Il bougea doucement, pressant délicatement sa chair, mais elle se cambra tout à coup contre sa main, et se cramponna à ses cheveux, le corps tendu.

— Je suis désolée…, dit-elle en le lâchant aussitôt, la respiration haletante. Je ne vais pas pouvoir tenir longtemps ainsi. Allons sur le lit.

Il se releva, la souleva dans ses bras et ils roulèrent ensemble sur le lit, enlacés, bouches unies en un baiser fougueux.

Il était presque 17 heures et la vaste chambre était toute baignée de lumière. Annie ne s'était jamais sentie aussi à l'aise, nue, en compagnie d'un homme.

Peut-être était-ce le fait de voir à quel point il la désirait. Ce n'était pas la première fois, bien sûr, mais elle avait totalement oublié l'effet qu'elle pouvait produire sur un homme. Surtout un homme qui lui plaisait autant. L'attirance entre eux avait été immédiate. En dépit de la situation dans laquelle elle se trouvait, du stress qu'elle engendrait, de toutes les responsabilités qu'elle devait assumer, elle avait trouvé sa compagnie merveilleuse. Et lorsqu'il posait les doigts sur elle…

Mon Dieu ! Elle sentait justement ses mains effleurer ses hanches, remonter vers sa poitrine, ses paumes s'arrondir sur ses seins dont il titillait les pointes, les pressant sous ses pouces, comme s'il savait très exactement quelles caresses elle aimait.

Un frisson la parcourut tout entière. Le souffle lui manqua soudain et elle arracha sa bouche à la sienne. Mais, déjà, ses lèvres effleuraient son cou, trouvaient ce petit endroit si sensible derrière son oreille, et c'était merveilleux. Il embrassait, léchait, mordillait sa peau et les sensations déferlaient en elle, intenses, bouleversantes.

Il titilla son oreille de la pointe de sa langue, murmura quelques mots indistincts, et son corps tout entier s'embrasa.

Elle glissa une main entre eux, la referma sur son sexe dressé et se mit à le caresser en un lent mouvement de va-et-vient. Il se figea, lèvres entrouvertes contre son cou, souffle suspendu, tandis qu'elle recommençait.

Il voulut dire quelque chose, mais sa voix s'étrangla en un gémissement. Elle sourit, effleura sa mâchoire de ses lèvres, lui mordilla le lobe de l'oreille.

— Annie, parvint-il à articuler. Oh…

— Oui ?

— Je ne vais pas pouvoir tenir encore longtemps comme ça…

Elle serra plus fort ses doigts autour de lui, pressant sa chair, faisant aller et venir son sexe dans le fourreau étroit que formait sa main.

— Comme ça ? demanda-t-elle, mutine.

Il laissa échapper un grognement et se redressa, la regarda, les yeux brûlants de désir.

— Nous aurons tout le temps plus tard…

— J'y compte bien.

Elle sourit, fit glisser sa jambe le long de la sienne et la posa au creux de ses reins.

— Quelle enjôleuse ! dit-il, fronçant les sourcils. Fais attention…

— Attention à quoi ? Que va-t-il m'arriver ?

Avant même qu'il ait eu le temps de lui répondre, elle l'attira sur elle, referma les jambes autour de ses reins et se cambra contre lui, pressant son sexe contre le sien.

— Attends…

Il la renversa doucement sur le dos et s'écarta, le temps d'attraper un préservatif dans le tiroir de la table de chevet. Elle le regarda l'enfiler, fébrile. Il était impatient ; elle aussi.

Lorsqu'il se retourna, il lui saisit les jambes, les écarta, et les remonta sur sa poitrine.

— La prochaine fois, je te promets que…

Il s'interrompit un instant pour embrasser l'intérieur de sa cheville.

— … que je ferai durer les préliminaires jusqu'à ce que tu demandes grâce.

L'instant d'après, elle sentit son sexe l'effleurer, puis il la pénétra, plongeant en elle d'un seul coup de reins. La sensation fut si intense qu'il lui sembla que la chambre tout entière chavirait. Cramponnée à ses épaules, elle se cambra contre lui, s'offrit à lui, et lorsqu'il se pencha, elle unit sa bouche à la sienne avec toute l'ardeur, la frénésie de ce désir qui la transportait.

Il n'y eut bientôt plus dans la chambre que le halètement de leurs souffles mêlés.

Tout aux sensations qui déferlaient en elle, elle avait fermé les yeux. Lorsque Tucker glissa une main entre eux, trouva son clitoris et le pressa du pouce, elle se mit à trembler, le corps parcouru de frissons, et crut que son cœur allait exploser. L'orgasme vint si vite qu'elle n'eut que le temps de se cramponner un peu plus fort à lui, la tête enfouie au creux de son épaule, son cri de jouissance étouffé contre lui.

Il accéléra alors le rythme, plongeant en elle avec fougue, puissant, tendu. Elle rouvrit les yeux et, lorsqu'il se tendit soudain, elle le regarda jouir, subjuguée par l'intensité de son plaisir.

Le tumulte apaisé, il lui sourit et posa un baiser sur son épaule.

— C'était une excellente entrée en matière, non ?

Puis ils roulèrent sur le lit, enlacés, épuisés.

— Je crois que j'ai faim, à présent, dit Annie.

Tucker n'ouvrit son menu que lorsque Annie leva soudain les yeux. Elle l'avait de nouveau surpris en train de la regarder et fronça les sourcils. Cela se produisait souvent, c'était vrai, mais il fallait avouer que c'était drôle de la voir littéralement dévorer la carte des yeux.

Elle secoua la tête.

— A Blackfoot Falls, le grand événement, pour moi, c'est d'aller dîner chez Marge. Je n'ai rien à lui reprocher, sa cuisine est très bonne. Mais quand je vois cette carte… New York cheesecake… Oh ! faites qu'ils en aient encore !

Ravi de la voir aussi enthousiaste, Tucker sourit. Mais il était aussi un peu triste à l'idée de devoir profiter de ce moment pour tenter d'en apprendre un peu plus sur sa vie antérieure. Il espérait découvrir quelque chose, n'importe quoi, qui lui permette de l'aider.

Il aurait tellement voulu trouver un moyen de lui dire pour quelle raison il était venu à Safe Haven sans que cela risque de tout gâcher entre eux ! Tenter de la convaincre qu'il la savait innocente et qu'il était de son côté ne suffirait pas. Elle serait furieuse et refuserait probablement de lui accorder la moindre confiance, ensuite.

A sa place, il réagirait sans doute de la même façon et ne croirait plus un seul mot de ce qu'elle dirait.

Elle ne songeait qu'à se protéger. Elle y était parvenue en se faisant le défenseur de ceux qui ne pouvaient pas se défendre eux-mêmes. Que fallait-il qu'il fasse, alors ? Si Christian avait dit vrai et si la mafia était mêlée à cette histoire, il n'avait plus vraiment le choix. Il devait la protéger, même si elle devait le haïr à tout jamais.

— Que se passe-t-il ? demanda-t-elle. Quelque chose ne va pas ?

Il lui sourit.

— Non, tout va bien. Mais il y a tant de choses qui ont l'air délicieuses, sur cette carte, que j'ai du mal à choisir. Comme le sandwich poulet parmesan et le Bronx Bomber.

— C'est le steak avec une sauce au bleu, non ?

Il hocha la tête.

— Mais au fait, dis-moi, tu étais plutôt Carnegie Deli ou Katz's, à New York ?

— Question piège. Pour les pickles c'était Carnegie, mais pour le pastrami, Katz's, sans hésitation. De toute façon, comment se fait-il qu'un cow-boy de Dallas comme toi connaisse Katz's ?

Il eut un petit haussement d'épaules.

— Nous autres, petits gars de la campagne, nous voyageons parfois, répondit-il en imitant l'accent texan.

Elle sourit, le regarda à travers la longue frange de ses cils.

— Tu es vraiment adorable.

— C'est lourd à porter, mais j'ai appris à vivre avec, ironisa-t-il.

Ils furent interrompus par la serveuse qui vint prendre leur commande. Dès qu'elle fut repartie, Annie jeta le petit emballage de sa paille qu'elle avait roulé en boule à la tête de Tucker. Elle visait très bien et ils rirent tous les deux.

Tucker aimait son rire. C'était une personne complètement différente qui était assise dans ce box, ce soir, en face de lui. Il n'y avait rien de très étonnant à cela ; c'était la première pause qu'elle s'accordait depuis des années. Oublier un peu ses soucis lui procurait une légèreté soudaine, son regard brillait d'un éclat différent et, lorsqu'elle souriait…

Il oubliait tout. Il oubliait qu'il ne savait pas comment il allait pouvoir s'y prendre pour les aider, son frère et elle. Il oubliait que sa mère marchait sur des œufs avec Christian. Et, surtout, il oubliait qu'il s'était tellement accoutumé à être seul que la solitude était devenue une seconde nature.

— Tu crois que nous pourrions faire une petite halte ici, demain, avant de rentrer ?

— Bien sûr.

Il aurait pu rester des heures assis là, à la regarder, à admirer la façon dont le bleu de ses yeux rivalisait avec celui du ciel.

— Tu veux manger sur place ou emporter des provisions ?

Elle poussa un soupir, se cala contre le dossier de la banquette.

— J'ai l'intention de rapporter de quoi remplir mon réfrigérateur.

— Ce qui devrait faire à peu près… la moitié d'un sandwich, ironisa Tucker.

— Tu oublies que j'ai un second réfrigérateur dans l'écurie. Un grand.

— Je doute que ce soit une bonne idée de stocker du cheesecake à côté des flacons de médicaments pour chevaux.

— Quand on veut… Tu connais le dicton.

— Cela dit, je serais ravi de t'aider à améliorer ton ordinaire. Tu ne peux pas te nourrir uniquement de burritos surgelés.

Annie se pencha vers lui.

— Tu sais quoi ? Tu fais ce que bon te semble. J'ai des moyens limités, et tu sais aussi bien que moi qu'avec les chevaux, il vaut mieux être prévoyant. Sans parler des chèvres… Les médicaments sont indispensables, si on veut pouvoir parer à tout. Ils feraient d'ailleurs bien d'organiser des compétitions de premiers secours dans les rodéos. Tu sais que je suis capable de remettre une rotule en place en moins d'une minute, piqûre comprise ?

Décidément, cette femme ne cesserait de le surprendre et de l'impressionner. Et il n'avait qu'une hâte, regagner son hôtel et lui montrer à quel point elle lui plaisait.

- 12 -

— Laisse-moi t'aider, dit Tucker avec un sourire enjôleur.

— C'est très gentil à toi.

La baignoire était en train de se remplir et l'air embaumait le lilas, comme dans un jardin au printemps. Un parfum qu'Annie ne pourrait plus oublier. Il resterait à tout jamais associé à Tucker dans sa mémoire.

Un à un, le regard plongé dans le sien, il dégrafa les boutons de sa chemise. Se débarrasserait-elle de ces vêtements lorsqu'il partirait ou les enfouirait-elle sous son lit, à côté de la boîte à café, afin que ce souvenir-là ne vienne pas non plus la tourmenter ?

Dès qu'il l'eut débarrassée de sa chemise, Annie referma les bras autour de son cou, brusquement rassurée par sa présence. Elle serait contrainte de le laisser partir, le moment venu, mais, pour l'instant, elle le voulait tout à elle.

Il plongea son regard dans le sien, se pencha vers elle. Leurs lèvres s'unirent, leurs bouches, leurs langues. C'était doux, incroyablement excitant. Puis ils se séparèrent, s'effleurèrent, se cherchèrent de nouveau, jouant l'un avec l'autre. Leurs souffles se mêlaient et c'était chaque fois une découverte, une nouvelle et délicieuse provocation de tous les sens.

Elle sentit soudain les mains fermes et chaudes de Tucker effleurer sa taille. Il dégrafa le bouton de son jean comme on aurait fait sauter le bouchon d'une bouteille de champagne, et l'image la fit rire.

— Que se passe-t-il ? demanda-t-il.

— Rien. C'est toi. Ce bain parfumé. Tout cela…

Il sourit. Un sourire qui fit courir un frisson délicieux dans tout son corps.

— C'est tellement excitant, tu sais. Tu n'imagines pas à quel point. Il y a si longtemps que je rêve de prendre un long bain chaud dans une eau délicieusement parfumée !

— Dans ton rêve, il n'y aurait pas par hasard un homme extrêmement séduisant, prêt à satisfaire tous tes désirs ?

Elle poussa un soupir.

— Je crains que ce ne soit le cas, désormais.

— Tant mieux, murmura Tucker tout près de son oreille.

Il s'éloigna un instant pour fermer le robinet de la baignoire. Lorsqu'il revint, elle était en train d'ôter son jean. Au moment où elle tendait les bras pour dégrafer son soutien-gorge, il se glissa derrière elle. Elle sentit ses lèvres chaudes et douces caresser sa nuque, son cou, ses épaules.

Elle laissa glisser le sous-vêtement. Tucker referma ses mains fermes sur ses seins, en titilla doucement les pointes. C'était une sensation troublante, merveilleuse, qui faisait naître une douce langueur dans tout son corps. Les yeux fermés, elle s'y abandonna, laissant tomber sa tête en arrière tandis que, le visage enfoui au creux de son cou, il en embrassait la courbe gracile.

Elle rouvrit les yeux. Ils se trouvaient face au miroir mais, avec la buée, elle ne se voyait pas distinctement, ni Tucker. Ils n'étaient que deux silhouettes, à peine réelles. N'était-ce pas parfait, ainsi ?

Rien de réel. Voilà l'image à laquelle elle devait se cramponner. Comme si tout cela n'était qu'un rêve. Vouloir qu'il en soit autrement serait trop dangereux.

A cet instant, elle sentit la main de Tucker effleurer son ventre et il glissa doucement les doigts sous l'élastique de son slip. Un rêve ? Il trouva très exactement et l'endroit et la caresse qui lui procuraient le plus de plaisir, jouant avec elle comme on jouerait d'un instrument de musique.

Son corps, déjà, était en feu, ses reins assaillis d'un désir presque douloureux, sensations décuplées par l'excitation qu'elle sentait monter en lui. Son souffle s'était fait rauque, sa respiration haletante, saccadée dans son cou tandis que, un doigt plongé en elle, il caressait sa chair douce et moite, pressant du pouce le petit bouton dur de son clitoris. Et elle sentait son corps lui échapper, trembler, parcouru de frissons, et ses jambes menacer de se dérober sous elle.

Tendant les bras en arrière, elle les referma autour de son cou, se cramponna à lui.

— O mon Dieu…, murmura-t-elle.

Elle était si proche de jouir… Il cessa un instant sa caresse, pressa son sexe en érection contre ses fesses. Elle réagit aussitôt, se cambra, se frotta contre lui, lui arrachant un grognement.

Alors il la plaqua plus fort contre lui. Et, cette fois, il ne fut plus question de jouer. Plus d'effleurements, de baisers dans le cou. Il n'y eut plus que ses doigts en elle et sa voix, sa voix à son oreille.

— Viens, dit-il. Je veux sentir ton sexe palpiter contre mes doigts, je veux te sentir jouir.

Son souffle chaud balayait sa joue, son cou.

— Viens… donne-toi.

Annie s'immobilisa soudain, le corps tendu tel un arc. Puis ce fut l'explosion, la plongée vertigineuse dans la jouissance.

*
* *

Tucker avait une envie folle d'elle, mais il était hors de question qu'il interrompe ce moment de pure félicité. Annie tenait à peine debout, ce dont il pouvait se féliciter, et le bain attendait, à point. Il avait l'intention de lui faire un massage, même s'il n'y avait pas vraiment d'endroit confortable où s'installer. Mais le confort n'était pas réellement un problème. Ce serait de toute façon mieux que ce dont elle devait s'accommoder dans son chalet exigu.

Il n'avait jamais eu à fuir, à renoncer à tout.

Il avait tenté d'imaginer ce qu'il aurait fait à sa place, enfin d'après ce qu'il savait de sa situation. Il y avait fort à parier qu'il n'aurait pas choisi de passer son temps à nourrir et soigner des animaux abandonnés.

— Humm…, fit-elle, bougeant doucement lorsqu'il ôta sa main.

— Es-tu prête à prendre ton bain ?

— Oui.

Mais elle resta contre lui, les bras ballants, les yeux mi-clos.

— C'était…

— Annie ?

— Oh ! Le bain, oui… D'accord.

Il attendit un signe montrant qu'elle allait bouger. Rien ne se produisit. Il envisageait sérieusement de la porter lorsqu'elle s'écarta soudain.

— Je suis tout à fait capable d'y aller toute seule, affirma-t-elle avec aplomb, tanguant comme si elle avait bu.

— C'est ce que je vois, mademoiselle Sheridan.

Elle le toisa un instant, puis sourit.

— Tu viens avec moi ?

— Non. Il est tout à toi.

— Mais…

Du bout des doigts, elle effleura son sexe en érection. Il s'écarta.

— Ne t'inquiète pas, nous aurons tout le temps plus tard. C'est le moment de te détendre.

Elle poussa un soupir et, d'un petit mouvement des hanches, se débarrassa de son slip.

— Installe-toi dans la baignoire. Je reviens m'occuper de toi.

— Comme tu viens de le faire ? demanda-t-elle, avec un sourire coquin.

— Je pensais plutôt à un massage, mais on verra.

Elle noua les bras autour de son cou.

— Ces moments avec toi sont les plus merveilleux que j'aie jamais vécus. Tu n'es pas du tout l'homme auquel je m'attendais.

— En quoi t'ai-je déçue ?

— Très drôle ! Tu t'es montré très généreux et je ne parle pas seulement du chèque. Généreux de ta personne, de ton temps, de ton attention… Je pensais te montrer les papiers du refuge et te faire faire une visite, voilà tout. Ensuite, j'aurais attendu de savoir si Safe Haven avait passé l'examen avec succès. Tu as vraiment été une surprise.

— Je crois que nous avons été tous les deux pris au dépourvu. Toi non plus, tu ne corresponds pas du tout à l'image que je m'étais faite de toi.

— Je ne suis qu'un ermite qui a trouvé sa vocation.

— Tu es beaucoup plus que cela.

Elle l'embrassa. Ce n'était pas ainsi que son érection risquait de se calmer, alors qu'elle se pressait contre lui, nue, chacun de ses baisers plus excitant que le précédent.

C'est avec beaucoup de difficulté qu'il finit par s'écarter d'elle.

— Ton eau va être froide.

— Je peux en rajouter de la chaude à tout moment.

Il posa un petit baiser sur son nez.

— Détends-toi. Profite de ton bain.

Il quitta la salle de bains, referma la porte derrière lui et attendit un petit moment que son corps se calme. Puis il prit son téléphone.

Il avait trois messages. Aucun de George ni de Christian. Uniquement des relations de travail. Sa tension se relâcha un peu. Il savait Annie en sécurité, et sa mère également. Il n'avait aucune raison de penser que le danger attendait quelque part, tapi dans l'ombre.

George était seul à savoir qu'il avait trouvé Leanna Warner et qu'ils étaient dans le Montana. Christian et sa mère n'étaient sûrs de rien. Quant au Montana… Avait-il dit à Irène qu'il s'y trouvait ? Il ne s'en souvenait plus. Il lui semblait que oui mais, visiblement, elle n'en avait pas parlé à Christian.

Incapable de tenir en place, il alla chercher son iPad. Le travail s'accumulait, et Darren commençait sérieusement à paniquer. En temps normal, cela aurait suffi à lui gâcher sa journée. Pas aujourd'hui.

Cela ne lui ressemblait pas du tout, songea-t-il. A vrai dire, rien de ce qui se passait en ce moment ne lui ressemblait. L'objectif qu'il s'était fixé avait été atteint au moment où il avait su qu'Annie était bien Leanna. L'étape suivante aurait dû être de téléphoner au bureau du procureur de New York, puis de regagner Dallas dans la foulée.

Bien qu'il ne soit là que depuis peu, il avait l'impression de connaître Annie depuis des semaines. Et même plus encore. L'alchimie entre eux avait été immédiate, le lien intense et profond. Il n'avait jamais rien connu de tel.

N'étant pas d'une nature sentimentale, il n'avait pas voulu y croire. Pourtant, il était là, à mettre sa vie entre parenthèses. Et il lui avait rédigé un chèque personnel de vingt mille dollars. Comment tout cela était-il possible ?

On lui avait appris à ne donner qu'avec parcimonie et après mûre réflexion son argent, sa confiance, son admiration et son affection. Annie, elle, avait fait voler toute cette prudence en éclats sans le moindre effort.

Il jeta un coup d'œil en direction de la porte de la salle de bains. Il l'imaginait, les yeux clos, alanguie dans la baignoire, l'eau parfumée glissant délicieusement sur sa peau, et il se rendit compte qu'il aurait aimé que rien ne change. Son travail n'était pourtant pas terminé. Il restait à démêler cette histoire de fausse identité, mais il n'allait pas prendre le risque de perdre Annie pour faire plaisir à un procureur général avide d'en découdre.

Avec Christian, les choses n'allaient pas être faciles, il le savait. Leur relation était déjà très complexe et à présent qu'Irène était plus que jamais déterminée à voir son fils lui revenir, il ignorait comment toute cette affaire allait se terminer. Il devenait de plus en plus évident que Christian était impliqué dans ce détournement de fonds, inutile de se voiler la face. Il le regrettait pour sa mère, mais pour lui également. Il aurait aimé retrouver un frère, pas un simple souvenir entaché de culpabilité.

Quoi qu'il en soit, il fallait que la vérité éclate. Il restait à espérer qu'il y aurait des circonstances atténuantes et que Christian sortirait de cette débâcle définitivement blanchi. Peut-être Annie et lui avaient-ils été dupés, tous les deux ? Peut-être Christian avait-il été menacé ou s'était-il laissé corrompre par des bookmakers ? Quelle histoire !

Son regard se posa sur son attaché-case soigneusement fermé à clé qui contenait le dossier de Leanna. Il la connaissait parfaitement. Il avait étudié son passé. Il savait quelle adolescente, quelle jeune fille elle avait été, quelle adulte elle était devenue. Dans son esprit, aucun doute ne subsistait. La femme qui se trouvait derrière cette porte de salle de bains correspondait bien à celle décrite dans le dossier, et elle ne s'était pas brusquement muée en voleuse cynique.

Il se souvint qu'il avait promis un massage à cette femme, et il était un homme de parole. Il posa son iPad. Le monde réel les rattraperait bien assez tôt.

L'idée qu'Annie se faisait du paradis fut à son comble lorsque Tucker ôta ses vêtements. Elle le sentit ensuite s'installer derrière elle, sur le rebord de la baignoire, et plonger les jambes dans l'eau. Puis il se mit à lui masser les épaules, moment extraordinaire où elle sentit ses doigts experts dénouer une à une les tensions.

Les yeux clos, le corps flottant dans tous les sens du terme, elle s'abandonna à ses mains.

— Hum… J'ai beau aimer Safe Haven, murmura-t-elle, quel luxe qu'un bon bain et un homme pour vous masser !

Elle tendit les mains et les laissa glisser lentement le long des jambes de Tucker.

— Ta vie à Safe Haven est très spartiate, en effet. C'est drôle, tu ne m'as jamais vraiment expliqué ce que tu faisais avant. Tu travaillais déjà avec des chevaux, non ?

La crainte brusquement revenue, elle s'immobilisa.

— Je travaillais avec des humains, répondit-elle. Ce qui est beaucoup plus compliqué.

Elle renversa la tête en arrière, le regarda.

— Le bain est froid. Que dirais-tu de prendre une douche bien chaude et d'aller ensuite nous glisser dans ce grand lit ?

Le sourire de Tucker confirma que sa petite manœuvre de diversion avait fonctionné. Elle était convaincue qu'il n'était pas allé fouiller dans son passé. De toute façon, s'il cherchait des renseignements la concernant sur internet, il ne trouverait rien. Ce qu'il fallait, en fait, c'était en dire suffisamment sur soi sans prendre de risques, mais elle détestait devoir agir ainsi avec lui.

Elle sortit de la baignoire et passa dans la douche. Ce n'est que lorsque Tucker la rejoignit et l'embrassa qu'elle commença à se détendre véritablement. Et à se souvenir de ce qui se jouait exactement avec cet homme.

Il avait affirmé croire en elle, ce qui était la chose la plus extraordinaire qu'on lui ait jamais dite.

Elle l'embrassa à son tour et, bientôt, il n'y eut plus que le bruit du ruissellement de l'eau, le halètement de leurs souffles mêlés, leurs gémissements de plaisir tandis qu'ils s'étreignaient, que leurs mains exploraient leurs corps, impatientes. Il avait niché la tête au creux de son cou et elle chavirait, cambrée contre lui.

Lorsqu'il eut coupé l'eau, il l'enveloppa dans la douceur d'une grande serviette, la sécha avec application, puis la souleva dans ses bras, la porta jusqu'au lit.

Ils se glissèrent entre les draps. Elle laissa sa main courir le long de son torse, vers son ventre, et la referma sur son sexe dressé. Il retint son souffle lorsqu'elle en effleura l'extrémité de la pointe de l'index, la caressa, décrivant de petits cercles sur la peau douce comme de la soie.

Il la serra contre lui, frotta sa joue contre la sienne. Elle le sentait haleter, le souffle court. Le cœur battant à tout rompre, elle s'écarta pour le regarder, voir ses yeux s'assombrir lorsqu'elle referma les doigts sur lui, et se mit à le caresser dans un mouvement de va-et-vient enivrant.

Elle le surprit alors en se faufilant sous le drap. Déjà ses lèvres se posaient sur lui, s'arrondissaient autour de son sexe qu'elle prit dans sa bouche. Il durcit encore, palpitant, tandis qu'elle se mettait à le sucer, à le lécher du bout de la langue, le pressant sur toute sa longueur, s'enivrant de son odeur, désireuse de graver à jamais ces instants dans son esprit, son corps.

Il était doux et brûlant et, grisée par ses gémissements, par la pression de ses doigts sur sa nuque, dans ses cheveux, elle fit aller sa bouche sur lui de plus en plus vite, de plus en plus loin.

Brusquement, n'y tenant plus, il écarta le drap, tendit la main, éperdu, haletant, à la recherche d'un préservatif dans le tiroir de la table de chevet.

- 13 -

La lumière éclatante annonçait une belle journée de printemps, mais Tucker s'était levé contrarié. Il n'avait pas envie de ramener Annie à Safe Haven, et encore moins de planifier son retour au Texas.

Ce qui se passait entre elle et lui ne se limitait pas à une simple attirance physique. Cela, il l'avait déjà vécu, et il savait le reconnaître. Non, ce qu'il y avait entre eux était d'une autre nature, infiniment plus dangereuse.

Il s'approcha de la fenêtre, jeta un coup d'œil au-dehors. Annie se trouvait chez le coiffeur. Elle s'était réveillée en pestant contre ses cheveux, et il avait alors appelé la réception pour obtenir les coordonnées d'un salon. Ce n'était pas sans mal qu'il était parvenu à la convaincre de s'accorder un peu de bon temps ; il y avait si longtemps qu'elle ne l'avait pas fait.

De plus, cela lui avait permis d'avoir un moment à lui, seul. Il descendit, gagna le parking de l'hôtel tout en composant le numéro de sa mère.

— Tucker, je suis contente que tu m'appelles ! Je dois partir dans un quart d'heure. Vite, dis-moi s'il y a du nouveau.

— Bonjour, maman.

Il l'entendit soupirer.

— Oui, bonjour. Alors, que s'est-il passé depuis la dernière fois ?

— Il s'est passé que tu as parlé à Christian.

— Je sais, tu m'avais dit de ne pas le faire, mais il était tellement déprimé ! Il venait de se voir refuser le poste qu'il convoitait dans une société d'assurances. Tu m'avais appris la bonne nouvelle, je ne pouvais pas le laisser l'ignorer. Tu me pardonnes ?

Ce fut au tour de Tucker de soupirer.

— Tu ne lui as pas dit où je suis, au moins ?

— Non.

— Il ne doit pas le savoir. Je ne veux pas qu'il agisse sur un coup de tête, tu comprends ?

Sa mère ne répondit pas. Son silence ne présageait rien de bon.

— Jc ne t'ai pas tout dit, répondit-elle finalement.

— Je t'écoute.

— Eh bien… Il avait beau être content de savoir que tu l'aidais, j'ai bien senti qu'il était au bout du rouleau. La route sera encore longue, même s'il s'avère finalement que tu as retrouvé cette femme. Il y aura enquête, procès peut-être, et son nom risque de demeurer terni Dieu sait combien de temps encore.

Ce raisonnement ne ressemblait pas du tout à sa mère. Il pouvait pratiquement entendre les mots sortir de la bouche de Christian.

— Combien lui as-tu donné ? demanda-t-il, glacial.

— Suffisamment pour qu'il puisse s'offrir des vacances et payer son loyer pendant quelques mois.

— Combien, alors ? Dix mille ? Plus ?

— Il s'agit de mon argent.

— Tu as raison. T'a-t-il dit où il partait en vacances ?

— Bali. Il a des amis qui ont un hôtel là-bas, et il a même trouvé un billet à un prix très avantageux. Je pense que ça va lui faire un bien fou. Il reste en contact, tu sais. Il suit l'affaire.

Dès que sa mère avait parlé de Bali, Tucker avait senti que quelque chose n'allait pas. Christian avait quitté le pays. Il avait peur, mais de quoi ? Peur que le retour de Leanna Warner mette le feu aux poudres ? Peur de perdre son bouc émissaire ?

Après tout, Christian ne mentait peut-être pas. Il pouvait très bien avoir des amis à Bali. Cependant, comme par hasard, Bali faisait partie des rares pays à ne pas avoir signé de traité d'extradition avec les Etats-Unis.

— Tucker, tu es toujours là ?

— Oui, maman. Tu m'as dit que tu étais sur le point de partir. Où vas-tu ?

— A Dallas, faire les magasins avec Nancy Voorman. Ensuite, nous irons déjeuner, avant notre rendez-vous de manucure.

— Je suis heureux de savoir que tu sors.

Il jeta un coup d'œil à sa montre. Il fallait qu'il parle de Bali à George.

— On se voit bientôt.

— Bientôt ? J'espère ! Ton assistant a été plus qu'évasif au sujet de la date de ton retour. Tu me manques.

— Je rentre dès que possible.

— J'imagine qu'il va falloir que je m'en contente. Au revoir, mon chéri.

Il salua sa mère, puis, les mains soudain moites, composa le numéro de George. Annie avait fui, deux ans plus tôt. Et maintenant, c'était Christian. Dans quel guêpier s'étaient-ils fourrés, tous les deux ?

Il tomba sur le répondeur de George et laissa un message, après quoi il prit le chemin du salon de coiffure. Annie n'était peut-être pas encore prête, mais peu importait. Une seule chose comptait : savoir où elle était et, surtout, la savoir en sécurité.

Rien de ce qu'il avait appris ne modifiait son opinion à

son sujet. Il croyait toujours autant en elle. Et si elle avait commis une erreur, il demeurait convaincu que c'était sans la moindre intention de nuire à qui que ce soit.

Annie se retourna pour vérifier que la glacière contenant les provisions se trouvait bien sur le siège arrière de la Land Rover. Elle y était.

Elle avait encore du mal à croire que ces dernières vingt-quatre heures avaient réellement existé.

Avec un sourire rêveur, elle contempla ensuite le visage aux traits à la fois fins et virils, si séduisant, de Tucker. Il lui semblait sentir encore la douceur de ses cheveux sombres sous ses doigts, mais son charme n'était pas ce qui le rendrait à jamais inoubliable pour elle. Il représentait tellement plus que cela !

C'était lui qui avait eu l'idée du coiffeur. Elle ne connaissait aucun homme capable d'autant de délicatesse et d'attention.

— Merci pour le coiffeur, dit-elle. C'est une idée surprenante de la part d'un homme.

— Je me suis dit qu'il devait y avoir un moment que tu n'avais pas pris un peu de temps pour toi.

— Qu'est-ce qui te fait croire ça ?

— Tes amis. Ils te trouvent formidable, mais ils trouvent également que tu travailles trop et que tu ne penses pas suffisamment à toi. De plus, je ne suis pas aussi bête que j'en ai l'air. Il paraît même que je suis plutôt futé.

— C'est le genre de discours censé séduire les femmes, à Dallas ?

Il haussa les épaules.

— Les femmes ne se contentent plus de beaux discours, de nos jours. Il leur faut davantage, crois-moi. De toute façon, la plupart de celles que je connais sont des amies.

Mais reconnais quand même que j'ai quelques qualités. Un bon sens de l'humour, par exemple. Non ?

Des amies ? Elle était censée croire ça ? Des femmes, il en avait dans sa vie, c'était certain. D'ailleurs, il lui avait dit ne pas avoir encore trouvé celle qui lui conviendrait. Elle songea un instant que ce pourrait être elle, pourquoi pas ? Puis elle chassa vite cette pensée ridicule.

— Tu comptes partir dès que tu m'auras ramenée à Safe Haven ?

— Je n'ai pas encore décidé si ce sera ce soir ou demain matin.

Il tendit la main, la posa sur la sienne.

— Ça m'est difficile de devoir partir.

— Oh ! Eh bien, je… Tu es le bienvenu, si tu veux rester plus longtemps.

— Merci.

Annie se surprit elle-même. Elle avait parlé sans réfléchir. Elle se sentait tellement à l'aise avec lui. C'était à la fois agréable et très effrayant.

— Ce ne sera pas possible, dit-il. Le travail s'accumule, et mes collaborateurs commencent à s'inquiéter. C'est la première fois que je prends des vacances ainsi, à l'improviste.

Puis, brusquement, il changea de sujet.

— Et toi ? Tu as une idée de la façon dont tu vas dépenser le reste de l'argent ?

— En achats basiques. Je vais commencer à réfléchir au plan du nouveau bâtiment de quarantaine, et peut-être faire rentrer des provisions. Ensuite, tout dépendra de ce qu'il restera pour réparer ce que j'ai fait tenir jusqu'à présent avec des bouts de ficelle.

— J'ai le sentiment que tu disposeras bientôt de fonds supplémentaires.

— Je croyais t'avoir entendu dire que la décision ne t'appartenait pas !

— En effet, mais je connais les critères de la fondation. J'ai contribué à leur élaboration. Je ne vois pas ce qui pourrait empêcher le bureau de voter pour Safe Haven.

— Ce serait merveilleux.

— Tu aurais de quoi quitter le trou de souris dans lequel tu vis et faire construire quelque chose de plus spacieux.

Elle se détourna et fixa de nouveau la route.

— Mon chalet me convient tout à fait. Je travaille toute la journée. Je rentre épuisée, je me couche, et je repars de plus belle le lendemain. Je n'ai pas besoin de plus que ça.

Il lui effleura la main.

— C'est un travail trop exigeant pour manquer à ce point de confort. Il te faudrait au moins une baignoire digne de ce nom.

Elle glissa sa main dans la sienne, noua ses doigts aux siens. Elle n'avait qu'une envie, lui dire la vérité. Toute la vérité. Ses erreurs, sa naïveté. Comment elle s'était laissé entraîner dans un style de vie qui n'était pas le sien. Lui dire qu'elle s'était enfuie parce qu'elle avait honte et que chaque jour elle devait vivre avec le remords, en pensant au mal qu'elle avait fait à sa famille, à ses amis.

Ce qui la retint de parler, ce ne fut pas la peur de perdre Tucker, mais la crainte de voir Safe Haven perdre sa seule chance de devenir ce qu'il pouvait être. Non seulement un lieu d'accueil pour de nombreux animaux, mais un lieu d'enseignement, de formation, pour la future génération. Elle savait qu'elle avait beaucoup à transmettre. C'était sa raison de vivre, ce qui la faisait se lever chaque matin.

— Ça va ? demanda Tucker.

— Oui, très bien. Je regrette que l'interlude se termine.

Elle pressa un instant sa main.

— Je ne veux pas jouer les sentimentales, mais tu as été la meilleure partie de…

Sa voix se brisa. Elle dut attendre un instant avant de pouvoir reprendre.

— Tu as été la meilleure partie, c'est tout.

L'arrivée à Safe Haven eut un goût étrange pour Tucker. A peine garé, il entreprit de décharger les provisions pour les porter au chalet. Mais il n'avait pas encore refermé le hayon de la Land Rover que Shea faisait son apparition et entraînait Annie. Cette dernière lui adressa un petit sourire avant de la suivre, impatiente certainement de faire le point sur ce qui s'était passé durant son absence. Tucker les suivit des yeux, inquiet.

— Tout va bien, dit Jesse qui était venu à sa rencontre. Le Dr Yardley est passé, et les juments et les poulains se portent à merveille. Je présume qu'Annie et Shea ont des choses à se dire.

Les deux hommes entrèrent dans le chalet et Tucker se demanda, une fois de plus, comment Annie pouvait vivre là, seule. A quoi ressemblaient ses hivers ? La neige arrivait tôt et brutalement, dans ces contrées du Nord, et il savait ce que les hivers pouvaient être longs et rudes. Aller nourrir des animaux en plein blizzard n'amusait personne, et les volontaires pour le faire ne se bousculaient généralement pas.

L'idée qu'Annie puisse avoir un problème, être blessée ou en danger, le rendait fou. Il posa la glacière, s'excusa et gagna la petite salle de bains. Il devait téléphoner, et il avait besoin de s'isoler un peu.

La situation avec Annie avait pris des proportions

insensées. Ils étaient devenus intimes si vite, si facilement, et il avait tout le temps envie d'elle. C'était comme une fièvre qui ne le quittait plus.

Il n'avait pas envie de partir. Pourtant, il le fallait.

Et le plus tôt serait le mieux.

Où diable était George ? Il ne parvenait pas à le joindre et commençait à s'inquiéter sérieusement. C'était un ami de longue date ; s'il lui arrivait quelque chose, il ne se le pardonnerait jamais.

Il composa de nouveau son numéro, tomba encore sur le répondeur et laissa un message succinct. Quelques secondes après avoir raccroché, il entendit le grincement de la porte d'entrée.

Jesse avait dû l'entendre — on entendait tout, dans ce chalet. Heureusement, il n'avait rien dit de compromettant.

Il quitta la salle de bains, mais ne sortit pas rejoindre Jesse. Il avait besoin d'être seul pour faire le point sur un certain nombre de choses.

Tout d'abord, son vol de retour. Il téléphona à l'aéroport de Kalispell et planifia un départ à 20 heures. Cela lui laissait cinq heures à passer avec Annie, ce qui était peu. Bien trop peu.

Ensuite, et c'était le plus important, il devait réfléchir à la façon de lui dire qu'il était le frère de Christian, tout en sachant qu'il ne le ferait pas aujourd'hui. C'était trop tôt. Il ne disposait pas de suffisamment d'éléments et ne se sentait pas prêt. Mais, surtout, il craignait plus que tout qu'elle ne veuille plus le voir, lorsqu'elle saurait.

Il s'efforça d'imaginer comment elle réagirait à ses explications, sans parvenir à se représenter autre chose que la déception sur ses traits, la douleur de la trahison dans son beau regard bleu. Même si elle l'écoutait jusqu'au bout, elle pouvait très bien avoir des raisons personnelles de ne pas vouloir affronter son passé. Il n'entendait pas lui dicter sa conduite ; cette nuit passée avec elle ne lui donnait aucun droit.

Sauf qu'il ne s'agissait pas d'une banale nuit d'amour, c'était bien là le problème. Jamais il ne s'était senti aussi désemparé, ni à ce point amoureux d'une femme.

La porte du chalet s'ouvrit soudain et Jesse passa la tête dans l'entrebâillement.

— Je dérange ?

— Non. Pas de problème.

— Je suis en mission. Je dois sortir une soupe de la glacière, la mettre dans le bol bleu foncé, et la placer dans le micro-ondes.

Tucker ne put s'empêcher de rire.

— Mission délicate s'il en est ! J'étais là lorsqu'elle a acheté cette soupe. Ce n'est pas le moment de rater la préparation…

— Merci du conseil.

Tucker sortit la soupe de la glacière. Entre-temps, Jesse avait trouvé le bol.

— Au fait, je dois avouer avoir été très impressionné par le chèque que vous avez fait pour Safe Haven.

— Je considère qu'il s'agit d'un bon investissement.

Le sourire de Jesse ne laissa planer aucun doute sur ce qu'il pensait.

— D'accord, marmonna Tucker, un peu tendu. C'est aussi pour Annie que je l'ai fait. Elle accomplit un travail remarquable.

— Il n'est pas interdit d'avoir plus d'une motivation pour agir.

— Je suppose que je l'ai cherché… En l'emmenant passer la nuit à Kalispell, je ne pouvais que faire jaser. J'espère qu'elle n'en souffrira pas.

— Sadie se chargera de stopper les commérages.

Tucker aimait beaucoup Jesse, sa nature calme, posée.

— Je m'inquiète de savoir Annie seule, ici, l'hiver. Quelqu'un passe la voir régulièrement ?

— Vous avez raison de poser la question. Mes frères et moi, ainsi que quelques propriétaires de ranchs, nous restons toujours en contact avec elle. Par mauvais temps, nous passons à tour de rôle. Tout dépend du nombre d'animaux présents au refuge à ce moment-là. Nous n'avons pas eu à lui porter secours, jusqu'à présent. Elle maintient les chemins déneigés, c'est d'ailleurs l'une des raisons pour lesquelles elle a besoin de son tracteur. Elle ne peut pas s'en passer.

— Au Texas, nous devons faire face aux problèmes de sécheresse. De ce fait, je n'avais pas vraiment songé aux rigueurs de l'hiver ici. Je suis content que vous vous en occupiez tous.

— L'hiver est une saison dangereuse, mais je parviens quand même à voler quasiment tout le temps. Il nous arrive de rester isolés, coupés de tout, mais les aéroports sont toujours dégagés. Si vous avez envie de revenir, passez-moi un coup de fil. Je vous renseignerai sur les conditions météo et je vous communiquerai les coordonnées du petit aérodrome privé que j'utilise. Je les ai déjà prévenus. Vous pourrez vous en servir quand vous voudrez.

— Merci. Je m'en souviendrai.

— Annie est une femme courageuse, vous savez, dit Jesse.

Il tira une chaise et s'assit.

— Shea la ravitaille en café, parfois en nourriture. Mais elle ne demande jamais rien, et je sais qu'il lui arrive de manquer de tout.

— Vous n'avez pas besoin de me vanter ses mérites. Je vais faire tout mon possible pour lui obtenir un financement régulier.

— C'est bien, merci. Maintenant, parlons un peu de votre avion avant que Shea et Annie ne reviennent et nous accaparent. Depuis votre arrivée, je brûle de vous poser des questions.

- 14 -

— Je ne trouve pas les mots pour décrire ce qui se passe, dit Annie en observant Puff, le dernier né des poulains, en train de tanguer sur ses jambes frêles.

— Tu te débrouilles très bien, répondit Shea. Mais pour être tout à fait honnête, si je te comprends aussi bien c'est à cause de ce qui s'est passé entre Jesse et moi. Avant, je n'imaginais pas que l'on puisse tomber amoureux en si peu de temps. Je croyais que ça n'arrivait que dans les romans.

Annie lui jeta un coup d'œil.

— Je n'ai jamais dit que j'étais amoureuse. Je n'ai pas parlé d'amour.

— Tu n'as pas prononcé le mot, mais à la façon dont tu parles de lui… Enfin, cela dit, j'ai pu me tromper.

— Tu crois vraiment qu'il s'agit de ça ?

— Je ne peux pas parler à ta place, dire ce que tu ressens. Mais tu n'étais plus la même quand tu m'as parlé de la conversation que vous avez eue dans la voiture. Et si tu avais vu ton regard s'illuminer lorsque tu m'as raconté l'épisode du coiffeur !

— Hum.

Annie songea aux vingt minutes qui venaient de s'écouler. Shea l'avait mise au courant de ce qui s'était passé au refuge pendant son absence et, ensuite, c'était elle qui avait parlé. Elle lui avait raconté tout ce qui s'était passé à Kalispell. Pas les détails, bien entendu, mais il y avait tant d'autres choses à dire. La gentillesse de Tucker, leurs rires, le lien profond qui existait entre eux.

Peut-être Shea avait-elle raison. Peut-être s'agissait-il d'amour… Cependant, si elle l'admettait, où trouverait-elle le courage de voir Tucker s'en aller ? Et, surtout, comment pourrait-elle supporter de dissimuler un secret aussi lourd que le sien à la personne qu'elle aimait ?

— Si tu savais comme j'ai envie de lui dire toute la vérité ! Je déteste les mensonges, la dissimulation.

— Fais-le, alors.

— Je ne peux pas. Je suis en cavale, je vis sous une fausse identité. Je lui mens depuis le départ.

— Tu es peut-être en cavale, mais tu n'as rien fait de mal.

Annie soupira.

— Toute la responsabilité m'incombe. Des œuvres caritatives ont perdu beaucoup d'argent parce que je me suis montrée inconséquente et beaucoup trop confiante. Si ce n'est pas mal agir, ça…

— D'accord, tu as peut-être commis des erreurs, mais tu n'as rien fait d'illégal, Annie, c'est ce qui compte. Tu n'as pas dérobé un centime. Tu n'es pas une voleuse.

— Juste une écervelée et une lâche.

— Certainement pas. Tu es l'une des personnes les plus fortes que je connaisse. Tucker me semble être un homme intelligent. Toutes les questions qu'il a posées au sujet du refuge, à ton sujet, étaient pertinentes et réfléchies. Je suis certaine qu'il comprendra. Fais-lui confiance.

Annie se dirigea vers la porte de l'écurie. Shea la suivit.

— Si mes sentiments étaient seuls en jeu, je lui dirais la vérité. Mais je suis quasiment assurée d'obtenir un financement de la part de sa fondation, il me l'a dit. Je ne veux pas courir le risque de le perdre. Tu sais aussi bien que moi que les gens peuvent pardonner beaucoup de choses, mais pas d'être trompés, manipulés. Tucker est un homme fier.

Au moment de sortir de l'écurie, elle s'assura qu'elles étaient seules et pouvaient parler en toute tranquillité.

— Il me l'a dit lorsqu'il m'a remis le chèque. Il croit en moi. Comment puis-je lui dire la vérité, après cela ?

L'air soudain préoccupé et triste, Shea poussa un soupir.

— Que va-t-il advenir de vous deux, alors ?

— Rien. Il doit rentrer chez lui ce soir ou demain matin. Je ne l'encouragerai pas à revenir.

— Mais…

— C'est ainsi. Ça ira, ne t'inquiète pas.

Elle était loin d'en être certaine, mais elle espérait en avoir convaincu Shea.

— Et puis, tu es là. Je peux te parler, et ça m'aide beaucoup.

— Tu pourras toujours me parler, assura Shea. Tu es mon amie.

Ces quelques mots bouleversèrent Annie. Elle n'avait jamais pensé avoir un jour la chance de se faire de nouveau une amie. Tout compte fait, et étant donné les circonstances, sa vie n'était pas si mal que cela. Bien sûr, elle ne pouvait pas avoir l'homme qu'elle désirait, mais elle était libre d'une certaine façon. Elle avait trouvé Safe Haven, et ce qu'elle faisait pour ce refuge comptait. C'était plus qu'elle ne méritait.

— Je peux te dire encore une chose ? demanda Shea.

— Bien sûr.

— Deux, en fait. Premièrement, à ta place, je ne renoncerais pas définitivement à parler à Tucker. Il n'est pas du genre à revenir sur une promesse. Deuxièmement, ta nouvelle coupe de cheveux te va vraiment très bien.

Dans la vie, ce qui paraissait trop beau pour être vrai l'était en général. Pour avoir oublié ce principe de base,

Annie s'était retrouvée dans une situation très grave. La leçon avait été cuisante. Elle ne se risqua donc pas à répondre sur le premier point et sourit.

— Merci, Shea, dit-elle. Moi aussi j'aime beaucoup ma nouvelle coupe de cheveux.

— Je pensais que tu ferais réchauffer de la soupe pour deux. Tu n'as qu'à prendre mon bol, dit Annie. Je vais en préparer une autre.

— Non, ça ira, répondit Tucker. Je vais me faire un sandwich.

Annie sourit, s'approcha de lui. Dès qu'elle fut à sa portée, il l'attira dans ses bras et l'embrassa. Elle se serra contre lui, pressa son corps contre le sien. C'était si bon de retrouver sa chaleur, le goût de ses lèvres, d'avoir encore une fois l'occasion d'éprouver toutes ces sensations merveilleuses avant qu'il s'en aille.

Leur baiser était peut-être le dernier et elle y mit toute l'énergie du désespoir, prenant très égoïstement tout ce qu'il avait à offrir, mêlant ses lèvres, sa langue, son souffle aux siens, comme s'il allait disparaître, s'évanouir brusquement.

Sa frénésie se fit communicative. Tucker l'attira plus près. Ses mains allaient et venaient le long de son dos, descendaient vers ses reins et il la plaqua contre lui, glissant une jambe entre les siennes, lui arrachant un petit gémissement de plaisir. Elle s'écarta, jeta un regard en direction de l'escalier.

— J'ai prévu de décoller ce soir à 20 heures, dit-il.

— Nous avons encore le temps.

Le sourire de Tucker la fit chavirer. Elle grimpa l'escalier et lui à sa suite. Il prit un préservatif dans son portefeuille.

Arrivée près du lit, Annie se retourna.

— Embrasse-moi. Fais-moi oublier ce qui va se passer tout à l'heure.

Tucker prit sa bouche et ne la quitta plus tandis qu'elle ôtait ses vêtements et l'aidait d'une main fébrile à se débarrasser des siens. Puis ils roulèrent sur le lit.

Tout alla très vite, et c'était ce que voulait Annie. Elle le voulait en elle, profondément. Elle voulait qu'il sente sa chair douce et chaude se refermer sur lui, qu'il se souvienne à jamais de l'ivresse de cette union, des gémissements qu'elle lui arrachait, de la douceur de sa main dans ses cheveux tandis qu'elle l'attirait vers elle pour l'embrasser.

La tête du lit battait contre le mur sous la violence de leurs assauts et, lorsqu'ils basculèrent soudain, ensemble, soudés l'un à l'autre, le chalet tout entier retentit de leur long cri de jouissance.

Serrée contre lui, le cœur battant follement, Annie ferma les yeux. Elle aurait voulu pouvoir figer à tout jamais cet instant, qu'il demeure le plus merveilleux et non pas le dernier.

Tucker prit rapidement une douche et, refusant de penser à son départ, se rhabillait lorsque son téléphone se mit à sonner. C'était George. Il décrocha, lui dit qu'il le rappelait dans quelques minutes et coupa la communication.

Annie descendait pour se doucher à son tour. Il lui sourit, triste à l'idée de devoir la quitter bientôt.

— Je dois passer un coup de fil. Je n'en ai pas pour longtemps.

Elle l'attira vers elle et l'embrassa.

— Le temps que tu téléphones, je serai douchée.

Il attendit qu'elle soit dans la salle de bains et sortit. Il n'y avait aucun bénévole au refuge, ce soir. Annie devrait accomplir seule toutes les tâches et il songea à quel point il aurait aimé être là, à ses côtés.

Il s'éloigna. Lorsque George décrocha, il ne perdit pas un instant.

— Alors, tu as du nouveau ?

— Oui.

La voix était grave. Tucker sentit son estomac se nouer.

— Christian a quitté le pays ce matin.

— Je le sais. Il est en vacances.

— Non, je ne crois pas. Il s'est servi d'un faux passeport.

— Comment le sais-tu ?

— Je l'ai fait suivre, répondit George sans hésiter. Mon associé est parvenu à prendre une photo du passeport. Un petit bijou. Il a dû lui coûter une fortune.

— Ma mère, encore. Combien lui a-t-elle donné, cette fois ?

— Ce genre de passeport ne se fabrique pas en quelques jours. Il faut plusieurs mois. Il devait préparer son départ depuis un bon moment.

— Depuis que l'argent a disparu ?

— C'est possible.

— Tu as dû avoir mon message vers midi. Comment as-tu…, commença Tucker.

Mais il connaissait déjà la réponse. George n'avait pas douté, comme lui. Il avait tout de suite soupçonné Christian.

— J'ai fait suivre Christian dès que j'ai eu vent de cette histoire de bookmakers. Ça ne me fait pas plaisir, Tucker. Irène va être totalement dévastée. J'aimerais tellement lui épargner cela, lui laisser croire que Christian est en vacances !

— Elle finira par découvrir la vérité.

— Le portable de Christian ne répond plus. Si tu alertes la police, elle fouillera son appartement mais ne trouvera rien. J'y suis déjà passé. Par mes relations au

FBI, j'ai obtenu des informations sur les bookmakers. Ils sont connus et leurs pratiques aussi. Des pratiques mafieuses : intimidations, passages à tabac, enlèvements. Ils sont impliqués dans plusieurs meurtres, mais n'ont jamais fait l'objet d'aucune condamnation. Personne n'a jamais témoigné contre eux, et ils ne laissent pas de traces.

— Existe-t-il un lien avec Leanna qui aurait pu nous échapper ?

— Je ne pense pas. En fait, plus j'avance, plus j'ai la conviction qu'elle ne savait rien.

— Un instant, dit Tucker. Laisse-moi me faire l'avocat du diable. Imaginons que Christian m'ait dit la vérité et qu'il ignorait tout de l'argent volé. Le procureur s'en prend à lui et il rejette tout naturellement la faute sur Leanna. Mais il n'y a aucune preuve contre elle, pas plus que contre lui. Puis des rumeurs circulent sur de possibles liens entre Leanna et la mafia. Christian prend peur, il se procure un faux passeport afin de pouvoir quitter le pays en cas de besoin. Le temps passe, rien ne se produit. Christian suppose que la mafia a passé l'éponge. Puis il apprend que j'ai retrouvé Leanna. Il panique et quitte le pays pour Bali.

George ne répondit pas tout de suite, mais Tucker pressentait ce qu'il allait dire.

— Ta théorie se défendrait si c'était la première fois que le nom de Christian était associé à des dettes de jeu.

Tucker secoua la tête. Si seulement il avait accepté de creuser un peu plus dans la vie de son frère, ils n'en seraient pas là.

— C'est grave ?

— Oui. Ton frère est totalement accro au jeu. Il a dû hériter ça de son père.

— Nous avons le même père biologique, et je ne suis pas un joueur.

— Non ? Il me semble pourtant que tu as pris pas mal de risques avec Leanna.

George n'avait pas dit cela méchamment, mais il fut piqué au vif.

— J'ai fait au mieux. Ecoute, si je la ramène à New York, penses-tu que je la mets en danger ? Les bookmakers sauront que Christian a fui et ils penseront qu'elle sait quelque chose à propos de l'argent, tu ne crois pas ?

— C'est possible.

Tucker se retourna dans un mouvement de colère et se figea en voyant Annie.

— Je te rappelle, dit-il à George.

Annie était blême. Il s'avança vers elle. Elle tremblait si fort que la canette de soda qu'elle tenait à la main était en train de se vider.

— Annie, je peux t'expliquer.

Elle voulut répondre, mais aucun son ne franchit ses lèvres.

— Tu as oublié ta boisson, parvint-elle finalement à articuler.

— Je peux t'expliquer, répéta-t-il.

— C'est inutile. Ça ne changera rien, ajouta-t-elle en lui tendant sa boisson.

Puis elle fit volte-face et reprit le chemin du chalet. Il aurait préféré qu'elle explose, qu'elle se mette à hurler. Au lieu de cela, elle avait parlé d'une voix blanche et était partie, tel un automate. Il fallait absolument qu'il la rattrape, qu'il lui dise qu'il était de son côté.

Il n'attendait pas d'elle qu'elle lui pardonne. Il voulait seulement qu'elle comprenne qu'elle était en danger, et que c'était à cause de lui.

- 15 -

Annie ne savait pas si elle parviendrait à atteindre le chalet. Elle avait la tête qui tournait et une violente nausée s'était emparée d'elle. Tucker savait qui elle était. Il savait pour Christian. Ainsi, depuis le début, tout n'était que mensonge.

Ils avaient fait l'amour. Il lui semblait sentir encore son goût sur ses lèvres. Elle avait tant voulu garder son empreinte en elle, dans son corps, mais chaque souffle, chaque geste, chaque caresse n'avait été que mensonge !

Elle arriva à la hauteur de son pick-up. Combien d'essence lui restait-il ? Suffisamment pour gagner l'autoroute. Elle irait quelque part, n'importe où. Il y avait toujours des petits boulots minables que personne ne voulait faire. Elle pourrait dormir dans le pick-up ou dans un hôtel bon marché. C'était pour cela qu'elle gardait cet autre permis de conduire, pour pouvoir fuir. Shea prendrait soin de Safe Haven, elle le savait.

Seigneur ! Comment avait-elle pu se montrer aussi idiote ? Elle chancela soudain et dut s'appuyer sur le capot.

Elle avait du mal à respirer. Son sac était dans le chalet, ainsi que ses clés. Son argent aussi. Elle ne prendrait que ce qu'elle avait amené avec elle ; elle n'emporterait rien de Safe Haven. Elle allait rassembler quelques vêtements, quelques livres, et elle fuirait. Pourquoi fallait-il que les choses se terminent ainsi ? Qu'avait-elle imaginé, pauvre innocente ? Que le conte de fées durerait ?

En arrivant, Tucker savait déjà qui elle était. Et lui, qui était-il ? Un flic ? Un agent du FBI ? Un homme envoyé par Christian pour lui faire du mal ?

C'était réussi.

— Annie ?

Son cœur se mit à battre au son de sa voix. Mon Dieu, qu'il s'en aille ! Elle tenta de se redresser, mais ses jambes ne la portaient plus. Shea. Shea expliquerait à tout le monde pourquoi elle était partie. Shea lui apporterait son aide.

— Annie, s'il te plaît.

L'expérience lui servirait de leçon. Elle travaillerait, elle trouverait un endroit où dormir. Elle resterait seule, ne se confierait plus à personne, ne laisserait plus personne l'approcher.

Il lui avait menti.

Et, ce qui était pire, elle l'avait cru.

Elle sentit quelque chose se refermer autour de son poignet et se retourna, affolée. Ce n'étaient pas des menottes, mais la main de Tucker.

— S'il te plaît, entrons dans le chalet. Il faut que nous parlions.

— Il n'y a rien à dire.

— Au contraire, il y a beaucoup à dire. Je suis désolé que tu aies surpris ma conversation. Je comptais tout te dire, mais pas tout de suite. J'avais besoin d'un peu de temps encore.

Le regard qu'elle lui lança lui fit mal.

— Qui es-tu ? Qui t'envoie ? Je ne sais rien au sujet de cet argent. Je n'ai jamais rien su.

— Je te crois.

Le rire d'Annie sortit tel un jet de bile.

— Menteur ! Tu avais tout planifié. Tout. L'e-mail et

tout le reste. Bravo pour le site, la fondation... C'était très bien vu. Pour qui travailles-tu ? Le procureur ? La police ?

— De toute évidence, tu n'as pas entendu ce qu'il fallait entendre, dit-il doucement, le visage tendu.

Dire qu'elle avait été assez stupide pour croire pouvoir lire en lui !

— C'était drôle ? Tu t'es bien amusé avec moi ? C'était la cerise sur le gâteau ? Ça se tient. Tu me séduis, tu couches avec moi. Il ne te suffisait pas de gagner ma confiance, il te fallait tout.

Elle ferma les yeux pour retenir les larmes qui menaçaient de couler.

— Va au diable, qui que tu sois !

— Je sais que tu me hais, mais je peux t'assurer que je n'ai jamais eu l'intention de m'amuser avec toi. Je n'avais pas le choix.

— Tu n'avais pas le choix ?

— Non. Tu étais en cavale. Tu vivais sous une fausse identité. Tu avais disparu.

Annie rouvrit les yeux et fut totalement prise au dépourvu par le changement d'expression de son visage. Jusqu'à présent, il n'avait reflété que force et confiance. Soudain, il paraissait tourmenté, inquiet.

— Ecoute, dit-il en baissant la voix comme s'il craignait de l'effrayer. Je suis très exactement l'homme que je t'ai dit être. Mais je suis également le frère de Christian.

— Christian Andrews ?

Elle secoua la tête, interdite.

— Christian disait ne pas avoir de famille et il serait ton frère ?

— Oui. Nous avons les mêmes parents biologiques, mais nous n'avons pas été élevés ensemble. J'ai vécu avec ma mère et son second mari. Il m'a adopté.

— Eh bien, je constate que le mensonge est une

habitude, dans votre famille. Tu peux dire à ton *frère* que je n'ai pas la moindre idée de ce qui s'est passé avec cet argent. Je ne l'ai pas volé. Lui, il doit savoir ce qui s'est passé. Ce ne peut être que lui le responsable.

— Tu as raison.

Tucker se rapprocha. Les pensées se précipitaient dans l'esprit d'Annie. Il semblait si sincère ! Devait-elle le croire ? Il était très bon acteur. Voilà des jours qu'il lui mentait.

— Que sais-tu ? demanda-t-elle finalement.

— Je t'en prie, rentrons un moment. Laisse-moi tout t'expliquer. Tu comprendras pourquoi j'ai dû te cacher certaines informations.

— Comme c'est joliment dit !

Elle vit sa mâchoire se crisper.

— Qu'étais-je censé faire ? Je t'ai trouvée par hasard ; tout semblait t'accuser.

Il soupira et sa voix se radoucit.

— Si quelqu'un peut comprendre que les mensonges sont parfois inévitables, voire nécessaires, c'est bien toi.

— La photo. C'est à cause de cette stupide photo prise à Sundance, n'est-ce pas ?

Tucker hocha la tête.

— Viens, entrons. Je ne suis pas venu pour te faire du mal. Je te jure que je veux t'aider. Quoi que tu penses de moi, il faut que tu m'écoutes. Tu es peut-être en danger. Je t'en conjure, Annie !

Mon Dieu ! Les choses allaient-elles continuer ainsi toute la vie ? Commettrait-elle erreur sur erreur ? Car cet homme en face d'elle était celui qui, ce matin encore, la tenait dans ses bras, celui qui lui avait fait l'amour la nuit dernière. Il semblait si soucieux soudain, le regard douloureux.

Et elle avait envie de le croire. Une fois de plus.

Elle se sentit soudain comme vidée de toute énergie.

Deux ans à vivre dans la peur, la solitude, le remords. Deux ans passés à faire attention à tout, à vivre dans l'ombre. Et lorsqu'elle avait enfin osé affronter le soleil, elle s'y était brûlée.

— Très bien. Entrons, dit-elle.

Elle passa une main nerveuse dans ses cheveux et songea au sourire qu'il avait eu quand il était venu la chercher dans le salon de coiffure. Encore un souvenir qu'elle aurait préféré oublier…

— Je vais te dire ce que tu veux savoir, mais tu vas être déçu. Quoi que vous ayez espéré trouver, Christian ou toi, je ne l'ai pas. Je ne sais rien.

Il la suivit, brûlant d'envie de la prendre dans ses bras, mais il n'en fit rien.

Une fois dans le chalet, elle tira une chaise et s'assit, les mains croisées sur la table.

— Qu'es-tu venu faire ici ? demanda-t-elle.

Il sortit deux canettes de soda du minuscule réfrigérateur et en posa une devant elle. Puis il s'assit à son tour et la regarda droit dans les yeux, pour voir sans doute si elle lui mentirait. C'était inutile, car elle était décidée à lui dire toute la vérité. Elle en avait assez des secrets et des mensonges. Ils l'avaient fait suffisamment souffrir.

— Je suis venu me rendre compte par moi-même si tu étais Leanna Warner, commença-t-il. La photo sur internet n'était pas suffisamment claire.

— Il n'a pas dû te falloir longtemps pour avoir la réponse. Pourquoi n'as-tu pas appelé la police ?

Tucker changea de position, but une gorgée de soda.

— Quelque chose ne collait pas. Je m'attendais à quelqu'un d'autre, même après avoir constaté que tu étais bien la femme que Christian accusait d'avoir démoli sa vie.

— Que veux-tu dire ?

— Je cherchais une arnaqueuse, quelqu'un capable

de voler sans scrupule de l'argent destiné à des associations caritatives. Je pensais avoir à peu près reconstitué le puzzle quand je me suis rendu compte que tu n'avais pris que les intérêts. Un véritable voleur aurait pris tout l'argent. Je trouvais déjà cela étrange avant d'arriver ici. Quelque chose ne collait vraiment pas.

— Sans doute parce que je n'ai rien fait.

— Je le sais, maintenant. Je le savais déjà, en fait.

— Depuis quand ?

— Depuis le premier jour.

Annie secoua la tête.

Depuis le premier jour ? La pensait-il assez stupide pour le croire ? Sans doute, et c'était mérité. Elle l'avait été dans toute cette affaire.

— Je n'ai pas dit que je te pensais innocente. J'ai dit non coupable ; ce n'est pas la même chose.

— Tu croyais que je savais quelque chose mais que je me taisais.

— En fait, ma théorie était que tu avais effectivement détourné l'argent, mais qu'on t'y avait forcée.

— Cela demeure du vol.

— Oui, mais avec des circonstances atténuantes.

Annie avait la bouche sèche. Elle saisit la canette de soda, but une gorgée. Sa main tremblait. Peut-être disait-il la vérité.

— Ecoute, un ami à moi enquête en ce moment sur ce qu'il est advenu de cet argent. Il est très perspicace et ne laisse rien au hasard.

— Et ?

Il se passa la main sur le visage.

— Je vais tout te dire mais, d'abord, il faut que je comprenne une chose. Pourquoi t'es-tu enfuie ?

Annie sentit une chaleur intense lui monter au visage.

De tous les souvenirs qui hantaient ses nuits, le pire était d'avoir dû fuir New York.

— J'ignorais tout de ce qui se passait. Je ne l'ai su que lorsque le bruit a couru que j'allais être assignée par le procureur de New York. J'ai cru à une plaisanterie jusqu'à ce que je vérifie les comptes. Tous les intérêts et les dividendes avaient disparu. Une semaine plus tôt, j'avais fait un dépôt sur le compte, et tout était en ordre. J'ai paniqué. J'avais collecté moi-même tous les fonds et promis des retours sur investissements. Je suis allée voir un procureur, un vieil ami d'université. Je lui ai expliqué ce qui s'était passé, que je n'avais aucune idée de la façon dont cet argent avait disparu.

— Tu as posé la question à Christian ?

— Evidemment. Il était encore plus paniqué que moi. Il m'a dit qu'il allait contacter les autorités compétentes. Il m'a juré qu'il allait faire toute la lumière sur cette affaire.

Tucker hocha lentement la tête.

— Continue.

— Mon ami a passé quelques coups de fil. Je n'étais accusée de rien, mais le bureau du procureur avait décidé de se montrer intraitable dans la mesure où il s'agissait de fonds destinés à des œuvres. Le détournement faisait déjà la une des journaux, et l'attention s'était portée sur Christian. Il était le suspect le plus logique, sans qu'il y ait toutefois de preuves tangibles contre lui. Pour mon ami procureur, il n'y avait aucun doute, je ne m'en sortirais pas, même si je ne savais rien.

— C'est-à-dire ?

— C'est-à-dire qu'une tête devait tomber pour ce détournement. Et si ce n'était pas Christian, ce serait moi.

— Mais il n'y avait pas davantage de preuves contre toi ?

— Je n'avais aucun moyen de le savoir. J'étais coupée de tout, à ce moment-là. Christian ne répondait plus à mes appels et quand, finalement, je suis parvenue à le joindre grâce au portable d'une amie, il m'a raccroché au nez. Je n'avais plus accès ni aux ordinateurs ni aux comptes. Je vivais un véritable cauchemar.

Elle se leva. Jamais le chalet ne lui avait paru aussi exigu ; elle s'y sentait comme en cage.

— Tout était ma faute, en fait.

— Attends…

— Non, laisse-moi finir !

La colère dans sa voix la surprit elle-même.

— Tout me réussissait depuis des mois, je n'avais jamais aussi bien travaillé. Je me rendais dans les soirées importantes, je fréquentais les gens influents. J'aurais dû poser davantage de questions, me montrer plus prudente. J'étais bien trop sûre de moi. Lorsque tout mon univers a basculé, je n'ai pas voulu rentrer chez moi, entraîner mes parents au milieu de cette tourmente. Alors, j'ai retiré de mon compte toutes mes économies et je me suis enfuie.

— Tes parents ne t'auraient pas aidée ?

Annie sentit sa gorge se serrer au souvenir de la dernière conversation qu'elle avait eue avec sa mère. Pendant quelques instants, elle fut incapable de parler.

— Si, dit-elle finalement. Et ça les aurait tués. Je savais que j'étais le maillon faible, le pigeon. J'ai présumé que Christian était derrière toute cette affaire. Si ça se confirmait, je n'avais pas la moindre chance de m'en sortir. Il me bernait depuis le début.

— On ne pouvait pas te condamner sans preuves.

— Si les choses avaient commencé à mal tourner pour Christian, qui sait s'il n'en aurait pas fabriqué contre moi ?

Elle s'attendait à voir Tucker défendre son frère, mais il n'en fit rien.

— Peu importait que je sois ou non condamnée. Les clés de tout travail de collecte de fonds digne de ce nom sont la crédibilité et l'intégrité. Qui voudrait encore travailler avec moi alors que j'étais censée veiller au bon fonctionnement de l'entreprise ? Pour tout te dire, j'étais mortifiée. Pour moi et pour ma famille. Je ne supportais plus l'idée de rencontrer des gens que je connaissais. J'avais fait preuve de tant d'ambition que personne ne m'aurait crue innocente.

— Et ta famille ? Tu as gardé le contact ?

— Je leur ai laissé une lettre et envoyé quelques cartes ne permettant pas de retrouver ma trace. Je n'ai plus entendu le son de leurs voix depuis que j'ai fui New York.

Tucker effleura sa main et elle sursauta. Ses yeux s'emplirent de larmes qu'elle fut incapable de retenir.

— J'ai tout détruit, reprit-elle. Tout, sauf une chose.

Cette fois, ce fut elle qui agrippa son poignet, le serra de toutes ses forces.

— Quoi qu'il m'arrive, promets-moi de ne pas laisser souffrir Safe Haven. Je vais te rendre le reste des vingt mille dollars, et je peux encore annuler la commande du moteur. Mais les animaux, eux, ont vraiment besoin du refuge. L'hiver est terrible, par ici, tu n'imagines pas.

— Il est hors de question que je reprenne cet argent. Annie. Je ne suis pas venu dans le but de te créer des ennuis. Je veux t'aider. Nous trouverons le moyen de t'innocenter définitivement. Ensemble. Tu as accompli des merveilles, ici. J'étais très sérieux au sujet de la fondation et du financement.

Annie lâcha son poignet et se laissa aller contre le dossier de sa chaise, les mains croisées sur ses genoux.

— Je ne comprends toujours pas. Pourquoi voudrais-tu m'innocenter ? Et Christian ? Je n'ai pas entendu parler de lui une seule fois depuis que je suis partie.

— Il est à Bali.

— Bali ?

— Il a quitté le pays après avoir appris que je t'avais retrouvée.

— Quoi ?

— Il s'est servi d'une fausse identité.

Ainsi, il savait son frère coupable et, malgré cela, il persistait à vouloir l'aider, elle ? Son cœur se mit à cogner dans sa poitrine, follement.

— Tu crois qu'il a caché l'argent pendant tout ce temps ?

— Je n'en sais rien. Le détective qui travaille sur l'affaire a découvert des problèmes de jeu et de paris. Mais Christian aurait pu s'en sortir différemment. Ça n'a pas de sens, pour un homme qui souhaitait faire carrière, de voler cet argent. D'autant qu'il ne s'agit pas d'une somme colossale.

Annie fronça soudain les sourcils.

— Tu as parlé d'un réel danger. Que voulais-tu dire ?

Tucker aurait voulu la prendre dans ses bras, l'embrasser, la rassurer. Il s'en voulait tellement de l'inquiéter ainsi !

Déterminé à tout lui dire dans les moindres détails, il commença, lui expliquant le problème des bookmakers, puis il lui rapporta sa conversation avec George, insistant plus particulièrement sur le fait que rien ne permettait de conclure à une quelconque complicité de sa part dans ce détournement de fonds.

— Alors, il faut que j'appelle tout de suite le bureau du procureur, dit-elle.

Elle ne le regardait plus, fixait la table.

— Je le ferai demain. Il ne doit plus y avoir personne, à cette heure. Plus tôt je leur dirai où je me trouve, mieux ce sera.

— Non. Ecoute-moi. Je n'ai pas terminé.

Elle reporta son attention sur lui, attentive de nouveau.

Il se souvint tout à coup de ce qu'avaient dit ses amis. Elle avait vécu en recluse, consacrant tout son temps au refuge. Il comprenait à présent que chacun de ses actes avait été un acte de contrition, une réparation pour des fautes qu'elle n'avait pas commises.

Et, aujourd'hui, il l'arrachait à cette vie, l'amenait en pleine lumière, non préparée, bercée par le faux sentiment de sécurité que lui avait procuré toute l'attention qu'il lui avait consacrée. Il aurait aimé avoir agi différemment, mais il ne voyait pas ce qu'il aurait pu faire d'autre.

— Ces individus, ces bookmakers, sont connus pour s'en prendre aux familles, aux associés.

— Mais si Christian a pris l'argent sur les comptes, pourquoi ne s'en est-il pas servi pour les rembourser ?

— D'après ce que je sais, il l'a fait. Il a emprunté beaucoup d'argent à ma mère.

— Beaucoup ?

— Je ne peux pas le dire avec certitude, mais cela semble être de l'ordre de plusieurs centaines de milliers de dollars. J'aimerais vraiment me tromper car, à l'heure qu'il est, ma mère doit être effondrée. Il a quitté le pays et elle le croit en vacances.

— Et ce n'est pas possible ?

Tucker la regarda, le cœur serré. Elle était si confiante, prête encore à croire Christian meilleur qu'il n'était.

— Non. Il ne serait pas parti sous une fausse identité. J'ignorais tout de son addiction au jeu. Je ne l'ai découverte qu'hier. C'est très sérieux.

Annie réfléchit un moment.

— Même s'il a encore des ennuis avec les bookmakers, dit-elle finalement, en quoi pourrais-je leur être d'une quelconque utilité ? Il y a des années que je me suis exilée.

— Justement. Il ne faut pas que tu réapparaisses pour l'instant. La police de New York n'est jamais parvenue à mettre la main sur ces bookmakers. Personne ne veut témoigner contre eux. Ils intimident et menacent. Tant que nous ne saurons pas pourquoi Christian a fui, il est hors de question que je te fasse courir le moindre risque.

— Que tu me fasses courir le moindre risque ?

Il aurait voulu présenter les choses autrement, mais c'était dit. Il n'allait pas revenir dessus.

— Oui. Tu comptes trop pour moi, Annie. Je ferai tout ce qui est en mon pouvoir pour te protéger.

— Tu m'as déjà suffisamment aidée.

— Je n'aurais jamais…

Elle l'arrêta d'un geste.

— N'en dis pas plus. Je comprends que tu essayais d'aider ton frère.

— Ce n'est qu'en partie vrai.

Surprise, elle le dévisagea.

— Nous ne sommes pas proches, lui et moi, expliqua-t-il. Mais ma mère se sent coupable depuis qu'elle a perdu sa garde lors de son divorce. Elle fait tout ce qu'elle peut pour compenser ce qu'elle considère être un abandon. La seule chose qui la fait tenir, c'est la possibilité de se racheter auprès de lui.

— Elle n'a pas que lui. Tu es là.

— Oui. Mais moi, elle sait que je l'aime.

— Ecoute, je suis désolée pour ce qui se passe dans ta famille, mais j'ai une mission, protéger Safe Haven. Quelle est la probabilité que ces individus viennent me chercher ici ?

— Je l'ignore.

— Alors, rentre chez toi. Laisse-moi.

— Je ne supporterais pas qu'il t'arrive quoi que ce soit.

— Tu n'es pas responsable de moi.

Ce n'était plus possible, il fallait qu'elle comprenne ! Il se pencha vers elle, prit ses mains dans les siennes.

— J'ai su, à l'instant où je t'ai vue, que tu étais Leanna. Et j'ai su très vite aussi, sans pouvoir expliquer pourquoi, que tu n'étais pas coupable. Tu ne pouvais pas avoir délibérément volé cet argent. Toutefois, je refusais encore de croire que Christian était impliqué et avait rejeté la faute sur toi. Alors, j'ai décidé de rester pour tenter d'élucider les choses. Et puis, je me suis mis à éprouver des sentiments pour toi. Quand j'ai dit que je croyais en toi, j'étais très sérieux. Je ne veux pas que tu coures de risque, Annie. J'ai besoin de toi.

Il attendit, le souffle suspendu. Jamais il ne s'était senti aussi tendu.

— Je comprends combien tout ça a été douloureux pour toi, dit-elle. Tu donnerais tout ce que tu as pour sauver ton frère, et être un héros pour ta mère. Mais les choses ne se passent pas toujours comme on le voudrait. Il faut que tu comprennes que moi, je ferais n'importe quoi pour sauver Safe Haven. Alors, s'il y a le moindre risque que ces bookmakers me trouvent, je dois fuir. Je ne peux pas mettre le refuge en danger.

— Je t'aiderai…

— Comment ? Je n'ai plus envie de me cacher. Je dois aller voir le procureur.

— Ce n'est pas la solution. Du moins, pas encore. Laisse-moi mettre mon avocat sur cette affaire. C'est un homme très influent. Il a son cabinet à New York et ses entrées un peu partout. Avec les informations que je suis en mesure de lui communiquer, il y a de grandes chances que nous puissions faire le poids face à ces bookmakers. Si tu appelais Shea et Jesse pour qu'ils viennent ce soir ? Je dois passer à l'hôtel régler ma note et prendre mes affaires.

Annie l'observa un long moment, et il ne chercha pas à lui cacher son inquiétude. Elle se leva sans un mot pour aller préparer du café. Une fois la cafetière en route, elle se tourna vers lui.

— Je n'ai pas besoin d'eux. Ni de toi.

Tucker se leva à son tour et alla se camper devant elle. Il fallait qu'il lui parle les yeux dans les yeux.

— Je préférerais que tu ne restes pas seule, ce soir. Et je sais que tu ne le souhaites pas, mais j'aimerais revenir.

— Avec une patrouille de police ?

— Tu ne peux pas croire ce que tu dis.

Il massa un instant sa nuque douloureuse tandis qu'elle soutenait son regard sans ciller.

— Ecoute-moi ! insista-t-il. Je ne te cache rien. Je ne te cacherai plus jamais rien.

Elle continua de le fixer sans rien dire. Les deux années qu'elle venait de passer lui avaient sans doute enseigné cela, tenir, ne rien montrer. Mais lui, il savait qui était la véritable Annie, la femme passionnée, capable de tout donner.

Elle leva le menton, le toisa, l'air grave.

— J'imagine qu'il va bien falloir que je fasse confiance à quelqu'un..., dit-elle.

Il eut envie de l'attirer dans ses bras, de l'embrasser à perdre haleine, mais il préféra se contenter d'un simple : « Merci ».

- 16 -

Une heure plus tard, Annie expliquait la situation à Shea et Jesse tandis que Tucker leur préparait du café.

En dépit de la gravité des événements et de l'inquiétude qu'elle ressentait, elle ne pouvait s'empêcher d'être sensible à la gentillesse et à l'attention dont il faisait preuve à son égard. Il lui avait menti et elle lui en voulait terriblement, mais pouvait-elle vraiment lui jeter la pierre ?

— Je sors un instant, dit-il. Je dois téléphoner.

— Encore des secrets ?

Les mots lui avaient échappé. Cependant, la plaie était encore tellement à vif qu'elle ne regrettait pas d'avoir parlé.

— Non, Annie.

Il posa la main sur son épaule, la pressa doucement. Ce simple geste fit courir un long frisson dans tout son corps. L'attirance qu'elle éprouvait pour lui était décidément plus forte que tout.

— Tu veux que j'appelle d'ici ?

Elle fit non de la tête. N'avait-elle pas décidé de lui faire confiance ?

Lorsqu'il referma la porte, elle se tourna vers ses amis.

— Je suis vraiment désolée.

— Pourquoi ? demanda Jesse.

— De vous avoir impliqués dans cette histoire. Si ce que croit Tucker est vrai, ces individus pourraient bien venir me chercher jusqu'ici.

Un sourire étira les lèvres de Jesse. Le sourire des McAllister.

— Ils auraient affaire à une sacrée bande de cow-boys.

Annie sentit l'émotion lui embuer le regard.

— Tu devrais écouter Tucker, intervint Shea. Laisser son avocat te conseiller.

— Je ne veux rien lui devoir.

— Crois-tu qu'il serait content, s'il t'entendait ?

— Tu es incroyable, Shea ! Nous nous connaissons à peine. Je ne veux avoir de dette envers personne.

— Si mon avocat disposait du même réseau de relations que le sien, je t'aurais volontiers proposé ses services. Je peux encore le faire, et cela ne te coûtera pas un centime.

— Merci. Mais croyez-vous qu'avec ce que j'ai fait, je mérite autant de sollicitude ? C'est moi qui me suis mise dans les ennuis. Pourquoi êtes-vous si gentils avec moi ?

— Pourquoi ? fit Jesse. En raison de tout ce que tu as fait depuis que tu es arrivée à Blackfoot Falls, notamment pour Safe Haven. Nous ne sommes pas que d'innocents péquenots, ajouta-t-il avec un sourire. Tu as fait des erreurs, mais tu nous as beaucoup apporté, à tous, et il me semble que tu t'es suffisamment sacrifiée. Laisse-nous t'aider. Laisse Tucker t'aider. C'est un type bien.

— Tu le connais à peine.

Jesse sourit de nouveau.

— Je me suis renseigné. Tu n'étais pas la seule concernée, figure-toi. Safe Haven compte énormément pour Shea et pour toute notre communauté. Je voulais savoir à qui nous avions affaire.

Elle n'en revenait pas. Toutefois, bien qu'elle appréciât toute cette générosité, elle n'entendait pas se laisser dicter sa conduite.

Shea et Jesse lui assurèrent qu'elle pouvait compter sur

eux pour s'occuper du refuge en attendant que la situation soit réglée. Ils ne manqueraient pas de bras pour les aider.

Annie hésitait. Qu'allait-elle faire au sujet des avocats, du procureur et de Tucker ? Elle se sentait trop épuisée pour réfléchir. Dans l'immédiat, elle n'avait qu'une envie, se terrer dans sa chambre, au fond de son lit, et ne plus penser à rien. A un détail près : elle rêvait que Tucker soit avec elle.

C'est à ce moment précis qu'il revint.

— J'ai parlé à Peter, mon avocat. Je vais lui envoyer toutes les informations que je peux par mail, mais plus vite je lui enverrai le reste de mes dossiers, mieux ce sera. Je n'en aurai pas pour longtemps.

Il regarda Shea, puis Jesse.

— Ça ira, vous pensez ?

— Pas de problème, répondit Jesse. Je vais appeler Sundance pour que personne ne s'inquiète.

Tucker sortait déjà les clés de sa voiture. Annie était au bord de la rupture. Elle se leva, le corps vibrant de colère.

— Attendez une minute ! Ça suffit ! J'en ai assez que tout le monde prenne les décisions à ma place. Je ne suis pas une gamine. J'ai besoin de temps pour réfléchir, c'est tout. Et je dois aller soigner mes animaux. Je suis d'ailleurs déjà en retard.

Un silence gêné s'abattit sur la petite pièce. Ce fut Shea qui le rompit.

— Je peux peut-être t'accompagner ?

La colère d'Annie retomba aussitôt pour laisser place à une immense lassitude.

— Je suis désolée, c'est juste que… Ça fait beaucoup tout d'un coup. Et la dernière fois que j'ai pris une décision sur un coup de tête, j'ai fait souffrir énormément de monde.

— On va prendre un café et discuter un peu, proposa Shea.

— Je m'occupe d'aller nourrir les animaux, dit Jesse.

Tucker s'approcha d'elle.

— Je dois partir, à présent. Tiens bon. Tout rentrera bientôt dans l'ordre, je te le promets.

— Vingt-quatre heures, pas davantage, répondit Annie. Si rien n'est réglé d'ici là, j'irai voir le procureur.

Il allait lui répondre, mais elle l'arrêta d'un geste.

— Je sais que tu veux m'aider, mais je dois prendre mes responsabilités. Aller voir le procureur résoudrait beaucoup de choses, tu le sais.

— Si Christian est à l'origine de…

— Dans ce cas, les autorités s'en occuperont. Mais je ne peux pas rester là, à ne rien faire, et te laisser te mettre en quatre pour me sauver.

— Vingt-quatre heures ? répéta Tucker.

Elle acquiesça et vit sa mâchoire se crisper. Il n'aimait de toute évidence pas les ultimatums. Elle le vit hésiter, prêt à discuter, mais il s'en abstint finalement. Lorsqu'il se pencha pour l'embrasser, le contact de ses lèvres sur les siennes fut à la fois merveilleux et très perturbant. Le chaos qu'elle avait initié s'amplifiait, rejaillissait sur des personnes qui comptaient beaucoup trop pour elle. Quand il s'écarta, elle sentit qu'il n'avait pas envie de partir. Il gagna néanmoins la porte sans rien dire, suivi de Jesse.

Annie se tourna alors vers Shea. Elle allait boire ce café et discuter à cœur ouvert avec elle. Mais, soudain, ses forces l'abandonnèrent. Elle se laissa tomber sur une chaise.

Tucker était inquiet et n'avait aucune envie de partir. Heureusement, Annie ne serait pas seule.

— Je suis désolé pour ton frère, dit Jesse.

Surpris par la camaraderie qui s'était naturellement installée entre eux, Tucker s'immobilisa.

— C'est étrange. Les choses sont allées si vite… Annie compte énormément pour moi. Bien sûr, je pense à mon frère et à ma mère, mais c'est pour elle, surtout, que je me fais du souci. Je voudrais la savoir en sécurité.

D'un geste nerveux, il se passa la main dans les cheveux.

— Je ne voudrais pas qu'on croie que je ne me préoccupe pas de ma famille, mais…

— Mais c'est Annie qui t'importe.

— Oui. C'est comme si nous nous connaissions depuis des années.

Il jeta un coup d'œil en direction du chalet.

— Ça va te paraître idiot, mais si jamais il lui arrivait quelque chose pendant mon absence…

— Ne t'inquiète pas. Je suis là.

— Il pourrait s'avérer nécessaire de l'emmener loin d'ici. De quitter le pays.

— Tu peux compter sur moi. Mais il ne se passera rien. Sois prudent sur la route ; Annie a besoin de toi.

Tucker hocha la tête et ils se serrèrent la main.

— Merci. Pour tout.

Durant le trajet jusqu'à Kalispell, Tucker ne cessa de songer à Annie, à sa mère, de tourner et retourner le problème dans tous les sens, cherchant à déterminer le rôle que Christian avait pu jouer. Peut-être n'avait-il pas échafaudé un plan machiavélique et prévu de faire tomber Annie lorsqu'il s'était associé avec elle. Le résultat était le même, au final, mais à la pensée que tout n'avait peut-être pas été prémédité, il respirait un peu mieux. Christian demeurait son frère, même si la vie avait fait d'eux des étrangers.

Arrivé à l'hôtel, il passa encore un ou deux coups de fil, puis il expédia le maximum d'informations par mail et envoya le reste du dossier par courrier exprès. Il espérait que son avocat aurait le temps d'en prendre connaissance et de faire des suggestions pertinentes.

Lorsqu'il retournerait à Safe Haven, il s'efforcerait de faire entendre raison à Annie. Shea et Jesse étaient de son côté, et il pourrait compter sur leur aide pour la convaincre. D'autant qu'il songeait très sérieusement à l'emmener à Dallas. Elle y serait en sécurité en attendant que les avocats démêlent l'affaire.

Il n'imaginait pas une seconde la laisser affronter seule la situation. C'était sans doute cela, être amoureux. Il allait devoir faire très attention à ce qu'il disait.

Il eut un petit rire. Il n'y avait pourtant rien de drôle dans toute cette affaire, mais il venait de se rendre compte que, quoi qu'Annie décide, il ne la contraindrait jamais à faire ce qu'elle ne voulait pas, et qu'il était devenu impensable d'envisager la vie sans elle.

Annie tamponna ses yeux avec son mouchoir.

— Désolée, Shea… La journée a été difficile.

Elle se moucha.

— Tu avais raison. Je suis amoureuse de lui.

— Ah.

— Mais il est hors de question que je le lui dise ! Je ne veux pas que mes sentiments pour lui interfèrent en quoi que ce soit.

— C'est déjà fait.

— Non. S'il s'est impliqué dans cette affaire, c'était pour son frère. Et sa mère. Il n'est pas possible que je sois le centre du sujet.

— Annie…

— Je suis très sérieuse, Shea. J'ai déçu ma famille, fait souffrir mes amis et ruiné ma réputation. Tu crois que ça ne suffit pas ? Je ne peux pas l'entraîner dans cette histoire. Il faut que je parte, que je trouve un autre endroit où me terrer. Et, cette fois, je ne commettrai pas les mêmes erreurs.

— Comme d'avoir une amie qui publie ta photo sur internet ?

Annie la regarda, surprise.

— Je n'ai pas compris immédiatement qu'il t'avait retrouvée grâce à cette photo. Il a été malin ; il ne s'est pas manifesté tout de suite.

— Tu n'es pas responsable de ce qui se passe.

— Toi non plus, Annie.

— Ecoute, j'étouffe ici. Il faut que je sorte. Tu m'accompagnes ?

— Bien sûr. Jesse doit avoir fini de nourrir les animaux.

— Merci d'avoir gardé mon secret. Ça n'a pas dû être facile.

— Tu sais, je ne peux rien lui dire non plus concernant certains de mes contrats avec le gouvernement. Il comprend très bien. Tucker aussi, tu sais. Il comprend la situation dans laquelle tu te trouves.

— Peut-être, mais ce n'est pas une raison pour en profiter.

Elles marchèrent un moment en silence. Seul résonnait le bruit du gravier sous leurs pas — un bruit devenu familier. A l'époque, à New York, les sons familiers étaient le cliquetis de ses talons hauts sur le trottoir, les moteurs des voitures, le brouhaha de la ville.

— Pendant les six premiers mois, reprit-elle, j'ai rêvé de New York toutes les nuits. La ville me manquait, son rythme, l'animation des rues, les restaurants, mon appartement… C'était un peu comme si j'avais laissé ma force vitale là-bas. Aujourd'hui, je ne m'imagine pas vivant ailleurs qu'ici.

— Tu serais très heureuse, au Texas.

— Je n'irai pas là-bas.

— Comment peux-tu être aussi catégorique ?

— Ne commence pas ! C'est impossible. Je ne peux pas faire comme s'il n'y avait aucun problème. Je me suis enfuie.

— Tu n'as pas enfreint la loi.

— Je ne crois pas que le procureur soit disposé à passer aussi facilement l'éponge sur ma disparition.

— Peut-être, mais on ne va pas te mettre en prison.

— Et il faudra en plus que je rembourse l'argent.

C'était un aspect des choses auquel elle s'efforçait de ne pas penser. Où aurait-elle trouvé une somme pareille ?

— C'est ridicule !

— Pourquoi ?

— Il faut que tu cesses de te culpabiliser, Annie, sinon tu ne t'en sortiras pas.

Shea se trompait. Elle n'essaya même pas de le lui dire. Elles continuèrent de marcher et elle respira à pleins poumons l'air de ce havre de paix qu'elle s'était construit ici. Dans son esprit, elle était Annie Sheridan ; il lui était difficile de s'envisager autrement. Leanna Warner appartenait à d'autres lieux, à un autre temps, et elle ne pouvait s'empêcher de penser qu'il aurait mieux valu pour tout le monde la laisser reposer en paix.

— Ça ne rime à rien que j'aille au Texas, dit Annie.

Tucker était assis à la table, en face d'elle. A son retour, Shea et Jesse avaient regagné Sundance. Ils étaient seuls et Tucker n'avait qu'une envie, l'emmener au lit.

— Je te l'ai dit, si nous n'avons rien de nouveau,

j'appelle le procureur. Et ça ne se discute pas, ajouta-t-elle sur sa lancée.

— Il sera plus facile de travailler ensemble si tu m'accompagnes.

— Ensemble ? En quoi pourrais-je être utile ? Je ne sais rien.

— Quelque chose d'important a pu t'échapper. Attends que Peter ait lu le dossier, qu'il te pose des questions. Une remarque, un détail, te reviendront peut-être à l'esprit.

— Il peut m'appeler ici. Je n'ai pas envie de quitter Safe Haven. C'est chez moi.

Tucker ne savait que faire. Il avait songé à repousser son retour au Texas, mais on avait besoin de lui au Rocking B, sa mère en particulier. Il ne pouvait pas tout laisser tomber.

— Il faut que je parte. Mais rien que l'idée de te quitter…

Annie ne répondit pas et le silence s'installa entre eux. Tucker avait posé sa main sur la sienne et la caressait doucement. Il songeait à sa mère. Elle pouvait appeler Christian à tout moment. Lorsqu'elle découvrirait qu'il ne répondait pas, elle s'inquiéterait, bien sûr. Que ferait-il alors ? Lui mentir ? Cela ne résoudrait rien.

Il fallait qu'il laisse à Peter le temps d'étudier le dossier. George continuait son enquête de son côté, notamment au sujet du numéro de compte découvert dans la boîte à café. Il aurait dû poser directement la question à Annie, mais il ne trouvait pas le courage de lui avouer qu'il avait fouillé dans ses affaires. Pourtant, ne lui avait-il pas promis de tout lui dire, désormais ? Il se sentit désemparé, soudain. Il n'y avait rien qu'il puisse faire pour aider ceux qu'il aimait.

— Tu t'inquiètes pour ta mère, c'est ça ?

Il lui fallut quelques instants pour reprendre pied dans la réalité. Il n'aurait su dire combien de temps s'était écoulé depuis qu'ils étaient assis là, en silence.

— Oui, en partie.

— Mon Dieu ! Te rends-tu compte que tu me fais passer avant Christian ?

— C'est lui qui a choisi.

— Et ta mère ?

— La vérité ne va pas être facile à lui révéler. J'ai pensé à inventer quelque chose, mais si Christian est coupable, comme je le crois, je ne veux pas que la nouvelle la prenne au dépourvu.

— Elle a besoin de toi.

Il haussa les épaules.

— Accorde-moi une faveur, tu veux bien ?

— Laquelle ?

— Viens te coucher avec moi.

Annie le surprit en acceptant aussitôt.

— D'accord. Monte. Je prépare le café pour demain, et je te rejoins.

Lorsqu'ils se retrouvèrent finalement dans le lit, ils ne se touchèrent pas. Allongés sur le côté, ils se faisaient face, tous deux sur leurs gardes, chacun avec son lot de culpabilité à porter.

— Je suis désolé, murmura Tucker.

— Désolé de quoi ?

— J'aurais tellement préféré que nous nous rencontrions dans d'autres circonstances ! J'essaie de faire en sorte que tout s'arrange, et je n'y parviens pas.

Annie se redressa si brusquement qu'il sursauta. Elle alluma la lampe de chevet et se leva. Quelques instants plus tard, elle s'assit sur le lit, une boîte à café sur les genoux.

Elle l'ouvrit lentement, en sortit le permis de conduire, le rouleau de billets et le morceau de papier portant le numéro de compte. Pas un instant son regard ne quitta les objets.

— Voilà. Ça, c'était ce que j'avais prévu en cas de problème.

Elle prit le permis de conduire.

— Il appartenait à une jeune femme qui est décédée il y a quatre ans. Ma mère était sa marraine.

Elle le reposa avec précaution à côté d'elle, comme elle l'aurait fait d'un objet précieux. Puis elle saisit le morceau de papier, secoua la tête, et prit également le rouleau de billets.

— Ces deux-là vont ensemble. Ça, c'est tout ce qu'il reste de mes économies. J'avais le double, au départ. De quoi fuir et trouver un endroit où vivre au Canada. Mais, au cours du premier hiver, des chevaux sont tombés malades. Je n'avais pas de quoi les nourrir ni acheter les médicaments, alors j'ai pioché dans mes réserves.

Elle fixa le morceau de papier.

— Quant à ça, il s'agit d'un numéro de compte. Mon filet de sécurité. A la banque de Blackfoot Falls. Ce n'est pas grand-chose, et ça ne suffira jamais à rembourser les fonds détournés, mais il fallait que je fasse quelque chose de concret. C'est de l'argent que j'ai gagné quand j'ai travaillé comme serveuse pendant trois mois avant d'arriver ici. J'y ajoutais de temps en temps un petit quelque chose lorsqu'il m'arrivait de travailler en plus.

Saisissant la boîte à café, elle y remit ce qu'elle en avait sorti.

— Voilà. C'est tout ce que je possède, hormis ce qu'il y a dans ce chalet. Tu comprends ? Je dois faire ce qu'il faut, puisque je ne l'ai pas fait avant.

Tucker avait envie d'argumenter, de lui dire qu'elle allait trop loin, mais ce n'était pas vrai. Tout cela, la boîte à café, les économies, la croisade pour sauver les animaux, tout cela c'était elle, Annie Sheridan. La femme dont il était tombé amoureux.

Elle posa la boîte sur le sol et se glissa de nouveau entre les draps.

Il l'attira dans ses bras, la serra contre lui, et ferma les yeux en inspirant profondément. Il se sentait bien.

Et il sut avec certitude qu'il ferait l'impossible pour la protéger, la garder avec lui.

- 17 -

— Alors, tu as finalement décidé de l'accompagner à Dallas, dit Shea.

Annie avait très bien dormi, dans les bras de Tucker. C'était tout ce qu'ils avaient fait, dormir. Et, malgré la journée à venir qui l'angoissait, elle se sentait bien.

— Il prend des risques pour moi. Je me dois au moins de faire ça pour lui.

— Tu te dois ?

Annie sourit.

— Quelle fine mouche tu es ! J'en ai envie, bien sûr. Sans toute cette histoire, je nagerais en plein bonheur.

— Ça ira, tu verras.

Shea jeta un coup d'œil à la valise posée sur le lit.

— C'est tout ce que tu emportes ?

— Je n'avais pas pris grand-chose en quittant New York et, ici, je n'ai jamais eu beaucoup de place pour stocker des affaires.

Annie ferma la valise et se tourna vers son amie.

— Si je peux entreprendre ce voyage, c'est grâce à toi et à Jesse.

— Pas seulement, Annie. C'est grâce à nous tous. Nous voulons que tu sois libre, définitivement. Levi, Kathy et Will viendront nous prêter main-forte. Tous les gens de Sundance aussi. Et Matt, de Lone Wolf, s'est proposé également, avec quelques-uns de ses hommes. Tu vois, tu n'as aucun souci à te faire. Nous assurerons.

— Tu ne peux pas savoir à quel point j'apprécie ce que vous faites. Merci.

— C'est tout à fait normal. Tu es notre amie.

— Annie ? appela soudain Tucker. Tu as besoin d'aide ?

— Non, répondit-elle. J'arrive.

Elle prit sa valise et jeta un dernier regard autour d'elle, en formulant le vœu de revoir son chalet ainsi que tous les gens de Blackfoot Falls si chers à son cœur.

Durant le trajet en voiture et le vol, Annie et Tucker discutèrent de toutes sortes de choses, mais ils évitèrent soigneusement d'évoquer l'avenir.

Lorsqu'ils se furent posés à Dallas, Tucker conduisit Annie chez lui en lui faisant visiter la ville, découvrir les lieux les plus marquants.

Il habitait un somptueux appartement, au septième étage d'une résidence de luxe.

— Je te fais faire le tour du propriétaire ? proposa-t-il lorsqu'ils entrèrent.

L'appartement était immense, décoré avec beaucoup de goût dans les tons beige et ébène, avec d'étonnantes taches de couleur vive. Annie admira la vue à couper le souffle qu'offraient les immenses baies vitrées, puis la cuisine ultramoderne, les trois chambres, sans parler de la baignoire à remous, si grande qu'elle pouvait accueillir sans problème deux personnes.

Elle se sentait comme suspendue entre deux mondes. Elle n'était jamais venue au Texas et tout lui paraissait étranger. Les accents y étaient très prononcés. L'air, dont l'humidité lui rappelait certains étés sur la côte Est, était différent, et le luxe de cette ville encore plus ostentatoire qu'à New York. En tout cas, on était bien loin du Montana, ici.

Tucker commanda des plats chez un traiteur chinois. Annie avait cette habitude à New York, et c'était un des aspects de la ville qui lui manquaient. Quand ils furent installés à table, il devint impossible de ne pas évoquer la raison de sa présence.

— J'ai appelé Peter, dit Tucker. Je ne m'attends pas à des miracles ; il a à peine eu le temps de parcourir le dossier.

Annie hocha la tête.

— Quand comptes-tu te rendre au Rocking B ?

— Ça dépend de toi. Je pensais y aller demain matin. La conversation avec ma mère ne va pas être facile, et j'aimerais prendre mon temps.

— C'est tout à fait normal. J'attendrai donc avant de prendre ma décision. Mais, autant que tu le saches, j'avoue avoir du mal à envisager une autre solution que d'appeler le procureur.

— L'avion a été révisé et le plein est fait. Si tu veux te rendre à New York demain, libre à toi. Je n'essaierai pas de te convaincre du contraire. Mais il faut que je te dise une dernière chose.

Il lui prit la main.

— Au milieu de tout ce qui te préoccupe, il faut que tu prennes en compte le fait que je suis tombé amoureux de toi.

Annie eut l'impression que le sol se dérobait sous elle. L'émotion était si forte qu'elle crut que son cœur allait s'arrêter de battre. Elle ferma les yeux.

Lorsqu'elle les rouvrit, Tucker la regardait.

— J'ai envie que tu restes avec moi, Annie. Je ne sais pas encore comment, la situation est si complexe… Mais je me battrai pour te garder. Je t'aime.

— C'est impossible. Tu me connais à peine, murmura-t-elle en secouant la tête.

Elle ne savait plus où elle en était. Elle-même avait admis être amoureuse de lui, et l'avait dit à Shea. Quelle femme, d'ailleurs, ne serait pas tombée amoureuse d'un homme comme lui ? Un homme intègre, attentif, si séduisant…

Mon Dieu ! Que faisait-elle ici, avec lui ? Ou plutôt, que faisait-il ici, avec elle ?

— Annie…

— Oui ?

— Cesse de te tourmenter. Et puis il y a autre chose que je veux te dire. Je te connais mieux que tu ne le penses. Je t'ai observée, vue en action, et je t'aime parce que tu es généreuse et que tu te bats pour ce en quoi tu crois. Parce que tu es une femme d'une grande force, mais aussi d'une extrême sensibilité.

Il lâcha sa main pour lui effleurer la joue.

— Tu es une femme extraordinaire, prise dans un piège terrible. Ne te laisse pas enfermer. Tu as déjà suffisamment souffert.

Elle cilla à plusieurs reprises pour refouler les larmes qui lui embuaient le regard.

— Je crois que je t'aime, moi aussi, parvint-elle à dire.

— Tu crois ?

— Il n'a fallu qu'une semaine à Shea et Jesse pour tomber amoureux, murmura-t-elle.

— Ce sont des choses qui arrivent. Pas souvent, mais ça arrive.

Il s'était exprimé avec une assurance et un calme qui la réconfortèrent. Il n'était pas homme à lui dire qu'il l'aimait s'il avait eu le moindre doute.

— Ces dernières journées ont été complètement folles. Je ne sais plus très bien où j'en suis…

Une lueur amusée traversa le regard de Tucker.

— Heureusement, il est des choses stables auxquelles se raccrocher. Sais-tu, par exemple, que les plats chinois sont excellents réchauffés au micro-ondes ?

— Vraiment ?

Il acquiesça d'un signe de tête, se leva et lui tendit la main.

Il était tard lorsqu'ils finirent de dîner et s'allongèrent dans le grand lit, épuisés. Tucker la serra contre lui et elle ferma les yeux. Sa dernière pensée fut qu'elle avait beaucoup de chance.

Lorsque Tucker arriva au ranch, sa mère l'attendait dans le hall, élégante comme à son habitude. Mais il était certain qu'elle avait tenté d'appeler Christian ; il la sentait inquiète.

Elle le serra dans ses bras, puis s'écarta pour l'observer.

— Tu as l'air fatigué.

— Ce fut un voyage éprouvant.

Il posa son attaché-case et son ordinateur et la suivit dans la cuisine. Il était 10 heures, et il n'avait encore rien mangé. Il savait qu'Irène aimerait qu'il prenne son petit déjeuner avec elle. Il avait quitté Annie à regret, mais elle lui avait assuré que ce moment de solitude était le bienvenu pour lui permettre de réfléchir.

— Te rends-tu compte ? dit Irène en lui tendant une tasse de café. Tu ne m'as toujours pas dit si tu l'avais trouvée !

Tucker regarda la table dressée avec soin, la salade de fruits frais, les différents accompagnements pour les pancakes que la cuisinière avait dû laisser au chaud dans le four, vraisemblablement à côté du bacon, grillé à point, et tout croustillant.

— Mettons-nous à table, tu veux bien ? proposa-t-il. Je meurs de faim, et il s'agit d'une longue histoire.

Irène sortit les plats du four pendant qu'il allait chercher le pichet de jus d'orange dans le réfrigérateur. Ils se servirent et Tucker s'efforça pour l'énième fois de trouver la meilleure façon d'aborder le sujet.

Finalement, il posa sa main sur celle de sa mère.

— Je l'ai trouvée. Elle était dans le Montana. Elle dirige un refuge pour animaux.

Elle ôta sa main.

— Et il t'a fallu tout ce temps pour te rendre compte que c'était elle ?

— Non. Il m'a fallu tout ce temps pour comprendre ce qui se passait. En arrivant, je cherchais la femme. Une fois sur place, j'ai su que ce que je devais chercher, c'était la vérité.

Des larmes emplirent les yeux de sa mère. Elle connaissait la vérité, bien sûr, mais pas les détails. Il allait devoir les lui donner, au fur et à mesure, la faire souffrir un peu plus. Mais Irène était une femme très intuitive, et Bali lui avait mis la puce à l'oreille.

— Il ne reviendra jamais, n'est-ce pas ?

— Je ne sais pas.

— J'avais espéré, dit-elle en essuyant délicatement ses larmes du coin de sa serviette en lin. J'avais tellement envie que toute cette affaire soit la faute de quelqu'un d'autre ! Mais je l'ai laissé à Rory lors du divorce et, bien que j'aie aimé cet homme, je pressentais que cela ne donnerait rien de bon.

— Maman, je t'en prie… Tu as fait de ton mieux. Il vient un moment pour chacun où il faut cesser de mettre en cause son enfance, ses parents ou les circonstances et assumer la responsabilité de ses actions. Christian est adulte. Il sait faire la différence entre le bien et le mal. Tout cela n'a rien à voir avec toi.

Elle parvint à esquisser un pâle sourire.

— Je suis sa mère, mon chéri. Je serai toujours sa mère. Et il sera toujours l'enfant que j'ai abandonné.

Annie avait pris un bain pour se détendre dans la superbe baignoire à remous, mais les pensées continuaient de tourner en rond dans sa tête. Pour chaque argument qui lui démontrait qu'il valait mieux attendre, elle en trouvait un pour lui prouver le contraire et la pousser à agir au plus vite de son côté.

Elle s'était installée dans un gros fauteuil de cuir et buvait une seconde tasse de café. Face à elle, la vue sur la ville ressemblait à un décor de film.

C'était étrange, tout à coup, de se retrouver seule. Comment Tucker avait-il pu, en si peu de temps, devenir une présence si familière, si rassurante ? Elle était à la fois surprise et très déroutée de constater à quel point il lui manquait. Au milieu de ses réflexions sur Christian, les bookmakers, la justice, une pensée revenait sans cesse : Tucker l'aimait.

C'était ce qu'il y avait de plus incroyable dans toute cette histoire. Elle en oubliait ses peurs, ses doutes, les reproches qu'elle pouvait se faire et, dès qu'elle commençait à se dire qu'elle ne le méritait pas, il lui semblait l'entendre la réprimander. Il était adulte savait parfaitement bien ce qu'il faisait. Il savait exactement qui elle était.

Et puis, soudain, elle se remettait à douter et c'était reparti.

Finalement, ce fut cet amour qu'il éprouvait pour elle — ou peut-être celui qu'elle éprouvait pour lui — qui emporta sa décision. Elle sut ce qu'elle devait faire. Pour elle, pour lui, pour tous les deux.

Elle prit son portable et composa le numéro qu'elle

avait cherché, deux ans plus tôt, mais dont elle ne s'était jamais servie.

Tucker était absolument opposé à cette initiative. Depuis qu'Annie lui avait fait part de sa décision d'aller voir le procureur et de se proposer pour négocier avec les bookmakers, il s'efforçait de se persuader qu'il devait respecter ses choix. Elle avait tout à fait le droit de faire ce que lui considérait comme très risqué. Cette fois, il semblait que tout contrôle lui ait échappé.

Annie se trouvait être la pièce maîtresse d'un piège destiné à coincer les deux bookmakers. Elle demanderait de l'argent en échange de son silence. En contrepartie, elle leur remettrait des enregistrements qu'elle prétendrait que Christian avait faits et disparaîtrait pour toujours, cette fois. C'était ainsi que le piège était censé fonctionner.

Tucker venait de passer les trois jours les plus éprouvants de son existence. Quant à Annie, forte de sa décision, elle paraissait solide comme un roc.

— Nos hommes seront postés tout autour de vous. Tout ira bien, lui assura Doreen Wellman, l'agent du FBI.

Tucker savait que cette dernière était convaincue de ce qu'elle affirmait. Or, la réalité ne serait pas forcément aussi simple.

L'agent Wellman vérifia une dernière fois le micro d'Annie. C'était un dispositif très nouveau, avec des fils pas plus épais qu'un brin de fibre optique. Ils avaient été fixés à son soutien-gorge et s'avéraient quasiment invisibles. Et totalement indétectables, même par la technologie la plus sophistiquée. Du moins, était-ce ce qu'on lui avait dit.

Il aurait aimé rester à l'écart, laisser se dérouler les événements en apportant tout son soutien à l'opération, mais il ne pouvait s'empêcher de penser qu'Annie se jetait dans la gueule du loup.

Elle remit son T-shirt en place.

— Vous avez été parfaite, au téléphone, lui dit l'agent Wellman. Bell était sous le choc lorsque vous avez parlé de ce que Christian vous avait révélé au sujet de Jefferson Hope. Peu de gens savaient qu'ils l'avaient éliminé.

— Si vous disposez de preuves, pourquoi ne les arrêtez-vous pas ? ne put s'empêcher de demander Tucker.

Il s'était promis de ne pas intervenir, mais c'était plus fort que lui.

— Parce que cette conversation téléphonique n'aura pas valeur de preuve dans un procès. Ces individus sont malins, ils nous mènent en bateau depuis un bon moment. La participation d'Annie est notre seule chance de pouvoir les coincer.

Elle se tourna vers Annie et lui sourit

— Vous voulez rassurer votre ami, lui montrer que nous avons soigneusement préparé cette opération ?

Son « ami » ? Le mot choqua Tucker. Ils étaient tellement plus l'un pour l'autre ! Il se tourna vers Annie et lut dans son regard qu'elle pensait la même chose.

Elle lui adressa un sourire serein.

— Je les ai prévenus que je possédais une copie des enregistrements déposée dans un coffre et que s'il m'arrivait quoi que ce soit, les informations seraient immédiatement transmises à la police. Ils savaient que j'avais disparu et ils pensent que si je prends contact, c'est parce que je suis fauchée. On ne pouvait espérer mieux, vraiment.

— Croyez-moi, dit l'agent Wellman en hochant la tête, très sûre d'elle. Ils préféreront payer plutôt que de voir leur empire s'écrouler.

Au diable l'agent Wellman, sa tenue impeccable et son flegme ! Tucker transpirait. Quant au « on ne pouvait espérer mieux, vraiment », il aurait son mot à dire là-dessus. Plus tard.

— A moins qu'ils ne décident qu'elle bluffe et la tuent à peine entrée dans la maison.

— Si l'un d'eux brandit une arme, nous l'abattrons aussitôt. Nous avons les meilleurs snipers du monde postés à toutes les fenêtres, avec des armes munies de détecteurs infrarouges. Et peu importe que les rideaux soient fermés. En cet instant même, nous suivons le moindre de leurs mouvements.

Annie capta le regard de Tucker.

— Je ne sacrifierai pas une seconde de plus de ma vie pour eux. J'ai nettement perçu le doute dans la voix de Bell. Personne ne peut à ce point jouer la comédie. Il s'inquiétait réellement de savoir ce que je détenais sur eux. J'ai mémorisé tout ce que je dois faire. L'affaire sera réglée en moins de temps qu'il n'en faut pour le dire et, le temps qu'ils comprennent ce qui se passe, nous serons déjà loin. Tout ira bien.

— Je ne serai tranquille que lorsque nous serons loin de New York et eux en prison. Mais j'insiste encore, Annie. Ne fais pas ça ! Il doit bien y avoir un autre moyen.

Elle se pencha et posa un baiser sur ses lèvres.

— Tout ira bien, fais-moi confiance.

— Je sais que tu penses agir pour notre bien à tous, mais rien ne vaut que tu coures ce genre de risque.

— Je ne risque rien et, quand tout sera fini, je serai enfin libre. Libre pour la première fois depuis plus de deux ans ! Et la porte sera ouverte pour que Christian puisse rentrer.

— Et se retrouver en prison.

— C'est vrai. Mais probablement pas pour très longtemps. Et ce sera l'occasion pour ta mère de renouer les liens. Et pour toi aussi.

— Il n'y a rien que je puisse dire pour te faire changer d'avis ?

Annie secoua la tête.

— On se retrouve après. Tu m'attends ?

— Ça, tu peux y compter.

Si Tucker savait que l'attente serait pénible, il n'avait pas imaginé le calvaire que ce serait en réalité.

Se retrouver dans un van, avec sur la tête un casque permettant d'écouter tout ce qui se passerait dans la maison où étaient les bookmakers, faillit le rendre fou. Il n'avait qu'une envie, sortir de cet engin et empêcher Annie d'agir.

Il n'interviendrait pas, bien sûr. Ce serait lui faire courir un plus grand danger encore.

Oh ! Si jamais Christian revenait… Comment avait-il pu lui faire cela ?

Et lui, comment avait-il pu la laisser partir ?

Il cessa de respirer à l'instant où la porte s'ouvrit et où elle entra. Il crut que son cœur n'y résisterait pas.

Annie joua son rôle à la perfection, avec une aisance incroyable, comme si elle avait fait cela toute sa vie. Les deux hommes étaient ignobles, ce qui ne le surprit pas.

Chaque seconde lui parut une éternité. Rien, jamais, ne l'avait mis dans un tel état. Il ne fut pas autorisé à la voir, seulement à l'entendre, lorsqu'elle sortit enfin et monta dans un taxi qui était en réalité une voiture de police.

Le van la suivit jusqu'à Times Square où elle quitta le taxi pour entrer dans un petit hôtel discret et gagner sa chambre.

Il dut ensuite encore attendre que le FBI ait vérifié qu'elle n'avait pas été filée et que le sac contenant l'argent n'était pas piégé.

Lorsqu'il fut finalement autorisé à la rejoindre dans la chambre, il était à bout de nerfs. Il ferma la porte derrière lui et la verrouilla. Puis il entraîna Annie dans la salle de bains et poussa le verrou là aussi.

Il la prit alors dans ses bras et l'embrassa, la serrant à l'étouffer. Elle rit et il l'embrassa de nouveau. Encore et encore.

Il fallut longtemps à son cœur pour se calmer, cesser de cogner comme un fou dans sa poitrine.

Epilogue

Deux mois plus tard…

Ils approchaient de Safe Haven. Tout excitée, Annie s'agitait sur le siège.

Tucker se mit à rire.

— Ça va ?

— Oui. J'ai l'impression de rentrer à la maison.

— J'espère que tu éprouveras bientôt la même chose pour le Rocking B.

— C'est un énorme changement, tu sais, répondit-elle en posant sa main sur la sienne. Mais un merveilleux changement.

Lorsqu'ils arrivèrent sur le parking, elle put constater l'avancée des travaux. La structure du bâtiment destiné aux animaux en quarantaine était déjà montée, ainsi que quelques murs. Le nouveau chalet n'en était pas encore à ce stade. En fait, ce serait une maison disposant de tout le confort. Elle avait contribué à en élaborer le plan.

La fondation de Tucker avait pris les choses en main et embauché de la main-d'œuvre sur place, ce qui représentait un gain non négligeable pour l'économie de la région.

Annie était impatiente de voir Shea qui avait pris temporairement les rênes du refuge, mais partageait la prise de décisions et la gestion des bénévoles avec Mélanie.

— Demain, quand nous nous serons reposés, nous

pourrons aller faire un tour à cheval pour voir où en est ton champ de luzerne, proposa Tucker.

— Avec plaisir. Oh ! c'est tellement extraordinaire d'être là !

Le 4x4 à peine garé, Annie sauta à terre et se précipita vers l'écurie. Elle ne s'était pas trompée, c'est là qu'elle trouva Shea.

— C'est fou, tout ce qui se passe ici !

— Tu as raison, ça se construit de tous les côtés. Il y a trop de remue-ménage, en ce moment, pour les juments qui sont grosses. Nous allons les transférer à Sundance.

— Comment ça va, Shea ? demanda Tucker en entrant dans l'écurie. Safe Haven n'est pas trop lourd à gérer ? Nous pouvons engager quelqu'un à temps plein.

— Non, tout va bien. Mais je me disais justement que nous pourrions peut-être embaucher Kathy et Levi. Le travail les passionne, et je sais qu'ils auraient bien besoin de cet argent.

— C'est une excellente idée ! s'exclama Annie.

— C'est vrai que vous comptez ouvrir un refuge à Dallas ? demanda Mélanie qui arrivait à son tour.

— Oui, c'est un projet magnifique. Tucker met à disposition cent hectares du Rocking B, expliqua Annie. Il y aura de nombreuses installations, notamment pour l'enseignement.

Mélanie posa la main sur son bras.

— Vous nous manquez.

— Vous aussi, vous me manquez.

— Nous ne sommes pas au bout du monde, dit Tucker. Et j'ai un avion.

— Il peut transporter un cheval ?

— Non, mais je compte faire construire une piste d'atterrissage en bordure de la propriété afin de pouvoir démarrer un programme de sauvetage et une coopération entre refuges.

— Combien de temps avez-vous prévu de rester ? s'enquit Shea.

— Deux ou trois jours, répondit Annie.

— Nous comptons rendre visite à la famille d'Annie, ensuite. Dans le New Jersey, précisa Tucker.

— Eh bien, reprit Shea, puisque vous avez un peu de temps, que diriez-vous de sauter en selle et d'aller jeter un coup d'œil ? Rien de tel que de voir de vos propres yeux à quoi a été employé l'argent de la fondation, vous ne pensez pas ?

Tucker se tourna vers Annie. Ils avaient vraiment prévu de se reposer un peu en arrivant mais, de toute évidence, c'était mal parti.

— Je suis incapable de résister à une telle proposition ! s'exclama Annie. Va te reposer, si tu veux. Nous ferons un tour ensemble demain.

— Non. Nous aurons tout le temps de dormir dans le New Jersey.

Tucker n'eut pas le temps d'en dire davantage que déjà elle se penchait vers lui et l'embrassait comme s'ils avaient été seuls au monde.

— N'y compte pas ! murmura-t-elle lorsqu'elle s'écarta, une lueur coquine dans le regard.

JANELLE DENISON

Une exquise tentation

Passions extrêmes

éditions HARLEQUIN

Titre original : NO STRINGS…

Traduction française de SYLVIE PATRICK

83-85, boulevard Vincent-Auriol, 75646 PARIS CEDEX 13.
Service Lectrices — Tél. : 01 45 82 47 47
www.harlequin.fr

- 1 -

— Surtout ne te retourne pas, Aiden vient d'arriver, fit Holly, une expression d'adoration béate sur le visage.

Chloé Reiss lança un petit sourire à sa collègue. Holly patientait dans le sens inverse de la file, face à l'entrée, et surveillait les allées et venues des clients du Starbuck's, où, comme tous les matins, elles faisaient la queue pour leur café. Son amie affichait le regard rêveur et un peu nostalgique de la plupart des femmes, notamment les employées de l'agence de conseil en communication Perry & Associés, lorsqu'elles posaient les yeux sur Aiden Landry — un superbe mâle sexy et charmant qui les faisait toutes craquer.

Chloé ne faisait pas exception à la règle. Sauf que, pour elle, Aiden était intouchable. A leur arrivée dans la société, ils avaient signé un contrat d'embauche comportant une clause proscrivant sévèrement les liaisons entre collègues de travail. Elle en comprenait la nécessité, notamment dans un domaine où la créativité, la motivation et la concentration étaient essentielles. Les relations amoureuses dans un cadre professionnel représentaient une perte de temps et se soldaient généralement par des ruptures pénibles, qui pouvaient avoir de désastreuses conséquences sur le travail d'équipe.

Elle devait reconnaître que ce règlement draconien était à la fois une bénédiction et une malédiction. Une bénédiction parce que cela l'empêchait de commettre une folie, en cédant à l'attirance qu'elle ressentait pour lui et en se livrant à des jeux interdits. Une malédiction parce que, elle en était certaine, elle se privait ainsi de l'expérience sexuelle la plus phénoménale de sa vie. En l'état actuel des choses, tout ce qu'ils pourraient se permettre était un petit badinage inoffensif, même si, parfois, elle mourait d'envie de mélanger allégrement travail et sexe.

Au Starbuck's, la file n'avançait pas. Chloé regarda discrètement par-dessus son épaule et croisa deux yeux bleus perçants. Aiden. Il avait le regard fixé sur elle, à croire qu'il guettait ce moment. Le sourire carnassier qu'il lui décocha lui envoya une décharge d'adrénaline plus stimulante qu'un shoot de caféine pure. Ne sachant comment réagir, elle agita joyeusement la main en guise de bonjour.

La journée commençait bien.

— C'est moi qui t'invite, ce matin, dit-elle à Holly avant de passer commande lorsque leur tour arriva enfin.

Elle commanda un thé *chaï* pour son amie, un café *latte* allégé à la vanille pour elle, et un cappuccino sucré pour Aiden. Après deux années passées au sein de Perry & Associés, elle connaissait les habitudes de son confrère. Un capuccino avec un sucre, le matin, et un verre de Glenvilet pur malt qu'il aimait siroter après le travail, au bar situé au pied de la tour abritant leurs bureaux.

Elle régla les boissons qu'elles récupérèrent à l'autre bout du comptoir.

— Merci pour le thé, dit Holly en se dandinant nerveusement d'un pied sur l'autre. Excuse-moi si je t'abandonne, mais je dois filer. J'ai un rapport marketing urgent à rendre à Leland tout à l'heure. Comme tu sais, il va devenir fou s'il ne l'a pas entre ses petites mains potelées à 8 heures tapantes.

Chloé esquissa une grimace amusée à la description fidèle que son amie faisait de son supérieur.

— Vas-y, je t'en prie. Bon courage et à plus tard.

Holly s'élança en direction des ascenseurs face à la cafétéria, tandis que, les gobelets à la main, Chloé se dirigeait vers Aiden qui patientait toujours dans la queue. Il la regarda approcher, l'air intrigué. Avec son épaisse chevelure noire, ses traits bien dessinés et sa bouche sensuelle, il était l'homme le plus séduisant qu'elle ait jamais rencontré. Son regard bleu saphir dévastateur lui donnait la chair de poule quand il était braqué sur elle. Comme en cet instant.

Il était la perfection masculine incarnée. Grand, le corps élancé, bâti comme un dieu grec, il portait un costume sur mesure avec une aisance parfaite et une élégance naturelle. C'était un enchantement quand il retirait sa veste vers la fin de la journée — il portait des chemises blanches à la coupe ajustée qui soulignaient ses larges épaules, son torse ferme et musclé. Et lorsqu'il retroussait ses manches, exhibant ses avant-bras puissants… elle se retenait vraiment pour ne pas pousser de petits cris d'admiration, même si ce n'était pas son genre.

Et ses mains, ses grandes mains qui contenaient tant de promesses de plaisir sensuel ! Malheureusement, elle ne pourrait jamais vérifier ses théories et devrait se contenter de fantasmes purement virtuels.

Parvenue à sa hauteur, elle lui tendit son grand gobelet de cappuccino surmonté d'une mousse épaisse.

— Tiens, c'est pour toi. Cappuccino sucré !

Avec un large sourire, il lui emboîta le pas en direction des ascenseurs.

— Merci, Chloé. A charge de revanche.

Elle lui lança un regard en coin.

— J'espère bien, répliqua-t-elle.

— Quoi ? Que je te sois redevable ? fit-il, une étincelle de gaieté au fond des yeux.

Elle but une gorgée de son *latte* et acquiesça.

— Il faut bien renvoyer l'ascenseur, comme on dit.

Son rire, doux et profond, était comme une caresse.

— Je vois, tu veux ma reconnaissance éternelle ?

Elle adorait flirter avec lui. Cela lui donnait de l'énergie, réveillait en elle des sensations aussi euphorisantes qu'une poussée d'endorphines.

— Exactement. Sois proche de tes amis et encore plus de tes collègues jaloux, comme dit le proverbe... Version revue et corrigée par mes soins.

Il la dévisagea avec une petite moue amusée.

— Tu veux me tenir en bride, c'est ça ?

— La plus haute ou la plus courte possible, oui.

Ils plaisantaient, bien sûr, comme depuis deux ans.

Ils arrivèrent aux ascenseurs. Il était presque 8 heures du matin et une foule compacte envahissait le vaste hall. Tous se dépêchaient d'arriver à l'heure. Cette haute tour, située dans le quartier financier de Boston, comprenait quarante-deux étages et hébergeait une centaine de sociétés. Les ascenseurs étaient toujours bondés aux heures de pointe, matin et soir.

Ni l'un ni l'autre n'étant particulièrement pressés, ils avançaient sans se hâter en sirotant leur boisson.

— Tu es fin prête pour ta présentation devant Organic Kitty tout à l'heure ? demanda-t-il, faisant allusion au dossier sur lequel elle planchait depuis un mois.

A ces mots, une bouffée de stress monta en elle, comme chaque fois qu'elle avait affaire à un nouveau client, surtout lorsqu'elle se lançait en solo, ce qui était de plus en plus fréquent depuis qu'elle s'efforçait de se constituer sa propre clientèle. Elle avait confiance, son projet tenait la route, et elle était certaine de répondre aux attentes de son client potentiel, voire de les dépasser.

— J'ai fignolé mon exposé jusqu'à 2 heures du matin. Je suis plutôt satisfaite du résultat.

Il but une gorgée de son cappuccino, un sourire malicieux aux lèvres.

— J'assisterai à la réunion. Pour te soutenir, bien entendu.

Elle leva les yeux au ciel.

— Bien entendu, répéta-t-elle, mi-figue, mi-raisin.

Elle ne croyait pas une minute en sa sincérité. Ni lui non plus, d'ailleurs. Perry & Associés permettait en effet à ceux qui le désiraient d'assister à l'argumentaire de leurs collègues afin d'approfondir leurs connaissances et, en même temps, de se tenir au courant des activités de l'agence, à condition bien sûr de ne pas perturber la réunion. Pour un collaborateur aussi chevronné qu'Aiden, il s'agissait plutôt de se renseigner sur la stratégie de ses concurrents. Elle-même agissait de même lorsque son beau collègue s'y collait.

Les coups bas étaient monnaie courante au bureau, mais Aiden et Chloé y répugnaient, jugeant cette conduite indigne. Leur relation était fondée sur un respect mutuel qui s'était développé avec le temps, probablement parce qu'ils avaient débuté dans la même équipe de marketing et œuvré ensemble sur différents projets. Ils avaient vite appris à se faire confiance, aujourd'hui encore, alors qu'ils se retrouvaient en compétition.

La faute à cette promotion hiérarchique qu'ils visaient tous les deux. Le bruit courait que l'un des collaborateurs pourrait obtenir un avancement dans les prochains mois et gérer sa propre équipe. C'était une occasion rare et Chloé était bien décidée à la saisir. Elle avait travaillé dur pour faire reconnaître ses compétences dans la boîte, et elle pensait mériter cette promotion.

Pour l'heure, il y avait plus urgent. Aiden et elle-même devaient tenter de remporter l'appel d'offres lancé par le Saint-Raphaël Resort, un complexe de vacances très sélect destiné à des célibataires en quête de l'âme sœur. Cette campagne pesait plusieurs millions de dollars et offrait une prime généreuse à cinq chiffres qui conforterait leur statut aussi bien dans l'agence que dans le petit monde de la publicité. Si elle réussissait sa prestation et décrochait le contrat d'Organic Kitty, elle avait toutes les chances de se voir confier le projet Saint-Raphaël dans la foulée, estimait-elle. Et la promotion suivrait logiquement.

Grisée par ses rêves de grandeur, elle se surprit à sourire en attendant l'ascenseur. Elle avait beau apprécier Aiden, tant sur le plan professionnel que personnel, ses ambitions la poussaient à faire cavalier seul dans la course à la réussite.

Peu à peu, la foule s'éclaircit et ils purent enfin monter dans la cabine, au fond de laquelle ils se retrouvèrent propulsés. Chloé était si près de lui qu'elle pouvait percevoir la chaleur de son corps et sentir son parfum délicieux — une subtile fragrance de santal, de frais, de propre et de citron — qui agissait comme un aphrodisiaque, exacerbant tous ses sens.

Après de multiples arrêts, l'ascenseur parvint enfin au trente et unième étage donnant sur l'espace d'accueil de Perry & Associés.

— Bonne chance, Chloé, lança-t-il avec un clin d'œil.

— Merci.

A peine eut-il tourné les talons qu'elle se concentra sur Organic Kitty et sur son plan de bataille.

*
**

Assis au fond de la salle de conférences en compagnie de quelques-uns de ses collègues, Aiden observait Chloé multiplier les prouesses pour séduire les gros bonnets d'Organic Kitty. Sa prestation était éblouissante. Elle avait insisté sur la nécessité pour l'entreprise d'améliorer la visibilité auprès de sa clientèle au moyen d'une nouvelle stratégie de marque et d'un slogan accrocheur. Elle s'exprimait d'une voix claire et charmeuse, et la présentation PowerPoint qui émaillait son exposé présentait une multitude d'idées innovantes, des stratégies de marketing et de réseaux sociaux intelligentes, destinées à promouvoir la marque Kitty et attirer de nouveaux acheteurs.

Les annonceurs paraissaient captivés par son pouvoir de persuasion. Aiden, lui, était fasciné par la femme, son assurance, son autorité, son contrôle de soi, autant de traits de caractère qu'il trouvait incroyablement sexy. Ce jour-là, elle avait opté pour un tailleur bleu marine des plus classiques, un choix vestimentaire de bon aloi pour la circonstance. Le chemisier de soie crème qu'elle portait sous sa veste taillée sur mesure adoucissait la sévérité de sa tenue. Le petit caraco de dentelle qu'elle portait dessous conférait à l'ensemble une touche de féminité et d'élégance sensuelle. Il baissa les yeux sur la jupe ajustée qui épousait les rondeurs de ses hanches et de ses fesses et s'arrêtait juste au-dessous du genou. Puis son regard erra sur ses superbes jambes fuselées que tous les hommes de l'assistance n'avaient pu s'empêcher de lorgner, probablement à cause des stilettos de dix bons centimètres — une invitation au sexe et au péché — sur lesquels elle était perchée.

Certes, il plaidait coupable, il avait déjà joué avec ce fantasme à une ou deux reprises, mais ce n'était vraiment pas le moment ni le lieu de laisser ses pensées vagabonder ainsi. Il s'agita sur sa chaise et se força à reporter ses regards sur son beau visage.

Sa superbe chevelure brune tirée en une queue-de-cheval sophistiquée mettait en valeur ses prunelles noisette pailletées de vert. Son enthousiasme, sa vitalité débordante ne laissaient pas indifférent — un atout irrésistible pour convaincre son auditoire. Il était évident qu'elle jetait toutes ses forces dans son travail et avait conçu la campagne pour Organic Kitty avec la même ferveur.

Il avait beau l'admirer pour toutes ces raisons, l'extrême concentration, la maîtrise de soi, la pugnacité dont elle faisait preuve pour se hisser vers le sommet lui rappelaient de mauvais souvenirs — son ex-femme, dont l'ambition dévorante avait fini par détruire leur union et la confiance qu'il lui portait. Paige avait balayé impitoyablement tout ce qui aurait pu entraver sa carrière de procureur, y compris une grossesse non désirée. Résultat, elle avait avorté sans même daigner lui en parler.

Elle n'avait reculé devant aucune extrémité pour parvenir à ses fins. Aiden en avait gardé une blessure inguérissable et avait définitivement perdu ses illusions sur l'amour, l'engagement et le mariage. Après un divorce douloureux, trois ans auparavant, il s'était juré de ne plus jamais s'embarquer dans une histoire sérieuse avec une arriviste. Non, la prochaine fois qu'il s'engagerait avec une femme, il s'assurerait d'abord d'être sur la même longueur d'onde sur certains sujets, à commencer par celui de la famille.

Sur le plan professionnel, il devait reconnaître que Chloé et Paige avaient beaucoup en commun. Mais alors que son ex était froide et calculatrice, Chloé était tout le contraire. Certes, elle était motivée par la réussite. Mais pour l'avoir régulièrement côtoyée ces deux dernières années, il savait aussi qu'elle était chaleureuse, sincère et amicale. Plus encore, elle respectait ses collègues et jouissait d'une excellente réputation au bureau ; deux qualités exceptionnelles dans cet univers sans pitié.

Et malgré sa ferme résolution de ne pas tomber dans le piège, il avait du mal à combattre son attirance. Il mentirait s'il disait que la belle assurance qu'elle affichait, son merveilleux aplomb n'y étaient pas pour quelque chose. Sexuellement parlant, il aimait une certaine agressivité chez ses partenaires, il appréciait les femmes qui savaient ce qu'elles voulaient et n'hésitaient pas à le défier au lit. A en juger par leurs joutes verbales, leurs petits jeux de séduction et sa détermination farouche pour obtenir ce qu'elle voulait, il devinait qu'elle était exactement ce genre-là.

Mais qu'importe, après tout, puisqu'il n'était pas question d'avoir une liaison avec elle pour vérifier cette hypothèse. Il avait d'ailleurs tout intérêt à résister à la tentation et à garder ses distances, non seulement à cause du règlement strict imposé par l'agence, mais aussi parce qu'il était presque certain qu'elle fréquentait quelqu'un — un type avec qui il l'avait vue à plusieurs reprises au bar, après le travail. De toute façon, même si elle ne voyait personne, il ne compromettrait pas la formidable chance qui s'offrait à lui, et qui pourrait se révéler déterminante dans sa carrière, à cause d'une aventure avec une collègue ne pouvant qu'entraîner des catastrophes.

En ce moment précis, son unique objectif était de décrocher le gros lot — les millions de dollars du contrat Saint-Raphaël, car le bonus était exactement ce dont il avait besoin pour voler de ses propres ailes et monter son affaire. Cela se jouait entre Chloé et lui, et vu l'excellente performance qu'elle venait de fournir pour Organic Kitty, il ne doutait pas que la compétition serait rude. Les départager ne serait apparemment pas une mince affaire.

Chloé avait terminé sa présentation et il était évident que l'annonceur avait adoré ses idées et avait hâte de les appliquer. Perry, le propriétaire et PDG de l'agence, y avait assisté et semblait apprécier lui aussi son argumentaire. Les représentants d'Organic Kitty acceptèrent de signer un contrat sur-le-champ. La surprise et la joie de Chloé faisaient plaisir à voir.

Aiden ne put s'empêcher de sourire. Remporter un marché procurait une euphorie, une montée d'adrénaline *presque* aussi vive qu'un orgasme, l'expérience le lui avait appris.

Une fois la réunion terminée, il gagna la sortie et, au passage, lui tapota légèrement l'épaule pour attirer son attention. Elle leva vers lui ses beaux yeux brillants d'excitation. Elle rayonnait de bonheur. Un sourire radieux étirait ses jolies lèvres roses. Oh ! il aurait donné n'importe quoi pour explorer cette bouche affriolante.

Il s'éclaircit la voix et laissa retomber sa main.

— Bien joué, dit-il avec sincérité. J'aurais presque envie d'acheter leurs produits alors que je déteste les chats, tu te rends compte ?

Sa piètre tentative d'humour la fit rire.

— C'est que j'ai fait du bon boulot, alors.

Il loucha vers le client, lequel serrait avec effusion la main de Perry, avant de reporter son attention sur Chloé.

— Oui, on dirait. Encore toutes mes félicitations.

Elle l'enveloppa de son regard lumineux.

— Merci, Aiden.

C'était là une autre qualité qu'il appréciait chez elle. En dépit de sa créativité débordante et de ses capacités, elle avait le triomphe modeste, contrairement à nombre de leurs collègues.

Elle ne ressentait pas le besoin de se vanter ni de faire

étalage de son succès. Pour lui, c'était là une nouvelle preuve de son talent et de son professionnalisme.

Son succès du jour ajoutait une nouvelle gloire à son palmarès et la rapprochait d'une promotion et de contrats plus juteux, mais il ne s'en inquiétait guère. Chloé était douée dans son domaine, il ne le niait pas, mais il aimait à penser qu'il était le meilleur. Il en ferait la preuve en raflant la campagne du Saint-Raphaël.

— On arrose ça tout à l'heure, d'accord ? proposa-t-il. Je t'invite.

Elle acquiesça avec un grand sourire.

— Volontiers.

Sachant qu'elle devait encore discuter certains détails avec l'annonceur et Perry, Aiden prit congé et regagna son bureau pour vérifier ses appels et s'occuper de ses dossiers urgents. Il renonça à la pause déjeuner et se contenta d'un sandwich au bœuf acheté chez un vendeur ambulant, au coin de la rue, qu'il mangea sur le pouce tout en répondant à ses e-mails et en relisant ses notes pour la campagne choc qu'il préparait pour l'un de ses clients.

A 15 heures et quart, le téléphone de son bureau sonna.

— Aiden, M. Perry souhaiterait vous voir à propos du dossier Saint-Raphaël, déclara à l'autre bout du fil Lena, la secrétaire du patron.

Un frisson d'excitation l'envahit. Le moment était enfin venu, songea-t-il, refrénant l'envie de lever le poing en l'air. Malgré le triomphe de Chloé aujourd'hui, c'était *lui* que Perry choisirait pour se charger de l'un des plus gros clients de l'agence, et une fois qu'il aurait expédié Saint-Raphaël grâce à une campagne du tonnerre, la prime à cinq chiffres serait à lui. Et voilà !

— J'arrive, Lena, dit-il en s'efforçant de ne pas trahir sa joie.

Il raccrocha, se leva, endossa son veston, rajusta sa

cravate et se mit en route. En chemin, il tomba sur Chloé qui se dirigeait dans la même direction. Son sourire s'évanouit en même temps que le sien lorsqu'ils s'arrêtèrent ensemble devant la porte du bureau de Perry.

Il sentit la nausée le gagner.

— Attends une minute, dit-il. Tu vas où, là ?

Elle aussi se tenait sur ses gardes.

— Voir Perry. Et toi ?

— Pareil.

Bon sang. Cette situation ne présageait rien de bon.

— Au sujet de Saint-Raphaël ?

Un pli d'inquiétude barra son front.

— Apparemment.

Il n'avait aucune idée de ce qui se tramait, chacun ayant les qualifications nécessaires pour mener cette affaire à bien tout seul.

Chloé était encore auréolée de son joli succès de la matinée, ce que Perry n'avait sans doute pas oublié, et cela pouvait lui donner une longueur d'avance. Il ignorait ce que leur patron avait en tête, comme la raison pour laquelle il les avait convoqués ensemble.

A moins qu'il n'ait l'intention de confier le dossier à l'un pour se repaître de la chute de l'autre ?

Le cas s'était déjà produit dans sa carrière, mais il détestait la perspective de se retrouver dans cette mauvaise posture.

Il prit une profonde inspiration, refusant de laisser transparaître son désarroi devant Chloé. De toute façon, il n'avait pas encore perdu la bataille et il n'allait pas baisser les bras sans se défendre.

Un grand sourire plaqué sur le visage, il poussa la porte et s'effaça galamment pour la laisser passer.

— Après toi, je t'en prie.

- 2 -

Chloé prit place dans l'un des sièges confortables en face du bureau de verre trempé de Richard Perry. Aiden s'installa à son côté. Leur patron les fixait avec une expression indéchiffrable. La tension était palpable dans la pièce, tellement il y avait d'intérêts en jeu.

Le sang-froid, en plus d'une bonne dose d'audace, était la clé pour obtenir gain de cause, se rappela-t-elle. Cette posture s'était avérée payante depuis son entrée dans la vie adulte, notamment durant sa carrière de chef de publicité.

A une exception. Son comportement envers Neil, son ex-fiancé, quatre ans auparavant. Sa bêtise avait failli lui coûter très cher, tant sur le plan privé que personnel, et elle avait alors compris qu'elle ressemblait beaucoup à sa mère, au fond.

Elle s'était juré qu'aucun homme ne régenterait jamais sa vie et elle avait lamentablement échoué. Sa relation catastrophique avec Neil était la preuve qu'elle manquait singulièrement de jugeote concernant les hommes.

Pourtant, contrairement à sa mère, elle ne commettrait pas deux fois la même erreur. Pas question de baisser la garde ni de s'engager sentimentalement. A présent qu'elle consacrait tout son temps et son énergie à sa carrière, elle était comblée dans tous les domaines, sauf un. Le sexe.

En cas de manque, elle pouvait toujours recourir à un *sex friend* — un arrangement dans lequel tout le monde trouvait son compte, elle en particulier. Pas de relation compliquée, pas d'engagement, rien pour lui mettre des bâtons dans les roues, rien pour l'entraver dans sa course vers les sommets.

Pour l'heure, une seule chose s'opposait à son ascension et l'empêchait de gravir les derniers échelons pour décrocher le contrat Saint-Raphaël. Une seule chose, ou plutôt une seule personne — Aiden Landry, convié avec elle dans le bureau du patron.

Par chance, ce matin-là, elle avait fait ses preuves et démontré avec brio qu'elle maîtrisait parfaitement la restructuration des activités marketing et publicité d'une entreprise. Perry ne pouvait l'avoir oublié. Voilà qui constituait un atout de poids dans la compétition avec Aiden.

Du moins l'espérait-elle. Quoi qu'il en soit, elle ne se sentait pas très à l'aise face à son concurrent le plus sérieux. Lequel avait les dents longues, aussi longues qu'elle.

Un seul l'emporterait.

Elle loucha dans sa direction et nota qu'il avait l'air très sûr de lui et particulièrement déterminé.

Elle n'allait pas se laisser impressionner.

Elle reprit ses esprits, croisa les jambes, joignit les mains sur son ventre et attendit que Perry, un homme distingué au début de la soixantaine, prenne la parole.

— Je suis sûr que vous vous demandez pourquoi je vous ai convoqués tous les deux, déclara-t-il en les dévisageant à tour de rôle. Je ne vais pas vous faire languir davantage. Pour faire court, mes associés et moi n'avons pu décider à qui confier le dossier Saint-Raphaël. Vous êtes tous les deux incroyablement inventifs et efficaces. L'enjeu est de taille pour cette campagne, aussi avons-nous pensé que deux esprits créatifs seraient plus performants qu'un seul.

Quoi ? Chloé resta sans voix. Ses espoirs de carrière et de promotion venaient, en une seconde, d'être anéantis.

Aiden n'avait pas l'air enchanté non plus, lui qui, de toute évidence, imaginait aussi mener cette mission en solo.

— Nous allons travailler ensemble ? demanda-t-il d'une voix hésitante.

Richard se carra dans son fauteuil de cuir, souriant et manifestement ravi de son petit effet.

— Non, séparément, expliqua-t-il. Vous aurez chacun une équipe marketing pour vous aider à préparer votre campagne et vous ferez ensuite à l'annonceur une présentation complète du package publicitaire, en mettant particulièrement l'accent sur leur complexe de vacances pour célibataires. Ils sont ouverts à toute proposition pour réorganiser les diverses activités de loisirs et améliorer les relations entre couples. Et toutes vos idées et suggestions pour augmenter leurs bénéfices seront les bienvenues ! Il s'agit de faire vivre à chaque client une expérience unique.

Elle sentit une boule se nouer dans son ventre. C'était mission quasi impossible, une tâche colossale et très complexe. Apparemment, Perry souhaitait les tester, voir lequel des deux supporterait le mieux le stress et la pression que représentait une telle opération — le genre de défi auquel un manager se trouve confronté un jour ou l'autre.

Chloé était certaine de pouvoir le relever, et même si Aiden possédait les mêmes qualités, elle ne se laisserait pas intimider.

Richard réunit les deux mains, les doigts joints devant lui, avant de poursuivre.

— A mon avis, le client sera intéressé d'avoir le point de vue d'un homme et d'une femme sur ce projet. Par ailleurs, sachez qu'une agence de communication concurrente est aussi sur les rangs... En d'autres termes, à vous de faire preuve d'originalité afin d'éliminer nos rivaux. Vos efforts conjugués nous donneront deux fois plus de chances de remporter le contrat. Toutefois, de vous deux, c'est celui qui aura su se montrer le plus convaincant vis-à-vis de l'annonceur qui décrochera le contrat.

Oh, mon Dieu… En un mot, Aiden et elle se trouvaient confrontés à un double challenge. Non seulement ils seraient en compétition l'un contre l'autre, mais ils devraient également rivaliser avec un concurrent extérieur.

Curieuse de savoir ce qu'Aiden pensait de ce nouveau rebondissement, elle lui lança un regard de biais. Rien à dire, il était passé maître dans l'art de la dissimulation. Impassible, il ne laissait rien transparaître de ses sentiments. A n'en pas douter, il serait assez futé pour lui couper l'herbe sous les pieds. Enfin, c'était de bonne guerre, vu qu'elle-même n'avait aucune intention de déballer sa propre frustration.

Perry préleva un caramel, sa friandise préférée, dans une coupe en cristal posée sur son bureau. Il ôta le papier de l'emballage, le glissa dans sa bouche et le suça quelques secondes avant de poursuivre :

— Afin d'optimiser votre campagne, vous êtes tous les deux invités à Saint-Raphaël afin de tester par vous-mêmes les équipements et l'atmosphère du complexe. Une immersion complète vous donnera une idée de ce qui fonctionne ou pas, ainsi que des changements et aménagements nécessaires pour améliorer la qualité des services. N'oubliez pas : il faut que le client soit satisfait !

Aiden frotta sa mâchoire crispée.

— Vous voulez que nous jouions le jeu incognito parmi les hôtes du village ? demanda-t-il.

Perry fit un geste vague de la main.

— Exactement, Landry, il ne s'agit pas de trouver l'amour de votre vie. C'est juste que je ne vois pas comment vous pourriez concevoir une campagne efficace sans savoir de quoi il retourne. Des millions de dollars sont en jeu dans cette affaire. Les autres commerciaux de l'agence seront également dans le coup, donc je compte sur vous pour faire au mieux, n'est-ce pas ?

C'était moins une question qu'une affirmation… Et Chloé se garda bien de manifester sa répugnance à l'idée de se mêler à tous ces célibataires en goguette, au risque d'être remplacée au pied levé par l'une de ses collègues, trop heureuse de l'aubaine.

Ce n'était pas la première fois qu'elle monterait au créneau dans le cadre de son travail. Elle se voyait déjà contrainte de participer à toutes les activités organisées par la direction du village, repousser d'éventuelles avances sans vexer personne, ou faire poliment la conversation à des messieurs qu'on aurait sélectionnés comme « compatibles » avec elle.

En d'autres termes, elle était prête à tout pour arriver à ses fins.

— Bien sûr, monsieur Perry, répondit-elle d'une voix ferme qui signifiait son dévouement inconditionnel à l'agence et à sa nouvelle mission.

— Oui, monsieur, renchérit Aiden sur le même ton.

— Bien, approuva Richard avec un petit hochement de tête satisfait. Vous partirez lundi pour une semaine. Donc, mettez-vous à jour dans vos dossiers en prévision de votre absence. Bonne chance à tous les deux, conclut-il avant de les congédier.

Ils quittèrent le bureau en silence. Une fois la porte franchie, Chloé s'arrêta une minute, Aiden sur ses talons, chacun ruminant des pensées moroses.

Dire qu'elle avait imaginé que l'un d'entre eux aurait pavoisé en sortant de ce bureau — et de préférence, elle-même. Au lieu de quoi, ils avaient un autre concurrent sur le dos et se retrouvaient dressés l'un contre l'autre, dans une lutte de pouvoir impitoyable.

Cerise sur le gâteau, ils allaient passer toute une semaine ensemble dans un village dédié à l'amour !

Jusqu'à présent, le respect et la bonne entente avaient régné entre eux et ils ne s'étaient jamais retrouvés en compétition sur le même terrain. Mais aujourd'hui, tout était différent. L'ambition, l'appât du gain risquaient d'ébranler leur belle amitié.

Cette perspective ne l'enchantait guère, sans qu'elle sache trop pourquoi cela lui tenait à cœur.

Aiden secoua la tête.

— Celle-là, je ne l'avais pas vue venir, marmonna-t-il.

Elle leva les yeux et croisa son regard, fascinée soudain par le bleu hypnotique de ses pupilles.

— Peux-tu me promettre quelque chose ? s'entendit-elle prononcer, mue par une impulsion.

— Bien sûr.

Elle prit une profonde inspiration et s'arma de courage avant de changer d'avis.

— Lorsque tout sera terminé, quand l'un de nous deux aura fini par remporter la bataille, tu me promets que rien ne changera dans nos relations professionnelles ? Ni dans notre amitié ? ajouta-t-elle, puisque tel était le sentiment qu'elle éprouvait pour lui.

Il hocha la tête, le sourire aux lèvres.

— Depuis le temps, tu devrais avoir compris que ce n'est pas mon genre, je ne suis pas rancunier.

Elle le savait, mais l'entendre de sa bouche la tranquillisa.

— Moi non plus, rétorqua-t-elle avec un sourire taquin, tandis que son esprit batailleur reprenait le dessus. Mais je déteste voir un homme pleurer, alors jure-moi de retenir tes larmes quand je remporterai la mise.

— Chloé..., Chloé..., Chloé..., gronda-t-il d'une voix profonde et sensuelle. Dis-toi bien que je n'ai absolument pas l'intention de perdre, ni contre nos concurrents ni contre toi.

Elle lui tendit la main.

— Nous pourrions passer la nuit à en discuter, mais on va faire court. Que la meilleure gagne.

Sa grande paume enveloppa la sienne. Il se pencha plus près, une lueur de malice au fond des yeux.

— Si on disait plutôt que *le* meilleur gagne, d'accord ?

Une onde de chaleur l'envahit à ce contact et elle se hâta de retirer sa main, comme brûlée au fer rouge.

— Tu peux toujours rêver ! s'exclama-t-elle, piquée au vif, retrouvant aussitôt son tempérament belliqueux.

La lutte serait acharnée jusqu'au bout.

C'était parti ! Le combat était ouvert !

Son frère, de deux ans son cadet, lui lança un regard curieux par-dessus leur table du McGann's Pub, dans le centre-ville de Boston.

— Alors, Aiden, qu'est-ce qui t'amène dans les parages ? lui demanda Sam. Tu as déserté ton bar chicos préféré où tu refais le monde avec tes collègues le vendredi soir ?

Les propos de son frère lui arrachèrent un sourire. Il porta sa bouteille de Guiness à ses lèvres et savoura une gorgée de bière bien fraîche. Sam, détective privé de son état, ne manquait jamais une occasion de le taquiner à propos de son travail de gratte-papier, en rupture avec une pratique qui faisait la fierté de famille.

Leur aïeul, en effet, décoré par la police de Boston, avait inauguré la tradition, perpétuée par leur père, Jack, et enfin Sam, qui, grièvement blessé en mission et déclaré inapte au service, avait été contraint de reconsidérer sa carrière et son avenir. Même s'il n'était plus dans la profession, il avait souvent recours à ses anciens contacts dans la police pour résoudre les enquêtes qu'on lui soumettait.

Tout le monde avait supposé que lui aussi reprendrait le flambeau et s'inscrirait à l'école de police après le bac. Au lieu de quoi, il avait surpris son entourage en préférant le marketing et la publicité à la justice criminelle. La grande différence entre les deux frères résidait dans le fait que l'aîné adorait le caractère créatif de sa profession, tandis que le cadet préférait l'action, la chasse aux méchants et les rebondissements liés à son métier de détective privé.

Même si ses parents l'avaient toujours soutenu dans ses choix et la réalisation de ses projets, Aiden savait qu'il avait déçu son père en s'aventurant hors des sentiers de la loi et de la justice. De sorte que le mouton noir, égaré dans des chemins de traverse, était devenu une cible facile pour Sam, d'un naturel taquin. Le temps passant, il s'y était presque habitué.

Aiden reposa sa bouteille sur la table et jeta à son frère un regard peu amène.

— Est-ce que tu arrêteras un jour de me chercher parce que je préfère boire une bière avec toi plutôt qu'un vieux scotch là-bas ?

— Non, parce que ça n'arrive pas souvent, répondit son frère avec amusement. Du coup, j'en profite quand je peux.

Aiden se borna à secouer la tête sans répondre. Malgré leurs différences de profession et de caractère — Sam était un bon vivant, insouciant, un brin provocateur — il avait toujours été proche de son frère qu'il considérait comme son meilleur ami. Et il appréciait d'autant plus leur relation depuis que leurs parents s'étaient installés en Floride pour profiter de leur retraite.

En fait, après le traumatisme subi au bureau un peu plus tôt dans la journée, il avait éprouvé le besoin de se détendre vraiment. Et un verre avec des collègues, face auxquels il aurait fallu sourire mécaniquement, c'était tout sauf de la détente. Quant à la promesse faite à Chloé de fêter son succès avec Organic Kitty, il se rattraperait une autre fois. Il préférait ne plus y penser, tant qu'il n'aurait pas digéré le fait qu'ils n'étaient plus de simples collègues de travail mais des rivaux en conflit ouvert.

— Je ne sais pas ce qui te tracasse, mais tu ferais bien de déballer ton sac, lança Sam, l'arrachant à ses pensées. Tu vas finir par effrayer les jolies créatures qui nous entourent avec ton air renfrogné. Sans parler de ton costume de cadre coincé.

Aiden se dérida. Sam avait raison. Il se trouvait dans un lieu où le code vestimentaire était décontracté — jean et T-shirt, la tenue favorite de Sam.

— Heureusement que je ne suis pas ici pour draguer, ironisa-t-il.

— Parle pour toi, dit Sam en reluquant deux jolies femmes, assises quelques tables plus loin, qui lui renvoyèrent un regard aguicheur.

Bon, songea Aiden, il était peut-être temps de se confier à son frère… Qui sait ? Peut-être pourrait-il l'aider ?

— En fait, j'en ai gros sur la patate, tu as vu juste. Tu te rappelles ce gros contrat que j'espérais décrocher ?

— Le village de vacances pour célibataires ?

— C'est ça.

— Ça se fête, alors ? demanda Sam plein d'espoir en levant déjà son verre pour porter un toast.

— Malheureusement non, pas encore. Figure-toi qu'une autre agence de pub est sur les rangs, je viens de l'apprendre, et pour corser le tout, Perry a décidé de mettre Chloé dans le coup. On ne travaillera pas en duo, mais on devra présenter chacun une argumentation différente. Il veut avoir un point de vue masculin et un point de vue féminin. Celui qui séduira le client avec sa campagne remportera le contrat.

Sam le dévisagea, les yeux écarquillés.

— Ce qui veut dire que Chloé et toi devenez concurrents directs ?

— Exactement.

Depuis bientôt deux ans qu'il travaillait chez Perry & Associés, Aiden ne tarissait pas d'éloges sur sa collègue. Sam avait fini par faire sa connaissance la seule et unique fois où il avait retrouvé son frère au bar de la société. Il avait longuement bavardé avec Chloé (flirté serait plus exact) et il était suffisamment perspicace pour deviner qu'entre elle et lui, il y avait anguille sous roche… Et là, il fallait l'avouer, la situation était vraiment inconfortable.

Sam eut beau lui assurer que tout irait bien, cela ne changeait rien à ses convictions profondes.

— Désolé, frérot. Franchement, ça craint, dit-il en secouant la tête avec compassion.

Aiden termina sa bière. S'il n'avait pas eu à conduire, il aurait commandé un double scotch. Il avait besoin de se remonter le moral.

Un ange passa.

Le pub devenait plus bruyant à mesure que le bar se remplissait. Des femmes en tenue légère leur jetèrent des œillades appuyées qui en disaient long sur leurs intentions.

Aiden resta de marbre. Il croisa le regard de Sam de l'autre côté de la table — son sourire sournois et la lueur machiavélique au fond de ses yeux étaient sans équivoque.

Qu'y avait-il de si drôle ?

— A quoi penses-tu ?

— Tu ne vas quand même pas laisser une bonne femme

te battre, hein ? remarqua Sam sur le ton sarcastique qu'il adoptait pour l'inciter à faire des bêtises quand ils étaient petits.

Aiden se considérait comme un gentleman mais là, il s'agissait d'une compétition entre deux collègues, et les paris étaient ouverts. Femme ou non, il remporterait haut la main la bataille grâce à une campagne génialissime.

— Bien sûr que non. Tu me prends pour qui ? répliqua-t-il.

Sam se retenait de rire.

— Ce serait dommage que tu perdes pied parce que ta rivale est drôlement sexy et que le désir t'embrouille l'esprit, hein ?

Aiden battit des paupières, ébahi.

Comment son frère pouvait-il être au courant de l'attirance qu'il ressentait pour Chloé ?

— Qu'est-ce que tu racontes ?

— Laisse tomber, Aiden, dit Sam en se balançant sur sa chaise. Tu me prends pour un imbécile ou quoi ? Je ne suis ni sourd ni aveugle. Je ne vous ai vus ensemble qu'une fois dans ton bar huppé. Il y a un truc entre vous, ça se voit comme le nez au milieu de la figure.

Aiden rejeta l'argument d'un revers de main.

— C'est juste un petit flirt sans conséquence.

Son frère fronça les sourcils avec une moue dubitative.

— A la façon dont tu reluquais sa croupe quand elle est partie, j'aurais pensé le contraire. Je suis quasiment certain que son joli derrière t'a inspiré des pensées indécentes, ce jour-là.

Aiden haussa les épaules sans se justifier.

— Bon, elle a de belles fesses, et alors ? répondit-il. Tu ne vas quand même pas me reprocher d'apprécier ses remarquables qualités ?

Sam afficha un grand sourire.

— Ouf, j'ai eu peur. Je croyais ta libido à zéro.

Aiden devait reconnaître qu'il était resté plutôt inactif sur ce plan-là dernièrement. Il avait investi toute son énergie dans le travail et son projet de monter sa propre entreprise le plus vite possible.

Et pour atteindre cet objectif, il devait absolument remporter le contrat de Saint-Raphaël.

— Ma libido se porte très bien, merci, rétorqua-t-il sèchement.

Sam ne désarmait pas.

— Combien de temps vas-tu encore te mentir, Aiden ? insista-t-il. J'ai eu comme l'impression que, si tu faisais le premier pas, Chloé ne se ferait pas prier.

Avec Sam, les relations avec les femmes n'étaient jamais compliquées.

Pour lui, en revanche, ce n'était pas si simple.

— On est collègues dans la même boîte, je te dis. Une aventure dans le cadre professionnel, et c'est la fin de nos carrières !

Sam leva ostensiblement les yeux au ciel.

— Voyons, frérot, qui a dit que tu devais risquer quoi que ce soit ? Il s'agit de s'envoyer en l'air, pas de se lier à vie. En plus, avec la trouille de vous faire pincer, ce sera encore plus excitant…

C'était bien le mode opératoire de Sam… Une relation de plaisir pur, sans aucun engagement.

Cela n'avait pas toujours été ainsi, et même si Aiden comprenait le point de vue de son frère, il n'avait pas la même vision des choses, même si son ex-femme l'avait trompé effrontément. Il n'avait jamais été amateur des aventures sans lendemain et n'avait pas changé après son divorce.

A une chose près : il était encore plus exigeant dans ses relations avec les femmes. Et en matière de sexe aussi.

— Tu n'as jamais envie d'autre chose que d'une relation sans lendemain ? lui demanda-t-il à brûle-pourpoint.

Sam le regarda bouche bée, comme s'il avait proféré une insanité.

— Tu te fiches de moi ? On a cru tous les deux qu'on avait trouvé la perle rare, et regarde où ça nous a menés. *Au plus bas.*

— D'accord, pas la peine d'en rajouter, j'ai compris, souffla Aiden.

Sam avait beaucoup souffert à cause d'une femme. Après, il était devenu blasé et incapable d'accorder de nouveau sa confiance, songea Aiden. Pourtant, même si son propre mariage avait lamentablement échoué, lui voulait encore croire qu'une femme quelque part était faite pour lui.

Chloé n'était pas l'heureuse élue, il le savait. Elle était bien trop carriériste pour représenter autre chose qu'une passade. Une passade qui, d'ailleurs, n'était même pas envisageable.

— Coucou, Sam, fit une voix féminine, l'arrachant à ses sombres pensées.

L'une des femmes assises non loin d'eux s'était approchée de leur table. Elle gratifia Sam d'un sourire sensuel tout en lui effleurant l'épaule du bout des doigts. Jeune et jolie, elle portait une robe moulante qui soulignait ses courbes.

Sam la dévorait des yeux.

Elle loucha vers Aiden avec une moue sexy avant de se concentrer sur Sam.

— Denise et moi on se demandait si ton ami et toi accepteriez de vous joindre à nous ? On peut rajouter une chaise ou deux si vous voulez.

Sam lui jeta un regard des plus éloquents.

— Avec plaisir, Carole, répondit-il.

Aiden secoua la tête avec un air de regret feint.

— Merci pour l'invitation, mais je dois y aller, désolé.

Carole n'avait pas du tout l'air déçue puisqu'il était clair qu'elle avait des vues sur son frère.

— D'accord. On te garde une chaise, Sam.

Elle retourna à sa table en chaloupant des hanches avec ostentation, sous le regard très intéressé de Sam qui n'en perdait pas une miette.

Aiden se leva avec un petit rire, imité de son frère.

— Il y en a un qui est verni ce soir, on dirait.

— Ne me dis pas que tu es jaloux, frérot, je ne le croirais pas.

Aiden sortit son portefeuille et jeta quelques billets sur la table pour régler leurs boissons.

— Pas du tout, répondit-il avec sincérité. Au fait, je ne t'ai pas dit ? Je vais passer une semaine au complexe Saint-Raphaël, aux Bahamas. Je pars lundi prochain.

— Et Chloé ?

Aiden remit son portefeuille dans sa poche. Sachant exactement ce que son frère avait à l'esprit, il le prit de vitesse.

— Chloé aussi. On y va ensemble. Mais c'est un voyage d'affaires, Sam.

Il haussa les sourcils d'un air entendu.

— Ne rate pas cette occasion, hein… Profites-en ! A toi, les folies !

— Pas question.

Sam laissa échapper un long soupir d'exaspération.

— Tu sais quel est ton problème ? Tu es coincé, voilà. Et c'est comme ça depuis ton divorce.

— Je ne suis pas coincé ! Je suis prudent et réservé.

Sam lui assena une tape fraternelle dans le dos.

— C'est bien ce que je disais, tu es coincé. Lâche-toi, mon vieux, apprends à vivre. Tu serais surpris de voir à quel point on peut s'éclater quand on ne se prend pas au sérieux.

Et sur ces mots, il tourna les talons pour retrouver les filles, le laissant méditer ses paroles.

- 3 -

A 7 heures du matin, le lundi suivant, Chloé se retrouva à côté d'Aiden dans un avion en direction de Nassau, aux Bahamas.

Un Zodiac les transporterait ensuite jusqu'à l'île de Saint-Raphaël où se trouvait le village de vacances, planté au milieu de nulle part.

L'arrivée était prévue en début d'après-midi.

Elle prenait souvent l'avion pour ses déplacements professionnels. Elle s'installait habituellement près du hublot auprès d'un inconnu qui ne lui adressait pas la parole pendant tout le trajet.

Mais dès qu'Aiden eut casé son grand corps dans le siège à côté du sien, dès que leurs coudes et leurs genoux se touchèrent au moment où ils bouclèrent leur ceinture, affolant tous ses sens, elle comprit qu'elle ne sortirait pas indemne de ce voyage.

Elle avait vu juste. Assise côté hublot, elle ne pouvait faire abstraction de l'épaule virile frôlant son bras, de la cuisse musclée effleurant la sienne lorsqu'il essaya de trouver une position pas trop inconfortable.

Elle coula un regard dans sa direction et envia son calme olympien, alors que sa simple présence déclenchait en elle des vibrations sensuelles qui lui donnaient la chair de poule.

Il était immobile sur son siège, la tête renversée en

arrière, les paupières closes. Dormait-il ? Elle n'aurait su le dire. Il était sexy en diable avec ses cheveux en bataille après une nuit sans doute trop courte, ses longs cils noirs caressant ses joues et ses lèvres pleines, faites pour donner à une femme du plaisir au-delà de tous les tabous.

Un homme magnifique, il fallait le reconnaître, même dans cette tenue décontractée. Elle ne l'avait jamais vu autrement qu'en costume de grand couturier, et elle devait admettre qu'il était vraiment canon avec son polo bleu nuit moulant son torse d'athlète et son jean parfaitement ajusté. Et il sentait si bon — une fragrance virile aux notes chaudes de santal.

Alors qu'elle se laissait emporter par ces considérations, une brusque chaleur l'inonda et lui crispa le ventre.

Au bureau, elle se jetait à corps perdu dans le travail pour ignorer l'attirance qu'elle éprouvait pour lui. Ou prenait le large quand le désir devenait trop envahissant et qu'elle risquait de ne plus maîtriser la situation.

Mais là, elle était coincée, s'enfuir était impossible. Elle devait à tout prix se reprendre, et vite.

Décidément, le vol allait être long…

L'appareil avait atteint sa vitesse de croisière. Le pilote annonça que l'on pouvait rallumer les appareils électroniques et circuler librement dans la cabine avant le passage du chariot de rafraîchissements.

Décidée à se changer les idées, elle détacha sa ceinture de sécurité et se pencha pour récupérer un dossier dans son bagage posé à ses pieds. Elle l'étala sur la tablette escamotable et se plongea dans la lecture, en commençant par les recherches qu'elle avait effectuées sur Saint-Raphaël — son image de marque, sa philosophie, son mode de fonctionnement et d'organisation.

A la différence de certains complexes hôteliers où le programme se résumait à la mer, au soleil et au sexe,

Saint-Raphaël proposait des prestations originales, alliant les rencontres entre célibataires triés sur le volet à des activités divertissantes et interactives dans une ambiance romantique à souhait.

Personnellement, le concept ne l'intéressait guère, mais professionnellement parlant, c'était le rêve de tout publicitaire. Il offrait une multitude d'angles d'approche pour concevoir une campagne — un slogan accrocheur susceptible d'attirer des clients, des photos superbes propres à enflammer l'imagination et la promesse de trouver le grand amour qui finit bien.

Aiden et elle avaient d'ailleurs dû remplir un questionnaire de compatibilité détaillé, destiné à mieux cerner les attentes et les aspirations de chacun. Ils devraient participer à divers événements et animations afin de « nouer des contacts » comme n'importe quel participant. C'était le seul moyen de tester la formule par eux-mêmes dans le but d'offrir à l'annonceur l'axe de campagne le plus cohérent possible. Leur patron avait d'ailleurs mis à leur disposition un photographe professionnel qui aurait pour rôle de les aider à étoffer le visuel.

En tout cas, elle n'aurait garde d'oublier qu'il s'agissait d'un déplacement professionnel dont l'enjeu était déterminant pour sa carrière. Mais elle était également consciente que, pour mieux s'imprégner de l'éventail de possibilités que le complexe avait à offrir, elle devrait jouer le jeu et s'abandonner au charme et à la séduction du séjour sur l'île afin de mieux satisfaire les desiderata de leur client.

En d'autres termes, elle devrait se lâcher avec Aiden. Ils n'étaient pas au bureau, donc ils pouvaient se payer un peu de bon temps. Et s'il succombait à ses avances, tant pis pour lui, il ne pourrait s'en prendre qu'à lui-même.

— Nous ne sommes pas encore arrivés et tu travailles déjà ? susurra une voix moqueuse.

Aiden était réveillé, les paupières encore lourdes de sommeil.

Elle se perdit avec délectation dans son regard bleu marine.

— J'ai commencé à mettre par écrit quelques notes et idées pour ma campagne dès que Perry a annoncé qu'il fallait faire cavalier seul, expliqua-t-elle. Au fait, est-ce que tu connais la signification du nom Saint-Raphaël ?

Un lent sourire étira ses lèvres pulpeuses qui invitaient au péché.

— Raphaël est le saint patron de l'amour et des amants, ce qui est assez bien trouvé en l'occurrence, non ?

La façon dont il prononça le mot *amants* d'une voix profonde lui donna des frissons un peu partout. Flirter avec lui était si simple, naturel et toujours payé de retour.

— Eh bien, dis donc, je n'en reviens pas. Tu as planché sur la question, à ce que je vois.

Le contraire l'aurait étonnée.

— Evidemment. A propos, en parlant de recherche, c'était dingue ce questionnaire qu'il a fallu remplir, tu ne trouves pas ?

Effectivement, l'enquête visant à cerner la personnalité d'un individu avait été un vrai pensum : caractère, aspirations professionnelles, religion, finances, aversions, valeurs familiales, voire profil sexuel.

Elle avait adoré cette dernière section. Elle avait complété chaque rubrique en pensant à lui, se demandant si ses réponses correspondraient aux siennes.

Etait-il doux et romantique au lit ou préférait-il l'agressivité et la sexualité débridée ? Etait-il ouvert aux jeux de rôles et prêt à satisfaire les fantasmes de sa partenaire ? Etait-il porté sur les préliminaires ?

Oui, elle s'était vraiment bien amusée avec ces questions. Quant aux autres, plus personnelles, elle y avait répondu avec la plus grande honnêteté pour ne pas risquer de fausser le jeu et comprendre le mieux possible le fonctionnement du processus de rencontres.

Voyant qu'il se sentait d'humeur loquace, elle décida de ranger le dossier à sa place et saisit la balle au bond.

— C'était plutôt pénible, admit-elle. Un peu comme repasser des examens à la fac. Sauf que là, il s'agissait de ma vie à moi. Même si le questionnaire fait partie de notre comédie, je l'ai trouvé artificiel au dernier degré.

Il posa distraitement les mains sur ses genoux.

— Ah bon ? Explique-toi.

Il paraissait sincèrement intéressé de connaître son point de vue.

Or, sa dernière relation en date s'étant soldée par un douloureux fiasco, elle pensait à présent qu'il était préférable de ne pas refréner ses pulsions, au risque de sombrer dans un chaos d'émotions et de sentiments impossibles à gérer.

Libre à elle de décider de l'évolution et de la durée d'une future relation amoureuse.

— Honnêtement, je ne suis pas une fan des rencontres arrangées, surtout par questionnaire interposé. Je préfère laisser la nature suivre son cours.

Au même moment, des secousses annoncèrent l'entrée dans une zone de turbulences, ce qui ne sembla pas affecter Aiden le moins du monde.

— Oui, mais il y a le pour et le contre, objecta-t-il avec une impassibilité stoïque. Si on laisse une relation se développer uniquement sur la base de l'attirance physique, on risque de s'arrêter à la surface sans vraiment connaître les goûts et les penchants de l'autre.

Elle adorait croiser le fer avec lui.

Très vite, en effet, la discussion gagnait en intensité et l'aidait à clarifier sa pensée propre.

Et puis c'était un vrai bonheur de le voir s'échauffer et défendre ses idées avec passion et conviction.

— Et tu crois vraiment qu'un questionnaire de compatibilité peut changer quelque chose ?

— Oui, car ça peut révéler d'éventuels problèmes entre les couples, qui ne seraient pas forcément décelables d'entrée de jeu, mais dégénéreraient en disputes une fois la magie des débuts estompée. Voire après le mariage, d'ailleurs, ajouta-t-il d'un air sombre qui contrastait avec sa gaieté habituelle. Quand on s'engage dans une relation durable, je pense qu'il est important de partager la même vision sur des sujets essentiels, comme la politique, par exemple, ou sur le plan financier. Et je ne parle même pas de la question de la famille et des enfants, conclut-il d'un air pénétré.

Elle savait qu'Aiden était divorcé et elle se demanda s'il parlait d'expérience.

— Je comprends ton point de vue, mais selon les réponses, les résultats peuvent être faussés. Je doute que les gens affirment spontanément être des abrutis parfaits, souffrir de troubles du comportement ou être accros au porno sur internet.

Il afficha un grand sourire et se détendit.

— D'accord, je ne dis pas que le système est parfait, mais les statistiques montrent que les tests de compatibilité fonctionnent et permettent parfois d'anticiper les problèmes à venir. Ce qui n'est pas une mauvaise chose en soi.

Hum… Elle doutait sérieusement de la question. Un test n'aurait sûrement pas pu la mettre en garde contre le comportement dominateur de Neil et sa violence quand les choses n'allaient pas dans son sens. Il avait attendu de lui offrir une bague de fiançailles pour lui révéler sa véritable personnalité, qu'il lui avait soigneusement cachée jusque-là.

Elle s'arracha à sa rêverie et s'entendit répondre :

— C'est heureux que je ne cherche pas de relation sérieuse en ce moment.

Il fronça légèrement les sourcils.

— Et le type avec qui tu sors ?

Hein ? Elle ne s'était pas engagée sérieusement avec quelqu'un depuis un bout de temps et ne voyait pas du tout de quoi il voulait parler.

— Que veux-tu dire ?

— Je t'ai aperçue en compagnie d'un type au bar, un soir. J'ai cru que c'était ton copain.

Ah, il voulait sans doute parler de Steve… Mais un partenaire occasionnel, ça ne compte pas vraiment. Steve n'était pas son amant attitré, mais plutôt un *sex friend* avec qui elle n'avait aucune implication affective. Ni l'un ni l'autre n'avait envie d'une relation compliquée, jusqu'au jour où Steve avait rencontré Jenna et en était tombé raide dingue. Ce qui avait mis un terme à leur relation épisodique.

Elle n'était sortie avec aucun homme après lui.

Elle choisit la franchise.

— Eh bien non, je suis seule, si tu veux le savoir. Et toi ? se hasarda-t-elle à demander.

Il secoua la tête.

— Seul aussi. J'étais tellement accaparé par mon travail que je n'avais pas trop de temps à consacrer à une relation.

Une relation sérieuse, sans doute pas. Mais quid du sexe ? Elle ne pouvait imaginer un homme aussi séduisant et viril vivre en ermite. Du moment qu'elle avait soigneusement évité d'aborder la question, elle ne pouvait décemment pas lui soutirer des confidences sur sa sexualité.

Ils furent interrompus par le chariot de boissons poussé par les hôtesses.

— Vous désirez ? s'enquit l'une des jeunes femmes très élégantes.

Elle coula un long regard appréciateur sur Aiden.

Lequel parut ne rien remarquer.

Il se tourna vers Chloé, un sourire charmeur aux lèvres.

— Je te dois un verre pour fêter le contrat Organic Kitty comme je te l'avais promis. Je t'ai fait faux bond, l'autre soir, mais il n'est jamais trop tard pour se rattraper.

— Certes, mais il est un peu trop tôt pour boire de l'alcool, tu ne crois pas ?

— Un café alors ?

Elle acquiesça. Un peu de caféine serait la bienvenue vu qu'elle s'était levée scandaleusement tôt pour arriver à l'heure à l'aéroport.

Il commanda deux cafés, avec de la crème et du sucre.

L'hôtesse posa un gobelet en carton et un roulé à la cannelle sur les tablettes devant eux, avant de passer à la rangée suivante.

Chloé désigna d'un geste le café qu'elle dégustait à petites gorgées.

— A propos de l'autre jour, parlons-en. Tu m'as posé un lapin et je n'ai pas du tout apprécié, je préfère te le dire. Je t'ai attendu deux heures, figure-toi. Tu aurais pu au moins m'envoyer un mot pour me prévenir, non ?

Il esquissa un petit sourire contrit.

— Désolé. J'étais tellement anéanti par la décision de Perry de nous monter l'un contre l'autre que j'avais besoin d'un peu de solitude pour réfléchir.

Elle mordit dans sa pâtisserie avec gourmandise.

— Je comprends. En fait, j'étais dans le même état d'esprit.

— En tout cas, ça va mieux maintenant, ajouta-t-il

avant de croquer dans le gâteau à son tour. J'ai hâte de relever le challenge.

— Ça tombe bien, parce que… tu ne vas pas t'en relever, ironisa-t-elle d'une voix sensuelle, provocante, lourde de sous-entendus, qui resta suspendue en l'air comme un autre défi.

Il plongea ses yeux de braise dans les siens. Une éternité plus tard, il détourna le regard, but une gorgée de café et avala d'une bouchée le reste de son roulé à la cannelle, alors qu'elle n'était qu'à la moitié du sien.

— C'est ce qu'on verra, murmura-t-il.

Un délicieux frisson la traversa. Elle décida de surfer sur la tension palpable qui régnait entre eux et de profiter de son assurance toute neuve pour s'amuser un peu.

— Revenons au questionnaire. La compatibilité sexuelle dans une relation, c'est important à ton avis ?

Il ne parut pas s'offusquer de lui confier les détails intimes de ses préférences sexuelles.

Elle aimait son attitude naturelle et décontractée.

Visiblement, ils pouvaient aborder n'importe quel sujet sans la moindre gêne.

— Sur une échelle de un à dix, je dirais neuf, répondit-il. Je n'ai aucun problème de libido et j'aimerais une partenaire à la hauteur. Et toi ?

Elle l'avait toujours considéré comme un homme aimant aller au bout des choses. A l'écouter, cela valait aussi pour le sexe. A cette idée, elle sentit ses seins tendre son soutien-gorge en dentelle. Ils jouaient avec le feu en s'engageant dans cette conversation frivole, elle en était parfaitement consciente.

— Pareil pour moi, un neuf, susurra-t-elle.

— Et les préliminaires, tu en penses quoi ? enchaîna-t-il avant qu'elle puisse formuler une autre question.

Il avait renversé les rôles avec brio et c'était elle qui se trouvait à présent sur la sellette.

A l'évidence, il aimait tout contrôler.

Elle le comprit à son sourire malicieux, au regard effronté qu'il posait sur elle, l'invitant à se permettre toutes les audaces.

Elle était toujours prête à prendre des risques et tenter l'aventure, et cette discussion était bien trop divertissante pour se défiler.

Elle remarqua que son regard étincelant suivait chacun de ses mouvements, tandis qu'elle prenait une autre bouchée de gâteau et suçait le sucre collé à son doigt.

Elle sentit son rythme cardiaque accélérer à la pensée de ses mains et de ses lèvres habiles parcourant les parties les plus intimes de son corps.

— Tout dépend de la situation, hasarda-t-elle. J'aime sentir les mains et la bouche d'un homme sur chaque parcelle de mon corps, et j'aime en faire autant de mon côté. Je pourrais prolonger les préludes durant des heures avant de passer à l'acte, à condition de prendre le temps de faire monter le désir. Parfois, en revanche, il vaut mieux aller droit au but, quand les deux partenaires sont tellement excités qu'il est presque inutile de se toucher pour atteindre l'extase.

— Je suis d'accord, approuva-t-il d'une voix étrange.

Elle sentit sa gorge se nouer. Sans qu'elle s'en rende compte, il s'était insensiblement rapproché, le torse penché vers elle.

Le silence s'installa.

Ils ne se quittaient pas des yeux, et elle se perdit, comme envoûtée, dans ses prunelles sombres qui semblaient la consumer de l'intérieur.

La tension était devenue insoutenable, comme un câble électrique tendu entre eux. Elle entrevit dans ses yeux tous les lieux interdits où il l'emmènerait, le plaisir sensuel qu'il pourrait lui offrir. L'amour avec cet homme, ce serait comme les montagnes russes qui montent et descendent pour finir en chute libre.

Elle sentit une étrange langueur naître au creux de son ventre puis refluer plus bas, entre ses cuisses.

Il fallait d'urgence mettre un terme à leur joute verbale, elle en avait conscience, ils étaient dans un avion quand même, mais ses réponses l'intriguaient et elle était curieuse d'en savoir plus.

— Quel est ton rêve le plus débridé ? s'entendit-elle demander.

— Regarder une femme se donner du plaisir, répondit-il d'une voix chaude et profonde, capable de faire fondre le cœur le plus sec. Et toi ?

Elle croisa les jambes dans l'espoir de soulager la langueur entre ses cuisses qui devenait presque impossible à ignorer.

L'ardent désir qu'elle lut dans ses yeux l'incita à lui dévoiler une version non édulcorée de son fantasme le plus fou.

— Etre possédée brutalement, passionnément, répondit-elle avec sincérité.

En vérité, après sa dernière liaison sérieuse, elle avait eu du mal à s'abandonner, même pendant l'amour. Ses partenaires étaient un peu refroidis par son attitude au lit. Son approche directe du sexe l'aidait à ne plus s'investir sur le plan émotionnel, ce qui était le but recherché. Pourtant, au plus profond d'elle-même, elle recherchait toujours l'homme dominateur et sûr de lui, capable de la faire chavirer dans l'extase.

A cette pensée, le souffle coupé, les genoux tremblants, elle crut défaillir.

Il laissa son regard s'attarder sur sa bouche, exacerbant la faim lancinante qu'elle ressentait maintenant pour lui.

— Tu as du sucre au coin de la bouche, murmura-t-il.

Elle sentit une tension contracter douloureusement son ventre et passa la langue sur ses lèvres pour recueillir les grains qui y adhéraient encore.

Il secoua légèrement la tête sans la quitter des yeux. Il tendit la main et, du pouce, il effleura la commissure de ses lèvres.

— Non, là, dit-il au moment où elle léchait l'endroit précis, frôlant le bout de son doigt au passage.

Il respira fort sans retirer sa main. Au lieu de quoi, il glissa les doigts sur sa nuque, dessinant du pouce la ligne de sa mâchoire, sans jamais rompre l'étreinte.

Tout autour d'elle vacillait. Elle ne bougea pas, hypnotisée par la passion qu'elle lisait sur son beau visage, dans l'océan tempétueux de ses yeux.

Leur attirance mutuelle n'était pas nouvelle, mais ce désir flagrant était tellement excitant, puissant, irrésistible…

Les yeux rivés sur sa bouche, les lèvres entrouvertes, elle sentit son cœur battre follement dans sa poitrine.

Elle rêvait d'éprouver la pression brûlante de ses lèvres sur les siennes.

D'aussi loin qu'elle se souvienne, elle ne se rappelait pas avoir eu autant envie d'embrasser un homme.

Il devait éprouver la même fascination, car elle l'entendit jurer entre ses dents avant de succomber à la tentation qu'elle-même tentait vainement de combattre.

Alors, tout bascula. Il prit possession de sa bouche avec fougue et détermination. Brusquement, sa langue s'enroula autour de la sienne comme un défi exaltant qu'elle releva avec la même ardeur.

Il enfouit ses doigts dans la masse soyeuse de ses cheveux

et l'attira plus étroitement contre lui pour la propulser dans une zone mystérieuse et profonde. C'étaient deux années de provocations verbales et de plaisants badinages qui culminaient dans ce baiser torride, menaçant de dégénérer en incendie si rien ne les arrêtait.

Elle gémit, envahie par un déluge de sensations, fondant sans résistance dans le brasier qu'il avait allumé en elle. Une chaleur brûlante irradiait ses cuisses.

Son rêve était devenu réalité, une réalité aussi enivrante qu'inattendue.

Et ce baiser qui n'en finissait pas… Il enserrait sa tête dans l'étau de ses mains, contrôlait leurs langues : le rythme, l'intensité, le ballet voluptueux de sa bouche experte.

Elle avait enfin trouvé l'amant de ses rêves qui pourrait prendre possession de son corps et faire de lui ce que bon lui semble.

A cette pensée excitante, elle faillit pousser un petit cri, jusqu'à ce que les secousses de l'avion les tirent tous deux de leur torpeur et les obligent à reprendre leur esprit.

Il s'arracha à son étreinte en pestant tout bas, comme s'il venait de comprendre ce qu'il venait de faire et le grave risque que courraient leurs relations à l'avenir.

Elle plongea le regard dans ses yeux énigmatiques. Son comportement impulsif l'avait surprise, certes, mais elle ne pouvait nier avoir adoré ce baiser qui risquait bien de changer le cours de son existence.

Elle se lécha les lèvres. Il avait un goût délicieux auquel elle savait qu'elle pourrait devenir accro si elle n'y prenait garde.

— Pourquoi… ? chuchota-t-elle sans finir sa question.

C'était lui qui avait pris l'initiative de ce baiser, après tout.

Il ôta les doigts de ses cheveux et se carra dans son siège sans la quitter du regard.

— Parce que j'ai du mal à maîtriser mes pulsions, rétorqua-t-il avec un sourire en demi-teinte.

Cet homme était capable de se dominer en toute situation, au contraire. Elle frissonna en se remémorant avec quelle facilité il avait réussi à prendre le dessus et lui faire complètement perdre la tête.

— Espèce de menteur !

— Je n'avais rien prévu, je t'assure, mais je mentirais si je te disais que je suis désolé.

Curieusement, elle ne regrettait rien non plus. Sauf qu'elle n'allait certainement pas lui avouer toutes les choses que la morale réprouve et qu'elle avait tant de fois rêvé d'expérimenter avec lui.

— Ecoute, ça fait deux ans qu'on flirte gentiment, et puisqu'on a opté pour la franchise, j'avoue que je me suis souvent demandé comment je réagirais si tu m'embrassais, expliqua-t-elle. C'est chose faite, et je suis heureuse de savoir que l'attirance est réciproque.

Il se frotta lentement la mâchoire.

— Eh bien, nous voilà dans de beaux draps !

— C'est ta faute, c'est toi qui as commencé, rétorqua-t-elle d'un ton léger pour détendre l'atmosphère.

Il lui sourit d'un air taquin.

— Oui, mais ce baiser innocent pourrait bien mettre fin à nos carrières respectives.

Aucun des deux ne l'ignorait. Seul le règlement strict de l'agence leur avait interdit de dépasser les bornes… jusqu'à présent.

Elle lui tapota le genou pour le rassurer.

— Ne t'en fais pas, je ne vais pas étaler ma vie privée sur les toits. Personne ne se doutera de rien, je te le promets.

Sauf que, maintenant qu'ils venaient de violer le principe

sacro-saint qui se dressait entre eux, elle se demandait comment ils pourraient revenir à de simples relations de travail.

Surtout maintenant que leur brève étreinte l'avait laissée sur sa faim…

14

- 4 -

Des heures après leur arrivée au village-club Saint-Raphaël, Aiden se demandait toujours ce qui lui avait pris d'embrasser ainsi Chloé dans l'avion.

Sa raison avait abdiqué. Si son cerveau avait été en état de marche, il lui aurait intimé de s'arrêter au moment où elle lui avait léché le doigt par mégarde alors qu'il ôtait quelques grains de sucre au coin de ses lèvres.

Seulement, après avoir résisté pendant des années à la tentation de goûter au fruit défendu, il avait fini par y céder. Bon, elle n'avait absolument rien fait pour l'en empêcher, non plus.

Leur baiser torride avait tout changé. A présent, il savait à quel point sa bouche pulpeuse était exquise et ensorcelante. Lorsqu'il posait les yeux sur elle, il ne voyait plus une simple collègue de travail, mais une femme sexy, belle, passionnée.

Voilà longtemps qu'il aurait dû s'abandonner avec elle à une nuit de folie, juste pour le plaisir des sens, regretta-t-il.

Le feu qui couvait entre eux menaçait de les consumer à la moindre étincelle, il en était intimement persuadé.

Heureusement, ils étaient là pour le travail. Rayer de son esprit la folle attirance qu'il éprouvait pour Chloé serait chose aisée maintenant. Tous deux étaient repassés en mode professionnel dès leur arrivée à l'hôtel. Enfin, c'est ce qu'il voulait croire…

En effet, ils avaient consacré les heures suivantes à recueillir des informations destinées à étoffer leur axe de campagne. Ils avaient fait le tour du propriétaire en compagnie de l'un des directeurs du complexe qui avait obligeamment répondu à leurs questions sur le déroulement du séjour.

L'île était une petite oasis tropicale et mystérieuse, un coin de paradis destiné au farniente et à l'amour. L'hôtel, qui disposait de plusieurs bungalows privés, était un chef-d'œuvre d'architecture au bord d'une immense plage de sable blanc, émaillée de lagons et de cascades, au milieu d'une végétation luxuriante et de fleurs exotiques odorantes.

Ils firent ensuite la connaissance de Ricardo, le photographe censé prendre des clichés du complexe et des différentes activités qu'ils avaient l'intention d'intégrer au panorama illustrant leurs argumentaires respectifs. Il était également à leur disposition pour des séances privées, au cas où ils auraient désiré des photos plus ciblées. Et il pourrait même leur fournir des mannequins professionnels, le cas échéant.

Au terme de la visite, on leur remit, comme à chaque participant, un kit comprenant le programme exhaustif des activités, le planning de chaque journée ainsi que le détail des prestations offertes à des célibataires en quête d'évasion et de rencontres.

Ils avaient employé la fin de l'après-midi à élaborer les grandes lignes d'une présentation PowerPoint à partir des renseignements récoltés jusque-là.

Un peu plus tard dans la soirée, un pot d'accueil était prévu, histoire de donner le coup d'envoi de ces cinq jours de détente et de loisirs sous le soleil des Caraïbes. De quoi favoriser aussi les échanges, par la même occasion.

La perspective de se mêler à une troupe de femmes hystériques à la recherche du partenaire idéal lui faisait froid dans le dos. Par conscience professionnelle, Aiden se résigna, la mort dans l'âme, à y assister, afin d'évaluer la qualité des services proposés ainsi que la stratégie marketing du complexe.

Il arriva délibérément en retard dans la vaste salle de réception où étaient dressés un splendide buffet et un open bar. En fond résonnaient les accents rythmés du reggae local traditionnel, pour les éventuels danseurs qui souhaiteraient se lancer sur la piste.

Des groupes se constituaient déjà en fonction des bracelets colorés qu'on leur avait demandé d'arborer — un moyen simple et efficace d'indiquer aux porteurs de bracelets de la même nuance qu'ils étaient potentiellement compatibles, via le questionnaire rempli au moment de l'inscription. Une fois un couple formé, les deux partenaires pouvaient échanger leur bracelet d'origine par un autre de couleur rouge, indiquant par là qu'ils formaient un couple et n'étaient par conséquent plus disponibles.

Il devait parer au plus pressé. Il avait bien besoin d'un verre. Il se dirigea vers le bar pour commander un Glenvilet pur sans eau ni glace. En chemin, il aperçut Chloé, entourée de trois estivants exhibant le même bracelet jaune vif.

Le sien à lui était bleu électrique, petit rappel pour signifier que, en dépit de la mystérieuse alchimie qui les poussait l'un vers l'autre, ils n'étaient apparemment compatibles sur aucun autre point.

Cela aurait dû suffire à doucher ses ardeurs, parce que, comme il le savait, partager les mêmes idées et valeurs n'avait souvent rien à voir avec le désir.

Allons, il fallait se rendre à l'évidence. Une attirance sexuelle à l'état pur, voilà tout ce qu'ils avaient en commun, et leur baiser lui en avait apporté la preuve flagrante.

Il l'entendit pouffer de rire à la remarque de l'un de

ses prétendants. Le regard brillant de gaieté, elle répondit quelque chose qui fit s'esclaffer les trois hommes dans un bel ensemble. Le type aux cheveux blonds en brosse, à sa gauche, posa une main possessive au creux de ses reins et s'inclina pour lui chuchoter quelques mots à l'oreille qui la firent hausser un sourcil aguicheur.

— C'est nul, répondit-elle.

Aiden déchiffra sa réponse sur ses lèvres. Il ressentit une curieuse brûlure à l'estomac, ainsi que l'urgent besoin de se précipiter sur leur groupe afin de revendiquer par la force ce qu'il n'était pas, hélas, en droit d'exiger.

Il plissa le front. D'ordinaire, il n'était pas jaloux, et il n'appréciait pas vraiment que Chloé le pousse à le devenir.

Il avala une bonne rasade de scotch en priant pour que l'alcool modère ses ardeurs.

— Vous avez un bracelet bleu vous aussi, à ce que je vois.

Une voix féminine aux inflexions douces le tira de ses sombres pensées, créant une agréable diversion.

Il sourit à la petite brunette qui l'abordait et exhibait le même bracelet que lui. Elle était vêtue d'un chemisier blanc tout simple et d'une jupe bleu marine, les pieds chaussés de ballerines couleur crème — une tenue bien plus sage que la mini-robe rouge moulante et les stilettos vertigineux noirs que portait Chloé ce soir-là.

Une jeune femme simple, naturelle et charmante avec son regard bleu tendre et son sourire un peu crispé.

Il s'efforça de la mettre à l'aise.

— Bonsoir, je m'appelle Aiden, dit-il en lui tendant la main.

Elle glissa dans la sienne sa paume douce et délicate, très différente des poignées de main énergiques dont il avait l'habitude.

— Moi, c'est Joy. Ravie de faire votre connaissance, Aiden.

Il s'inclina courtoisement.

— Le plaisir est pour moi.

Elle se dandina d'un pied sur l'autre, visiblement mal à l'aise.

— Je trouve ce genre de rencontres assez angoissantes. Du coup, je suis heureuse qu'il y ait un code établi grâce à ces bracelets. Cela permet de rencontrer plus facilement quelqu'un de compatible. Comme vous.

Elle supposait qu'ils s'accordaient parfaitement l'un à l'autre, alors qu'elle ne le connaissait même pas.

Il en fut profondément perturbé.

Il l'entraîna vers le bar, dans l'espoir qu'un peu d'alcool lui permettrait de se détendre.

— Puis-je vous offrir quelque chose ? proposa-t-il.

— Un Roy Rogers, merci, répondit-elle après réflexion.

Un cocktail sans alcool : coca, sirop de grenadine et cerise au marasquin.

Il ravala un juron et commanda sa boisson.

Il lui tendit son verre et se dirigea vers le buffet.

Joy sur ses talons.

Taciturne et timide, elle ne pipait mot.

Il s'efforça d'alimenter la conversation pour combler le silence pesant qui s'installait.

— Dites-moi, Joy, d'où venez-vous ? demanda-t-il en se servant de pâtes en salade.

— D'une petite bourgade près de Cincinnati, dans l'Ohio.

Lui-même était plus rat des villes que rat des champs et ne se voyait pas vivre dans un trou perdu, songea-t-il en se servant du poulet en sauce, un petit pain encore chaud et une noisette de beurre.

— Et que faites-vous dans la vie, Joy ?

Elle sélectionna des crudités et du fromage blanc. Elle avait apparemment un appétit d'oiseau.

— Je suis institutrice en maternelle.

Voilà qui lui allait comme un gant.

— Donc vous aimez les enfants, je présume ? ne put-il s'empêcher de demander.

Grave erreur.

— Je les adore, répondit-elle avec des trémolos dans la voix. J'ai hâte de me marier et de fonder une famille nombreuse. Trois ou quatre enfants au minimum. Enfin je l'espère. Et le plus tôt possible. Et vous-même ?

Question piège. Il allait devoir manœuvrer avec beaucoup de doigté pour s'en sortir sans trop de dégâts.

Elle dardait sur lui un regard plein d'espoir qui le conduisit à tirer la sonnette d'alarme. Il n'aimait pas la façon dont elle le dévisageait, comme s'il était un bel étalon susceptible de devenir un bon père de famille.

Une vague de panique le submergea.

Pendant l'heure qui suivit, Joy ne le lâcha pas d'une semelle, et il en apprit davantage sur elle qu'il n'était nécessaire.

Elle adorait cuisiner, surtout les gâteaux, elle confectionnait ses propres vêtements et aimait jardiner. Bref, une fée du logis dotée de toutes les qualités domestiques qu'Aiden aurait attendues de sa future épouse.

Exactement le genre de femme correspondant au questionnaire qu'il avait rempli, s'avisa-t-il soudain.

Sur le papier, elle possédait toutes les qualités de la parfaite ménagère. Même s'il serait intransigeant sur ce point avec la future compagne qui partagerait sa vie, il ne doutait pas une seconde qu'elle était bien trop passive et que les heures passées en sa compagnie seraient ennuyeuses à mourir.

Ce qui le plongea dans des abîmes de réflexion.

Il profita qu'un autre porteur de bracelet bleu aborde la jeune femme pour s'éclipser et se fondre dans la foule.

Par malchance, il se retrouva entouré d'une horde d'estivantes affichant le même bracelet — des clones de Joy.

Il se contenta d'un sourire et d'un hochement de tête à l'égard de celles qui s'efforçaient d'attirer son attention. Mais il ne pouvait détacher son regard de Chloé, quelques mètres plus loin, entourée de son fan-club empressé. Les hommes qui se massaient autour d'elle portaient des bracelets de différentes couleurs. Il n'en fut pas surpris. Elle était non seulement belle et désirable, mais aussi charmante, intelligente et drôle.

Quel homme normalement constitué ne serait pas attiré par sa personnalité aussi attachante ?

— Dans combien de temps envisagez-vous de fonder une famille ?

A la question directe de l'une des aspirantes au mariage, il faillit s'étrangler et comprit qu'il ne pourrait jouer cette comédie plus longtemps.

Ce n'était pas très fair-play, vis-à-vis de toutes ces femmes, de feindre d'être venu dans le but de rencontrer l'âme sœur, il en était conscient.

D'un autre côté, il n'envisageait pas d'être traqué sans relâche par l'une ou l'autre candidate au mariage, persuadée qu'ils étaient faits l'un pour l'autre, alors qu'il n'avait aucunement l'intention d'aller plus loin.

Voilà qui allait sérieusement lui compliquer la vie durant son séjour.

Il s'était rendu à Saint-Raphaël dans le seul but d'évaluer le programme actuel du complexe et de monter une campagne marketing solide. Il n'avait aucun besoin de cette mascarade pour y parvenir. Il avait une petite idée en tête, à condition que Chloé compatisse à ses misères et accepte de jouer le jeu. Auquel cas, ils seraient tous deux délivrés de ce cirque et pourraient enfin se concentrer sur leur mission, l'esprit tranquille.

Il s'excusa poliment et partit à la recherche de sa coéquipière. Il se glissa à son côté et lui effleura discrètement le bras.

Elle lui jeta un regard surpris.

Il sourit.

— On va danser ?

— Volontiers.

Il la guida vers la piste au moment où un slow langoureux remplaçait le reggae endiablé. Ce qui lui valut les regards haineux des malheureux soupirants, mais il n'en avait cure. Quant à elle, il devina à son expression que la diversion était la bienvenue. Les rencontres arrangées n'étaient peut-être pas sa tasse de thé non plus, finalement.

Les danseurs étaient rares, ce qui leur permettait d'évoluer à leur aise. Il s'empara d'une de ses mains et glissa l'autre autour de sa taille mince pour l'attirer plus près. Son parfum capiteux de fleurs exotiques le grisa, éveillant tous ses sens. Cette femme le rendait fou. Il aurait tout donné pour nicher sa tête au creux de son cou et s'enivrer de l'odeur délicieuse de sa peau.

Il ne l'avait jamais encore serrée si étroitement contre lui. Il savoura la proximité de ses courbes affolantes contre son corps, admirant le décolleté somptueux de sa robe qui soulignait le doux balancement de ses seins.

Il sentit son corps s'enflammer de désir et quand elle leva les yeux vers lui, il y lut la force de l'attirance qu'ils éprouvaient l'un pour l'autre. D'un geste impulsif, il laissa ses doigts descendre le long de son dos et s'attarder au creux de ses reins.

Elle enroula les doigts autour de sa nuque avec le plus grand naturel.

— Tu vois les deux types là-bas près du bar ?

Il loucha dans la direction indiquée.

— Tu parles de ceux qui te reluquent comme des vautours affamés ? grommela-t-il, les sourcils froncés.

Elle le considéra d'un air amusé.

— Tu n'y es pas du tout. Eux aussi veulent évaluer la situation. Ils travaillent dans l'agence concurrente dont Perry nous a parlé.

— Sans blague ? Comment le sais-tu ?

— Le brun porte un bracelet jaune comme le mien. Il m'a abordée tout à l'heure. Il s'est présenté sous le nom de Brad, et j'ai cru que c'était un estivant comme les autres en quête d'action. Il m'a demandé ce que je faisais dans la vie. En apprenant que j'étais directrice de publicité, il a radicalement changé d'attitude. Il m'a dit qu'il travaillait lui aussi pour une agence de pub et a tout de suite voulu savoir si j'étais là pour la campagne Saint-Raphaël.

Voilà pourquoi ces deux-là la gardaient à l'œil. Tout s'expliquait.

— Je suppose que tu ne l'as pas contredit ?

Elle haussa les épaules.

Visiblement, la présence de leurs rivaux la laissait froide.

— Pourquoi mentir ? Comme cela, nous savons à qui nous avons affaire.

C'était aussi bien. Ainsi, ils pourraient surveiller leurs arrières et éviter de commettre un faux pas.

— Tu as raison, mieux vaut connaître son ennemi, approuva-t-il.

— Exactement. Je suis sûre qu'ils pensent la même chose.

— C'est probable. Au fait, merci de m'avoir sauvé de ces groupies, dit-il, désignant du menton la bande d'admiratrices qu'il avait abandonnées pour elle.

Elles faisaient des messes basses. Elles étaient probablement en train d'imaginer des représailles pour se venger de son attitude cavalière, lui qui les avait laissées tomber d'un coup.

Elle suivit son regard.

— Oh ! elles ont pourtant l'air fort sympathiques, et en plus, elles portent le même bracelet que le tien. Vous avez sûrement un tas de choses en commun... La compatibilité des questionnaires, tu te rappelles ?

Il surprit son sourire narquois.

Elle le taquinait à propos de leur conversation dans l'avion, plus tôt dans la matinée.

Il voyait parfaitement à présent ce qu'elle voulait dire en affirmant préférer une relation spontanée à une enquête statistique.

Quant à lui, il pensait encore qu'un questionnaire exhaustif était à même d'éliminer des conflits potentiels entre deux partenaires avant qu'ils ne s'investissent à fond dans une relation. Mais il y avait une marge de manœuvre, après...

— Leur horloge biologique s'affole et elles cherchent désespérément à se marier et fonder une famille, je l'ai compris, mais je ne vois pas en quoi cela me concernerait, se justifia-t-il.

Elle s'appuya sur son épaule et se lova contre lui.

— Il doit y avoir dans tes réponses des éléments qui coïncident avec les leurs. Et si c'était ton horloge biologique qui te titillait toi aussi ?

Il sourit, sensible à son sens de l'humour.

— Rien ne presse de ce côté, même s'il est certain que je pense me remarier et avoir des enfants un jour. Pas toi ?

Elle secoua la tête avec une telle vigueur que ses cheveux tombèrent en cascade sur ses épaules.

— Pas dans l'immédiat, non. Je me suis d'abord fixé des objectifs professionnels qui requièrent tout mon temps et mon énergie. Je ne suis pas prête à renoncer à mes rêves pour une relation qui exigerait de moi plus que ce que je serais capable de donner.

Voilà qui achevait de confirmer les doutes qu'il nourrissait à son sujet.

Il tourna la tête et surprit le regard brûlant des autres hommes sur Chloé. Ils attendaient visiblement avec impatience de retenter leur chance dès qu'il aurait le dos tourné.

— Et que fais-tu de tes petits toutous, alors ? plaisanta-t-il. Y aurait-il un prétendant sérieux dans le lot ?

Elle parut horrifiée à cette idée.

— Non merci, pour rien au monde. Je n'ai pas l'intention de m'investir dans cette expérience. C'est drôle, intéressant et j'accumule des idées pour ma présentation, mais ce n'est pas ici que je trouverai l'âme sœur. En revanche, s'il s'agit juste de me distraire un peu… Je ne vois pas pourquoi je me priverais…

Il éprouva un pincement de jalousie et s'en voulut aussitôt, se trouvant ridicule.

Instinctivement, il laissa sa main errer plus bas pour la plaquer tout contre lui.

— Tu n'as aucun scrupule à les mener en bateau ?

— Aucun. Flirter et s'amuser n'a jamais tué personne. Ne te méprends pas, je n'ai rien dit ni fait qui pourrait laisser croire à l'un d'entre eux que je suis intéressée.

— Peut-être, mais c'est pour cette raison qu'ils sont là, eux, je te signale.

— Oui, c'est vrai. Il faudra que je sois plus attentive à l'avenir.

A peine eut-elle fini sa phrase que plusieurs couples envahirent la piste.

Au changement de musique, un autre air de slow succéda au premier, au grand plaisir d'Aiden qui n'était pas encore prêt à abandonner sa partenaire.

Plus question d'hésiter. C'était le moment de se jeter à l'eau. Si elle acceptait sa suggestion, cela résoudrait leur problème de manière satisfaisante et chacun y trouverait son compte, il n'en doutait pas une seconde.

— En fait, je partage ton point de vue, fit-il. Ce soir, il fallait assister au pot de bienvenue et jouer le jeu pour mieux comprendre le déroulement des événements. Maintenant que c'est fait, on doit se concentrer sur notre véritable objectif, et sans avoir des bâtons dans les roues. Puisque tu es dans le même état d'esprit que moi, j'ai une proposition à te faire qui pourrait t'intéresser…

Elle posa une main caressante sur sa nuque, une lueur de désir au fond des yeux.

— Une proposition malhonnête, j'espère ? Je suis tout ouïe.

Sa voix était lourde de sensualité.

A l'évidence, elle aimait jouer, cela faisait partie de sa personnalité.

— Parfaitement honnête, au contraire.

Elle esquissa une moue faussement dépitée.

— Dommage.

Elle adorait flirter et le taquiner sans vergogne. Mais depuis le baiser passionné qu'ils avaient échangé dans l'avion, elle l'attirait comme un aimant, le troublait au-delà de toute expression.

Elle déclenchait en lui toute une gamme d'émotions, un tourbillon de désir effréné.

Il sentit sa cuisse pressée contre la sienne et en frissonna d'excitation. Il percevait avec une rare acuité le parfum troublant de sa peau, ses lèvres délicieuses qu'il rêvait de goûter de nouveau.

Qui cherchait-il donc à leurrer ?

L'envie de plaquer sa bouche contre la sienne pour

lui dérober un autre baiser fougueux n'était que la face émergée de l'iceberg.

A vrai dire, il ne parvenait pas à s'ôter de l'esprit les images osées qu'elle faisait naître en lui.

Plus que tout, il aurait voulu la suivre dans ses fantasmes les plus secrets, l'aimer avec une passion débridée, l'électriser jusqu'à ce qu'elle rende les armes et s'abandonne à la face sombre du plaisir.

— Alors, de quoi s'agit-il ? insista-t-elle avec curiosité.

Il respira un grand coup, ce qui ne l'aida pas vraiment à relâcher la tension sexuelle qui contractait tous ses muscles.

Même une douche glacée n'aurait servi à rien en pareille situation.

— Bon, alors voilà. Puisque nous n'avons ni l'un ni l'autre envie d'être harcelé toute la semaine, pourquoi ne pas échanger nos bracelets contre deux rouges ?

Elle prit le temps de réfléchir.

— Tu veux qu'on forme un couple, c'est ça ?

— En apparence seulement, clarifia-t-il, alors que son corps pressé contre le sien ne demandait qu'à le trahir. Mais avec les bracelets rouges, au moins on nous laissera tranquilles. C'est l'idéal pour notre mission. On pourra participer aux activités ensemble, ou séparément, en toute impunité, sans plus nous inquiéter du regard des autres.

— Très bonne idée. Cela m'évitera de devoir rembarrer tous ces types qui ne m'intéressent absolument pas.

— Parfait. Alors, qu'est-ce qu'on attend pour y aller ?

Elle écarquilla les yeux avec une indignation feinte et adopta une voix traînante, telle une invitation à peine voilée.

— Là ? Tout de suite ? Devant tout le monde ?

Il rit.

— Que veux-tu, sous ce costume et cette cravate, je suis un exhibitionniste invétéré.

Elle éclata de rire, les yeux pétillants de gaieté.

— Après tout, nous sommes peut-être compatibles, toi et moi. Viens, allons vite échanger nos bracelets.

- 5 -

Le lendemain matin, Chloé retrouva Aiden dans la salle à manger pour un brunch tardif.

Le buffet offrait toute une palette de mets gourmets, riches en produits typiques de la région, ainsi qu'une quantité de plats diététiques plus délicieux les uns que les autres. Il y en avait pour tous les goûts. La variété des choix proposés et la qualité du service étaient proprement impressionnantes.

A peine eut-elle achevé son dessert qu'un serveur empressé débarrassa son assiette et remplit sa tasse de café. Elle ajouta du lait et du sucre puis loucha vers Aiden, installé face à elle, qui dégustait sa dernière bouchée d'omelette.

Tous deux portaient le bracelet rouge. Jusque-là, la ruse avait parfaitement fonctionné. N'étant plus continuellement sollicités, ils pourraient enfin respirer et consacrer leur temps et leur énergie à leur mission.

— Qu'est-ce que tu as envie de faire aujourd'hui ? demanda-t-elle.

Il esquissa un sourire.

— C'est une question piège ?

Ce n'était pas du tout le cas.

Bien sûr, depuis le baiser brûlant échangé dans l'avion, après avoir senti son corps viril pressé contre le sien sur la piste de danse, la veille au soir, elle avait en tête une multitude d'idées interdites, elle ne pouvait le nier.

Des idées bien plus intéressantes que les ateliers destinés à rapprocher les célibataires, qu'ils allaient malheureusement devoir se coltiner à longueur de journée.

Quoi qu'il en soit, il était hors de question de se livrer à ce genre de jeux follement érotiques, du genre « on se déshabille et on met vite le feu aux draps », même si elle en mourait d'envie.

Elle lui tendit une feuille récapitulant le planning de la journée.

— Je faisais allusion aux activités de l'après-midi et de la soirée. Laquelle t'intéresserait plus particulièrement ?

Il se carra dans sa chaise et étudia le programme avec attention.

— On a l'embarras du choix, à ce que je vois.

Elle acquiesça.

Le complexe proposait en effet une large gamme de distractions, allant du jeu des questions pour mieux se connaître jusqu'aux activités plus physiques et interactives, destinées à ceux qui préféraient l'aventure et la franche rigolade.

Chaque atelier était noté sur une échelle allant de « en douceur » à « torride » afin d'éviter toute ambiguïté quant au degré de sensualité.

Il consulta sa montre.

— Il y a un tournoi de golf dans une demi-heure.

Elle secoua la tête.

— Pas question. Je ne connais rien de plus barbant.

Il haussa les sourcils d'un air suggestif.

— Alors le concours de T-shirts mouillés, qu'en penses-tu ?

— D'accord, à condition que tu viennes ensuite apprendre à danser le cha cha cha avec moi, rétorqua-t-elle sur le même ton.

Il réprima une grimace, une étincelle d'amusement au fond des yeux.

— Ça va, ne te fatigue pas, ce ne sera ni l'un ni l'autre, j'ai compris.

Certaines activités figurant au programme ne les concernaient plus, maintenant qu'ils étaient en couple.

Dispensés de *speed dating* ou de toute autre animation réservée aux célibataires, ils étaient libres d'opter pour un passe-temps plus réjouissant.

Elle prit une gorgée de café avant de lancer l'idée qui lui tenait à cœur.

— Les charades coquines, ça te dirait ? C'est dans deux heures environ.

— Oui, ça nous laissera le temps de flâner dans le village pour nous mêler aux autres et observer ce qui se passe, maintenant que les activités ont commencé.

Elle acquiesça avec enthousiasme.

— D'accord. Rappelle-moi d'aller voir Ricardo en chemin. J'aimerais lui fixer un rendez-vous pour une séance de photos demain.

— J'avais la même idée. Bon, on y va ?

Elle le regarda se lever. Il était vêtu d'un polo gris et d'un bermuda kaki, aussi élégants sur lui que son costume sur mesure, constata-t-elle avec admiration.

Il la laissa passer devant lui, galamment, et ils sortirent dans les jardins.

Le soleil brillait dans un ciel sans nuages — la journée idéale pour les activités en plein air.

Des célibataires et des couples se pressaient au bord de la piscine au milieu des rires qui fusaient du bar où les jeux à boire allaient bon train.

D'autres estivants se dirigeaient main dans la main vers l'océan pour piquer une tête dans les vagues ou disputer un tournoi de beach-volley sur la plage.

Des serveurs surgirent de nulle part portant de lourds plateaux chargés de cocktails au rhum judicieusement dénommés « Philtres d'amour ».

Chloé s'empara de deux verres, elle en tendit un à Aiden et ils sirotèrent leurs boissons en observant une partie de ping-pong, avant de s'intéresser à un Twister en maillot de bain minimaliste.

A chaque tour de girouette, à moitié nus, le corps luisant d'huile, les participants, hommes et femmes confondus, se livraient à des postures acrobatiques classées X sur un immense tapis multicolore.

Elle n'aurait jamais imaginé voir un pareil spectacle en public et elle se força à rire afin de dissimuler son trouble.

Pour se donner du courage, elle remit son verre vide à un serveur qui passait à point nommé et en saisit un autre.

— J'ai appris qu'il existe une serre au fond du parc. Ça te dirait qu'on y aille ? demanda-t-elle.

Il haussa les épaules avec désinvolture.

— Pourquoi pas ? On a encore pas mal de temps à tuer avant le début des charades.

Ils repérèrent les panneaux indiquant la direction du jardin botanique. Les accords endiablés du calypso s'estompèrent à mesure qu'ils s'enfonçaient au cœur d'un incroyable fouillis végétal émaillé de massifs de fleurs. La plupart des espèces étaient accompagnées d'une petite pancarte comportant leur nom, leur origine et faisant leur description. Les effluves suaves et enivrants du jasmin embaumaient l'air.

On se serait cru transporté dans un lieu magique.

Etait-ce la fragrance capiteuse des fleurs conjuguée aux vapeurs de l'alcool ?

Elle se sentait légère, étourdie par un léger vertige sur l'étroit sentier menant à un espace verdoyant, plus intime, surplombé d'un belvédère jouxtant une serre qui abritait de magnifiques fleurs aux couleurs vives.

Intriguée, elle se dirigea sans hésiter vers la structure de verre et métal.

Il lui emboîta le pas.

Une fois à l'intérieur, ils furent saisis par la touffeur de l'air et les senteurs lourdes et entêtantes des végétaux.

Dire qu'ils étaient seuls au monde dans ce lieu calme, paisible et digne du paradis.

Ils flânèrent à travers les allées envahies par des dizaines de fleurs éclatantes et d'orchidées dont ils n'auraient jamais soupçonné l'existence — chacune étiquetée par une fiche technique détaillée.

Elle était émerveillée par tant de beauté, même si elle n'était pas du genre à tomber en pâmoison devant les roses et autres fleurs, aussi magnifiques fussent-elles.

Mais là, elle fut irrésistiblement attirée par un grand fuchsia qui semblait être un hybride de lilas et d'orchidée.

Elle se pencha au-dessus des larges fleurs, subjuguée par le calice — il ressemblait à la vulve d'une femme surmontée par une petite excroissance pareille à un clitoris, et munie d'un épais pistil, similaire à un énorme pénis érigé vers le ciel.

— Oh, regarde, on dirait la combinaison des organes génitaux féminins et masculins, s'entendit-elle dire à son grand étonnement, la langue déliée par le rhum, sans doute.

Il s'approcha pour mieux voir.

La chaleur irradiant de son grand corps tout proche, son bras frôlant le sien, suscitèrent en elle une chaleur tout à fait inappropriée et elle sentit ses mamelons durcir brutalement.

L'humidité étouffante, le parfum grisant qui embaumait l'air, les plantes érotiques, tout dans cette serre évoquait le sexe.

— Oui, ça en a tout l'air, confirma-t-il d'une voix légèrement enrouée, à croire qu'il n'était pas insensible à l'extrême sensualité de l'atmosphère.

Hypnotisée par la fleur rose chatoyante, elle tendit la main pour caresser le pistil jaune protubérant, tout en sachant qu'elle ferait mieux de s'abstenir de toucher une fleur aussi fragile.

Une voix féminine aux inflexions douces s'éleva derrière eux.

— Bonjour !

Chloé sursauta.

Elle émergea de la curieuse transe où elle était plongée et retira vivement sa main de la tige soyeuse, comme si elle avait été brûlée à vif.

Contrairement à ce qu'ils pensaient, ils n'étaient pas seuls.

Ils se retournèrent d'un même élan pour découvrir la personne qui venait de les interpeller.

Une femme d'un certain âge, la soixantaine bien tassée, leur faisait face, un sourire accueillant aux lèvres.

Elle était vêtue d'une longue robe caftan chamarrée à larges manches, la peau mate, le regard noisette chaleureux, le crâne hérissé d'une multitude de tresses attachées par des élastiques colorés.

— Pardonnez-nous, mais nous ignorions qu'il y avait quelqu'un, s'excusa Aiden.

— Je m'occupe de la serre, expliqua la femme non sans fierté avec un geste ample de la main. Je m'appelle Hattie, mais ici, sur l'île, on me surnomme la marieuse.

— La marieuse ? s'enquit Chloé avec curiosité.

Les yeux de la femme étincelaient d'un éclat presque mystique, telle une grande prêtresse de l'Antiquité consultant l'oracle.

— Certains l'affirment. La direction a peut-être trouvé

un moyen plus moderne de faire éclore l'amour entre deux cœurs, mais personnellement, je préfère l'ancienne technique.

Elle ne saisissait pas vraiment ce que Hattie voulait dire, et elle s'apprêtait à lui poser la question lorsqu'elle fut interrompue.

Hattie les fixa d'un regard inquisiteur et perspicace.

— C'est bien agréable de recevoir de la visite, dit-elle. Le village offre tellement d'opportunités que rares sont ceux qui s'aventurent jusqu'ici. Ce sont généralement des couples à l'âme sensible et romantique.

Chloé réprima l'envie de lever les yeux au ciel. Elle ne voulait pas blesser cette femme un peu bizarre, mais elle ne pouvait s'empêcher de se demander si elle leur vendait sa salade pour leur faire croire que la serre possédait des propriétés mystérieuses, voire magiques.

Même si, elle devait l'admettre, elle-même avait été si fascinée par cette fleur érotique qu'elle avait failli la toucher.

Hattie considéra les bracelets rouges que chacun arborait au poignet avec un sourire entendu.

— J'aime quand deux personnes trouvent leur âme sœur dès le début de la semaine.

La jardinière croyait qu'ils formaient un couple pour de vrai.

Chloé se sentit mal à l'aise et secoua la tête.

— Non, non, nous ne sommes pas réellement ensemble, s'empressa-t-elle de dire. Les bracelets, c'est pour rire. En réalité, nous travaillons pour une agence de publicité qui élabore une campagne marketing pour Saint-Raphaël. C'est un stratagème pour pouvoir travailler en paix sans être importunés par les autres vacanciers.

Hattie se dirigea vers un grand parterre de fleurs et

enfonça les doigts dans la terre pour arracher quelques herbes folles.

— Il y a une alchimie entre vous, croyez-moi.

La déclaration de cette drôle de marieuse n'aurait pu être plus éloignée de la vérité, songea-t-elle, mais sa voix posée et assurée lui fit battre le cœur plus fort.

Elle sentit Aiden s'agiter à son côté.

— Comment savez-vous que nous sommes… euh… des âmes sœurs ? demanda-t-il.

Chloé le fusilla du regard.

Il n'était pourtant pas stupide au point de croire cette femme qui prétendait pouvoir prédire la compatibilité d'un couple !

Pourtant, on aurait dit qu'il était comme suspendu à ses lèvres.

Hattie haussa les épaules.

— Si je vous répondais : « grâce à vos phéromones », ce serait une explication trop simpliste. Je ne vais pas vous révéler mes secrets. Sachez seulement que je descends d'une longue lignée de marieuses et que je ne me trompe guère, sinon jamais, dans mes intuitions.

— Donc, si je comprends bien, vous devinez si un couple est fait pour s'entendre dès qu'il pénètre dans votre serre, c'est bien ça ? insista-t-il, l'air sceptique.

— Oui, je le sais, un point c'est tout, répondit-elle avec conviction, confiante en ses propres talents. Seulement, les gens ont besoin d'une preuve concrète pour croire en quelque chose. Cette fleur hybride unique qui ne pousse que sur l'île nous en fournit une, ajouta-t-elle en désignant la plante rose que Chloé avait failli caresser. Je l'appelle la fleur des amants. Elle incarne l'amour et la passion, parce que c'est ce qu'elle provoque chez ceux qui la touchent.

— Ah oui ? Et comment ? questionna Chloé, résolument pragmatique.

Hattie sourit.

— Quand les deux partenaires touchent le pistil en même temps, il change de couleur. Deux nuances différentes indiquent une incompatibilité. Mais si la couleur reste identique, cela signifie que la magie de l'amour a opéré. Voulez-vous essayer ?

Le cœur de Chloé fit des ratés dans sa poitrine sans qu'elle sache pourquoi.

Elle était partagée entre l'envie de se moquer de cette farce et la tentation d'essayer quand même.

Elle hésita.

Aiden prit la décision à sa place.

— Pourquoi pas ? Allons-y.

Elle inspira un grand coup et tendit la main vers la fleur en même temps que lui. Elle saisit délicatement le pistil entre le pouce et l'index, imitée par Aiden.

Sous leurs doigts, la tige vira au violet foncé.

— Ahhh ! s'écria Hattie d'une voix empreinte de satisfaction et d'excitation. Le désir, la passion, l'amour. J'avais raison. Vous êtes on ne peut plus compatibles, vous voyez bien.

Chloé retira précipitamment sa main, Aiden aussi, quoique avec moins de hâte.

Le désir qui les poussait l'un vers l'autre était peut-être indéniable, mais pour le reste, c'était une autre paire de manches.

— Nous ne sommes pas amoureux du tout, vous vous trompez, déclara Chloé, la voix altérée.

La jardinière inclina la tête, son regard brun la fixant avec insistance.

— Il ne tient qu'à vous d'y remédier.

*
* *

Eh bien, si elle s'était attendue à tout ça…

Sur le chemin du retour, Chloé loucha sur son compagnon, étonnamment silencieux depuis qu'ils avaient quitté leur nouvelle amie.

— Alors, que penses-tu de notre entremetteuse et de ses prédictions ? demanda-t-elle.

Il secoua la tête, l'air de dire « on ne me la fait pas à moi ».

— Est-ce qu'elle peut savoir d'emblée si deux personnes sont destinées l'une à l'autre, indépendamment de cette histoire de fleur ? Non, je n'y crois pas. En revanche, je pense avoir trouvé un axe marketing du tonnerre pour ma campagne.

La campagne, bien sûr ! Pas étonnant alors qu'il ait posé toutes ces questions et soit rentré si volontiers dans le jeu d'Hattie.

— Vraiment ? Tu veux exploiter le fait que Saint-Raphaël abrite une authentique marieuse ?

— Exactement. Cela leur fera une publicité monstre et leur donnera l'avantage sur la concurrence. Viens, il faut se dépêcher si nous ne voulons pas arriver en retard aux charades, ajouta-t-il en lui prenant la main avant de se mettre à courir.

Au contact de ses doigts entrelacés aux siens, elle sentit des frissons lui parcourir l'échine. Elle n'allait quand même pas se mettre martel en tête pour un geste aussi anodin.

Non, elle se faisait des idées. Il fallait mettre le léger vertige qu'elle éprouvait sur le compte des quantités d'alcool qu'elle venait d'ingurgiter.

D'autant qu'un regard à Aiden lui suffit pour comprendre qu'il était entièrement absorbé dans ses réflexions, probablement occupé à élaborer le scénario de son argumentaire.

Quoi qu'il en soit, utiliser Hattie et sa figure de marieuse à l'ancienne mode plutôt que les habituels tests de compatibilité apporteraient un réel plus à sa campagne.

En même temps, c'était une manière de revendiquer la paternité du concept — ce qui s'était déjà produit à maintes reprises par le passé — histoire de ne pas marcher sur leurs plates-bandes respectives.

Il ne lui restait plus qu'à imaginer une meilleure trouvaille pour sa propre présentation.

Elle avait son idée sur la question, mais elle préférait la garder pour elle pour le moment.

De retour à l'hôtel, ils se faufilèrent dans le salon où se déroulaient les charades au moment précis où les équipes se constituaient.

Chloé avait prévu de rester à l'écart en simple spectatrice, mais comme il manquait un couple à l'une des équipes, ils furent réquisitionnés d'office. L'alcool qu'elle avait dans le sang l'aida à se désinhiber.

Elle eut vite fait d'oublier l'incident de la serre et se prit rapidement au jeu, prête à en découdre.

Chaque couple devait tirer un papier dans une coupe.

Les participants étaient censés mimer en trois minutes chrono une scène tirée au sort que les autres s'efforçaient de deviner — un homme et une femme faisant l'amour sur la plage, par exemple, se baignant nus dans la mer, jouant au docteur, ou encore des jeunes mariés impatients au seuil de leur nuit de noces, etc.

Les cocktails au rhum coulaient à flots, aidant chacun à surmonter sa timidité pour entrer dans la peau de son personnage et jouer son rôle au mieux.

Les sketchs se succédaient les uns aux autres, souvent à la limite de la décence.

C'était si drôle que Chloé avait mal au ventre à force de rire.

Les deux équipes s'affrontèrent dans un duel sans merci.

Vers la fin du jeu, les deux équipes étaient à égalité. Il s'agissait de déterminer le gagnant.

Aiden et Chloé n'ayant pas encore participé à la compétition, c'était donc à eux deux qu'il revenait de marquer le dernier point pour faire triompher leur camp.

— Allez, courage ! s'écria quelqu'un tandis qu'ils montaient sur une petite estrade improvisée, au centre de la salle.

Elle gratifia Aiden d'un sourire insolent.

— Tu sais que je n'aime pas perdre, alors il va falloir te sortir les tripes.

Il plongea la main dans la coupe pour pêcher un bout de papier.

— Quelle perfectionniste tu fais.

Elle se frotta les mains avec nervosité.

— Peut-être, mais j'ai bien l'intention de gagner.

Il déplia le billet, déchiffra la phrase qui y était griffonnée et sourit d'un air canaille.

— Accroche-toi !

A en juger par l'œil fripon qu'il dardait sur elle, elle ne douta pas qu'il avait pioché une situation particulièrement scabreuse.

Le jeu ne s'appelait pas charades *coquines* pour rien, aussi fallait-il s'y attendre.

— J'adore les défis, déclara-t-elle.

Il lui remit le papier sur lequel était inscrite la scène qu'ils devaient interpréter.

— Dans ce cas, tu vas être servie.

S'embrasser fougueusement sur la banquette arrière d'une voiture.

Il leur fallut moins de trente secondes pour faire comprendre à leur équipe « la banquette arrière d'une voiture ».

La tâche était aisée.

Après quoi, ils s'enlacèrent afin d'interpréter la première partie de la charade.

Il fit courir ses paumes le long de son dos tandis qu'elle enfonçait fougueusement les doigts dans ses cheveux pour mimer l'adolescente folle amoureuse succombant à l'ivresse de la passion.

Leurs lèvres étaient la seule partie de leur corps qui ne se touchait pas.

Il souhaitait éviter de reproduire le baiser de la veille, devina-t-elle.

Comble de malchance, les membres de leur équipe brûlaient sans jamais donner la bonne réponse.

Ils avaient proposé « se tripoter », « se peloter », « faire un câlin », « se caresser », mais pas « s'embrasser fougueusement ».

— Il vous reste une minute, annonça une voix.

Le temps pressait. Le corps en capilotade, le cerveau encore embrumé par l'alcool, elle décida de passer à la vitesse supérieure et de leur en mettre plein la vue à tous. Elle n'allait quand même pas perdre la partie parce qu'elle n'avait pas donné son maximum pour gagner.

Pas si c'était en son pouvoir, en tout cas.

Elle glissa une main derrière sa nuque pour approcher sa bouche de la sienne. Au moment où leurs lèvres se joignirent, elle eut l'impression que le monde autour d'eux s'était aboli.

Plus rien n'existait que le désir qu'elle éprouvait pour cet homme qui lui faisait battre le cœur comme personne avant lui.

De son côté, il n'était pas en reste. Il resserra son étreinte et se mit à la caresser avec une gourmandise affolante.

Oublieux des spectateurs, il approfondit encore le baiser qui n'avait plus rien de doux ni de chaste. Avec un grognement qu'elle devina plus qu'elle n'entendit, il se mit à jouer lentement de sa langue qu'il enroula autour de la sienne, puis enfonça dans sa bouche avec avidité. En même temps, ses mains s'activaient partout sur elle, errant le long de ses cuisses avant d'empoigner ses fesses pour simuler la phrase que personne n'avait encore devinée.

Elle sentit l'excitation accélérer follement son rythme cardiaque et son corps fondre de plaisir et d'impatience. Ce baiser d'une sensualité torride était le plus délicieux des préliminaires — prélude brûlant des voluptés qu'il était capable de lui prodiguer d'un seul baiser.

Elle s'abandonna à un tourbillon de sensations exquises. Elle avait le plus grand mal à se rappeler qu'ils jouaient à un jeu et que tout ceci était factice, dans le but unique de gagner la partie. Il l'excitait, il l'attirait, et dans ce moment de sauvage abandon, elle n'était plus certaine de vouloir contrôler ses émotions ni de lui résister davantage.

C'était pure folie, elle le savait pertinemment. Ils prenaient des risques inconsidérés et pourraient le payer cher un jour ou l'autre.

Pourtant, c'était l'occasion rêvée sur cette île du bout du monde de profiter du moment présent. Là, loin du bureau, à l'abri des regards indiscrets, des règles et des interdits, ils pouvaient enfin saisir la chance de s'abandonner à ce que tous deux appelaient de leurs vœux — l'attirance mutuelle qu'ils éprouvaient l'un pour l'autre.

Une brève aventure pour relâcher la tension dévastatrice qui les consumait tous les deux.

Ils pourraient ensuite retourner à Boston l'esprit libre et se concentrer sur leurs tâches respectives.

Combien de temps restèrent-ils ainsi, enfermés dans leur bulle hors du temps et de l'espace, seuls au monde dans les bras l'un de l'autre ? Elle n'aurait su le dire.

Elle perçut confusément les acclamations et les sifflets

des spectateurs devant la scène d'un érotisme stupéfiant qu'ils leur offraient pour leur plus grand bonheur.

On finit par trouver la bonne phrase « embrasser fougueusement sur la banquette arrière d'une voiture » et leur équipe remporta le dernier point nécessaire pour gagner la partie.

Elle s'écarta et rompit leur baiser. Ils restèrent immobiles un long moment à se regarder, hors d'haleine, les yeux brillants de désir, pendant que les membres de leur équipe les acclamaient en héros et fêtaient leur victoire dans un tonnerre d'applaudissements.

— Je commence à croire que tu es bel et bien un exhibitionniste, dit-elle, allusion à son commentaire de la veille, sur la piste de danse. Tu as profité de ce baiser sans aucune retenue.

Il ne la contredit pas et relâcha son étreinte.

— Je dois admettre que ta stratégie est drôlement au point, Chloé Reiss.

Elle le dévisagea avec une petite moue provocante.

— Qui te dit que c'était un jeu ?

Sur ces paroles incisives, elle s'éloigna sans lui laisser le temps de répondre.

Elle pouvait sentir son regard azur lui brûler le dos.

Il aurait de quoi méditer une bonne partie de la journée, et c'était parfait, car c'était exactement son but.

Ce soir-là, au dîner, elle était bien décidée à attiser l'incendie.

A lui de décider si oui ou non il voulait mordre à l'hameçon.

- 6 -

Aiden escorta Chloé vers la vaste salle de réception où était servi le dîner.

Il l'enveloppa du regard. Elle était si belle… Bon sang, elle lui faisait un effet dingue.

Son parfum, chacun de ses gestes, sa silhouette, sa tenue, tout cela le troublait au-delà de ce qu'il aurait pu dire.

Sa robe chocolat était époustouflante.

Le corsage dénudait une épaule, révélant quelques centimètres de peau crémeuse et satinée.

Ses yeux s'attardèrent sur la courbe de ses fesses et sur ses longues jambes fuselées.

Sans parler de ses hauts talons dont la fine bride venait s'enrouler autour de ses chevilles… Wouah, quelle allure sexy !

Ses cheveux relevés en un chignon lâche et élégant dégageaient la courbe gracile de sa nuque.

De multiples bracelets en or étincelaient à ses poignets et des anneaux dorés dansaient à ses oreilles.

Il se noya dans les profondeurs vert mordoré de ses yeux, empreints de mystère.

Elle aurait fait succomber n'importe quel homme à la tentation de la chair.

Il sentit son excitation monter d'un cran et son sexe se dresser violemment.

Le plus déstabilisant était la belle assurance qu'elle

affichait. Il se demanda ce qu'elle manigançait, bien qu'il ait sa petite idée sur la question.

En tout cas, après le défi subtil qu'elle lui avait lancé au cours de l'après-midi, il envisageait joyeusement l'éventualité de faire une entorse à la sacro-sainte règle qu'il s'était fixée de ne pas mélanger travail et plaisir.

Principe sur lequel il n'avait jamais transigé, d'ailleurs.

Jusqu'à présent, il était toujours parvenu à obéir à sa conscience et à refréner l'intensité de son désir pour elle.

Mais ici, maintenant, la voix de Sam résonnait dans sa tête, l'exhortant à cesser de couper les cheveux en quatre et s'abandonner à ses pulsions.

Il ne s'agissait que d'un simple interlude, une brève liaison sans lendemain, juste du plaisir physique.

Pas question d'engagement éternel.

Et si son frère avait raison pour une fois ?

Pour l'heure, ils avaient eu le choix entre assister à une *murder party* — une soirée meurtre et mystère, sorte de jeu de rôle grandeur nature consistant à résoudre une énigme policière — ou bien à une partie de Action ou Vérité — les deux événements visant à partager un moment convivial et à tisser des liens entre les couples et les célibataires.

N'étant pas particulièrement fans de mystère, ils avaient privilégié la seconde option.

C'est ainsi qu'ils pénétrèrent dans une salle tapissée de tentures en velours pourpre et noir, éclairée par la lueur vacillante d'innombrables bougies.

Ils furent accueillis par une sémillante hôtesse.

— Bienvenue à la soirée Action ou Vérité. Je vois que vous êtes en couple, ajouta-t-elle en louchant sur leurs bracelets rouges. Vous avez le choix. Désirez-vous partager une table avec d'autres convives ou préférez-vous dîner en tête à tête ?

Il avait conscience qu'une table de groupe l'aiderait à réprimer l'attirance qu'il éprouvait pour sa collègue et lui éviterait bien des ennuis, pourtant ce soir, il se sentait l'âme aventurière.

Entre l'épisode de la serre et les charades coquines, la tension crépitait entre eux, menaçant d'exploser, et il était grand temps de passer à la vitesse supérieure, du moins le pensait-il.

— Une table pour deux, ce sera parfait, merci, dit-il.

Devant le sourire approbateur de Chloé, il sut qu'il avait pris la bonne décision.

Ils suivirent l'hôtesse au fond de la salle.

Mais au lieu de s'asseoir face à face, ils prirent place côte à côte, épaule contre épaule, cuisse contre cuisse.

Comme c'était bon de sentir sa peau... A son plus grand plaisir, Chloé ne fit pas mine de s'écarter pour mettre fin à ce contact intime.

L'hôtesse présenta à chacun la carte des menus avant de leur désigner un plateau chargé de plusieurs accessoires — un cube de couleur rouge marqué des mots Action ou Vérité sur chaque face, ainsi que quatre grands cylindres argentés contenant des bâtonnets au recto et au verso desquels figurait une question.

Chaque étui comportait également les mots Action ou Vérité, étiqueté par catégorie en fonction du niveau de sensualité, « soft » ou « hard ».

— Les règles sont très simples, expliqua l'animatrice. Vous devrez choisir entre répondre à une question ou relever un défi. Une fois le dé jeté, votre partenaire pioche un bâtonnet dans l'un des cylindres de son choix. Ensuite, il lit à haute voix l'une des tâches qui y sont inscrites. L'autre joueur doit alors répondre à la question ou exécuter un gage. L'essentiel est de s'amuser, ne l'oubliez pas, conclut-elle en leur souhaitant une bonne soirée.

Chloé s'empara du menu qu'elle consulta avec attention et il fit de même.

Au serveur qui s'approcha de leur table, il commanda un faux-filet, tandis qu'elle choisissait le saumon grillé. Pour accompagner le tout, il jeta son dévolu sur un cabernet, et elle commanda un ice tea, alléguant qu'elle avait avalé assez de *Philtres d'amour* comme cela pour la journée.

Quand le serveur eut tourné les talons, les laissant seuls, elle considéra le dé rouge posé sur le plateau et un sourire malicieux se dessina sur ses lèvres.

— Tu veux jouer ?

Il but une gorgée de vin en arquant un sourcil.

— Et toi ? Tu es certaine d'en avoir envie ?

Elle s'inclina vers lui, amusée, les prunelles pétillantes.

— Tu as peut-être peur de livrer tes plus noirs secrets ?

Il ne répondit pas tout de suite, distrait par le haut de sa robe qui glissa légèrement sur son bras, révélant un petit morceau de peau hâlée où il rêvait de promener les doigts jusqu'à la ligne douce de sa gorge.

— Dire la vérité ne me pose aucun problème, répliqua-t-il, seulement j'aimerais bien savoir quel genre de défis on nous a réservés.

— Je relève le gant, rétorqua-t-elle hardiment. Je ne crois pas que tu puisses en dire autant.

Il désigna le plateau d'un geste.

— On parie ? Allez, c'est toi qui commences. Honneur aux dames.

Elle lança le dé qui tomba sur le mot *Vérité*.

Décidé à y aller en douceur, Aiden piocha une baguette dans la catégorie « soft ».

Il lut la question à voix haute.

« Pour quelle raison votre dernière relation *sérieuse* s'est-elle terminée ? »

— Je ne pense pas que le type avec qui je t'ai vue au

bar rentre dans la liste, précisa-t-il en repensant aux aveux qu'il lui avait extorqués dans l'avion.

Elle se raidit sur son siège, cherchant visiblement le moyen de se dérober.

— Pourquoi dis-tu ça ? finit-elle par demander, sur la défensive.

Il la regarda fixement sans baisser les yeux, résolu à la pousser dans ses derniers retranchements.

— Parce que j'ai l'impression que c'était une aventure sans lendemain, rien de très sérieux.

Elle leva les yeux vers lui avant de détourner bien vite la tête, l'air embarrassé, et elle se mordit la lèvre sans répondre.

Il avait vu juste, comprit-il. En même temps, il était touché par la vulnérabilité dont elle faisait preuve en cet instant précis.

Faiblesse dont il n'aurait jamais cru capable la femme forte et volontaire qu'il connaissait.

Elle n'avait à l'évidence aucune envie de lui faire des confidences.

Intrigué, il se demanda pourquoi elle se tenait aussi farouchement sur ses gardes.

Avait-elle été forcée de se construire une carapace après un amour malheureux ? Cela expliquerait pourquoi elle se méfiait des hommes… Tout comme lui se méfiait des femmes depuis son divorce.

En tout cas, il avait bien l'intention de le découvrir.

— Allez, vide ton sac, Chloé, joue le jeu, insista-t-il sur un ton de défi, de peur qu'elle ne se renferme dans sa coquille.

Elle haussa les épaules avec une indifférence feinte.

— J'ai rompu avec Neil parce que c'était un sale type.

Il fit la grimace. Sa réponse laconique avait aiguisé sa curiosité. Un « sale type » ? Cela pouvait signifier une multitude de choses… Une fois de plus, elle se débrouillait pour esquiver la vraie question.

Il fit tourner son verre de vin entre ses doigts pour lui donner le temps de se ressaisir.

— Tu triches, fit-il. Je n'aurais jamais cru que tu étais du genre à te défiler.

Piquée au vif, elle redressa le menton d'un air crâne.

Peu désireux de forcer ses confidences, il préféra attendre patiemment de voir quelle option elle allait choisir : éviter le sujet ou évoquer un souvenir très personnel et soulever un pan douloureux de son passé.

— Je n'aime pas parler de Neil, dit-elle enfin. Si je le pouvais, j'effacerais les dix-huit mois que nous avons vécus ensemble. Je l'ai rencontré en dernière année de licence à la fac, reprit-elle après réflexion, comme si elle pesait le pour et le contre pour savoir jusqu'où elle irait dans ses confidences. Les premiers temps, tout allait très bien entre nous. Et puis… après nos fiançailles, il a changé et ça s'est mal passé.

Eh oui… Toujours la même chanson, songea-t-il.

Il avait appris à son corps défendant à quel point les gens pouvaient évoluer.

Quelqu'un à qui vous faisiez une confiance aveugle était capable de vous trahir et vous harceler de regrets dévastateurs, lesquels vous hanteraient jusqu'à la fin de vos jours.

Pour sa part, il s'était promis de ne plus jamais se laisser surprendre par qui que ce soit.

Oui, bien sûr, il comprenait très bien ce qu'elle avait dû endurer.

Dire qu'ils partageaient le même passé douloureux.

Il ne s'y attendait pas et, l'effet de surprise passé, il ressentit une étrange proximité avec elle.

Le serveur apporta les entrées sur ces entrefaites.

Aiden attendit qu'il eût tourné les talons pour reprendre la conversation.

— Dans quel sens a-t-il changé ? demanda-t-il avec douceur.

Elle chipota dans son assiette et croqua une feuille de laitue du bout des lèvres.

— Au début, c'étaient des détails anodins auxquels je n'avais pas vraiment prêté attention. Le temps passant, il a commencé à régenter toute mon existence. Du moment que nous étions fiancés, je ne voyais pas d'objection à ouvrir un compte joint et un plan d'épargne commun, par exemple. Petit à petit, il s'est mis à contrôler tous les aspects de ma vie. Ça ne me posait aucun problème jusqu'à ce qu'il me reproche de dépenser à tort et à travers et de grever *son* budget, même s'il s'agissait de produits de première nécessité dont j'avais besoin pour la maison. Lui, en revanche, ne me donnait jamais aucune explication. Il vérifiait mes textos et mes e-mails avec une obsession maladive, il m'accusait de le tromper sans aucune preuve. Il m'avait même attiré de sérieux ennuis à l'agence où je travaillais à l'époque et il avait trouvé le moyen de me mettre à dos tous mes amis. Tout le monde m'évitait, c'était horrible. Il avait réussi à faire le vide autour de moi et il ne me restait plus personne à part lui.

Elle se ménagea une pause pour reprendre haleine avec un regard de souffrance plus éloquent que tous les discours.

— Neil était doté d'un tempérament explosif qu'il m'avait bien caché au départ, reprit-elle. Je te donne un exemple, si tu veux. Il était tellement certain que j'entretenais une liaison avec l'un de mes collègues qu'un soir, alors que j'étais restée travailler tard pour boucler une campagne urgente, il avait débarqué au bureau et tabassé le pauvre Simon devant tout le monde. Quelques jours plus tard, j'étais virée. Bref, c'était un dingue fini. Mais moi, j'étais tellement naïve et stupide que je n'avais rien vu venir jusqu'à ce que je perde mon boulot par sa faute.

Mon Dieu, jamais il n'aurait soupçonné tout cela… Pris de compassion, il lui prit la main et l'étreignit.

— Stupide ? Non, je ne suis pas d'accord, Chloé. Tu étais peut-être un peu trop confiante, voilà tout.

— Si, j'étais stupide. Ma mère collectionnait les aventures avec ce genre d'hommes qui l'embobinaient pour mieux l'arnaquer. J'en ai été témoin à de multiples reprises et je m'étais juré de ne jamais tomber dans le piège avec qui que ce soit… Et l'ironie de l'histoire a voulu que le premier homme avec qui je me suis engagée soit un minable qui aurait pu figurer sur le tableau de chasse de ma mère.

Il termina sa salade et repoussa son assiette.

— Et ton père, dans tout ça ?

La grande souffrance que trahit son beau visage avant qu'elle ne détourne la tête le prit au dépourvu.

— Je ne l'ai jamais connu. Il est mort dans un accident de moto avant ma naissance.

Cette révélation le laissa totalement abasourdi.

— Oh ! Chloé, je suis désolé ! Je ne savais pas… Mais au moins, tu as découvert quelle était la vraie nature de Neil avant de l'épouser, ajouta-t-il, songeant que lui-même n'avait pas eu cette chance.

Elle garda le silence pendant que le serveur débarrassait leurs assiettes avant d'apporter les plats.

A l'air songeur qu'elle affichait, il devina que, maintenant qu'elle lui avait révélé ses secrets, c'était son tour de lui livrer ses secrets les plus intimes.

Elle ne lui laissait guère le choix.

Elle picora un morceau de saumon, le mastiqua distraitement, avant d'en pêcher un autre et de recommencer son manège.

— Pourquoi as-tu divorcé ? attaqua-t-elle sans louvoyer.

Il enfourna une bouchée de son steak pour gagner du temps.

La viande était exactement comme il l'aimait : saisie de chaque côté et saignante à souhait.

Il avait apprécié qu'elle joue le jeu en répondant sincèrement à ses questions, mais il ne voulait pas plomber l'atmosphère et risquer de gâcher la soirée avec le récit déprimant de son mariage et de son divorce.

Par chance, il venait de trouver un merveilleux prétexte pour esquiver la question.

Il sourit finement.

— J'ai le droit de garder le silence. En plus, tu oublies que c'est toi qui es sur la sellette, pas moi.

Elle plissa son joli petit nez d'un air taquin.

— Tu t'en sors plutôt bien, là, Aiden.

Il gloussa, ravi par la tournure que prenaient les événements.

— C'est vrai. Tu es sûre de vouloir poursuivre cette discussion ?

Elle était mauvaise joueuse et n'avait pas encore digéré sa défaite, même si le tirage était totalement aléatoire.

— Mais oui, ça pourrait difficilement être pire, grommela-t-elle entre ses dents.

Il repassa en mode professionnel pour les besoins de la cause.

— N'est-ce pas l'objectif visé par la direction, avec tous ces jeux ? Trouver le bon partenaire avec qui avoir des échanges plus enrichissants que les gesticulations superficielles du quotidien ? On sait bien qu'elles ne permettent pas au couple de tenir très longtemps…

Elle pointa sa fourchette dans sa direction en fronçant les sourcils.

— Je te rappelle que nos bracelets n'étaient pas de

la même couleur au départ... Donc, en théorie, nous ne sommes pas compatibles, quoi qu'en pense Hattie avec sa fleur débile. Du coup, rien ne m'obligeait à te raconter en détail mon passé désastreux.

Sur ce point, elle avait raison, mais il ne regrettait pas d'avoir pioché cette question.

Et encore moins d'avoir obtenu une réponse.

Son récit lui avait fait découvrir une facette insoupçonnée de sa vraie personnalité.

Derrière cette femme volontaire et ambitieuse se cachait une créature fragile, victime de la manipulation sentimentale d'un homme à qui elle avait voué une confiance absolue.

Il comprenait mieux pourquoi la seule chose qu'elle pouvait contrôler — sa carrière — mobilisait toute son énergie et son enthousiasme aujourd'hui.

Et d'où provenait son désir de succès, son obsession de réussite.

Même si cela ne changeait rien au fait que, en raison des sacrifices qu'elle s'imposait pour atteindre cet objectif, elle n'était pas la compagne avec qui il rêvait de s'engager sur le plan affectif.

Mais là, à vrai dire, l'attirance sexuelle qu'il ressentait pour elle commençait à prendre des proportions gênantes...

Il se concentra sur son steak pour se donner le temps de se reprendre.

— Je me doute que nous n'avons pas les mêmes conceptions sur une foule de sujets, déclara-t-il enfin. Quoi qu'il en soit, le baiser dans l'avion et celui de tout à l'heure, pendant les charades, sont bien la preuve que nous sommes parfaitement compatibles sur pas mal d'autres plans.

Elle lui décocha un sourire lascif.

— Peut-être, mais si on exclut l'attrait sexuel, il ne

reste pas grand-chose susceptible de fonctionner dans une relation à long terme.

Il la regarda bien en face.

— Qui a parlé d'une relation à long terme ?

Elle ouvrit de grands yeux, un peu choquée.

Il n'y était pas allé de main morte. Il avait exprimé à voix haute ce que tous deux s'évertuaient à dissimuler.

L'attirance réciproque, évidente, qui les brûlait depuis le jour où ils avaient été embauchés ensemble chez Perry & Associés.

Se retrouver sur cette île tropicale du bout du monde exacerbait leur désir, prélude d'une relation tumultueuse et d'une sexualité débridée.

L'invite était subtile, mais il ne faisait aucun doute que, à la fin du repas, il aurait réussi à lui faire partager l'envie qui le taraudait.

Une nuit de sexe torride et passionnée.

Il saisit le dé avec détermination et le lança à son tour. Le mot *Vérité* s'afficha, et il observa un lent sourire charmeur frémir au coin des lèvres de sa partenaire.

Pas de doute, les choses risquaient de devenir très intéressantes puisque c'était à elle de piocher une question.

L'imiterait-elle en respectant les convenances ou, au contraire, oublierait-elle toute retenue ?

Elle considéra les boîtes contenant les bâtonnets posées sur la table en se demandant quelle catégorie choisir : *soft* ou *hard* ?

Son esprit revenait sans cesse à la discussion qu'ils avaient amorcée… et cela, alors qu'il avait pioché une question parfaitement anodine.

Où en serait-elle s'il en avait choisi une autrement plus sulfureuse ?

Elle n'osait y penser.

Encore bouleversée, l'estomac noué par des crampes

douloureuses, comme chaque fois qu'elle évoquait sa relation avec Neil, elle était encline à jouer la légèreté et la spontanéité afin d'oublier ses révélations embarrassantes et de relâcher la tension.

En outre, depuis qu'Aiden avait glissé une allusion à peine voilée quant à l'éventualité d'une brève aventure entre eux, on aurait dit qu'un changement subtil s'était produit dans l'atmosphère. L'air s'était chargé d'une vibration sensuelle.

Et ça tombait bien car elle comptait orienter la soirée dans cette direction.

Elle attendit que le serveur s'éloigne avec les assiettes vides pour piocher une baguette dans l'étui étiqueté *hard*.

Le rouge aux joues, elle déchiffra la question un peu leste inscrite sur l'une des faces, certaine qu'il allait adorer.

Si j'étais un fruit, que serais-je et comment me dégusterais-tu ?

Un sourire lascif s'afficha sur ses lèvres pleines.

— Une pêche juteuse, gorgée de soleil que je savourerais avec délices, rétorqua-t-il du tac au tac d'une voix profonde et rauque. Je l'ouvrirais en deux avec les doigts. J'aspirerais à petits coups de langue le jus sucré qui coulerait de son cœur onctueux le long de mes lèvres, jusqu'à ce que ma bouche s'emplisse de ce divin nectar.

Le regard de braise incandescente qu'il darda sur elle, associé au tableau terriblement sensuel qu'il venait d'exposer, suffit à lui couper le souffle et à l'enflammer comme une torche.

Elle croisa discrètement les jambes sous la table pour tenter d'apaiser la douleur lancinante qui palpitait entre ses cuisses, mais la pression ne fit qu'attiser la flamme du désir.

Elle aspirait à être touchée, caressée, dévorée partout…

— A toi, fit-il avec désinvolture, comme s'il n'avait

jamais évoqué ces images provocantes, explicites, incroyablement érotiques.

Elle tendit la main, attrapa le dé et le lança avec précaution sur le plateau.

Il atterrit sur *Action*.

Sans hésiter, il piocha une baguette dans le cylindre marqué *hard*.

Elle avala sa salive et se prépara mentalement au pire.

Avec un petit sourire satisfait, il entreprit de lire le défi qu'elle devait relever.

Prenez une cerise entre vos lèvres, fourrez-la entre celles de votre partenaire. Puis, de votre langue, faites un nœud avec la queue de la cerise. Interdiction absolue de se servir des mains.

— Aucun problème, répondit-elle, impatiente d'exhiber ses talents en la matière.

Qui eût cru qu'une compétence aussi futile, acquise pendant son adolescence, lui serait utile un jour ?

Il pria le serveur de leur apporter des cerises au marasquin avec les queues.

Tandis que l'homme se dirigeait vers le bar, elle loucha vers les tables voisines.

Tout le monde participait au jeu d'Action ou Vérité et avait l'air de beaucoup s'amuser.

Des célibataires hilares encourageaient à grands cris les membres de leur équipe.

Les couples qui avaient choisi de se réfugier, tout comme eux, au fond de la salle semblaient plongés dans une discussion animée, quand ils ne se livraient pas à un dévergondage effréné.

Le serveur reparut avec une petite soucoupe contenant trois cerises au sirop en même temps que les desserts, qu'il posa au centre de la table : deux parts de cheesecake nappé de caramel.

Elle réprima l'envie d'y goûter.

D'abord, elle devait relever le défi.

Les deux mains sagement posées à plat sur ses genoux, elle leva son regard vers son compagnon.

— Puisque je n'ai pas le droit de me servir de mes mains, c'est à toi d'introduire la cerise dans ma bouche pour commencer.

Il s'y employa avec ardeur.

Il attrapa la queue du fruit et le glissa entre ses lèvres.

Elle-même, pour l'enfoncer à son tour entre les siennes, devait quasiment lui faire du bouche-à-bouche.

Elle coinça la cerise entre ses dents et lui fit signe d'approcher.

Lorsqu'il s'exécuta, elle encadra son visage entre ses mains et l'attira tout près de ses lèvres.

Elle aurait pu adopter la retenue exigée par les convenances et enfoncer directement la cerise dans sa bouche, mais ce soir-là, une fois n'était pas coutume, elle se sentait d'humeur aventureuse, prête à prendre tous les risques.

Elle l'embrassa, entrouvrant les lèvres pour l'inviter à y plonger.

Il prit possession de sa bouche et leurs langues se mêlèrent dans une course au trésor érotique dont la cerise était l'enjeu.

Le baiser se prolongea encore et encore, jusqu'à ce que, rassasiée, elle décide de l'interrompre.

Alors il enroula sa langue autour de la cerise et l'aspira dans sa bouche.

Elle batailla pour coincer la queue entre ses dents tandis qu'il mordait avec délectation dans le fruit charnu.

Tandis qu'elle s'attelait à la deuxième partie de l'épreuve, il mastiqua et avala la chair sucrée avec un rictus carnassier.

— Ce n'est pas aussi bon qu'une pêche, commenta-t-il.

Il la taquinait.

Une onde brûlante se répandit dans son ventre, puis plus bas… Et elle repensa à sa métaphore du fruit mûr et juteux.

Il la dévorait des yeux tandis qu'elle triturait la tige avec ses dents, ses lèvres, sa langue.

Quelques secondes plus tard, la queue de la cerise s'ornait d'un joli nœud en son milieu.

— Et voilà le travail ! se rengorgea-t-elle.

Ses traits virils s'illuminèrent de gaieté.

— Très impressionnant.

Elle émit un rire de gorge qui se répercuta directement dans son sexe, durci à en être douloureux.

— Je suis très douée, comme tu vois, enchaîna-t-elle, apparemment inconsciente de l'effet qu'elle produisait sur lui. Je suis capable d'accomplir de véritables prouesses avec ma langue.

— Je n'en doute pas une seconde.

Il lança le dé qu'elle venait de pousser dans sa direction, car c'était son tour.

Il atterrit de nouveau sur *Action*.

De plus en plus audacieuse et aventureuse à mesure que progressait le jeu, quand revint son tour, elle tira sans hésiter une nouvelle baguette dans la boîte marquée *hard*.

De délicieux picotements traversèrent sa peau pendant qu'elle lisait le défi à voix haute.

Sucez le doigt de votre partenaire durant une minute entière.

Il la gratifia d'un sourire éloquent, lourd de sous-entendus, déterminé à la faire succomber à la tentation.

Il lui saisit le poignet, attira sa main vers lui et trempa le bout de son index dans la sauce caramel de son dessert.

Ce geste inattendu la prit par surprise, autant que la chaleur brûlante de sa bouche, tandis qu'il happait son doigt entre ses lèvres. Puis, lentement, il l'engloutit entièrement.

Elle eut un hoquet, puis se détendit avec un petit gémissement excité lorsqu'il se mit à sucer l'extrémité de son doigt enduit de caramel avec une affolante lenteur.

Elle croisa son regard sombre, ardent, et se sentit littéralement fondre de l'intérieur.

Sa langue était douce comme du velours contre sa peau, et ses dents qui la mordillaient au passage déclenchèrent en elle des éclairs de plaisir, faisant monter une tension insoutenable.

Elle se tortilla sur sa chaise, au supplice.

Avec une attention méticuleuse, il s'appliqua à lécher son doigt jusqu'à l'extrémité avant de l'avaler de nouveau entièrement et de recommencer le même manège.

Elle ferma les yeux et se mordit la lèvre pour réprimer une autre plainte.

Sous ses succions délicieuses, elle sentit ses seins durcir et ses tétons se dresser sous le fin tissu de sa robe, telles de petites perles dures et irisées.

Il se mit à lécher la peau sensible entre ses doigts, à croire qu'il enfonçait sa langue agile dans les replis humides de sa chair la plus intime, entre ses cuisses.

Elle était sur le point d'exploser.

S'il poursuivait cette exquise torture, elle ne pourrait résister longtemps à la tentation de l'enfourcher séance tenante pour soulager le besoin qui la consumait.

Quand soudain il s'interrompit et lâcha sa main, elle revint brutalement à la réalité dans une pièce grouillante de monde.

Autour d'eux, l'air était saturé de tension électrique.

Rouvrant les yeux, elle surprit un feu brûlant dans son regard bleu.

Une tempête se déchaînait en lui, comprit-elle, infiniment troublée.

Elle-même était au bord de l'orgasme, tellement affamée qu'elle faillit presque le supplier de la soulager.

Et si elle jetait la bienséance aux orties ?

C'était exactement ce qu'elle allait faire.

— Aiden…

Il posa un doigt sur ses lèvres et secoua la tête pour lui intimer le silence, déterminé à prendre l'initiative.

— Je te mets au défi de relever une dernière gageure, Chloé, dit-il d'une voix vibrante, profonde, presque agressive, qui électrisa tous ses sens. J'ai envie de toi. Dans ma chambre. A ma manière. Toute la nuit.

Ses paroles déclenchèrent une cascade de frissons au creux de ses reins.

Sa réponse fusa spontanément, sans la moindre hésitation.

— Oui.

- 7 -

La chambre était éclairée par la pleine lune, filtrant à travers les rideaux entrouverts.

A peine la porte refermée, il la poussa contre le mur, écrasa sa bouche contre la sienne et l'embrassa d'un baiser profond, passionné.

Sans plus attendre, il attrapa le bas de sa robe et ramena résolument ses bras en l'air pour la faire passer au-dessus de sa tête d'un mouvement fluide, la laissant en soutien-gorge, petite culotte et hauts talons. Puis ses lèvres tentatrices s'emparèrent de nouveau des siennes avec une frénésie révélant le tumulte intérieur qui le tenaillait.

C'était si bon de sentir ses mains dures et possessives errer sur son corps, sur ses hanches… partout.

Alors avec une hâte non moins égale à la sienne, elle entreprit de faire glisser son veston sur ses épaules et lui arracha littéralement sa chemise pour plaquer ses paumes sur son torse nu.

Le cœur battant, elle se mit à explorer sa peau brûlante et ferme, laissant ses doigts voguer vers la ceinture.

Pressée de refermer enfin la main autour de son sexe tendu, elle batailla fébrilement avec la boucle pour ôter la pointe de la sangle et défaire son pantalon.

Il lâcha un grognement impatient et enserra ses poignets, clouant ses mains sur la paroi de part et d'autre de sa tête.

Il rompit brusquement leur baiser et colla son front contre le sien, cherchant à reprendre son souffle.

— Rien ne presse. Nous avons le temps, la nuit entière…, murmura-t-il d'une voix hachée.

Séductrice, elle ondula lascivement des hanches, comme pour l'inviter à la rejoindre.

— Pourquoi ?

Il enfouit son visage au creux de son épaule et posa ses lèvres douces dans son cou, pressant son bassin contre le sien pour qu'elle se tienne tranquille.

— Parce que j'ai l'intention de faire durer cet instant éternellement.

Elle sentit son sexe durci se presser contre son ventre et un long frisson d'excitation la secoua de la tête aux pieds, lui donnant la chair de poule.

Elle inclina la tête afin de lui donner un meilleur accès à sa gorge, lui laisser le champ libre partout où il en aurait envie. Certes, elle comprenait son besoin de profiter de chaque seconde, car l'occasion ne se représenterait plus, une fois qu'ils seraient retournés à Boston et à leurs missions respectives.

Mais pour l'heure, cela pressait, justement.

Elle voulait tout… tout de suite.

A quoi bon tergiverser ?

Elle exhala une plainte quand il lui mordilla l'oreille.

— On prendra le temps après, gémit-elle. Je vais exploser… Depuis le début du dîner, je n'attends que ça. Je n'en peux plus…

Il releva la tête et la fixa de son regard azur brillant d'un éclat diabolique, un petit sourire empreint d'une insolente satisfaction étirant ses lèvres.

— Chaque chose en son temps, Chloé, murmura-t-il en relâchant ses mains qui retombèrent le long de son corps. C'est moi qui décide… A ma manière, tu te rappelles ?

Et puis nous aurons le reste de la nuit pour imaginer de nouvelles approches… Mais là, je ne veux pas me presser parce qu'il y a une foule de choses que j'ai envie d'essayer avec toi… impudiques, cochonnes, excitantes… J'y pense depuis le premier jour où je t'ai rencontrée, sache-le.

Ses paroles enivrantes la frappèrent comme des flèches incandescentes et elle sentit son ventre se tordre d'excitation.

Elle en mourait d'envie elle aussi.

Tremblante, elle s'arc-bouta de ses deux mains à plat contre le mur.

Elle avait pris sa décision.

Elle lui céderait, elle le laisserait agir à sa guise, certaine qu'il les conduirait tous deux au sommet du plaisir.

— Impudiques, cochonnes, excitantes ? Comme quoi par exemple ? questionna-t-elle, prête à toutes les audaces.

Il insinua les doigts sous les bretelles de son soutien-gorge, les fit glisser le long de ses bras, puis pressa les lèvres à la naissance de sa poitrine.

Il enfonça les dents au creux de son cou et de son épaule, plantant des aiguillons de plaisir délicieux sous sa peau en feu.

— Comme ça…

Elle émit un petit cri de volupté, mêlée de surprise.

Où était donc passé le parfait gentleman, l'homme si courtois et sophistiqué qu'elle croisait tous les jours en salle de réunion à l'agence ?

Sans transition, il défit l'agrafe du soutien-gorge qu'il laissa tomber sur le sol.

Le regard soudé au sien, il prit ses seins en coupe dans ses paumes et se mit à pétrir les deux globes laiteux à pleines mains, effleurant et pinçant doucement les mamelons durcis entre le pouce et l'index.

— Ou alors comme ça…

Elle geignit, tellement excitée qu'elle avait du mal à tenir sur ses jambes en coton.

Il darda sur elle le bleu fiévreux de ses yeux et un lent sourire retroussa le coin de ses lèvres, pendant que sa bouche avide prenait le relais, déclenchant un incendie au creux de ses reins.

Il enroula sa langue autour d'un téton, l'agaçant du bout des dents avant de l'engloutir entre ses lèvres expertes pour le lécher avec ferveur.

Sa main traça un sillon incandescent jusqu'à son ventre et s'insinua sous la dentelle de sa culotte pour venir caresser délicatement son clitoris.

— Et surtout comme ça…, conclut-il.

Elle poussa un soupir sensuel, le cœur cognant dans sa poitrine.

Ses cuisses se mirent à trembler tandis qu'elle sentait monter en elle un besoin impérieux qu'il n'était pas près d'apaiser, elle le savait.

Les yeux clos, la respiration erratique, elle ploya la tête en arrière lorsqu'il enfouit un doigt audacieux, puis un deuxième, dans ses replis les plus secrets.

Il insinua un genou entre ses cuisses.

— Ecarte les jambes pour moi, ma douce.

Elle se trémoussa contre le mur et obéit, les jambes grandes ouvertes.

Il y enfonça lentement les doigts, les retira pour mieux replonger, alternant les mouvements circulaires et un va-et-vient paresseux pendant que sa langue accélérait ses assauts voluptueux sur ses seins.

Sa chair se liquéfia et elle se contracta. Chacune de ses caresses l'embrasait au point de la rendre folle de désir, comme un volcan au bord de l'éruption. Elle avait l'impression de flotter dans un brouillard de plaisir, au seuil d'une bulle d'extase dont il lui refusait l'accès.

— Tu es si chaude, si douce… Tu as tellement envie, j'adore, lui souffla-t-il à l'oreille.

Avec un gémissement sourd, elle se cambra contre sa main pour l'encourager à en finir.

— Arrête de me torturer.

Ses lèvres s'incurvèrent en un sourire canaille contre sa joue.

— Dis-moi ce que tu veux que je te fasse, Chloé.

Sa requête ne réussit qu'à augmenter la frustration qu'il s'était ingénié à générer en elle.

— Fais-moi jouir, supplia-t-elle, oubliant toute pudeur.

Il s'exécuta sans plus attendre.

Il l'embrassa, sa langue aspirant la sienne, puis il intensifia ses caresses, allant et venant profondément en elle avec ses doigts à un rythme frénétique, tandis que, du pouce, il frictionnait sans relâche son clitoris ultrasensible, allumant un feu liquide dans ses veines.

Agrippée à ses épaules, les doigts plantés dans son dos pour ne pas s'écrouler, elle sentit une spirale de plaisir grandir en elle et la propulser de plus en plus vite, de plus en plus haut.

Incapable de se retenir, elle gémit tout contre ses lèvres, emportée par une vague de jouissance qui déferla à toute vitesse, l'emportant au bord de l'abîme.

Elle vacilla sur ses pieds et il la rattrapa par la taille pour l'empêcher de tomber.

— Chloé, ça va, tu es sûre ?

Elle hocha la tête, le souffle court.

— Oui. « A ta manière », hein ?

Il releva la tête, les yeux brillants, son sexe dur et gonflé frottant contre sa hanche.

— On continue ? lui susurra-t-il.

Oh ! il voulait la rendre folle… Elle mourait déjà d'envie de découvrir quelle serait la prochaine surprise.

Il la guida vers le grand lit.

— Ne bouge pas, je reviens.

Sur ces mots, il disparut dans la salle de bains.

Elle en profita pour se débarrasser de ses escarpins et de sa culotte avant de s'allonger, confortablement calée contre les oreillers.

Il reparut une minute plus tard, muni de plusieurs sachets brillants. Il les fourra sous un coussin, à l'exception d'un seul qu'il posa sur le lit, à portée de main.

A en juger par le nombre de préservatifs, il prévoyait une nuit plutôt agitée.

Parfait. Elle ne demandait que ça.

Elle le dévora des yeux tandis qu'il se déshabillait, debout au pied du lit. Il ôta ses chaussures et ses chaussettes, puis dégrafa sa ceinture de cuir, défit son pantalon et le baissa le long de ses cuisses en même temps que son boxer.

Il était d'une suprême élégance dans son costume anthracite de bureau mais là, nu, on aurait dit un dieu grec… Le corps mince et musclé, la peau hâlée, et le sexe vainqueur.

Un petit sourire sensuel s'épanouit sur ses lèvres tandis qu'il empoignait son pénis raidi à pleines mains, spectacle bouleversant d'érotisme, avant de grimper sur le lit.

Il referma les doigts sur ses chevilles qu'il ouvrit pour s'agenouiller entre ses jambes.

Le visage enfoui entre ses cuisses, il entreprit alors d'en effleurer l'intérieur de sa bouche affamée, lui faisant clairement comprendre ce qu'il avait en tête.

Il écarta avec une infinie douceur sa vulve entre le pouce et l'index et infiltra sa langue dans ses replis qu'il se mit à lécher avec dévotion. C'était délicieux… Elle avait l'impression d'être une déesse.

En même temps, ses doigts frôlèrent les boucles de sa toison et fouillèrent eux aussi son intimité.

Il s'affaira sur le petit bourgeon érigé de son clitoris comme sur un fruit bien mûr et juteux qu'il suça tant et plus, puis il promena sa langue sur sa chair gonflée et palpitante et recommença encore et encore.

Tout son corps se mit à trembler et elle bascula dans l'extase, au-delà du simple corps à corps physique, dans une sorte de transe qu'elle n'avait jamais connue auparavant.

Avec un gémissement étouffé, éperdue de bonheur, elle glissa les mains dans ses cheveux soyeux.

Aucun homme avant lui n'avait été capable de refréner ses ardeurs et de prendre tout son temps avec une telle patience, une telle douceur.

Maintenant encore, ses lèvres butinaient gentiment sa cuisse, un contact intime destiné à la laisser reprendre ses esprits, à laisser durer le plaisir pour la satisfaire encore et encore avant d'accéder à sa propre jouissance.

Et il s'en félicitait, car il venait de découvrir une Chloé imprévisible, extraordinairement sensuelle.

Il avait bien fait d'attendre.

Il se redressa pour s'accroupir entre ses jambes, son regard impudique accrochant chaque parcelle de son corps, depuis ses cuisses offertes jusqu'à son visage enfiévré.

— Oh ! ma belle… c'était si bon, dit-il d'une voix assourdie. Mais maintenant, on va passer aux choses sérieuses.

Sans crier gare, il la renversa sur le ventre, l'empoigna par les hanches et l'attira à lui, de sorte qu'elle se retrouva à quatre pattes, cambrée, ouverte, devinant clairement ce qu'il avait l'intention de lui faire.

Electrisée, elle attendit.

Apparemment, la position du missionnaire n'avait rien d'excitant pour ce demi-dieu du sexe.

Par là, il reprenait le contrôle et réalisait en même

temps le fantasme qu'elle lui avait révélé dans l'avion… être possédée brutalement, passionnément.

Sans hésiter, il agrippa ses fesses qu'il se mit à pétrir avec entrain.

— Tu as les plus jolies fesses du monde. Chaque fois que tu portais une jupe moulante au bureau, je ne pouvais pas m'empêcher de les admirer en rêvant de te faire ça, fit-il en promenant les doigts sur sa peau.

D'un seul élan, il enfouit son sexe tendu en elle.

Ils gémirent à l'unisson et, en appui sur les avant-bras, elle se cambra pour l'encourager à plonger encore plus loin.

Il l'empoigna par la taille et intensifia son va-et-vient en elle, comme s'il cherchait à se perdre en elle.

Seigneur ! Dire qu'elle croyait être rassasiée après les deux orgasmes fulgurants qu'il venait de lui procurer ! Comme elle s'était trompée.

Le désir revint si fort, si intense qu'elle pensa défaillir. Elle sentit les prémices d'un nouvel orgasme la submerger. Tout son corps se remit à trembler, à frissonner, elle s'abandonna, envahie par le tourbillon d'exquises sensations qu'il créait entre ses cuisses.

Elle se cramponna désespérément à l'édredon, comme à une bouée, pour ne pas perdre pied.

A ses vigoureuses poussées, elle comprit qu'il ne se contrôlerait bientôt plus. Elle sentit son corps puissant s'écraser contre le sien et son bassin se soulever tandis que son sexe l'écartelait sans merci.

Un dernier coup de reins, et elle cria de bonheur, ballottée par des vagues déferlantes qui l'emportèrent vers les sommets de l'extase, où il la rejoignit aussitôt, le corps traversé de longs spasmes violents.

Il s'effondra, les mains posées de chaque côté de son visage, comme pour ne pas l'écraser de son poids.

Toujours enfoui en elle, il nicha sa tête au creux de son cou, à bout de souffle.

— C'était fantastique ! Tu es fantastique, bredouilla-t-il d'une voix éraillée.

Grisée par le parfum viril et musqué de sa peau en sueur, elle laissa échapper un petit rire incrédule. Il venait de lui donner trois orgasmes d'affilée avec un bel enthousiasme, il l'avait fait vibrer de toutes les manières imaginables comme aucun homme avant lui, et il trouvait encore le moyen de lui faire des compliments ! Incroyable ! Mais il se trompait sur la personne et confondait les rôles. C'était lui qui était fantastique. Cette nuit avait été divine.

Comment pourrait-elle se passer des délices inouïs dont il l'avait comblée ?

Elle sentit son estomac se nouer et préféra chasser cette idée de sa tête.

Au même instant, il roula sur lui-même, se leva et gagna la salle de bains pour se débarrasser du préservatif. A son retour, il s'allongea contre elle. Instinctivement, elle plaqua son dos contre son torse et ses cuisses.

C'était exquis !

Lovée tout contre lui, elle sentit brusquement une bouffée d'angoisse l'assaillir. Cette nuit était dédiée au sexe, pas aux câlins ni aux débordements d'affection après l'amour. Dans les bras d'Aiden, elle se sentait soudée à lui par un lien étroit, trop intime qui l'effrayait.

Elle se sentait désarmée, vulnérable.

Elle avala sa salive. Elle préférait qu'il la prenne debout contre le mur, avec violence et frénésie, c'était moins périlleux que cet élan de tendresse auquel elle ne s'attendait pas. Cela ne lui ressemblait pas. Ce serait si facile de s'attacher à cet homme et d'envisager plus qu'une aventure sans lendemain avec un séduisant collègue sur une île de rêve.

Non, cela, elle ne se le permettrait pas. C'était trop dangereux. Tant sur le plan personnel que professionnel.

Mal à l'aise, elle voulut s'écarter, elle avait du mal à respirer, elle avait besoin d'espace, mais il resserra ses bras autour d'elle. De toute évidence, il n'avait aucune idée des affres dans lesquels elle se débattait.

— Ne bouge pas, ma belle, grogna-t-il. Je n'en ai pas fini avec toi. Donne-moi une demi-heure pour recharger mes batteries.

Une petite voix dans sa tête lui souffla qu'elle devait garder ses distances. Elle refoula un début de panique et s'efforça de garder la tête froide pour trouver le moyen de s'esquiver discrètement.

— Tu te prends pour le lapin Duracell ou quoi ? plaisanta-t-elle.

— Avec toi, on dirait bien que oui, rétorqua-t-il d'une voix somnolente.

Elle ne répondit pas.

Un peu plus tard, quand l'étau de ses bras se relâcha, au rythme de sa respiration, elle comprit qu'il glissait dans le sommeil.

Quant à elle, le souffle court, elle avait toujours l'impression d'étouffer, de manquer d'air.

Elle était au bord de la syncope.

Qu'est-ce qui lui passait par la tête ? Elle n'allait tout de même pas succomber à la tentation de passer la nuit dans son lit. Ce serait pure folie. Mais il y avait si longtemps qu'elle n'avait pas goûté à la chaleur douce et rassurante du corps d'un homme après l'amour…

Non, ce n'était qu'illusion, pur fantasme. Elle n'avait pas l'intention de renouveler les erreurs du passé. En attendant, il n'était pas question de sentiments ni de quoi que ce soit de sérieux entre eux. Elle ferait bien de se l'enfoncer dans le crâne.

Au bout de quelques minutes, elle sentit ses muscles puissants se détendre tandis qu'un léger ronflement lui annonçait qu'il avait enfin sombré dans le sommeil.

Alors elle repoussa son bras avec précaution, s'écarta et quitta le lit en hâte. Elle rassembla ses vêtements à tâtons dans le noir, enfila sa robe en vitesse sans même prendre la peine de remettre ses sous-vêtements, ramassa ses escarpins et se dirigea vers la porte sur la pointe des pieds.

S'il l'entendit sortir de la chambre, à son grand soulagement, il ne tenta rien pour la retenir.

En entrant dans le restaurant où était servi le petit déjeuner, Aiden eut la surprise d'y trouver Chloé, assise seule à une table au fond de la salle, près d'une fenêtre donnant sur les jardins luxuriants de l'hôtel.

Elle buvait son café tout en griffonnant dans son carnet, probablement des notes pour sa future présentation.

Lui-même avait consacré les premières heures de la matinée à sa propre communication, cherchant à tirer le meilleur parti d'Hattie la marieuse, le principal atout dont il disposait.

Son estomac criant famine, il se dirigea vers le buffet, commanda une omelette et emplit son assiette de bacon, fruits frais et autres délices. Il se versa un grand verre de jus d'orange, une tasse de café et emporta son plateau lourdement chargé à la table de Chloe.

A la façon dont elle s'était éclipsée pendant son sommeil, la nuit dernière, il ne savait pas trop sur quel pied danser.

Le léger grincement de la porte qui se refermait l'avait réveillé et il avait su d'instinct qu'elle était partie. Il avait failli rejeter les draps et sauter dans son pantalon pour s'élancer à sa suite, et puis il s'était ravisé. Il n'allait quand même pas poursuivre une femme qui lui faisait clairement comprendre qu'elle ne souhaitait pas sa présence auprès d'elle.

Non, il devait se remettre les idées en place. Ce qui se passait entre eux n'était qu'un petit flirt sans conséquence. Cela ne lui donnait pas le droit d'exiger d'elle autre chose que du sexe. Sauf qu'elle l'ensorcelait, le touchait au plus profond de lui-même. Il aurait menti en affirmant n'avoir cédé qu'à une simple pulsion sexuelle attisée par deux longues années d'attente.

Après qu'ils s'étaient enfin abandonnés corps et âme à l'attirance qui les consumait depuis trop longtemps, le plaisir qu'ils s'étaient donné avait été inouï, il devait le reconnaître. La serrer dans ses bras après l'amour l'avait comblé et étrangement ému. Plus qu'une simple satisfaction physique, c'était plutôt une sensation de plénitude qu'aucune femme avant elle ne lui avait procurée…

Non, impossible ! Il ne pouvait pas se permettre de penser à elle de cette manière. Jamais. N'en déplaise à la marieuse de l'île et à sa fleur prémonitoire.

Pour être franc, il avait beau être déçu par sa fuite la nuit passée, il en comprenait la raison. Elle s'efforçait de conserver un semblant de normalité dans leur relation. Elle ne voulait pas commettre l'erreur de mélanger travail et sentiments, et risquer de mettre en péril leur emploi au sein d'une société qui réprouvait les rapports intimes entre collègues et ne transigeait pas sur le règlement.

Qu'il ait l'intention de quitter l'agence d'ici quelques mois ne changeait rien, d'autant qu'il comptait bien empocher la prime à cinq chiffres attribuée au vainqueur de la campagne Saint-Raphaël.

Sans parler du fait que tout les opposait. Non, il n'y avait aucun avenir possible entre eux, au-delà de cette semaine.

Sans un mot, elle le regarda approcher par-dessus sa tasse de café. Avec ses cheveux noués en une épaisse queue-de-cheval, elle était si belle. Lumineuse en fait. Les trois orgasmes qu'il lui avait offerts la nuit dernière avaient sans doute quelque chose à voir avec le joli rose qui colorait ses joues.

En tout cas, il se plaisait à s'en attribuer le mérite.

Elle était vêtue d'un short blanc avec un petit haut en dentelle couleur parme, les pieds glissés dans une paire de tongs à paillettes qui ne détonnaient pas dans le décor — les autres femmes présentes portaient exactement les mêmes.

Un fruit exotique... pulpeux, dont il ne pourrait jamais se repaître.

Il posa sans façon son plateau sur la table et s'assit en face d'elle sans lui demander la permission, de peur de se faire rembarrer sans autre forme de procès.

Elle ne dit mot, mais le regard méfiant dont elle le gratifia était éloquent. Elle s'attendait visiblement à un interrogatoire en règle à propos de sa fuite précipitée après leurs ébats torrides de la nuit dernière.

Heureusement pour elle, il n'en avait pas la moindre intention. D'ailleurs, il ne comptait même pas aborder le sujet, jugeant cette discussion totalement inutile.

Par-dessus tout, il désirait alléger l'atmosphère et ne tenait pas à envenimer leurs relations qu'il voulait gaies, légères, enjouées.

Tout sauf le blues du lendemain matin.

Il piqua sa fourchette dans son omelette et désigna son calepin du menton.

— Ça avance ?

A son grand soulagement, il vit les traits de Chloé s'adoucir quelque peu. Il surprit un sourire sur ses lèvres. C'était encourageant. Signe que les choses redevenaient peut-être normales entre eux.

Elle haussa les épaules.

— J'ai quelques idées pour un slogan accrocheur et je me suis dépêchée de les noter de peur de les oublier. J'ai beau me dire que je me souviendrai de mes idées brillantes parce qu'elles sont géniales, justement, si je ne les mets pas par écrit, elles m'échappent immédiatement. Je déteste ça. Eh bien, il y en a un qui meurt de faim, ce matin, on dirait, ajouta-t-elle sans transition en louchant sur son plateau débordant de nourriture.

A la pointe d'amusement qu'il surprit dans ses yeux, il comprit qu'elle voulait plaisanter. Elle avait l'air de savoir compartimenter vie professionnelle et vie privée bien mieux que lui, songea-t-il, hypnotisé par sa bouche dont il se remémora le goût exquis.

Partout. Elle était délicieuse de *partout*. Il en avait à présent la preuve irréfutable…

Il avala un morceau de bacon qu'il fit descendre à l'aide d'une bonne rasade de café et lui décocha un sourire vorace en haussant comiquement le sourcil.

— Que veux-tu, tu m'as mis en appétit, cette nuit.

Elle éclata de rire, les yeux fixés sur la tranche de melon qu'elle tenait à la main. Elle y mordit à belles dents et mastiqua avec application.

— A propos de cette nuit, je pense qu'on devrait fixer certaines règles…

— Très bien, approuva-t-il, attendant patiemment la suite pour voir ce qu'elle avait en tête.

Elle se ménagea une pause, le temps de se lécher les doigts du bout de la langue.

— Je veux être sûre qu'on soit sur la même longueur d'onde concernant notre relation, reprit-elle, sans se douter de la vague de désir brut que ce spectacle voluptueux déchaînait dans son entrejambe.

Il se contrôla à grand-peine.

Pour le reste, il n'avait aucune objection. Au contraire.

Cette demande était tout à fait raisonnable et allait grandement simplifier les choses.

— Rien ne filtrera de ce qui se passe entre ces quatre murs, dit-il, conscient de débiter une banalité, laquelle s'appliquait pourtant parfaitement à la situation. Une fois dans l'avion pour Boston, on laissera le passé à sa place : derrière nous. Et les bons moments qu'on a vécus ensemble aussi. Et tout reviendra dans l'ordre comme avant. Clair et net, sans complications.

— D'accord, dit-elle en hochant la tête.

Il poussa un soupir de soulagement. Au fond, les règles avaient du bon.

Ils avaient ainsi carte blanche pour aller au bout de leurs désirs et de leurs fantasmes pendant encore quelque temps.

— Parfait, cela nous laisse encore quatre jours pour en profiter, déclara-t-il, même s'il doutait fort de pouvoir se rassasier d'elle en un laps de temps si court.

Ayant terminé son fruit, elle s'essuya les mains et lui décocha un sourire charmeur, plein de promesses.

— J'espère bien. En attendant, j'ai une foule de choses à faire aujourd'hui pour préparer ma présentation, dont un rendez-vous avec le photographe et le couple de figurants qu'il a recruté pour les clichés. Quant à ce soir, nous avons le choix entre une soirée toge et un bal masqué. Tu as une préférence ?

— Oui. Une soirée à thème unique : toi. Toi, de toutes les manières possibles, répondit-t-il sans ambages.

Elle se mordit la lèvre, une étincelle de désir dansant dans ses yeux.

— Bon, alors, puisque tu as fait les choses à ta manière la nuit dernière, c'est à moi ce soir. Juste retour des choses. Tu es d'accord ?

Dévoré d'impatience, il s'enflamma instantanément.

La journée promettait de se dérouler dans un état de frustration insupportable…

— J'ai hâte d'y être.

Elle ronronnait presque, une main posée sous son menton.

— Moi aussi. Alors ? Toge ou bal masqué ?

La soirée toge lui rappelait un peu trop ses années d'étudiant, aussi pencha-t-il pour une occupation un peu plus excitante.

— Bal masqué.

— Opération suspense et séduction ! Excellent choix.

Son regard brûlant, enjôleur et espiègle à la fois, lui révéla qu'elle envisageait déjà tous les moyens possibles d'en tirer le meilleur parti.

Elle se leva, ramassa son carnet et lui décocha un sourire appuyé.

— Bon, j'ai du travail. A tout à l'heure, Aiden.

Des souvenirs sensuels plein la tête, il observa le balancement envoûtant de ses hanches tandis qu'elle s'éloignait. Un grognement impatient lui échappa lorsqu'il la vit disparaître de son champ de vision avec un regret mêlé d'une pointe de soulagement.

A présent, il allait pouvoir se concentrer sur des sujets qui requéraient toute son attention.

Il acheva son petit déjeuner, déterminé à mettre à profit la journée pour abattre une bonne dose de travail. Il avait lui aussi rendez-vous avec Ricardo, le photographe, qu'il devait retrouver quand ce dernier en aurait fini avec Chloé.

Après quoi, il irait repérer les lieux pour des photos censées étoffer sa présentation visuelle et enrichir, preuves à l'appui, ses idées marketing concernant Saint-Raphaël Resort.

Avant tout, il voulait s'entretenir avec Hattie afin de

vérifier s'il y avait moyen de combiner ses méthodes traditionnelles avec l'approche plus moderne du village.

Cinq minutes plus tard, il pénétra dans la serre tropicale où il trouva la marieuse en grande conversation avec un jeune couple.

Il attendit à l'écart par discrétion.

Ce jour-là, elle portait une robe chatoyante et elle avait défait ses nattes. Sa longue chevelure ornée de minuscules fleurs rouges lui arrivait presque à la taille.

Ses yeux s'illuminèrent quand elle le vit entrer, mais elle ne vint à sa rencontre qu'une fois les visiteurs partis.

Elle inclina curieusement la tête.

— Ah, vous voilà. Bonjour ! La jolie femme qui vous accompagnait hier n'est pas avec vous ? Lui aurais-je fait peur avec mes prophéties, l'autre jour ? Elle ne veut pas croire que vous êtes faits l'un pour l'autre, c'est ça ?

Il sourit. Chloé n'était pas facilement influençable, et quoi qu'en dise cette vieille chouette, il savait pertinemment qu'ils n'étaient faits l'un pour l'autre qu'au lit. Et à en juger par leur nuit mouvementée, c'était un endroit très agréable à partager avec une femme aussi passionnée.

— Chloé avait à faire, répondit-il avec sincérité. Je suis venu vous parler de vos talents de marieuse. A mon avis, le complexe pourrait vous utiliser, vous et cette fleur hybride, comme valeur ajoutée dans sa stratégie commerciale. Ça donnerait à l'île un côté glamour et fournirait à vos hôtes une expérience unique en son genre, qu'ils ne pourront trouver nulle part ailleurs. A mon avis, ce serait un excellent angle marketing.

Hattie plissa le front.

— Croyez-vous vraiment que j'ai le don de savoir si deux personnes sont destinées l'une à l'autre, dites-moi franchement ?

Il prit le temps de la réflexion pour peser ses mots, ne voulant surtout pas l'offenser.

— Je pense que vos intentions sont louables et honnêtes. Je crois aussi que la plupart des gens souhaitant trouver leur âme sœur sont enclins à croire à vos pouvoirs. C'est tout ce qui compte d'un point de vue commercial et publicitaire

Elle s'activa autour d'une plante.

— Qu'est-ce qui vous a rendu si méfiant vis-à-vis de l'amour ? questionna-t-elle, un peu radoucie.

Peu désireux de s'épancher sur l'échec de son mariage et de son divorce douloureux avec une quasi-inconnue, il haussa les épaules.

— J'ai une vision pragmatique des choses, expliqua-t-il. Mais cela ne signifie pas pour autant que je méprise votre savoir ancestral ou vos dons prémonitoires.

Elle s'abîma dans ses réflexions en arrosant la plante, puis le regarda en face, un sourire mystérieux flottant sur ses lèvres.

— Je veux bien vous aider dans votre projet. J'espère d'ailleurs que, d'ici la fin de votre séjour sur notre île, vous vous rendrez compte que j'ai vu juste à propos de votre amie et vous. Vous êtes des âmes sœurs.

— Marché conclu, dit-il, tout en sachant que la marieuse risquait d'être cruellement déçue, car même si Chloé et lui étaient en parfaite osmose sexuelle, c'était là tout ce qu'ils avaient en commun.

- 8 -

Chloé était partie au moment où Aiden retrouva Ricardo à l'heure convenue.

Il lui expliqua ce qu'il souhaitait, puis la séance commença par des photos sur le vif illustrant les différentes activités qu'offrait le village.

Après quoi, les deux figurants posèrent autour d'un verre au bar de la piscine, puis dans le cadre romantique de l'un des luxueux bungalows situés à l'écart du grand hôtel.

Pour conclure, ils réalisèrent une série de clichés du couple se prélassant sur la plage ou s'ébattant dans l'océan.

Il fixa un prochain rendez-vous au photographe pour réaliser quelques portraits ainsi qu'une courte vidéo d'Hattie.

Il était de plus en plus enthousiaste à mesure que prenait forme dans son esprit le projet de mettre en lumière le rôle inattendu d'une marieuse traditionnelle.

Et même s'il n'avait aucune idée de ce que Chloé préparait de son côté, il était confiant dans ses chances de remporter l'adhésion générale grâce à l'originalité de sa démarche consistant à présenter le village sous un angle absolument unique.

Il n'avait d'ailleurs pas besoin des dons de double vue d'Hattie pour bâtir une argumentation lisible et efficace.

Les heures passèrent. L'après-midi était déjà bien avancé quand Ricardo annonça que le dernier shooting était dans la boîte. Au moment où l'équipe remballait le matériel, Aiden aperçut Chloé qui se dirigeait vers la mer. Elle avait manifestement l'intention de profiter de la plage, maintenant qu'elle avait terminé sa journée de travail.

Vêtue d'un paréo blanc, ses tongs fluo aux pieds, un sac de toile en bandoulière, elle mettait le cap vers les cabines dressées sur le sable sans avoir remarqué sa présence ni celle de Ricardo debout sous le grand palmier, dans la direction opposée.

Laissant le photographe s'entretenir avec les figurants, Aiden tendit le cou pour la voir prendre possession d'une cabine libre, équipée de deux chaises longues.

Quand elle retira son paréo blanc, il faillit s'étrangler à la vue du Bikini turquoise minimaliste dévoilant son corps de déesse. Son rythme cardiaque s'accéléra et il ne put s'empêcher de la dévorer du regard. Le haut mettait en valeur ses jolis seins ronds, tandis que le bas ne laissait pas grand-chose à l'imagination, révélant ses hanches minces et ses longues jambes fuselées. Elle se pencha pour pêcher sa crème solaire dans son sac et en tartina consciencieusement ses épaules, ses bras, sa gorge, son ventre plat, ses cuisses, ses mollets… Il avait le vertige. Il aurait donné n'importe quoi pour s'y employer lui-même.

Une fois l'opération terminée, elle plaça le transat face au soleil et s'y allongea, le corps luisant, exposé comme une offrande aux yeux de tous.

Taraudé par le désir qu'elle faisait naître en lui, il surprit les regards masculins rivés sur ses formes affolantes et un instinct primitif, possessif, s'empara de lui. Il faillit se précipiter pour la réclamer comme sienne à la face du monde, alors qu'il n'en avait aucun droit, autrement que sexuellement, et encore pendant quatre jours à peine.

Arrête tes bêtises, se dit-il, exaspéré par ses propres

enfantillages. Elle n'était pas un objet, et encore moins sa propriété. Point final.

Il passa la main sur sa mâchoire crispée avec un soupir agacé qui ne soulagea pas sa frustration pour autant.

— Celle-là, elle va vous en faire voir de toutes les couleurs, si vous voulez mon avis.

La remarque du photographe l'arracha à ses pensées moroses.

— Pardon ? fit-il, le regard incertain.

— Elle est énergique, ambitieuse, vous feriez bien de vous tenir à carreau, enchaîna l'autre avec un sourire entendu.

Comme si je ne le savais pas.

Professionnellement parlant, leur rivalité créait entre eux une formidable émulation qui l'incitait à se dépasser constamment. Aujourd'hui, sur le plan personnel, elle le poussait encore dans ses derniers retranchements. A son corps défendant.

— A qui le dites-vous ! Depuis deux ans que nous travaillons ensemble, je suis obligé de sortir le grand jeu, vous pouvez me croire.

Hilare, Ricardo démonta le téléobjectif de son appareil pour le ranger soigneusement dans son étui.

— Je n'en doute pas. Elle m'a dit que vous étiez en compétition sur ce projet.

Aiden hocha la tête. Un concurrent pouvait en cacher un autre, songea-t-il, se rappelant qu'une agence rivale était dans la course. Mais pour lui, le vrai danger, c'était Chloé.

— C'est exact. L'issue devrait être… intéressante.

— Bonne chance, alors. Et avec Chloé aussi, ajouta Ricardo, une complicité masculine dans le regard. Dans la vie, une femme sexy, ça a du bon. C'est comme du poil à gratter, ça vous empêche de vous reposer sur vos lauriers.

Apparemment, le photographe avait surpris le regard concupiscent qu'il dardait sur elle quelques minutes plus tôt.

Mais il ignorait tout de ses relations passées avec les femmes.

Et avec une en particulier, celle qu'il avait choisie pour épouse.

Vibrante, excitante, elle lui lançait défi sur défi, le jetant sur des charbons ardents. Et elle avait tout sacrifié pour aller au bout de ses ambitions professionnelles, y compris son mariage, foulant au pied l'amour et le respect mutuel.

Paige lui avait brisé le cœur.

Elle avait trahi sa confiance. Depuis son divorce, la blessure ne s'était pas refermée et il n'avait plus jamais été capable de se fier à une autre femme.

Sérieux obstacle pour reconstruire une relation durable.

Son ex-épouse l'avait quitté sans un regard, sans pitié. Très vite, elle avait gravi les échelons de la hiérarchie dans une grosse entreprise de New York, laissant Aiden se morfondre dans son coin, seul et sans réponse.

— Tiens, tiens, on dirait que les kékés sont de sortie, lança Ricardo avec amusement en louchant vers la plage.

Aiden tourna si brusquement la tête qu'il faillit se dévisser le cou. A son grand dépit, un type torse nu, genre armoire à glace à l'air prétentieux, s'avançait en roulant des mécaniques vers la chaise longue où était étendue Chloé.

Elle ne portait pas son bracelet rouge, remarqua-t-il soudain, de sorte que n'importe quel célibataire pouvait tenter sa chance.

Et ça, il n'en était pas question. Elle était à lui… du moins encore quelques jours et quelques nuits.

C'était sa seule justification et il s'y accrochait dur comme fer.

— Merci pour tout, Ricardo, dit-il en lui serrant la main, pressé de partir. J'ai hâte de voir ce que cela va donner.

Son manège n'avait apparemment pas échappé au photographe, fine mouche.

— Les photos seront très réussies, j'en suis sûr, affirma Ricardo. Je vais les développer tout de suite en rentrant. Vous les aurez demain après-midi. Ça ira ?

— Oui, c'est parfait.

Enfin, c'était terminé. Plus rien ne le retenait de rejoindre Chloé.

Il s'élança au galop vers le bout de plage où elle se trouvait, furieux de la voir minauder avec ce bellâtre qui lui faisait du gringue.

Et lorsqu'il la vit rire, sans doute d'une mauvaise blague de ce triste individu, il crut devenir fou. Les mâchoires serrées à en avoir mal, il accéléra le pas, résolu à renvoyer son admirateur transi dans les cordes.

Ce dernier fronça les sourcils en le voyant approcher, comme si c'était lui, Aiden, l'intrus et non l'inverse.

Il se campa devant la chaise longue.

— Mademoiselle est avec moi, déclara-t-il sèchement.

L'autre lança un regard interrogateur à Chloé.

— Oui, c'est vrai, confirma-t-elle avec un petit sourire gêné étirant sa jolie bouche sensuelle. Je n'ai pas mis le bracelet rouge parce que je ne voulais pas avoir la marque du bronzage, tu comprends ? ajouta-t-elle à l'adresse d'Aiden.

Aussitôt, l'homme battit en retraite, les mains levées en signe de reddition.

— Je ne pouvais pas le deviner, elle ne portait pas de bracelet, se justifia-t-il, l'air dépité.

Un éclair d'amusement dans les yeux, elle leva la tête du fond de son transat, aussitôt son Roméo enfui.

— Tu peux m'expliquer ce qui t'a pris ?

Les mains sur les hanches, il haussa les épaules, se forçant à la regarder en face sans lorgner avec envie ses seins magnifiques qu'un petit bout de tissu bleu voilait à peine.

— J'essaye de te protéger des gros lourds.

Elle leva les yeux au ciel.

— Je n'ai pas besoin que l'on me protège. Je n'ai rien d'une demoiselle en détresse attendant que son preux chevalier vienne la sauver sur son cheval blanc.

— Quand je suis avec quelqu'un, moi, je ne partage pas.

Elle éclata d'un rire moqueur.

— Tu joues à l'homme des cavernes ou quoi ?

Il gloussa en se rappelant son vieux fantasme « être possédée brutalement ».

Elle allait être servie.

— Je vais te montrer à quoi ressemble un homme des cavernes, moi, tu vas voir.

Il arracha son T-shirt avant de la soulever dans ses bras, ignorant son petit cri de surprise. Puis il la jeta sur son épaule comme un vulgaire sac à patates dans la pure tradition d'un homme de Neandertal.

Elle suffoqua d'indignation.

— C'est une blague ?

Elle se tortilla comme un ver et il eut toutes les peines du monde à maintenir en place son corps glissant, enduit de lotion. Il coinça un bras sous ses genoux afin qu'elle ne puisse pas lui échapper et se dirigea vers la mer.

— A ton avis ?

Elle se débattit, le bourrant de coups de pied.

En vain.

Alors elle lui claqua les fesses. Fort.

— Lâche-moi, Aiden ! Tout de suite.

Il enroula une main autour de sa cuisse qu'il pressa affectueusement.

Il la relâcherait dès qu'il pourrait la larguer dans l'eau.

— Tes désirs sont des ordres, ma douce.

— Tu vas me le payer.

Vu qu'elle ne pouvait pas se retenir de rire, la menace tombait à plat.

— J'espère bien, je n'attends que ça, fit-il, les pieds dans l'eau.

Il continua à avancer jusqu'à ce que les vagues viennent lécher le bas de son short.

— Tu n'as pas intérêt à faire ça, Aiden, je te préviens.

Il changea de position pour la reprendre dans ses bras et lui décocha un immense sourire.

— Désolé, chérie, mais je ne peux pas résister.

Et sans autre forme de procès, il la lança dans la mer turquoise.

Elle moulina des bras, les yeux écarquillés, tomba dans l'eau dans un grand splash, elle but la tasse, s'étrangla et coula à pic.

Elle remonta à la surface en crachant, ses cheveux dégoulinants retombant sur son visage pendant qu'il regagnait le rivage en gloussant.

— Tu ne vas pas t'en tirer comme ça, mon vieux, éructa-t-elle dans son dos. Tu vas y avoir droit, toi aussi, tu vas voir.

Agile comme un singe, elle grimpa sur son dos, l'emprisonnant de ses bras et de ses jambes pour entraver ses mouvements.

Incapable de bouger, il décida de le prendre à la rigolade. Rira bien qui rira le dernier. Il se laissa entraîner au fond de l'eau, histoire de jouer le jeu et de lui faire croire qu'elle avait gagné. Lorsqu'il remonta à la surface pour reprendre son souffle, elle tenta de s'esquiver et il se lança à sa poursuite, lui laissant un peu d'avance avant de la rattraper.

Cette fois, elle n'opposa aucune résistance. Son rire insouciant était contagieux. Ils étaient arrivés près du bord, de l'eau jusqu'à la taille. Elle se pendit à son cou, les jambes nouées autour de ses hanches, elle se cramponna à ses cheveux mouillés, elle posa ses lèvres sur les siennes et l'embrassa… doucement, profondément, goulument.

Sous l'eau, il empoigna ses fesses et l'attira à lui pour frotter son érection grandissante contre ses cuisses.

Elle gémit de plaisir avant d'interrompre ce baiser voluptueux, le regard soudé au sien.

— Tu es si beau, tellement sexy. J'ai hâte de te prendre ce soir.

Il arqua un sourcil.

— Me prendre ?

Elle acquiesça. Ses yeux mordorés étincelaient, riches de promesses lubriques.

— Je vais *te prendre* de telle façon que tu vas oublier toutes les autres femmes.

C'était un peu présomptueux, mais il la croyait…

Avec son humeur enjouée, son charme irrésistible et ses courbes parfaites, aucune autre n'aurait pu rivaliser.

Il la désirait de toutes les manières possibles.

Aussi longtemps qu'il en aurait la possibilité.

Il se demanda si elle se montrerait aussi dévergondée dans l'eau que sur la terre ferme.

— Tu ne veux pas me donner un petit aperçu ?

Quand elle secoua la tête, ses longues mèches ruisselantes vinrent chatouiller son torse nu.

— Je n'ai pas l'intention de me faire chasser du village pour atteinte à la pudeur.

Elle était drôle, extravertie et si gaie, hors du bureau, libérée du carcan des interdits qui les avaient forcés à refouler leur attirance pendant trop longtemps.

— Allez, donne-moi un indice pour me mettre sur la voie.

Elle baissa la tête et promena sa langue dans le creux de son cou.

— Je vais te lécher. Probablement te mordre aussi…, précisa-t-elle en joignant le geste à la parole le long de sa mâchoire jusqu'à sa bouche. Et te sucer partout…

Elle happa sa lèvre inférieure entre ses dents et se mit à l'aspirer. Il grogna, à l'agonie, des images scandaleuses plein l'esprit. Son membre viril se dressa tel un piquet, comme doué d'une vie propre. Impossible qu'elle ne s'en rende pas compte…

Elle s'écarta d'un pas et battit des paupières, l'air innocent, comme si elle n'avait pas fait grimper sa température de plusieurs degrés.

— Ça te suffit comme aperçu ?

— Je crois, oui, dit-il d'une voix rauque. Lécher, mordiller et sucer… j'ai tout compris.

Elle rit.

— C'est trop facile, tu es si prévisible…

Il ne pouvait pas le nier. Elle savait le mener par le bout du nez.

Un verre à la main, Aiden errait au milieu de la foule, cherchant Chloé parmi les célibataires et les couples masqués. Les hommes portaient un costume noir, tandis que les femmes arboraient de longues robes chatoyantes.

Avant d'entrer dans la salle, chacun avait dû se dissimuler le visage. Le choix était vaste : des masques incrustés de strass et de pierreries, d'autres en forme de papillon, et d'autres encore ornés de plumes, rubans et dentelle.

N'aimant pas les fanfreluches, il se décida pour un loup de satin noir tout simple qui ne camouflait que la moitié du visage.

Indifférent à la musique, au buffet gastronomique, il ne

pensait qu'à une chose : retrouver Chloé. Mais comment la reconnaître sous son masque ?

Ils auraient dû venir ensemble plutôt que de se retrouver là, dans cette cohue anonyme.

— Salut, beau gosse, vous dansez ?

Il découvrit une petite brunette surgie à son côté, les yeux inquisiteurs sous le masque de perles et de paillettes qui couvrait sa figure. Elle avait l'air assez jolie, même si, les seins en avant, cambrée comme la proue d'un navire dans sa robe moulante, il était évident qu'elle cherchait à harponner une proie facile.

Il ne fut pas intéressé une fraction de seconde, car la seule femme qui occupait ses pensées était Chloé.

Décidément, il en pinçait sérieusement pour elle.

— Désolé, mais je suis avec quelqu'un, déclara-t-il en exhibant le bracelet rouge à son poignet.

Elle soupira avec une petite moue déçue.

— J'aurais dû me douter... Les plus séduisants sont déjà pris, évidemment...

Amusé, il l'observa poursuivre sa chasse au célibataire. La plupart des estivants étaient en couple, mais il restait encore quelques célibataires esseulés. Tous ne quitteraient pas Saint-Raphaël en ayant trouvé l'âme sœur, médita-t-il en faisant tourner son whisky dans son verre d'un air absent.

Soudain, une femme qui fendait la foule dans sa direction attira son attention.

C'était elle, à n'en pas douter.

Il ressentit des picotements de désir dans tout le corps. Il reconnaissait sa démarche chaloupée, ultra-sexy, le balancement sensuel de ses hanches, ses courbes désirables sous sa robe noire. Son visage était entièrement recouvert d'un masque en plumes colorées, et bien qu'il ne puisse distinguer son visage, le sourire plein de séduction sur ses lèvres pulpeuses, c'était Chloé tout craché. Impossible de s'y tromper

Elle l'avait reconnu aussi, manifestement. Elle se planta devant lui, l'attira par le revers de sa veste et, sans préambule, inclina la tête et l'embrassa à pleine bouche, comme déterminée à le rendre fou de désir.

C'était chose faite.

Elle enroula sa langue autour de la sienne une dernière fois avant d'interrompre ce fougueux baiser brusquement, puis elle lui tourna le dos et disparut aussi mystérieusement qu'elle était venue.

Quelques secondes plus tard, elle s'était volatilisée dans la foule des fêtards, le laissant perplexe, intrigué par ce jeu du chat et de la souris auquel il ne comprenait rien.

Avec une grimace de dépit, il essaya de la rattraper, sans trop savoir où aller.

Il passerait la nuit entière à sa recherche s'il le fallait.

Heureusement, il n'eut pas à tergiverser très longtemps. Un serveur l'aborda et lui tendit une enveloppe à son nom.

— On m'a demandé de vous remettre ceci, monsieur.

— Merci, dit-il en reconnaissant l'écriture de Chloé.

Il s'empara de l'enveloppe, la décacheta et découvrit le message suivant :

Cette nuit, je veux satisfaire tous tes désirs. Rendez-vous dans ma chambre. Ce soir, c'est moi qui décide. A ma manière…

Aussitôt, il sentit son corps vibrer violemment. Cette femme était l'incarnation de tous ses fantasmes. Comment résister à pareille invitation ?

Il glissa le mot dans la poche de son veston, ôta son masque et quitta le bal, dirigeant ses pas vers la chambre de Chloé.

Quelques minutes plus tard, il frappait à sa porte, son pouls s'affolant à l'idée de ce qui l'attendait.

Elle ouvrit, vêtue d'une nuisette de soie couleur rubis, qui lui descendait à mi-cuisse. Elle avait ôté son masque mais gardé ses hauts talons noirs, nota-t-il avec délectation.

Elle le prit par la main pour l'attirer à l'intérieur, un sourire canaille aux lèvres.

Ici et là, elle avait disposé des bougies — comment se les était-elle procurées ? Mystère — dont la flamme dansante créait une atmosphère chaleureuse et romantique. De lourds effluves de vanille flottaient dans l'air, et la musique douce de son iPod ajoutait à la séduction des lieux.

Elle leva sur lui un regard brillant, plein de promesses.

— Tu es un rien trop habillé à mon goût, dit-elle en lui ôtant son veston qu'elle lança sur le dossier d'une chaise.

Pendant qu'il se déchaussait, elle attrapa sa cravate et la desserra avant de la passer par-dessus sa tête. Après quoi, elle lui enleva fébrilement sa chemise qu'elle fit glisser sur ses épaules.

Bon sang, il n'en pouvait plus, jamais il n'avait désiré autant une femme. Il se baissa pour retirer ses chaussettes avant de s'attaquer à sa ceinture, mais Chloé l'en empêcha. Elle lui attrapa les poignets en ordonnant :

— Non, pour le moment, tu gardes ton pantalon.

Puis elle s'avança pour effleurer ses lèvres des siennes.

Il était décidé à la laisser prendre la direction des opérations sans rechigner.

— A vos ordres, mademoiselle.

Elle désigna la chaise à côté du lit.

— Va t'asseoir là-bas.

Il s'exécuta docilement, refrénant à grand-peine sa curiosité, tout en tirant de la poche de son pantalon trois petits sachets brillants qu'il posa sur la table de chevet en lui décochant un sourire.

— Je pense qu'on en aura besoin à un moment ou à un autre, cette nuit.

— On verra, si tu as de la chance, rétorqua-t-elle, un petit rictus polisson au coin des lèvres.

De la chance ? Il en avait à revendre ce soir, il le sentait. Il s'installa, ses longues jambes tendues devant lui. Les mains docilement posées sur ses genoux, il la regarda s'approcher de la commode.

Elle manipula les boutons de son iPod et *Sex On Fire*, un des tubes des Kings of Leon, résonna aussitôt dans la pièce. Elle rebroussa chemin, ondulant des hanches en cadence, la fente béante de sa nuisette découvrant à chaque pas la peau laiteuse de ses cuisses nues.

Toujours sans un mot, elle dénoua la cordelette qui la retenait. L'étoffe soyeuse glissa avec une lenteur étudiée sur sa peau au gré de ce strip-tease ébouriffant, qui n'était destiné qu'à lui. Au bout d'un moment, d'un haussement d'épaules, elle se débarrassa du vêtement qui vint s'échouer à ses pieds et elle apparut devant lui en soutien-gorge de dentelle noire et slip assorti, toujours juchée sur ses escarpins affriolants.

Il dut se faire violence pour ne pas bondir sur elle, la faire basculer sans ménagement sur ses genoux et improviser une danse d'un autre genre.

Du bout des doigts, elle écarta les bretelles de son soutien-gorge, révélant le renflement généreux de sa poitrine, puis elle noua les mains dans son dos pour défaire l'attache du léger vêtement qui alla bientôt rejoindre la nuisette sur le sol, exposant les rondeurs de ses seins orgueilleusement dressés.

Envoûté par ce spectacle, il s'agita sur son siège, submergé par une bouffée de désir brut, tel un torrent impétueux.

Aussitôt, il sentit son sexe durcir et tendre son pantalon.

Ce détail ne dut pas échapper à son ensorceleuse qui le fixait en s'humectant les lèvres avec avidité.

C'était de plus en plus brûlant... Il sentait en lui un incendie qui allait le consumer... et de la plus belle façon possible, c'était certain.

Les paupières closes, elle leva les bras au-dessus de sa tête et entama une danse lascive. Sa peau nue luisait à la lueur des bougies, baignant ses seins splendides d'une chaude lumière dorée, tandis qu'elle se déhanchait au rythme de la musique avec une grâce hypnotique.

Alors elle commença à se caresser...

Il la regarda glisser ses doigts le long de la masse souple de ses cheveux bruns avant de les promener sur sa gorge, et il ravala un grognement rauque quand elle se mit à jouer avec ses seins.

Elle les prit en coupe dans ses paumes, les soulevant, les soupesant, les pressant à pleines mains, pétrissant avec ardeur ses tétons durcis du bout des doigts.

Ses petits gémissements résonnèrent à ses oreilles et il ressentit instantanément une décharge électrique le long de son membre.

Elle rouvrit les yeux et lui coula un regard oblique, un sourire enjôleur aux lèvres. Pendant ce temps, ses mains poursuivaient leur chemin, effleurant par petites touches délicates son ventre plat avant de s'introduire résolument dans sa culotte. Ses doigts effilés s'aventurèrent à l'intérieur de ses cuisses avant de plonger plus avant. En l'entendant haleter, il comprit sans peine qu'elle avait trouvé le cœur humide et brûlant de sa féminité. L'endroit précis où il mourait d'envie de se trouver.

— Tu te souviens du fantasme dont tu m'as parlé dans l'avion ? lui souffla-t-elle, le regard chaviré.

Comment aurait-il pu oublier la vision qui aiguillonnait sa libido ?

Regarder une femme se donner du plaisir.

Elle se hâta d'extraire sa main de sa culotte, glissa ses pouces sous l'élastique, la baissa le long de ses jambes et la laissa tomber à ses pieds.

Ses escarpins suivirent le même chemin.

Elle était complètement nue à présent.

Sans plus attendre, elle alla s'asseoir au bord du lit tout près de sa chaise, les genoux serrés.

Avec sa longue chevelure ruisselant en vagues soyeuses sur ses épaules et ses jolis petits tétons pointant sous les boucles sombres, sa peau délicieusement rosie par l'excitation, ses yeux dilatés par la passion, elle était splendide.

Si troublante qu'il sentit un besoin lancinant grandir dans son bas-ventre et son cerveau disjoncter. Il frôlait la folie. Bon sang, la situation était en train de lui échapper.

La voix de Chloé le ramena brusquement à la réalité.

— C'est exactement mon intention, tu vois. Dis-moi ce que tu aimerais que je te fasse.

Cette proposition irrésistible le mit en émoi. Avec quel soin elle s'était préparée à leur rendez-vous, comprit-il soudain avec stupeur. Aucune autre avant elle ne s'était jamais donnée à lui avec un tel abandon. Et que ce soit elle entre toutes qui concrétise son fantasme le plus fou le ravissait secrètement.

— Ecarte les jambes et caresse-toi, intima-t-il d'une voix basse, profonde. Montre-moi ce qui te fait vibrer, palpiter de désir.

— La réponse, c'est toi, murmura-t-elle, en ouvrant les jambes pour lui montrer ce qu'il voulait voir.

Ces paroles l'enchantèrent, et il se délecta davantage encore du tableau torride qu'elle lui offrait.

De son côté, elle n'était pas inactive. Il la vit se mordre les lèvres en écartant les pétales roses de son sexe entre le pouce et l'index, avant de tracer des arabesques autour du petit bouton gonflé, le corps tremblant.

— Plus loin, ordonna-t-il.

Obéissante, elle se hasarda à l'orée de sa féminité, y plongea ses doigts et se mit à se caresser, tout en massant son clitoris du pouce, ses seins ballottant de plus en plus vite, de plus en plus fort, au rythme du ballet fougueux que ses doigts chorégraphiaient sur son sexe.

Le spectacle était divin… Le corps en feu, son membre tendu était si douloureux que, pour soulager la pression qui l'habitait, il se hâta de détacher sa ceinture et descendit la fermeture à glissière pour libérer son érection à l'étroit dans le boxer qui l'emprisonnait.

Au léger soupir qu'il exhala, elle releva la tête et darda un regard excité sur son sexe gonflé de désir.

— Je veux que tu te touches toi aussi.

Il sourit et, sans se faire prier, referma la main sur la base de son sexe, imprimant un mouvement de va-et-vient avec une lenteur délibérée pour éviter d'exploser trop vite.

Les yeux rivés sur sa paume qui allait et venait sur son sexe, elle paraissait aussi fascinée par cette vision que lui-même par l'incroyable érotisme du spectacle qu'elle lui offrait pendant ce temps.

— Oh ! Aiden…

L'entendant gémir son nom, il comprit qu'elle était au bord du gouffre et, pris de pitié, il lui donna ce qu'elle voulait.

— Jouis pour moi, maintenant, rugit-il d'une voix éraillée.

Elle obéit, intensifiant le rythme de ses caresses sur son clitoris sans la moindre retenue, les hanches agitées de mouvements convulsifs, les cuisses tremblantes, au bord du précipice.

Elle rejeta la tête en arrière, les yeux clos, gémissante, comme perdue dans sa bulle orgasmique.

Il n'avait jamais été témoin d'une vision aussi follement érotique. Lui-même était au supplice, au bord de la rupture. Mais il voulait jouir en elle, l'allonger sur le dos et s'enfouir dans sa moiteur exquise.

Bientôt il serait en elle.

Il ne pensait à rien d'autre.

Fort de cette conviction, il accentua la pression à la base de son sexe afin de tempérer ses ardeurs.

De son côté, elle mit un certain temps avant de retomber sur terre. Ayant repris ses esprits, elle descendit du lit pour venir s'agenouiller devant lui, elle saisit les bords de son pantalon et l'abaissa d'un coup sec.

Il souleva les hanches afin de lui faciliter la tâche et se retrouva nu comme un ver, tout comme elle.

Un sourire extatique aux lèvres, elle plaqua les mains sur ses genoux et lui écarta les jambes.

— Lécher, mordiller, sucer... tu te rappelles ? murmura-t-elle, faisant allusion à sa promesse, un peu plus tôt sur la plage.

Elle inclina son visage, traçant du bout des dents un sillon brûlant qui remonta le long de sa cuisse, ne laissant planer aucun doute sur ses intentions.

Elle se mit à jouer à petits coups de langue pour atteindre sa cible — le bout si sensible de son sexe — qu'elle entreprit de laper, se délectant avec gourmandise de sa saveur, jusqu'à ce qu'il enfouisse ses doigts dans ses cheveux avec un râle étranglé.

Alors un sourire carnassier aux lèvres, elle le prit tout entier dans sa bouche, le plus loin possible.

Le désir dévorant qu'il avait d'elle se trouva décuplé quand, de sa langue experte, elle se mit à parcourir sa verge de haut en bas, le suçant vite et fort, comme une affamée.

En proie à un délicieux vertige, il ne contrôlait plus rien, était sur le point de succomber. Dans un dernier sursaut de lucidité, il posa la main sur sa tête pour la repousser, s'arrachant à ses caresses, tant qu'il en était encore capable.

Elle cilla, fixant sur lui un regard trouble, suffoquée de surprise.

Il s'empressa de clarifier les choses.

— Ta bouche est la plus délicieuse du monde, ma douce, mais c'est en toi que je veux jouir.

Il s'aperçut avec stupeur qu'il en avait *besoin*. Un bien grand mot ! Et pourtant, c'était le sentiment qu'elle faisait naître en lui — un besoin vital, viscéral.

Cette révélation lui fit l'effet d'un véritable électrochoc, ébranlant tout son être. Il refusa de s'y appesantir. Pourquoi se mettre martel en tête, alors que cette semaine était censée être un agréable interlude sans lendemain avec une collègue de travail ?

Ni plus ni moins.

Ne sachant trop quelle attitude adopter, il préféra la laisser agir à sa guise, certain que, d'une manière ou d'une autre, il finirait par s'enfouir profondément en elle.

Quoi qu'il arrive.

Elle tendit la main vers la table de chevet, saisit à tâtons un préservatif et l'enfila sur son sexe. Après quoi, elle se jucha sur ses genoux et, agrippée à ses épaules, elle descendit lentement sur son sexe dressé, le regard vissé au sien.

Il s'enfonça en elle avec ravissement, les bras noués autour de sa taille en un geste possessif, tandis qu'elle se lançait dans une danse lascive, un corps à corps échevelé, cuisse contre cuisse, ventre contre ventre, ondulant des hanches au rythme échevelé de la musique que diffusait son iPod.

Gémissante de volupté, elle enfonça les mains dans ses cheveux qu'elle tira sans ménagement pour mieux assurer sa prise, avant de s'emparer de sa bouche dans un long baiser passionné.

Ils se mirent bientôt à vibrer dans une fusion totale, dévorante.

Quand il la sentit se tendre, les spasmes du plaisir contractant sa chair à l'unisson de la sienne — l'orgasme était tout proche — il faufila une main entre eux pour la faire basculer au bord de l'extase. Et dans un ultime coup de reins, il s'abandonna à la déferlante du plaisir, un torrent de passion qui le propulsa vers des sommets insoupçonnés, pendant qu'elle se cramponnait à lui comme s'il était son dernier point d'ancrage dans un monde qui avait perdu ses repères et vacillait sur son axe.

C'était une symbiose parfaite.

Et malgré le pacte tacite conclu à leur arrivée au village, rien ne serait plus jamais pareil entre eux, il le savait.

- 9 -

Les trois jours suivants, Chloé ne vit pas les heures s'écouler. Les matinées et les après-midi défilaient à une vitesse folle entre les multiples divertissements qu'offrait le village, sans parler des longs moments qu'elle consacrait à parachever sa présentation publicitaire.

Non, vraiment, elle n'avait pas le loisir de s'ennuyer une seconde.

Les nuits, elle les passait dans les bras d'Aiden.

Ils se livraient à toutes sortes de jeux érotiques, plus coquins les uns que les autres, profitant au maximum du temps qui leur restait ensemble.

Le sexe avec Aiden était sensationnel, au-delà de tout ce qu'elle avait pu imaginer dans ses rêves les plus fous.

Physiquement, c'était l'entente parfaite. Mais au fil des jours, elle s'était aperçue qu'elle s'attachait à lui également sur le plan affectif, perspective qu'elle n'aurait jamais crue envisageable.

Elle l'examina à la dérobée, admirant la peau hâlée de ses bras nus, ses muscles puissants qui roulaient souplement sous le fin coton de son T-shirt, ses larges épaules…

Elle avait appris à aimer le petit pli qui se creusait entre ses sourcils quand il les fronçait, signe d'une réflexion intense. Et ses mèches en bataille à force de se passer la main dans les cheveux, tic qui lui était habituel lorsque toute son attention se portait sur un projet, par exemple, ou sur le clavier de son ordinateur portable.

Comme en ce moment précis, dans la salle de réunion mise à leur disposition par l'hôtel durant leur séjour, et où ils se trouvaient depuis le début de l'après-midi.

Elle aurait pu rester des heures à s'extasier devant cet homme si séduisant et incroyablement sexy, même si cette activité n'était pas très productive.

Ce qui ne l'avait pourtant pas empêchée d'abattre un travail considérable en quelques heures.

Au fond, elle méritait de s'accorder une pause. Surtout après la longue entrevue que venait de leur accorder Edward Luca, le vice-président du Saint-Raphaël Resort. Leur échange s'était révélé particulièrement fructueux. Il avait répondu de bonne grâce à leurs questions pertinentes sur la stratégie commerciale et ses objectifs, leur permettant ainsi d'affiner leur vision de l'avenir du complexe hôtelier.

Les indications fournies par Luca avaient beau être très précieuses, leur bel enthousiasme était quelque peu douché par la présence sur l'île de leurs concurrents. En effet, détail non dénué d'importance, ils n'ignoraient pas que les deux représentants de l'agence de publicité rivale avaient également rencontré Luca, peu de temps auparavant.

Le temps passant, la tension était encore montée d'un cran — il ne leur restait que vingt-quatre heures à peine pour glaner les dernières informations utiles à leur projet avant de s'envoler pour Boston, le lendemain matin.

Elle se secoua pour reprendre pied dans la réalité.

La grande table était noyée sous un amoncellement de papiers — les tableaux du visuel qu'ils avaient réalisés au cours de leur séjour, y compris les photos de Ricardo, leur thème de campagne et le logo visant à compléter leur présentation infographique.

Pour sa part, elle devait encore peaufiner le slogan publicitaire destiné à la promotion du complexe. Elle recherchait un message à la fois simple et sophistiqué. Elle avait quelques idées sur la question, bien sûr, mais elle ne parvenait pas à concocter une formule attractive et efficace en termes d'impact, en accord avec l'image de marque du village et le public ciblé.

Elle était très fière en revanche de la vidéo flash mob qu'elle avait réalisée, laquelle insufflait à sa campagne une fraîcheur, une gaieté, une esthétique résolument branchée, centrée sur toutes les animations du village, notamment le thème de la rencontre amoureuse, sur un ton décalé, festif et plein d'humour. L'agence avait les moyens d'en tirer parti et de faire le buzz sur internet par un marketing viral, visant à diffuser la vidéo à une vitesse exponentielle, qui assurerait la visibilité du complexe en s'adressant aux célibataires à la recherche d'un moyen décontracté de nouer une idylle, voire de trouver l'amour.

L'amour. Son cœur se mit à battre plus vite. Elle loucha vers Aiden toujours concentré sur son clavier, l'air absent, indifférent à ce qui l'entourait. Grands dieux, serait-elle tombée amoureuse ? C'était invraisemblable. Elle avala sa salive avec difficulté. Pourtant, tout concordait pour indiquer que ce petit flirt entre amis menaçait de lui brouiller les idées et les sens. Jusqu'à quand allait-elle se voiler la face et nier les sentiments profonds qu'il lui inspirait ?

Et les règles de leur entreprise étaient formelles sur ce point. Ils couraient droit au désastre.

En quelques jours, leur relation platonique s'était muée en une passion explosive à la sexualité débridée.

Jouer au faux couple pour les besoins de la cause lui avait permis de dénouer ses blocages. Elle en voulait plus. Passer davantage de temps avec lui et pas seulement au lit. Et cela, c'était une véritable révélation pour elle qui s'était juré de ne plus jamais montrer sa vulnérabilité face à un homme.

Or elle appréciait beaucoup sa compagnie, elle ne pouvait le nier. Il la faisait rire et il avait même réussi à lui soutirer quelques-uns de ses plus noirs secrets. Des révélations qu'elle n'aurait jamais pensé révéler à quiconque. Et elle l'avait laissé pénétrer dans des lieux secrets qu'elle croyait définitivement scellés depuis sa rupture avec Neil.

Elle n'avait jamais rien connu de pareil avec aucun homme avant lui.

Mais une fois de plus, les règles de l'entreprise étaient ce qu'elles étaient. Et son idylle avec Aiden était incompatible avec ses projets d'avenir ambitieux. Elle souhaitait vraiment décrocher cette promotion qu'elle guettait depuis si longtemps et qui se trouvait maintenant à sa portée…

Mais à quel prix ? Pourrait-elle prendre ses distances avec Aiden après une semaine de relation intense ?

Elle secoua la tête pour chasser ses pensées irrationnelles. Certes, ils avaient passé de bons moments ensemble, mais il ne lui avait jamais rien promis au-delà de cette parenthèse sensuelle. D'ailleurs, si elle lui avait parlé de son passé douloureux, lui-même était resté silencieux sur sa vie avec son ex-femme. A l'évidence, il avait connu de grandes souffrances et elle mourait d'envie d'en apprendre davantage.

Il étouffa un soupir de soulagement et s'étira, les bras tendus au-dessus de la tête, puis il remua la tête de droite à gauche pour détendre sa nuque et ses épaules ankylosées.

— Je crois que j'ai fini.

Elle-même avait encore à fignoler des détails et apporter deux ou trois modifications à son projet — elle aurait largement le temps à son retour au bureau.

— Moi aussi. Alors, ta présentation ? Tu es content ?

Il avait consacré les trois derniers jours à interroger

les employés du complexe au sujet de la réputation de la marieuse, ainsi qu'à éplucher les lettres de remerciements enthousiastes d'anciens hôtes confirmant ses prédictions. Etant donné la manière dont les talents de cette femme coïncidaient parfaitement avec l'objectif du village, à savoir susciter des rencontres entre célibataires partageant les mêmes intérêts et affinités, les compétences d'Hattie avaient été largement négligées, voire sous-exploitées.

Sur un plan commercial s'entend.

— Franchement oui, je ne pouvais espérer mieux. Il me faut encore apporter la touche finale, mais je dois reconnaître que notre Hattie est plutôt convaincante en Cupidon.

Elle avala une longue gorgée à sa bouteille d'eau.

— C'est un très bon sujet marketing, en effet.

Il se renversa sur sa chaise avec satisfaction.

— Idem pour ton concept de flash mob. C'est tout à fait dans l'air du temps.

Même si Perry leur avait donné pour consigne de travailler chacun de son côté, ils se faisaient suffisamment confiance pour échanger leurs points de vue afin de perfectionner leurs stratégies respectives.

C'était une chance inestimable de pouvoir confronter ses idées avec quelqu'un d'aussi créatif et perspicace, songea-t-elle.

— Merci, c'est très gentil. En fait, tout dépendra des desiderata et des centres d'intérêt du vice-président. Et puis nous n'avons pas la moindre idée de ce que trament « les garçons ».

Tel était le surnom dont ils avaient affublé leurs concurrents, le tandem Darryl et Ken, les concepteurs de l'agence Metro. Même si leurs routes s'étaient souvent croisées au hasard de leurs déambulations dans le complexe ou des différentes animations auxquelles ils avaient participé, ils s'étaient bien gardés de pactiser avec l'ennemi et avaient fait preuve de la plus grande discrétion concernant leurs réalisations et leurs idées.

Aiden se frotta pensivement la joue.

— Tu veux voir ma présentation PowerPoint ? lança-t-il après une brève hésitation. J'aimerais connaître ton avis.

Elle le dévisagea avec stupéfaction. Ils avaient longuement discuté de l'élaboration de leurs axes de campagne respectifs au cours de la semaine écoulée, mais elle n'aurait jamais cru qu'il lui révélerait tous ses secrets !

Cette preuve de confiance de sa part l'émut profondément, en plus d'éveiller sa curiosité.

Elle accepta avec empressement.

Il retira la clé USB de son ordinateur et la fit glisser sur la table dans sa direction. Elle s'en saisit et la brancha sur le sien.

Quelques secondes plus tard, un panorama animé défila sur son écran — une série de photos des splendides aménagements du complexe hôtelier, niché dans un cadre paradisiaque au beau milieu d'une végétation luxuriante, avec ses plages magnifiques où l'on voyait des couples batifoler main dans la main.

Sans oublier un aperçu du large choix d'activités mis à la disposition des estivants.

Il avait merveilleusement exploité les clichés de Ricardo dans un montage romantique à souhait, plein de charme et de séduction.

La vidéo se poursuivait par une interview d'Hattie dans la serre tropicale. Des étoiles plein les yeux, elle se présentait comme la marieuse de l'île, affirmant avoir le pouvoir de déceler l'étincelle magique jaillissant entre deux êtres.

Ensuite, encouragé par Hattie, on voyait un jeune couple effleurer le pistil de l'hybride rose qu'eux-mêmes avaient également touché, le jour de leur première visite à la serre. La tige vira à l'écarlate foncé aux endroits précis où les deux tourtereaux avaient posé les doigts. Alors, un sourire satisfait sur les lèvres, Hattie les déclarait âmes sœurs… à condition d'ouvrir leur cœur et d'avoir la foi.

Au fond d'elle-même, Chloé en était venue à y croire elle aussi, et cette révélation lui envoya une décharge d'adrénaline dans les veines.

Au départ, il est vrai, elle avait accueilli avec scepticisme la prédiction d'Hattie les concernant, mais l'évolution de ses sentiments envers Aiden n'avait fait que corroborer l'oracle de la vieille femme.

Et s'ils étaient réellement unis par des liens invisibles ?

Elle avait beau essayer de se convaincre du contraire, au fond, il était trop tard, elle le savait. Elle ne pouvait plus revenir en arrière ni refouler les émotions qui l'envahissaient.

Soudain, l'angoisse la saisit. Qu'inspirait-elle à Aiden, elle ? Dans le fond, elle n'en savait rien.

Quoi qu'il en soit, la séquence d'Aiden confortait les célibataires dans l'espoir de rencontrer le grand amour un jour. Pourtant, concernant le message précis qu'il destinait à son public, elle n'était pas dupe. Sa campagne tout entière reposait sur Hattie et ses dons de « faiseuse de couples » à l'ancienne mode.

Or, l'ironie de la chose était que, personnellement, il ne croyait pas le moins du monde dans le don de voyance qu'elle affirmait posséder, cette sorte d'intuition qui lui révélait le destin d'un couple. Pour lui, Hattie n'était que le moyen d'atteindre son objectif — présenter le Saint-Raphaël Resort et son île sous un jour romantique.

C'était un très bon coup marketing, et Chloé sentit au fond d'elle-même qu'entre son idée de flash mob et l'approche plus traditionnelle d'Aiden, la dimension émotionnelle pourrait bien faire la différence.

Bien entendu, elle mettrait tout en œuvre pour défendre son idée, elle n'avait pas dit son dernier mot.

C'était une battante, et elle s'accrocherait coûte que coûte pour remporter ce dossier ainsi que la prime qui l'accompagnait.

— Alors, qu'en penses-tu ?

Elle crut discerner une pointe d'anxiété dans sa voix, à croire que son opinion lui importait vraiment.

Elle leva les yeux de son écran et croisa son regard.

Elle choisit la sincérité.

— C'est excellent.

Un sourire naquit sur ses lèvres et il se détendit, comme soulagé d'un grand poids.

— C'est vrai ?

Elle lui sourit avec chaleur.

— Mais oui. Seulement, je me demande comment tu as réussi à me convaincre d'adhérer à Hattie et à la magie de l'île, alors même que tu n'y crois pas toi-même ?

Il haussa les épaules, l'air désinvolte.

— Le but est de susciter l'intérêt et de provoquer le désir du consommateur. Je ne t'apprends rien. Pas besoin de croire au produit pour le vendre. Pourvu que le concept soit bon… c'est tout ce qui compte.

Sa réponse était d'une logique imparable. Elle n'y trouva rien à redire.

— Oui, tu as sans doute raison.

Il se leva et entreprit de rassembler les dossiers et documents qui jonchaient la table avant de les ranger dans sa mallette.

— J'ai encore deux ou trois points de détail à régler d'ici notre départ. On se voit toujours ce soir, d'accord ?

Son vœu le plus cher était de passer avec lui cette

dernière nuit qui marquerait la fin de leur liaison avant le retour à la vie réelle.

Elle décida d'être égoïste pour une fois. Ce soir, il serait à elle seule. Pas question de le partager avec quiconque pour quelque raison que ce soit.

— Et si au lieu d'assister à la soirée d'adieu avec les autres, on organisait une petite fête, juste nous deux ? On pourrait dîner chez moi ? Je m'occupe de commander le repas au service d'étage, si tu veux.

Il lui jeta un regard incendiaire et un lent sourire sensuel étira ses lèvres tandis qu'il rangeait son ordinateur dans sa housse.

— Quelle bonne idée, s'exclama-t-il, les prunelles pétillantes. Vers 19 heures, ça te va ?

Elle avait hâte de le retrouver pour savourer au maximum leur dernière nuit d'amour ensemble qu'elle prévoyait de transformer en un véritable feu d'artifice.

Elle le regarda s'éloigner, le cerveau en ébullition, planifiant déjà le déroulement de la soirée dans les moindres détails.

Elle se replongea dans ses notes avec difficulté pour mettre la dernière main à sa propre prestation. Lorsqu'elle eut terminé, une heure plus tard, elle constata avec stupeur qu'elle avait gardé la clé USB d'Aiden contenant sa présentation visuelle.

Elle la fourra soigneusement dans son sac en se promettant de la lui rendre plus tard.

Ayant le reste de l'après-midi pour elle, elle décida de s'offrir une pause détente au spa, dont l'accès était gracieusement mis à la libre disposition de leurs hôtes par la direction de l'hôtel.

*
* *

Il était presque 19 heures quand Aiden arriva chez Chloé.

Une pensée le frappa comme la foudre — cette soirée marquerait la fin de leur histoire. Après avoir passé une semaine au Saint-Raphaël Resort, ils rentreraient le lendemain, dimanche, à Boston. Retour à la vraie vie... au travail, à l'agence...

La parenthèse passionnée se refermerait une fois pour toutes.

Planté devant la porte close, il sentit une émotion étrange lui nouer l'estomac. Redevenir de simples amis et collègues serait incroyablement difficile, il le devinait, et pas seulement parce qu'il devrait renoncer à leurs ébats débridés, même s'il regretterait infiniment le plaisir qu'ils s'étaient donné l'un l'autre.

Non, c'était autre chose. Leurs longues conversations à cœur ouvert, leurs accès de fou rire allaient cruellement lui manquer. Avec elle, il se sentait à l'aise, plus léger à l'intérieur, pour ainsi dire, comme jamais depuis des années. Elle avait ranimé ses anciens désirs, tout ce qu'il attendait de l'existence : le mariage, une famille, une épouse qui partagerait les mêmes objectifs.

Il aurait tant aimé que Chloé soit cette femme-là, mais c'était impensable.

S'ils s'accordaient parfaitement, aussi bien sur le plan intellectuel que physique, ils ne pouvaient imaginer un futur commun. De fait, leurs objectifs étaient diamétralement opposés. Elle ne pensait qu'à son ascension professionnelle, et il avait beau admirer son ambition et sa détermination, cela lui rappelait amèrement son ex-femme et sa quête avide de réussite personnelle.

Et même s'il la croyait incapable de lui mentir sans vergogne, comme Paige autrefois, il savait que leurs projets d'avenir étaient incompatibles.

Il avait beau faire, il ne pouvait empêcher son lourd passé d'interférer avec le futur.

Et hors de question de laisser son cœur et ses sentiments entrer en jeu.

Et peu importe si la marieuse locale croyait mordicus aux âmes sœurs, ou qu'une fleur conforte cette prédiction, il était assez pragmatique et réaliste pour savoir que la compatibilité entre deux êtres ne se résumait pas à une simple attirance physique.

Il prit une profonde inspiration et frappa à la porte.

Ses sombres pensées s'envolèrent dès que Chloé apparut sur le seuil.

Le rose aux joues, elle le fixa de ses grands yeux noisette pailletés d'or, manifestement ravie de le voir.

Sa robe bain de soleil dévoilait sa peau nacrée, hâlée, qu'il mourait d'envie de toucher et caresser. Ses longues boucles retombaient librement dans son dos en vagues soyeuses, signe qu'elle les laissait sécher à l'air libre sans aucun artifice.

Elle était à peine maquillée — un léger trait sombre soulignait ses cils, tandis qu'une touche de gloss illuminait ses lèvres pulpeuses.

Tout en elle respirait la fraîcheur et le naturel.

Elle était à croquer.

— Tu as faim, j'espère, dit-elle avec un sourire engageant.

A croire qu'elle lisait dans son esprit.

Oh oui, il avait faim, et pas qu'un peu…

Il pénétra dans la pièce et referma la porte d'un léger coup de pied.

Alors sans hésiter, il la plaqua contre le mur et s'empara de sa bouche avec une voracité qui le surprit lui-même.

A croire que sa vie en dépendait.

Il captura sa bouche dans un baiser ardent et insatiable, incapable de s'arracher à ses lèvres douces qui s'entrouvraient sous sa pression sauvage. Il lui sembla qu'il n'aurait pas assez d'une nuit, ni même de toute son existence, pour se repaître d'elle.

Il la serra convulsivement contre lui, grisé par la passion déchaînée qui couvait en lui, enflammant ses sens au point qu'il lui fallut un moment pour prendre conscience que, les deux mains posées sur son torse, elle cherchait à le repousser pour s'arracher à sa bouche.

Le souffle court, il s'écarta et lui jeta un regard indécis.

Il ne comprenait pas ce qui lui prenait d'interrompre ce qui aurait conduit à l'inéluctable conclusion — au lit, nus dans les bras l'un de l'autre, son sexe profondément enfoui en elle.

C'était sans doute assez égoïste, voire un peu désinvolte de sa part, il le sentait, mais c'était leur dernière nuit ensemble et il ne voulait pas en perdre une miette.

Le souffle court, elle se lécha les lèvres avec gourmandise avant de lui décocher un sourire radieux, la respiration haletante.

— C'était un bonsoir fort sympathique, mais que dirais-tu d'en garder un peu pour le dessert ? suggéra-t-elle. Le dîner est prêt. Les plats vont refroidir si on ne commence pas tout de suite. Et puis le soleil va bientôt se coucher, il faut se dépêcher pour ne pas rater le spectacle.

Sans lui laisser le temps de réagir, elle le prit par la main et l'entraîna vers la baie vitrée s'ouvrant sur le balcon. Il respira profondément et tenta de se composer une contenance pour maîtriser le tumulte d'émotions qui l'agitait.

Une petite table couverte d'une nappe blanche les attendait. Les couverts étaient en argent et la carafe d'eau en cristal. A côté, se trouvait un seau à glace où l'on avait mis à rafraîchir une bouteille de vin.

Des cloches argentées maintenaient les plats au chaud.

Il prit place à côté d'elle et s'adossa à sa chaise, se forçant à se détendre.

L'air embaumait le jasmin, omniprésent dans l'île. Le soleil embrasait le ciel, diffusant une magnifique lumière jaune orangée.

L'endroit était parfait pour une soirée intime et romantique, loin des flonflons de l'orchestre qui leur parvenaient à distance — les échos assourdis de la soirée dansante organisée pour fêter la fin du séjour.

— J'espère que tu aimes le poulet à la *primavera*, dit-elle en soulevant les cloches des assiettes.

Les effluves odorants de la sauce crémeuse au basilic lui montèrent aux narines et son estomac gargouilla bruyamment.

— Je ne croyais pas avoir si faim, admit-il avec une petite grimace qui la fit rire.

Elle étala sa serviette sur ses genoux.

— Tant mieux, parce que moi aussi.

Il s'empara de la bouteille de vin et leur versa à chacun un verre de pinot gris bien frais — un très bon choix pour accompagner les pâtes.

Ils dégustèrent leur repas en silence pendant quelques minutes en contemplant le panorama grandiose s'étalant à leurs pieds, illuminé par le magnifique coucher de soleil qui descendait de plus en plus bas à l'horizon, là où la mer semblait s'unir au ciel.

— Allez, parle-moi un peu de toi, lança-t-elle quelques instants plus tard d'un ton léger. Quelque chose que j'ignore. Etonne-moi, d'accord ?

Elle s'efforçait de meubler la conversation pour alléger l'atmosphère, il en avait conscience, mais sa question indiscrète toucha une corde sensible. Elle voulait savoir des choses personnelles qu'il ne racontait pas d'ordinaire à n'importe qui. Mais Chloé n'était pas n'importe qui ; il avait confiance en elle et tenait vraiment à elle. Bien plus qu'il ne l'imaginait, il venait de le comprendre.

Il mâchonna ses pâtes en réfléchissant à ce qu'il allait bien pouvoir lui répondre, et résolut de lui expliquer dans les grandes lignes comment il avait déçu les attentes de ses parents pour suivre la voie qu'il s'était tracée.

— Dans ma famille, on est policier de père en fils, commença-t-il. Depuis trois générations, c'est comme ça. Je suis le premier à m'être écarté de la tradition familiale.

Elle arqua un sourcil étonné.

— Vraiment ? Je n'arrive pas à t'imaginer en uniforme. Tes parents t'en ont voulu ?

Il fit tourner le vin dans son verre.

— Ma mère a compris, parce que j'étais le créatif de la famille, toujours débordant d'idées, mais mon père a été très déçu par ma décision. La communication et le marketing, ça ne lui disait rien. Il était flic, comme mon grand-père. Il n'avait que la rigueur et la discipline à la bouche. Il était persuadé que ses deux fils embrasseraient la même carrière. Heureusement, mon frère a sauvé l'honneur. Et même s'ils me reprochent toujours d'être le vilain petit canard de la famille, ils le prennent à la plaisanterie aujourd'hui.

Elle inclina légèrement la tête, une lueur d'amusement dans les yeux.

— Ton frère aime son métier, au moins ?

— Il l'aimait. Mais il y a quelques années, Sam s'est fait tirer dessus en service, enchaîna-t-il devant son regard interrogateur. Du coup, cela lui a donné l'occasion de réfléchir à ce qu'il voulait vraiment faire de sa vie. Il a créé sa propre agence de sécurité, de sorte que, même s'il est à son compte, il a toujours un pied dans la police.

Elle chipota dans son assiette, repoussa ses pâtes et

son poulet et piqua avec sa fourchette une carotte qu'elle croqua du bout des lèvres.

— Il a l'air charmant, ton frère.

— Charmant, c'est une façon de parler. Je dirais plutôt que, dans le genre casse-pieds, on ne fait pas mieux, ajouta-t-il en lui lançant un clin d'œil.

Elle vida le fond de son verre.

— Oui, les frères et sœurs sont souvent une plaie, c'est bien connu.

La pointe de nostalgie qu'il perçut dans sa voix lui rappela qu'elle était fille unique et avait vécu avec une mère loin d'être idéale.

Il remplit de nouveau leurs verres.

— A ton tour de me raconter quelque chose d'inédit sur toi.

Elle se pencha vers lui et déclara d'un air malicieux :

— J'ai un faible pour les romans d'amour. Les histoires tumultueuses et torrides, j'adore. Disons que c'est mon grand plaisir après une dure journée de labeur.

Son petit secret coquin le surprit. Il l'aurait imaginée du genre intello, férue de grande littérature plutôt que de romances à l'eau de rose.

— Donc, si je comprends bien, tu aimes les bouquins avec des scènes d'amour passionnées et une fin heureuse ?

Elle haussa les épaules et reposa sa fourchette dans son assiette, au milieu des reliefs de son repas.

— On peut toujours rêver que ça existe, non ?

— Parce que tu n'y crois pas ?

Un petit sourire s'afficha sur ses lèvres.

— Eh bien, vu le tableau de chasse de ma mère et ma triste expérience avec Neil, il y a belle lurette que je ne me fais plus d'illusion à ce sujet.

Cet aveu lui serra le cœur. Malgré les souffrances qu'il avait endurées lui-même par le passé, il voulait la réconforter, lui permettre de se raccrocher à quelque chose de positif.

— Mes parents sont mariés depuis trente-cinq ans, donc tu vois que c'est possible.

— Oui, mais toi, tu as divorcé.

On pouvait compter sur elle pour ne pas mâcher ses mots. Du coup, il eut envie de lui répondre de façon aussi directe.

— Cela ne veut pas dire pour autant que je ne pense pas refaire ma vie avec quelqu'un qui partagerait les mêmes valeurs et idéaux que moi.

Elle se renversa dans sa chaise, et but une gorgée de vin, le fixant du regard par-dessus son verre.

— C'était quoi le problème avec ton ex-femme ? Incompatibilité ?

Jusque-là, il avait habilement évité la question avec elle, et il fut tenté d'esquiver le sujet cette fois encore. D'ordinaire, il ne parlait jamais de son mariage ni de son divorce, mais ils avaient partagé tant de choses ces derniers jours qu'il se sentit obligé de lui ouvrir son cœur avec une entière sincérité. Et peut-être que faire face à son passé l'aiderait à se rappeler pourquoi, au fond, rien ne pourrait jamais fonctionner entre eux après cette brève aventure.

Il afficha une indifférence feinte, même s'il savait que cette conversation ferait resurgir des souvenirs qu'il aurait aimé enterrer à jamais.

— Paige et moi avions en fait beaucoup de points communs. On aimait les mêmes choses et on avait les mêmes centres d'intérêt, du moins en apparence. Elle était avocate d'affaires et on menait tous les deux des carrières très prenantes dans le monde de l'entreprise, ce qui nécessitait beaucoup d'énergie et d'ambition. Mais j'ignorais à quel point elle pouvait être impitoyable. On avait décidé de fonder une famille et d'avoir un enfant environ un an après notre mariage, enchaîna-t-il après une pause, un petit pincement familier au cœur. Seulement, chaque fois que je remettais la question sur le tapis, elle rétorquait qu'elle n'était pas prête, que sa carrière commençait à décoller. Je comprenais et lâchais du lest. Au bout de deux ans, comme elle n'était toujours pas disposée à avoir un bébé, les discussions ont dégénéré en violentes querelles.

— J'imagine, fit Chloé avec douceur, comme si elle compatissait sincèrement à son malheur.

Il se força à poursuivre même s'il détestait cette partie de son récit, la plus douloureuse.

— Plus on se disputait et plus elle devenait froide et distante. Un vrai glaçon. Et puis un jour, en rentrant du bureau, je l'ai trouvée au lit. Elle ne se sentait pas bien, m'a-t-elle dit, mais je devinais que quelque chose clochait. Elle n'était jamais malade. D'autant qu'elle semblait en pleine forme ce matin-là en partant au travail. J'ai décidé d'aller lui chercher de la soupe chez un traiteur pas très loin de chez nous, et comme c'était plus pratique de prendre sa voiture, en cherchant ses clés dans son sac, je suis tombé sur une ordonnance. Dessus, il y avait le tampon de l'hôpital voisin. J'ai lu le document. C'était la liste des instructions à suivre après l'avortement qu'elle avait subi au cours de l'après-midi… Elle avait tué notre enfant sans même me dire qu'elle était enceinte.

Chloé lâcha un hoquet de saisissement, les pupilles dilatées, sous le choc.

— Oh ! Aiden, je suis désolée, murmura-t-elle avec consternation.

Il serra les poings sur la table et parvint à ravaler l'amertume qu'il sentait remonter en lui.

Les souvenirs vivaces lui revenaient à la mémoire, lui labourant le cœur.

Figé sur place, incrédule, il avait senti un grand froid

l'envahir. En même temps, il voulait désespérément croire qu'il y avait une explication logique à ce qu'il venait de découvrir… l'abomination que Paige avait commise.

Brusquement, le voile s'était déchiré et la vérité l'avait frappé comme un direct au plexus. Leur mariage n'avait aucune valeur aux yeux de sa femme. Elle était capable d'employer tous les moyens pour arriver à ses fins, se protéger et privilégier son ascension professionnelle.

— Quand je lui ai demandé des explications, elle n'a même pas essayé de nier, reprit-il avec un rire grinçant. Elle n'a pas bronché et s'est contentée d'admettre tranquillement que cette grossesse était une erreur et qu'elle n'était pas prête à abandonner son travail pour s'occuper d'un bébé non désiré. Elle se fichait pas mal de mes sentiments. De toute façon, elle ne m'avait pas laissé le choix.

Chloé se pencha et enveloppa sa main de la sienne, caressant du pouce les articulations blanchies de ses poings serrés.

— Cette femme est un monstre d'égoïsme, déclara-t-elle avec conviction.

Il croisa son regard et y lut la compassion, une sympathie sincère envers les épreuves qu'il avait endurées.

Sa douceur, sa générosité lui firent chaud au cœur et lui dessillèrent les yeux.

Il voyait clair à présent.

Après une semaine passée avec Chloé, sans rien ni personne pour leur dicter une ligne de conduite ou faire obstacle à leurs sentiments, elle était devenue la personne qui le connaissait le plus intimement, à part sa famille.

Soudain, elle se leva, écarta la table et vint spontanément s'asseoir sur ses genoux — un geste de réconfort qui n'avait rien de sexuel.

Il savoura cet élan de tendresse dont il avait été cruellement sevré durant si longtemps.

Elle posa une main fraîche et caressante sur sa joue.

— Je peux imaginer l'horreur que tu as vécue en découvrant la vérité alors qu'il était trop tard. Elle t'a vraiment traité comme un chien.

Il secoua la tête, toujours englué dans ses souvenirs.

— Comment ai-je pu être aveugle à ce point sur son compte ? s'exclama-t-il, torturé par cette question restée sans réponse. Comment cette femme en qui j'avais une confiance totale, ma propre épouse, a-t-elle pu trahir ma confiance et commettre une pareille horreur pour la simple raison que sa carrière passait avant notre union ?

— Tu ne pouvais pas le deviner, et puis elle aurait dû être honnête au lieu de te mener en bateau en te donnant de vains espoirs.

Malgré sa profonde amertume, il prit soudain conscience que leurs situations respectives étaient étrangement parallèles.

Curieux qu'il ne s'en soit pas aperçu plus tôt. Neil lui avait présenté une facette de sa personnalité jusqu'à ce que, le temps passant, elle découvre sa vraie nature.

Tout comme Paige et lui.

Elle inclina la tête et déposa sur ses lèvres un baiser très doux qui lui mit du baume au cœur.

Il en fut remué jusqu'au tréfonds de son être. Cette proximité-là allait bien au-delà du seul rapport physique. Ce qu'il ressentait était beaucoup plus fort, plus complet.

Cette révélation le bouleversa, tout se mêlait dans son esprit. Pourquoi, après tout, les choses ne pouvaient-elles pas marcher entre eux ? Il n'en voyait plus la raison, ne comprenant pas davantage pourquoi le lien qui les unissait semblait si simple, naturel, évident, alors qu'il n'aurait pas dû aller de soi.

Il refoula cette idée dérangeante dans un coin de sa tête, se promettant d'y réfléchir plus tard, et se laissa envahir par la passion, soudant sa bouche à la sienne avec une sorte de désespoir.

Dévoré par l'impatience, il aurait voulu se perdre en elle corps et âme, comme s'ils étaient seuls au monde, que rien n'existait hormis cet instant.

Il aurait tout donné pour suspendre le temps, pour que leur dernière nuit dure toujours.

D'un bond, il sauta sur ses pieds, il la prit dans ses bras et, en trois enjambées, il la porta jusqu'à sa chambre. Arrivé là, il la remit debout et, sans interrompre leur baiser, il fit courir ses doigts sur sa nuque pour défaire les nœuds de sa robe bustier.

L'étoffe retomba sur ses hanches. Et tandis que ses paumes moulaient ses seins, il laissa échapper un grognement incontrôlable en sentant ses tétons se dresser entre ses doigts, tels deux petits rubis dans leur écrin soyeux.

A son tour, elle gémit tout contre sa bouche, glissant fébrilement les mains sous son T-shirt pour explorer son torse nu, effleurant de ses pouces ses mamelons virils, aussi durs que l'onyx.

Il fit glisser sur ses cuisses le fin tissu qui retomba en corolle par terre, pendant qu'elle tirait son polo par-dessus sa tête et l'envoyait valser sur le sol.

Ils finirent de se déshabiller, ponctuant chacun de leurs mouvements d'une myriade de baisers languides et de longues caresses voluptueuses.

Il n'en pouvait plus d'attendre, il était à la torture, elle le rendait fou.

Mais plus il cherchait à accélérer la cadence, plus elle semblait décidée à tempérer ses ardeurs, comme pour lui faire comprendre que cette nuit-là serait différente de toutes les autres.

Voilà qui ne lui ressemblait guère. D'ordinaire, elle n'était pas du genre à temporiser, au contraire, elle aimait jouer les dominatrices, déterminée à garder le contrôle, préférant les coups de boutoir de la passion aux douces étreintes langoureuses.

Il s'allongea à son côté et, après s'être hâtivement gainé d'un préservatif, il vint se placer au-dessus d'elle. Au changement subtil qui commençait à s'opérer dans son esprit, il comprit en un éclair ce que leur union signifiait en ce moment précis.

Ils étaient en train de faire l'amour.

Plus besoin, ce soir, de prétexter des fantasmes interdits, de déployer des trésors de séduction ou d'atteindre des orgasmes cataclysmiques. Les émotions qui passaient entre eux étaient presque palpables, mettant son cœur à nu, le laissant désarmé, infiniment vulnérable.

Un sentiment nouveau pour lui.

Il était vain de nier l'évidence — il était en train de tomber fou amoureux.

Il s'obligea à respirer lentement pour tenter de se ressaisir, de récupérer un semblant de maîtrise.

Avec ce corps voluptueux cloué sous le sien, son sexe solidement planté entre ses cuisses offertes, ses mains encadrant son visage, le reflet de son propre désir qu'il lisait dans son regard, il eut la certitude que leur liaison sans attaches, leur aventure éphémère, s'était soudain transformée en histoire passionnée, semée d'embûches.

Pourtant, en dépit de ses craintes et de ses doutes, cette certitude ne lui donna pas la force de résister à ses sentiments.

De toute façon, le voulait-il seulement ?

Pourrait-il se passer d'elle ?

Vivre sans elle ?

Comme si elle avait deviné son tumulte intérieur, elle noua ses longues jambes autour de sa taille, elle souleva les hanches à sa rencontre et se mit à gigoter sous lui, enveloppant de sa moiteur liquide et brûlante l'extrémité sensible de son érection.

Elle se cambra, frottant fiévreusement les tétons durcis de ses seins si doux contre sa peau.

— Viens, Aiden, maintenant.

Grisé par la magie de l'instant, il crut perdre la raison.

Alors d'un seul coup, d'un lent et souple mouvement de ses hanches, il glissa aussi loin que possible dans son corps, l'emplissant délicieusement jusqu'à son point le plus intime.

Et lorsqu'il se retira pour mieux replonger en elle, elle resserra les cuisses autour de lui, son corps épousant étroitement le sien, ses muscles internes se contractant à chacun de ses puissants coups de reins comme pour l'encourager à aller plus loin encore.

Il murmura son nom avant de reprendre ses lèvres dans un baiser avide, sa langue incendiant la sienne dans un ballet fiévreux.

Leurs corps se fondaient merveilleusement l'un dans l'autre. Il se mit à aller et venir comme un taureau furieux, intensifiant le tempo à chaque poussée.

Les plaintes sourdes qu'elle exhalait se muaient en halètements rauques, décuplant son propre désir. Il s'enfonça plus profondément encore avec passion, de plus en plus vite et fort.

Attentif à lui offrir du plaisir avant de laisser libre cours au sien, il la sentit se raidir entre ses bras, le corps agité de soubresauts.

Elle se déchaîna sans la moindre retenue. Elle s'arc-bouta, au bord de la délivrance, empoignant ses fesses avec ardeur, haussant et abaissant frénétiquement ses hanches le long de son sexe à chaque poussée, envoyant dans tout son corps des vibrations qui le transperçaient de part en part, comme autant de flèches acérées.

Quand elle explosa enfin, le corps palpitant au sommet de l'extase, il sentit les ondes incandescentes de son plaisir déferler autour de son membre.

Exquise sensation.

C'en était trop. Incapable de résister davantage, il lâcha prise.

Son orgasme arriva à la suite du sien, s'amplifiant dans son ventre comme une boule de feu, qui explosa en une gerbe d'étoiles.

A cet instant, sa raison chavira et il rendit les armes, prêt à se livrer corps et âme.

- 10 -

Aiden s'éveilla au petit matin dans le lit de Chloé, blotti contre son dos tiède, un bras passé autour de sa taille. Emergeant de sa torpeur, il prit soudain conscience qu'il se trouvait encore là, alors qu'il aurait dû être parti depuis longtemps déjà.

Après leur première nuit ensemble, ils avaient d'un accord tacite décidé que chacun dormirait seul dans son lit… et à présent, il en comprenait la raison.

Partager ces moments d'intimité était dangereux, car cela rendait tangible, presque réelle, une liaison censée n'être qu'un petit flirt sans lendemain.

Cette nuit, il avait été incapable d'assouvir la faim qu'il avait d'elle. Chaque fois qu'il avait fait mine de partir, comme par magie, ses baisers séducteurs, ses soupirs sensuels, ses caresses tentatrices avaient suffi à rallumer la flamme du désir… jusqu'à ce que, exténués et repus, le sommeil les surprenne ensemble sans crier gare.

Il reprit pied dans la réalité et ses idées noires l'assaillirent d'un coup. Chloé. A l'évidence, il était sous le charme, incapable de lui résister. Elle ne l'avait pas seulement séduit physiquement : son esprit, sa douceur, sa joie et son caractère, tout lui plaisait en elle. Elle était si belle, si parfaite, à un point qu'il n'aurait jamais imaginé.

Elle l'excitait comme personne avant elle, et représentait pour lui un véritable défi. Il imaginait d'autres perspectives, maintenant. Avec elle. Même si elle était ambitieuse, indépendante et espérait gravir rapidement les échelons jusqu'au sommet.

Parce qu'il en était tombé amoureux.

Le simple fait d'y penser le terrifiait. Il avait la gorge nouée, un poids dans l'estomac, avec une seule idée en tête — fuir pendant qu'il en était encore temps.

Il n'avait pas d'autre solution. Il lui fallait partir sans attendre. Pas seulement de cette chambre, mais de l'île.

Déchiré entre les sentiments confus et contradictoires qui se bousculaient dans son esprit, il n'était pas disposé à la revoir avant d'avoir fait le ménage dans sa tête.

Il devait prendre des décisions d'urgence. Des décisions qui seraient les plus difficiles qui soient.

Or il était incapable de penser clairement en sa présence.

Le seul moyen d'y parvenir, avec un peu de chance, c'était de mettre de la distance entre eux.

Ignorant la douleur sourde dans sa poitrine, il s'arracha à la chaleur si délicieuse de son corps.

Elle poussa un léger soupir et s'étala à l'endroit qu'il venait de quitter, lui permettant de se glisser hors du lit.

Prenant garde de ne pas la réveiller, il s'habilla en silence, conscient de se sauver comme un lâche, mais il se sentait incapable de prendre le taureau par les cornes… c'était une question de survie.

Ils avaient projeté de quitter l'île le jour même, de toute façon. Il prendrait le premier avion au lieu d'attendre le vol qu'ils avaient réservé en fin d'après-midi. Il avait réuni toutes les informations nécessaires pour sa démo, aussi n'avait-il plus aucune raison de s'attarder.

Il serait déjà loin quand elle s'apercevrait de son absence.

Ayant déniché sur la table de nuit le bloc-notes et le crayon fournis par l'hôtel, il griffonna quelques lignes pour avertir Chloé qu'il avait pris un avion plus tôt que prévu et qu'il lui donnait rendez-vous au bureau lundi matin.

Ensuite, avec un dernier regard de regret, il se faufila dans le couloir.

Pourvu qu'il ne soit pas en train de commettre la plus funeste erreur de sa vie…

Chloé ne fut pas vraiment surprise de se réveiller seule. Le cœur serré, elle lut et relut le message plutôt vague et impersonnel qu'Aiden lui avait laissé. Elle était blessée, immensément déçue.

Il était 8 heures du matin… il était probablement déjà loin.

Une boule au ventre, la gorge nouée, elle reposa la feuille sur la table de chevet et tenta de discipliner ses cheveux en bataille du bout des doigts.

Ils ne s'étaient rien promis, se rappela-t-elle.

Ce n'était qu'une idylle torride, un coup de folie pendant quelques jours de vacances dans un village paradisiaque au bord de la mer.

Rien de plus.

Qu'elle le veuille ou non, c'était bel et bien terminé.

Après les confessions d'Aiden à propos de son ex-femme, la nuit dernière, comment avait-elle pu être assez stupide pour croire une seule seconde qu'ils avaient noué un lien plus intime qu'une simple attraction prétendument sans conséquence ? Et dire que, à la façon dont il lui avait fait l'amour après ses douloureux aveux, son abandon total entre ses bras, elle avait cru que ses sentiments pour elle avaient évolué.

Pauvre idiote.

Pourtant, la nuit dernière avait été étourdissante, différente de leurs précédents rendez-vous. Elle s'était endormie, lovée contre lui, au creux de ses bras, certaine que quelque chose avait bel et bien changé entre eux.

Que malgré leurs différences et le règlement rigoureux de l'agence, ils continueraient à se voir à l'extérieur.

Et que ce qui avait si bien commencé sur cette île se transformerait en une véritable relation.

Non, il s'agissait à l'évidence d'un vœu pieux, une vue de l'esprit. En tout cas, il n'avait pas agi au hasard, ses actes avaient un sens — il ne souhaitait plus rien partager avec elle à l'avenir. Un point c'est tout.

Cette triste constatation lui fit très mal, davantage qu'elle n'aurait voulu l'admettre.

Elle prit une grande inspiration et l'odeur d'Aiden qui stagnait encore dans la pièce envahit ses sens. Refusant de rester enfermée toute la matinée à ruminer sa déception, elle décida de sortir prendre l'air et s'éclaircir les idées.

Après une douche rapide, elle enfila une robe légère et des sandales et se dirigea vers le hall où elle se mêla à la foule des estivants, occupés à régler leur note et faire leurs adieux à leurs nouveaux amis avant le départ.

L'espace bruissait de rires et de conversations joyeuses. Des hommes et des femmes s'affichaient main dans la main, preuve que, pour certains, les rencontres avaient été concluantes et pourraient se prolonger après leur séjour au Saint-Raphaël Resort.

Elle ne put s'empêcher d'éprouver une pointe de jalousie devant le bonheur de ceux qui avaient trouvé l'amour ainsi que la promesse d'un avenir radieux à deux.

Elle se hâta de sortir dans les jardins. Le soleil brillait dans un ciel sans nuages. Une brise légère venue de l'océan rafraîchissait l'air qui embaumait le jasmin.

Elle erra au hasard des chemins et, sans qu'elle s'en rende compte, ses pas la menèrent aux serres, au fond du parc.

Les fleurs l'attiraient et elle franchit résolument les portes vitrées. Le silence l'accueillit. Elle respira avec délices le parfum capiteux des fleurs tropicales, se rappelant la première fois qu'elle était venue là avec Aiden. Apercevant les fuchsias dont Hattie se servait pour ses tests de compatibilité amoureuse, elle se dirigea spontanément vers les plantes et effleura un pétale velouté du bout des doigts.

— Bonjour, dit une voix dans son dos. Si je m'attendais à recevoir des visites aujourd'hui !

Elle se retourna vivement et, en croisant le regard pénétrant d'Hattie, elle comprit la raison pour laquelle son inconscient l'avait conduite ici. La prédiction de la marieuse affirmant qu'Aiden et elle étaient faits l'un pour l'autre. Il avait beau en douter, elle-même en avait la certitude. Comme si un puzzle, dont elle avait longtemps égaré les pièces, se reconstituait en un seul mouvement. Et elle sentit se refermer la blessure qu'elle portait au fond de son cœur depuis le malheureux épisode avec Neil.

— Je suis venue vous dire au revoir, affirma-t-elle d'un ton faussement léger. La semaine a-t-elle été chargée pour vous à la serre ?

— Oui, les rencontres ont été très fructueuses, cette semaine. Au fait, où est votre ami ? Celui qui se passionne pour mes talents d'entremetteuse et est totalement incapable de reconnaître l'amour, même quand il lui crève les yeux ?

Hattie et ses jugements à l'emporte-pièce ! Sonder les gens était apparemment chez elle une seconde nature.

Concernant Aiden, en tout cas, elle voyait juste.

— Il a pris le premier vol ce matin, répondit-elle sobrement.

La marieuse lui prit la main et la serra dans la sienne avec un regard plein de tendresse.

— Il vous a quittée ?

Chloé refoula un sanglot, la gorge nouée.

— Oui.

La vieille femme roula comiquement les yeux.

— Il est idiot, mais il a une excuse. Il a été gravement trahi par le passé, donc ce n'est pas étonnant qu'il ait du mal à accorder sa confiance. Vous avez été blessée vous aussi, mais au moins, vous ne vous êtes pas refermée comme une huître.

Les remarques d'Hattie étaient tout à fait pertinentes, songea Chloé, qui ne se demanda pas comment elle pouvait être au courant de tous ces détails, compte tenu de l'étonnante perspicacité dont elle avait déjà fait preuve à leur sujet.

D'ailleurs, c'était la stricte vérité. L'échec cuisant de sa relation avec Neil lui avait laissé un goût amer. Elle se tenait en permanence sur ses gardes, ce qui l'avait poussée à consacrer son temps et son énergie à sa carrière plutôt que de s'investir dans une nouvelle relation. Son ex-fiancé se mêlait de tout, il prétendait décider de son existence et arbitrer ses décisions. Voilà pourquoi elle s'était juré de ne plus jamais laisser un homme exercer une quelconque influence sur elle.

Avec Aiden, en revanche, il ne s'agissait pas d'enjeu ni de rapport de forces, mais d'un échange mutuel qui avait transformé leur amitié amoureuse en un lien plus profond. Cette semaine passée ensemble lui avait fait comprendre à quel point elle avait envie de revivre une relation amoureuse authentique, fondée sur le respect, la tendresse, la franchise, sans oublier la communion charnelle bien sûr, et la certitude qu'il ne lui ferait jamais délibérément du mal.

Non qu'elle le plaigne pour ce qu'il avait enduré à cause de son ex-femme. Leur passé douloureux à tous les deux les avait traumatisés dans une attitude de repli frileux sur soi. Mais après tout ce qu'ils avaient partagé, elle avait confiance en lui et, au fond, c'était l'essentiel.

Malheureusement, c'était à sens unique, se rappela-t-elle, le cœur serré.

— Je me sens prête à aimer de nouveau, mais cela ne m'avance pas beaucoup, puisque celui que je veux n'est pas sur la même longueur d'onde.

Hattie lui tapota la main pour la réconforter.

— Vous devriez l'aider un peu, je pense. Et si vous ne lui avez pas déjà ouvert votre cœur, je vous encourage à le faire. Les hommes ont parfois l'esprit borné, vous savez.

Chloé éclata de rire même si, au fond d'elle, elle redoutait d'avouer à Aiden ses sentiments par crainte de se voir rejetée.

Mais elle n'avait pas l'habitude de reculer, surtout lorsqu'elle y croyait dur comme fer.

Qui ne tente rien n'a rien, n'est-ce pas ?

— D'autant que du courage, vous en avez à revendre, il me semble, ajouta joyeusement Hattie. Le pire dans la vie ce sont les regrets. Ne laissez pas cet homme en devenir un.

Chloé l'embrassa avec effusion pour la remercier de lui avoir donné de bien meilleurs conseils en quinze minutes que sa mère en une vie.

Regonflée à bloc, elle retourna à l'hôtel, convaincue qu'Aiden avait fui à cause de l'impact sentimental de ce qui s'était passé entre eux. Seulement elle n'en serait jamais sûre tant qu'elle n'aurait pas eu la possibilité de lui poser la question. Contrairement à lui, elle désirait en avoir le cœur net, d'une façon ou d'une autre. Elle voulait le regarder en face, lui dire ses quatre vérités et se mettre à nu afin de ne nourrir aucun regret.

En pénétrant dans le hall de l'hôtel, elle aperçut Daryl et Ken, leurs concurrents de l'agence Metro, en grande conversation avec Edward Luca, le vice-président du Saint-Raphaël Resort.

A leur expression, elle se douta qu'ils ne parlaient pas de la pluie et du beau temps, mais qu'ils étaient engagés dans une discussion sérieuse. Son instinct professionnel fut aussitôt en alerte. Ils avaient eu tout le temps nécessaire au cours de la semaine pour s'entretenir avec Luca de leurs idées en vue de la promotion du complexe. En outre, il avait été convenu d'effectuer les présentations la semaine suivante, à leur retour dans leurs agences respectives, afin de donner à chacun la possibilité d'affiner son axe de campagne.

L'insistance de Ken auprès de Luca lui parut suspecte et déplacée. Curieuse d'en savoir plus, elle s'immobilisa devant un présentoir de brochures vantant les attraits touristiques de l'île. Là, le dos tourné au trio, elle feignit de se plonger dans sa lecture, l'oreille tendue, l'œil aux aguets.

— Nous pensons avoir la meilleure proposition de campagne pour le complexe, et nous sommes prêts à vous le démontrer aujourd'hui même, avant de quitter l'île, disait Ken, déployant des trésors de persuasion pour convaincre le vice-président de leur donner officieusement une longueur d'avance dans la compétition.

Chloé dut se faire violence pour ne pas intervenir et crier haut et fort ce qu'elle pensait de leurs manières. Elle se domina. Elle n'allait quand même pas se donner en spectacle devant le vice-président, mais en même temps, elle entendait bien damer le plomb à ces deux blancs-becs.

— J'ai rendez-vous avec votre agence ainsi qu'avec Perry & Associés la semaine prochaine, avança Edward d'une voix incertaine. Il n'était pas prévu d'anticiper ici, sur l'île.

— Bien sûr, intervint Darryl avec assurance. Mais nous sommes convaincus que notre projet recueillera votre entière approbation, haut la main.

L'aplomb et l'arrogance de ce type exaspérèrent Chloé qui, de rage, faillit déchirer le prospectus qu'elle tenait à la main. Elle eut toutes les peines du monde à garder son sang-froid.

— C'est assez prétentieux de votre part, je trouve, rétorqua Luca.

— Nous avons confiance en nous, c'est tout.

Edward se ménagea une pause avant de donner son accord, une pointe de réticence dans la voix.

— Rendez-vous à l'auditorium C dans une demi-heure. Nous verrons bien ce que vous avez dans le ventre.

— Parfait, dit Ken, très sûr de lui. Comptez sur nous.

Tandis que les trois autres s'éloignaient, Chloé ravala sa colère. Elle n'avait qu'une solution — assister à cette réunion elle aussi.

Elle était bien décidée à ne pas se laisser marcher sur les pieds.

Après avoir pris à l'aube le petit coucou qui assurait la navette entre l'île et l'aéroport de Nassau, Aiden rongeait son frein en attendant la correspondance pour Boston. Il avait environ deux heures à tuer, ce qui lui laissait tout le loisir de cogiter. Et il y avait de quoi faire.

Il n'arrivait pas à oublier Chloé et la manière dont il lui avait fait faux bond au matin.

A ce moment-là, il avait utilisé une sorte de mécanisme de défense afin de se protéger du magma d'émotions qui bouillonnait en lui. Il était d'ailleurs toujours déchiré entre deux sentiments contradictoires : son attachement à Chloé et son bon sens lui soufflant que les choses ne marcheraient jamais entre eux. Comment avait-il pu croire alors que prendre de la distance changerait quelque chose à ses sentiments ?

Il se passa nerveusement les mains dans les cheveux, l'estomac retourné, en proie à d'amers regrets. Il n'osait imaginer ce qu'elle avait dû ressentir après avoir découvert qu'il s'était enfui comme un voleur. Sans parler du message lapidaire où il l'envoyait tout bonnement promener.

Bon sang, elle méritait mieux…

Quel abruti !

Son frère Sam n'allait pas le rater sur ce point. Si seulement il pouvait revenir en arrière et tout recommencer.

Mais là, coincé au milieu de nulle part en attendant sa correspondance, il ne pouvait même pas lui téléphoner pour réparer les dégâts, faute de réseau.

Il n'avait pas d'autre choix que d'attendre son retour à Boston pour essayer d'arranger les choses. Et se changer les idées, au risque de devenir fou.

Pour s'occuper, il décida de mettre la dernière main à sa présentation. Il sortit son ordinateur de sa sacoche en cuir. En attendant que l'appareil s'active, il plongea la main dans la poche de devant pour récupérer la clé USB contenant sa présentation PowerPoint.

Elle ne s'y trouvait pas.

Les sourcils froncés, il essaya de rassembler ses souvenirs et, le ventre noué, il se rappela qu'il avait oublié de la récupérer après l'avoir prêtée à Chloé.

Elle ne pouvait pas l'avoir gardée délibérément, impossible, et puis de toute façon, il en avait une copie sur son disque dur.

Quoi qu'il en soit, il ne pouvait se défendre d'un malaise indéfinissable. Il savait à quel point il était important pour elle de remporter cette campagne, tout comme pour lui d'ailleurs. Il aurait voulu lui faire confiance, seulement…

Il s'empressa de chasser ses pensées intrusives de son esprit.

Allons… Elle ne lui ferait jamais un coup pareil.

Mais n'avait-il pas pensé exactement la même chose de son ex-femme ?

Il refusait de s'engager dans cette voie. Il devait lui faire confiance, croire mordicus qu'elle ne le trahirait pas. Qu'aurait-elle pu faire de sa présentation en à peine vingt-quatre heures, de toute façon ? Il récupérerait sa clé USB dès le lendemain matin au bureau.

Pas de panique.

Dopée à l'adrénaline, Chloé sentit son rythme cardiaque s'accélérer tandis qu'elle se ruait dans sa chambre. Elle avait à peine le temps de troquer sa robe d'été contre une toilette plus sobre.

Une bouffée de panique l'envahit à mesure que l'heure tournait. Elle finit par dénicher une petite robe noire toute simple qu'elle n'avait pas encore portée et l'enfila en vitesse avec une paire d'escarpins rouges. Cette touche de couleur ne déparait en rien sa tenue classique et sophistiquée, bien au contraire. Elle noua à la hâte ses cheveux en queue-de-cheval avant de se concentrer sur le matériel qu'elle devait emporter à cette réunion pour faire, au pied levé, la meilleure impression possible à Edward Luca.

Elle avait défini l'axe créatif dans les grandes lignes sans trouver toutefois le slogan que le complexe pourrait utiliser dans ses messages et campagnes publicitaires.

Si ces sales types ne l'avaient pas devancée, elle aurait eu du temps pour créer une bonne accroche, mais là, impossible. Tant pis, elle allait devoir improviser.

Ce ne serait d'ailleurs pas la première fois.

Elle alluma son ordinateur afin de vérifier une dernière fois la mise en forme de son PowerPoint. Si seulement Aiden était encore là pour l'épauler, s'il n'avait pas eu la mauvaise idée de s'envoler ce matin sur un coup de tête, songea-t-elle, au comble de la frustration. Ils avaient beau avoir des idées et des concepts très différents, ils auraient dû mener cette démarche de concert.

Seulement voilà, il ne lui avait pas laissé le choix et elle allait devoir affronter cette épreuve toute seule.

A son grand soulagement, elle se rappela soudain qu'elle détenait sa clé USB contenant sa démo personnelle. En son absence, elle pourrait au moins faire sa présentation à sa place, pour qu'ils aient tous les deux les mêmes chances de réussite.

C'était le principal.

Elle attrapa son ordinateur et se dirigea vers la salle de conférences C. Des voix masculines lui parvinrent à travers les portes closes, preuve que Ken et Darryl étaient déjà à pied d'œuvre.

Elle foula l'épaisse moquette du couloir, la poitrine oppressée dans un étau. D'ordinaire, elle n'était jamais stressée avant une réunion, mais cette fois-ci, l'enjeu était crucial et elle ne voulait pas risquer de tout gâcher.

Elle devait se ressaisir au plus vite. Elle s'adossa contre le mur, ferma les yeux et prit plusieurs inspirations lentes et profondes jusqu'à retrouver son calme.

Elle pouvait le faire, se répéta-t-elle comme un mantra pour se redonner confiance. En général, elle excellait quand il s'agissait de présenter un argumentaire à des clients potentiels. Il n'y avait aucune raison pour que cela change aujourd'hui.

Au bout d'un moment, la porte s'ouvrit et la voix d'Edward lui parvint.

— Je dois reconnaître que vos idées marketing sont solides, dit-il avec conviction.

Ouf, ils étaient toujours dans la course, comprit-elle avec soulagement.

Elle était dans le métier depuis assez longtemps pour

savoir que, lorsqu'un client utilisait le mot *solide* pour qualifier une approche marketing, il s'agissait généralement d'un compliment de circonstances, diplomatie oblige. Edward n'avait apparemment pas été très impressionné par la prestation de leurs concurrents. Elle aurait pu s'inquiéter s'il avait employé des termes comme *original* ou *innovant*. Son manque évident d'enthousiasme lui insuffla un regain d'énergie et lui permit de retrouver sa belle assurance.

Darryl et Ken sortirent de la salle, l'air réjoui. Ils se rembrunirent quand ils l'aperçurent plantée dans le couloir, son ordinateur sous le bras, prête à livrer bataille.

Elle faillit pouffer de rire devant leurs mines déconfites et se retint à temps.

Elle les salua poliment avant de se tourner vers le vice-président.

— Monsieur Luca, pourrais-je vous présenter les idées de notre agence à mon tour ?

Edward plissa les yeux, amusé.

— Je vous en prie, entrez donc, dit-il en s'effaçant pour la laisser passer.

Elle s'exécuta et il referma soigneusement la porte derrière eux, l'observant en silence tandis qu'elle installait son ordinateur sur la table.

Avec sa tenue décontractée — un pantalon kaki et un polo de couleur claire —, ses cheveux épais, ses tempes grisonnantes, mince, sa peau hâlée, il avait belle allure pour un homme frisant la soixantaine. Son charme naturel, sa distinction mettaient à l'aise.

Il prit place sur un siège non loin d'elle et la considéra avec curiosité.

— Vous êtes fin prête, on dirait. Comment saviez-vous que vos concurrents me présenteraient leur projet ?

— J'ai surpris votre conversation dans le hall de l'hôtel

et je dois dire que leur insistance à vous voir séance tenante m'a intriguée, répondit-elle avec honnêteté en lançant sa présentation PowerPoint. Je n'allais certainement pas m'en aller et laisser passer ma chance, n'est-ce pas ?

Il se cala dans son siège en l'enveloppant d'un regard admiratif.

— J'ai beaucoup de respect pour les femmes dotées d'une détermination et d'un courage exceptionnels.

Elle accepta son compliment avec un sourire.

— En effet, du courage et de la détermination, j'en ai à revendre, monsieur Luca.

— Au fait, et votre collègue, Aiden ? Il n'est pas là ?

Certes, elle souhaitait désespérément décrocher ce contrat, mais elle n'avait pas poussé son partenaire sous un autobus pour servir ses propres intérêts, si c'était ce à quoi il pensait. Ce n'était pas sa façon d'opérer. En tout cas, elle lui servirait de porte-parole le mieux possible.

— Il a dû quitter l'île tôt ce matin, se borna-t-elle à répondre.

— Tout va bien ? s'enquit le vice-président manifestement inquiet.

— Oui, ne vous en faites pas. En fait j'ai ici son projet, qui est complètement différent du mien. J'avais l'intention de vous le montrer également.

Edward hocha la tête.

— Excellent. Je suis curieux de voir ça.

Elle disposa son ordinateur en face d'Edward de façon à ce qu'elle puisse apercevoir l'écran et contrôler la vitesse des diapositives à mesure qu'elle commenterait la présentation.

Elle cliqua sur le bouton de mise en marche et le programme s'afficha.

Tandis que le PowerPoint passait d'une diapo à l'autre pour présenter les différents visuels de l'hôtel et de l'île, soulignant son côté romantique pour finir par le concept de flash mob drôle et sexy qu'elle avait mis au point, elle expliqua les stratégies marketing auxquelles elle avait réfléchi en vue d'une meilleure visibilité du complexe.

Elle termina sa présentation en feu d'artifice, histoire d'appâter son client.

— En un mot, il s'agit de trouver l'amour au paradis, conclut-elle.

Trouver l'amour au paradis… Eurêka ! Elle venait de trouver son slogan pour le Saint-Raphaël Resort. Elle-même en était la preuve vivante puisqu'elle était tombée amoureuse d'Aiden.

— Trouvez l'amour au paradis, reprit-elle d'une voix brisée par l'émotion, alors que la dernière image s'affichait. C'est la promesse qu'offre le Saint-Raphaël aux clients.

Edward approuva, les yeux brillants d'enthousiasme. Sa trouvaille lui avait tapé dans l'œil, visiblement.

— J'aime bien cette idée. C'est tout à fait dans l'air du temps, et en plus, cela correspond parfaitement à l'objectif de Saint-Raphaël : que tout le monde trouve l'amour… au paradis, répéta-t-il comme pour tester le slogan qu'elle venait de formuler.

Elle brancha la clé USB d'Aiden sur son ordinateur et remplaça sa présentation par la sienne.

— Si mon concept de flash mob est très contemporain, Aiden, lui, a opté pour une approche plus traditionnelle, poursuivit-elle avec la même aisance. La dimension résolument romantique de votre complexe attirera les vacanciers, mais Hattie, la marieuse de votre île, pourrait bien être la cerise sur le gâteau.

Il fronça les sourcils.

— Hattie ? C'est simplement une vieille femme qui adore les plantes exotiques et fait visiter les serres aux touristes.

Simplement ? A l'évidence, il n'avait aucune idée du potentiel d'Hattie pour son complexe.

Elle s'empressa de l'éclairer.

— Oh ! elle est bien plus que cela, monsieur Luca. Elle descend d'une longue lignée de marieuses, et possède des ressources inexploitées. Elle pourrait à elle seule assurer la notoriété de votre complexe. Regardez donc l'interview qu'Aiden a réalisée avec elle, et imaginez quels éléments de rêve, de romantisme et de magie elle pourrait communiquer à votre campagne publicitaire.

Elle cliqua sur le bouton pour lancer l'interview.

Edward regarda la vidéo avec intérêt. A son expression de surprise et de perplexité, Chloé comprit qu'il prenait conscience du potentiel d'Hattie et de la façon dont il pourrait en tirer le meilleur parti.

Une fois la séquence terminée, elle compléta son exposé par quelques remarques.

— Qui d'autre que vous dispose d'une marieuse à domicile ? Quelqu'un qui sait au premier regard si deux personnes sont faites l'une pour l'autre et qui possède un record absolu en matière de taux de réussite, mieux que n'importe quel site de rencontres sur le marché ? Vous vous rendez compte qu'elle utilise une fleur exotique pour prédire l'avenir des couples ? Voilà qui vous apportera un gros plus susceptible de faire la différence.

Edward acquiesça, apparemment conquis.

— C'est vrai.

Elle respira, infiniment soulagée, persuadée d'avoir fait de son mieux.

— Donc vous avez un flash mob drôle et excitant d'une part, et la marieuse de l'autre, résuma-t-elle. A vous de choisir.

— Ces deux concepts sont originaux et innovants.

Vous les avez si bien présentés que je vais avoir du mal à me décider.

Ces paroles résonnèrent comme une douce musique à ses oreilles.

Elle sourit en éteignant son ordinateur.

— Cela veut dire que j'ai bien fait mon travail.

Edward ne lui donnerait évidemment pas de réponse avant son départ, mais elle était certaine de l'avoir davantage séduit que leurs concurrents.

Il s'agissait maintenant de savoir quel axe de campagne il préférait…

Le sien ou celui d'Aiden ?

- 11 -

Aiden était rentré chez lui depuis quelques heures et il venait de lancer la machine à laver quand son téléphone portable sonna. Il consulta l'écran, surpris de voir s'afficher le numéro de son patron un dimanche soir, d'autant qu'il était censé se présenter au bureau le lendemain matin.

Il décrocha.

— Bonsoir, monsieur Perry.

— Aiden ? Je viens à l'instant de recevoir un appel d'Edward Luca, le vice-président du Saint-Raphaël Resort. Il m'a appris que vous aviez quitté l'île très tôt ce matin. Est-ce que tout va bien ?

Surveillerait-il ses faits et gestes ? songea Aiden, passablement irrité, même si son chef avait l'air plus inquiet qu'en colère à cette nouvelle.

Quoi qu'il en soit, il n'allait certainement pas lui donner la véritable raison de son départ précipité... A savoir qu'il était tombé amoureux de Chloé et ne savait pas comment gérer ses sentiments pour elle.

C'était franchement pathétique !

Aussi décida-t-il de lui débiter un petit mensonge inoffensif.

— J'avais réuni toutes les informations nécessaires à ma démo, et puis je devais régler une affaire personnelle urgente.

— Je voulais vous faire part de ce que Luca m'a

appris, enchaîna Perry, la voix vibrante d'enthousiasme. Figurez-vous que Chloé lui a présenté ce matin un concept brillantissime mettant en avant la marieuse traditionnelle qui vit sur l'île. Luca a adoré et a décidé de l'adopter.

Perry poursuivit sur sa lancée mais, complètement sonné, les oreilles bourdonnantes, l'estomac révulsé, le cœur au bord des lèvres, Aiden n'écoutait plus. Il sentit une rage froide le submerger. Chloé avait fait sa présentation en son absence, derrière son dos ? Elle avait utilisé son idée à lui pour convaincre Luca et remporter le contrat ? Qui plus est, elle s'en était attribué les mérites et avait utilisé son travail à lui pour en récolter les lauriers ?

Il se pinça l'arête du nez, respira à fond et essaya d'envisager les choses sous un autre angle. Et s'il avait mal entendu ? Non, Perry avait bien dit que : « Chloé lui a présenté ce matin un concept brillantissime mettant en avant la marieuse traditionnelle qui vit sur l'île. »

Il n'y avait pas d'autre explication possible.

Comment une femme qu'il pensait si bien connaître, à qui il faisait pleinement confiance, avait-elle pu commettre un acte aussi impardonnable ? Et comment lui-même avait-il pu être assez stupide pour croire qu'elle était différente de Paige quand il s'agissait de sa carrière, alors qu'il savait à quel point se hisser au sommet de la hiérarchie était important pour elle ?

Après tout ce qu'ils avaient partagé, sa trahison lui causait plus de souffrance qu'un coup de poignard dans le cœur. Cette révélation lui fit l'effet d'un coup de massue, le laissant anéanti. Il ne pouvait pas y croire. Et pourtant… Les paroles de son patron résonnaient encore à ses oreilles. Il ne se trompait pas.

Il secoua la tête et se força à se concentrer sur les propos de Perry, qui ne s'était pas interrompu.

— … et je n'ai pas encore eu l'occasion de parler à

Chloé, poursuivait-il. Luca m'a dit qu'elle avait raté le vol de l'après-midi à cause de sa présentation. Elle est repartie par un avion navette privé, mais elle a certainement raté la correspondance à Nassau. Je vous attends tous les deux dans mon bureau demain matin.

Aiden était toujours sous le choc, incapable d'assimiler le fait qu'elle l'avait indignement doublé.

— Très bien, répondit-il à défaut de mieux.

Il raccrocha et lança rageusement le téléphone sur le comptoir de la cuisine. Il sentit une immense frustration l'envahir.

N'ayant aucun moyen d'en découdre avec elle, puisqu'elle n'était pas encore rentrée en ville, il laissa toute la nuit sa colère bouillonner en lui comme la lave d'un volcan.

En arrivant au bureau, le lendemain matin, il se fit la sensation d'une bombe à retardement, prête à exploser.

Le réveil la tira du sommeil après une nuit trop courte. Au prix d'un énorme effort, elle résista à l'envie de l'éteindre et se leva, avant de se traîner péniblement sous la douche. Elle était sur les rotules après la galère de la veille — elle avait raté sa correspondance, et il était minuit passé quand elle était enfin rentrée à Boston — et malgré tout, elle devait aller au bureau de bonne heure ce matin.

Elle n'avait pas encore eu le temps d'appeler Aiden ni Perry. Elle devait les informer d'urgence qu'elle avait déjà présenté leurs deux campagnes lors d'une entrevue improvisée avec Edward Luca, la veille, et leur en expliquer la raison.

Elle pensait toujours avoir agi pour la bonne cause car elle n'aurait voulu pour rien au monde que les zigotos de l'agence Metro les coiffent au poteau.

L'eau brûlante l'aida à lui remettre les idées en place,

mais non à effacer les effets néfastes du décalage horaire. Il lui faudrait probablement encore une journée ou deux pour reprendre du poil de la bête. Elle opta pour une jupe cloche léopard, un chemisier de soie noire et des escarpins à hauts talons assortis, puis elle attrapa la mallette contenant son ordinateur et se dirigea vers la porte. En chemin, elle s'arrêta pour commander un grand latte Macchiatto à la vanille, avec une double dose de café, et elle arriva au bureau un peu en avance, sans oublier de dire un petit coucou à Holly au passage.

A peine venait-elle de s'installer et d'allumer son ordinateur que, levant les yeux, elle vit Aiden s'approcher. Dans son costume anthracite cintré soulignant ses épaules et son élégante silhouette, c'était la séduction incarnée.

Les souvenirs merveilleux des moments de bonheur qu'ils avaient partagés, les moments d'intimité où ils s'étaient mis à nu, physiquement et sentimentalement, affluèrent à sa mémoire. Ses sentiments envers lui avaient profondément évolué durant leur séjour sur l'île, aucun doute là-dessus, mais elle ne savait toujours pas sur quel pied danser avec lui, ce qui la rendait plus vulnérable encore.

Il se dirigeait à grands pas vers son bureau, l'air tendu. Le regard noir qu'il lui lança acheva de la déstabiliser. Il dégageait elle ne savait quoi d'inquiétant, d'angoissant, qui lui fit froid dans le dos.

Elle se composa une contenance, comme si leur séjour sur l'île n'avait rien changé à leurs relations professionnelles.

Après tout, inutile de ressasser le passé, c'était bien ce qu'ils avaient décidé.

— Bonjour, dit-elle en souriant.

Sans lui rendre son salut ni son sourire, il posa les mains à plat sur le bureau et se pencha vers elle, fou de rage.

— Tu m'as bien eu, hein ? Comment peux-tu rester tranquillement assise là, la bouche en cœur ?

Elle sursauta. Jamais elle n'avait vu cette amertume dans sa voix, ce mépris dans son regard… Et cette question virulente, incompréhensible.

— Mais de quoi parles-tu ?

— Allons, Chloé, tu me prends pour un imbécile, en plus ? gronda-t-il d'une voix glaciale. Tu sais exactement ce que je veux dire. Perry m'a tout dit. Tu t'es servie de mon idée de marieuse pour remporter le contrat !

Elle saisit instantanément deux points — il savait qu'elle avait rencontré Edward Luca, et ce dernier avait retenu sa campagne à lui. Et pour couronner le tout, il avait immédiatement conclu qu'elle s'était appropriée sa présentation pour le rouler dans la farine, comprit-elle avec tristesse.

Une violente douleur lui comprima la poitrine. Elle était anéantie. Comment pouvait-il avoir une si mauvaise opinion d'elle ? Il pensait dur comme fer qu'elle l'avait trahi. Il ne lui accordait même pas le bénéfice du doute, ne lui laissait aucune chance de s'expliquer ni de se défendre contre ces graves accusations.

Elle vit un muscle tressauter sur sa mâchoire.

— Tu ne trouves rien à dire ? insista-t-il.

Elle chassa la souffrance qui lui gonflait le cœur et haussa les épaules.

Ce geste parut le faire sortir de ses gonds.

— A quoi bon dire quoi que ce soit ? riposta-t-elle, sur le même ton.

Il s'apprêtait à répondre quand un coup frappé à la porte l'en empêcha.

Perry se profila sur le seuil.

— Bonjour vous deux, fit-il d'un air enjoué, sans se douter qu'il venait d'interrompre un échange meurtrier. J'aimerais vous voir dans mon bureau, tout de suite.

— On réglera ça devant Perry, décréta Aiden dès que le patron eut tourné les talons.

Sur ces mots, il ôta ses mains de la table et s'engagea dans le couloir vers les bureaux de la direction.

Chloé se leva, les jambes en coton, et lui emboîta le pas tant bien que mal, en proie à toute une palette d'émotions où se mêlaient l'abattement, la douleur et l'indignation.

C'est dans cet état d'esprit qu'elle prit place au côté d'Aiden dans le bureau de Perry.

Les sourcils froncés, ce dernier les dévisagea tour à tour, conscient de l'animosité latente qui régnait entre eux.

— Ça va, vous deux ?

La réponse d'Aiden fusa.

— Non, ça ne va pas du tout. Avant toute chose, je veux éclaircir un point : le concept de marieuse que Luca a choisi pour sa campagne, c'est *mon* idée, pas celle de Chloé.

Perry parut décontenancé.

— Mais… Quand je vous ai appelé hier soir, je n'ai jamais laissé entendre que l'idée était de Chloé. Je me suis borné à dire qu'elle avait présenté le projet, que Luca avait adoré et l'avait immédiatement sélectionné pour sa campagne.

Elle vit Aiden secouer la tête avec une moue dubitative. Comment pouvait-il la croire capable d'une telle duplicité ? se demanda-t-elle, effondrée. Même après deux années d'étroite collaboration et une semaine de folle passion, il ne lui faisait toujours pas confiance.

Brusquement, lui revint à la mémoire la conversation qu'ils avaient eue à propos de son ex-femme. Sa propre épouse, qui aurait dû lui être loyale entre toutes, l'avait bafoué, lui et leur mariage, au bénéfice de sa carrière.

Il avait été gravement échaudé par cet échec, elle le comprenait, mais le fait qu'il la range dans la même catégorie que Paige l'ébranlait si douloureusement qu'elle se demanda si elle s'en remettrait un jour. Certes, professionnellement parlant, elle avait l'esprit de compétition, mais pas au point d'être déloyale, malhonnête et sans scrupules. Elle n'aurait jamais volé un concept ou une idée à un collègue pour remporter un contrat.

Elle eut toutes les difficultés du monde à conserver son calme.

— J'aimerais vous expliquer exactement ce qui s'est passé hier, dit-elle à l'adresse de Perry.

Le patron agita une main en l'air, visiblement impatient de dissiper le malentendu.

— Allez-y, je vous en prie.

Elle s'efforça de mettre de l'ordre dans ses pensées et d'adopter le ton calme et posé de la professionnelle qu'elle était.

— Hier, j'ai surpris nos deux concurrents demander à Luca de présenter leur concept avant leur départ. Darryl a même été jusqu'à dire qu'il n'aurait pas besoin de voir une autre présentation pour prendre sa décision finale. Luca a eu beau leur signaler qu'il avait rendez-vous avec les deux agences cette semaine, ils ont tellement insisté qu'il a fini par céder. Alors j'ai décidé de me joindre à eux pour ne pas les laisser prendre de l'avance sur nous.

Perry lui décocha un sourire admiratif, visiblement impressionné.

— J'avais en ma possession la clé USB d'Aiden avec sa démo, poursuivit-elle. Il me l'avait montrée la veille et j'avais oublié de la lui rendre. C'était une aubaine, d'ailleurs, car j'ai pu présenter non seulement mon concept, mais aussi le sien. Séparément, précisa-t-elle, afin de dissiper toute ambiguïté quant à sa bonne foi et faire comprendre qu'elle avait défendu leurs deux causes avec le même zèle.

L'expression ahurie d'Aiden, qui venait de mesurer

l'abnégation et la générosité dont elle avait fait preuve à son égard, aurait pu être drôle en d'autres circonstances, mais elle était bien trop meurtrie pour en retirer la moindre satisfaction.

— En tout cas, on dirait que j'ai fait du bon boulot pour toi puisque Luca a préféré ton idée, enchaîna-t-elle dans la foulée. C'est toi qui as remporté le contrat, pas moi. Toutes mes félicitations.

— Chloé…

Elle ne saurait jamais ce qu'il était sur le point de dire. Elle refusa de l'écouter. Son discours terminé, elle sauta sur ses pieds, trop chamboulée pour en supporter davantage.

— Pourrais-je savoir quelle mouche vous pique tous les deux ? intervint Perry.

Leur attitude lui avait mis la puce à l'oreille et il devait se dire qu'il s'était passé quelque chose entre eux sur l'île. Quelle importance, maintenant qu'ils étaient devenus des adversaires acharnés ? Elle avait perdu un amant. En plus d'un ami.

Et c'était d'ailleurs ce qui l'affectait le plus.

— Si vous voulez bien m'excuser, j'ai du travail qui m'attend, fit-elle en se hâtant de sortir avant que son calme feint se craquelle et que, sous le coup de la colère, ses paroles dépassent sa pensée.

Elle entra en trombe dans son bureau et se laissa tomber sur son siège, à bout de nerfs.

Quelques minutes plus tard, elle aperçut Aiden passer dans le couloir en direction du sien.

Elle s'efforça de répondre aux e-mails reçus durant son absence. Peine perdue. Elle était incapable de se concentrer. Elle devait agir, cesser de se morfondre et en finir une bonne fois pour toutes. Elle n'y parviendrait peut-être pas, mais elle devait quand même essayer. La souffrance et la rancœur finiraient par l'emporter dans une spirale sans fin qui l'entraînerait vers le fond si elle n'allait pas trouver Aiden pour lui dire ses quatre vérités.

Remontée à bloc, elle entra au pas de charge dans son bureau et referma la porte derrière elle.

— Chloé…, je…, balbutia-t-il.

Elle perçut un mélange de regret et de tristesse dans le regard qu'il leva sur elle, mais aussi une note d'excuse dans sa voix.

Hélas, il était trop tard, elle refusait de se laisser attendrir ou détourner de son but.

— Non, ne dis rien, le coupa-t-elle sèchement. Tu as eu ta chance, mais tu as préféré te comporter en sombre crétin en supposant le pire. A mon tour maintenant de vider mon sac.

Il se recula dans son siège sans mot dire.

Elle posa les paumes à plat sur son bureau, exactement comme il l'avait fait sur le sien, un peu plus tôt.

— J'aurais pu me contenter de présenter mon argumentaire sans même évoquer le tien, seulement ce n'est pas ma façon d'agir. On a collaboré ensemble, partageant nos idées et nos projets, en toute confiance. J'ai toujours été sincère et honnête, et je ne t'ai jamais donné aucune raison de croire que je pourrais te décevoir un jour.

Elle avala sa salive pour chasser la boule d'émotion au fond de sa gorge, consciente que la conversation prenait décidément un tour trop personnel.

Seulement, à présent que les barrières avaient cédé, elle ne pouvait plus endiguer ce flot de paroles ni juguler la douleur cinglante qu'elle ressentait.

— C'est toi qui as quitté l'île, Aiden, je te rappelle, reprit-elle très vite. Tu m'as laissée tomber. Sans aucune explication. Comme si ce qu'on avait partagé ne signifiait rien pour toi. Je ne parle pas seulement du sexe, mais des confidences, des aveux, des secrets échangés. Tu as réveillé en moi des sentiments que je croyais ne plus jamais être capable d'éprouver et pire, je suis tombée amoureuse de toi.

Cette déclaration lui avait échappé, et elle vit les yeux d'Aiden s'agrandir sous le choc.

Il garda le silence.

C'était aussi bien, car elle ne l'aurait pas laissé répondre de toute façon.

— Mais tout cela n'a aucune importance, n'est-ce pas ? enchaîna-t-elle d'une voix empreinte de chagrin. Parce que le nœud du problème est là : tu ne me fais pas confiance. Tu penses que je suis tellement obnubilée par ma carrière que je serais capable de tout pour arriver au sommet, même voler les idées de mes collègues. Les tiennes, en l'occurrence. Tu préfères croire que, à part au lit, tout nous oppose et que nous n'avons aucune affinité. Tu te trompes complètement. Nous avons beaucoup de choses en commun, Aiden, et tu t'en rendrais compte par toi-même, si tu n'exhibais pas à l'envi les anciennes blessures laissées par ton ex au lieu de les refermer. J'adore mon métier, c'est vrai, mais je ne me serais jamais conduite comme Paige. Et pour ta gouverne, je ne sacrifierais jamais un bébé à ma carrière. A mon sens, une femme est capable de concilier sa vie professionnelle avec sa famille. Alors ne me mets pas dans le même panier que ton ex, s'il te plaît.

Il s'agita sur son siège. A la lueur d'inquiétude qui assombrit son regard, elle sut qu'elle avait visé juste.

Elle refoula les larmes qui menaçaient de jaillir et, sur le point de craquer, elle préféra tourner les talons et s'enfuir.

Elle l'entendit jurer entre ses dents, mais il ne fit pas mine de la rattraper. Elle en fut soulagée car elle était à deux doigts de s'effondrer.

De retour dans son bureau, elle décrocha le téléphone

pour appeler Perry. Elle tomba sur sa boîte vocale et en profita pour laisser un message l'avertissant que, dans l'état d'épuisement où elle se trouvait, elle avait décidé de prendre quelques jours de congé et le contacterait plus tard.

Elle voulait s'isoler dans un coin et se noyer dans son chagrin.

Seule.

Elle avait besoin de temps et d'espace pour réfléchir à son avenir.

Une chose était sûre, en tout cas, elle ne pouvait plus travailler avec Aiden…

Le voir chaque jour et se consumer d'amour pour lui la détruirait à petit feu.

Elle fourra quelques dossiers dans sa mallette afin de pouvoir travailler chez elle. Elle allait démissionner. Elle possédait un excellent CV et ce ne serait pas la première fois qu'elle repartirait de zéro dans une nouvelle structure.

En attendant, elle ne devait prendre aucune décision précipitée sous le coup de la colère, elle le savait, même si elle doutait fort de changer d'avis ou de se calmer d'ici longtemps.

Elle tomba en arrêt devant le bout de papier où elle avait griffonné le slogan inventé dans le feu de l'action, au cours de son tête-à-tête avec Edward, la veille, de peur de l'oublier.

Aucun risque. Il était imprimé dans sa tête en lettres de feu.

Trouver l'amour au paradis.

Elle laissa échapper un rire dépourvu d'humour. Elle avait peut-être trouvé l'amour au paradis, mais la réalité était devenue un cauchemar.

*
**

Aiden croisa le regard inquisiteur de son frère au McGann's Pub où ils étaient attablés.

Il ravala sa fierté et lui avoua qu'il avait tout gâché avec la femme à qui il tenait plus que tout au monde, bien plus qu'il ne l'aurait imaginé.

Et le pire était qu'il ne savait pas s'il pourrait revenir en arrière et réparer les dégâts.

— J'ai tout raté avec Chloé, et je n'ai pas fait semblant, dit-il.

Il entreprit de raconter à Sam ce qui s'était passé au Saint-Raphaël — leur accord sur un petit flirt sans lendemain, l'évolution de ses sentiments, sa réaction lorsqu'elle avait présenté sa campagne à Luca et qu'il s'était mépris sur ses intentions. Il s'était senti mal toute la journée, il aurait voulu faire amende honorable et redresser la barre. Mais elle avait pris quelques jours de congé, histoire de lui faire comprendre qu'elle n'avait plus rien à lui dire et ne l'écouterait pas davantage.

Là-dessus, elle avait été très claire ce matin-là, dans son bureau.

Il ne pouvait lui en vouloir d'avoir piqué une crise, il le méritait. Son comportement et les conclusions hâtives qu'il avait tirées étaient inexcusables, même s'il était mû par un vieux réflexe lié à son passé. En réalité, cela ne faisait qu'aggraver son cas. Chloé n'avait rien à voir avec Paige sur le plan de l'honnêteté, de l'intégrité et de la loyauté, valeurs auxquelles il était très attaché et qu'elle partageait — elle l'avait amplement prouvé au cours de ces deux années de travail en commun.

Elle aurait pu se contenter de sa prestation à elle sans mentionner la sienne, c'était parfaitement exact. Et pourtant, grâce à son pouvoir de persuasion, elle avait su vendre ses idées au vice-président du complexe. C'était le genre de femme en qui il aurait pu faire une confiance aveugle.

Et dire qu'il l'avait accusée de l'avoir trahi, de poursuivre ses buts personnels et de ne jamais faire passer l'autre en premier. Elle s'était sacrifiée pour lui et il s'était débrouillé pour détruire un trésor si rare et précieux.

Quel imbécile.

Sam se pencha en avant, les bras sur la table, une Guiness glacée à la main.

— Bon, la première étape pour qu'elle te pardonne est de reconnaître tes torts, débita-t-il sur un ton léger, histoire de dédramatiser la situation. C'est dur pour toi, je sais, mais tu viens d'avouer que tu avais foiré.

Aiden lui lança un regard interrogateur, curieux d'entendre la suite.

— Et la deuxième étape ?

— Ramper à ses pieds, les femmes adorent, assena-t-il comme s'il était un expert en la matière.

Aiden secoua la tête, l'air désabusé.

— Ça peut peut-être marcher avec tes petites amies, mais je doute que Chloé apprécie.

— Alors vas-y franc-jeu, comporte-toi en homme. Tu lui dois des excuses, donc c'est à toi de faire le premier pas.

— Facile à dire, elle ne voudra même pas m'écouter.

Sam se ménagea une pause, le temps d'avaler une lampée de bière.

— Tu l'as blessée, alors elle va t'en faire voir, c'est sûr. Tu tiens à elle, dis-moi ? ajouta-t-il en lui jetant un regard oblique.

— Evidemment.

— Avec elle, c'est du sérieux ?

La question de son frère le plongea dans des abîmes de perplexité.

— Oui, mais en admettant qu'elle me pardonne, entreprendre une relation stable avec elle ne sera pas si simple.

Sam plissa le front avec incompréhension.

— Ah, comment ça ?

Aiden se mit à jouer avec sa bouteille de bière.

— Parce que, chez nous, une clause dans le contrat de travail interdit les relations entre collègues. C'est la norme dans certaines grandes entreprises en raison des conflits d'intérêts, du manque de crédibilité, de la perte de confidentialité dans certains dossiers, de jalousies, que sais-je… Une histoire d'amour au bureau est passible de licenciement.

— Ouh là, ça craint ! lâcha Sam dans un élan de sympathie.

De son côté, il y avait belle lurette qu'il projetait de monter sa propre société, ce qui allait pouvoir se concrétiser très vite grâce à la prime du contrat Saint-Raphaël, raisonna Aiden.

Concernant Chloé, en revanche, en admettant qu'elle accepte de passer l'éponge et de s'engager avec lui, il ne pouvait pas mettre en danger sa carrière et lui faire perdre son travail.

Le dilemme était cornélien. Il devait trouver le moyen de reconquérir l'élue de son cœur, sans lui faire risquer la perte de son emploi.

— Dis-moi, tu l'aimes ?

A cette question, Aiden sentit son cœur battre plus vite. Indépendamment de toute considération, la réponse ne faisait aucun doute dans son esprit. Lors de leur dernière nuit sur l'île, il avait eu la certitude de vouloir vivre le reste de son existence avec elle.

Et puis il s'était conduit comme un idiot. A partir de là, tout était parti à vau-l'eau et sa conduite s'expliquait justement par ces phobies irrationnelles qui l'avaient envahi tout entier. Il s'était senti dépassé par un trop-plein d'émotions et il avait eu peur de ne pas être à la hauteur.

Grave erreur qu'il devait réparer.

— Oui, je l'aime, répondit-il d'une voix brusque.

Sam sourit.

— Dans ce cas, débrouille-toi pour que ça marche, frérot. Sur tous les plans, personnel et professionnel. Elle me plaît bien, cette fille, et je pense que c'est celle qu'il te faut. Vous avez vraiment l'air d'être faits l'un pour l'autre, si tu veux mon avis.

Le choix des mots de son frère hérissa Aiden, surtout après les virulentes joutes verbales qui s'étaient engagées entre Chloé et lui au cours de la semaine précédente, sur le thème de la compatibilité justement. Chacun avait rempli un questionnaire dont les résultats s'étaient avérés négatifs. Jusqu'à ce qu'une marieuse lui affirme le contraire. Il avait eu le choix entre croire les résultats de ce fameux questionnaire, ou s'abandonner aux sensations qu'il éprouvait grâce à Chloé. Sa présence le galvanisait, il aimait rire avec elle, se lancer dans d'interminables discussions qui tissaient entre eux un lien rare et fort.

Curieusement, c'était à Hattie et sa drôle de fleur mystique qu'il avait préféré se fier.

Quant à Chloé, elle l'aimait aussi, il en était sûr, et connaissant la profondeur de ses sentiments, il avait encore l'espoir qu'elle lui reviendrait.

Cette fois, il ne la laisserait pas partir. Il la retiendrait à n'importe quel prix et il pourrait peut-être tout recommencer à zéro. Et il lui parlerait aussi de ses projets d'avenir et de ce qui en découlait. Peut-être pourrait-il même l'y associer ?

Pour l'heure, il y avait plus important.

Maintenant, il ne restait plus qu'à se creuser la cervelle pour imaginer le moyen de passer le reste de sa vie avec Chloé, sans l'obliger à renoncer à sa carrière.

- 12 -

Aiden passa la moitié de la nuit à se tourner et se retourner dans son lit, réfléchissant point par point à la situation.

En arrivant au bureau, le lendemain matin, il pensait avoir trouvé la solution.

Il risquait gros et tout dépendrait de Perry. Dans quel état d'esprit son patron accueillerait-il sa suggestion ?

Il jouait à quitte ou double, il en était conscient. N'importe comment, si son patron refusait, il était décidé à claquer la porte, ce qui, dans le même temps, aurait pour avantage d'éviter de mettre en péril la carrière de Chloé.

Il tendit la main pour attraper son portable, dans l'intention de solliciter un rendez-vous avec Perry, quand l'Interphone résonna, interrompant son geste.

La voix de Lena, la secrétaire personnelle du patron, grésilla.

— Aiden, M. Perry vous attend dans son bureau immédiatement.

Le mot *immédiatement* ne faisait pas souvent partie de son vocabulaire, de sorte que cela conférait un caractère d'urgence à sa requête.

Impossible de savoir ce que le patron avait en tête. En tout cas, il avait l'air diablement pressé. Ce qui était peut-être bon signe, ou n'augurait rien de bon au contraire.

Aiden s'était préparé aux deux cas de figure.

— J'arrive, répondit-il.

Quelques minutes plus tard, il s'installait face à son chef, dont le visage calme et parfaitement serein ne trahissait aucune émotion sous son masque professionnel.

Perry se pencha en avant, les mains jointes sur la table.

— Je viens d'avoir un coup de fil d'Eward Luca, dit-il. Il désire procéder à certains changements dans la campagne.

Luca aurait-il changé son fusil d'épaule et jeté son dévolu sur le concept flash mob de Chloé ? se demanda Aiden.

Ou pire, aurait-il carrément tourné casaque pour s'assurer les services de l'agence Metro ?

De toute façon, tant que le contrat n'était pas signé, le client n'était tenu à aucune obligation envers qui que ce soit et il pouvait changer d'idée ou décider d'aller voir ailleurs s'il lui en prenait l'envie.

— Très bien, fit-il en imaginant aussitôt les conséquences que cela générerait.

— Edward a pris le temps d'étudier vos deux projets, le vôtre et celui de Chloé, expliqua Perry. Après mûres réflexions, il lui a semblé judicieux d'incorporer quelques-unes des idées de Chloé à votre présentation. Apparemment, il opterait pour une campagne vidéo virale axée sur l'idée flash mob, dont la marieuse de l'île serait la clé. Il voudrait imbriquer les deux concepts. Ce serait un excellent coup de marketing, à mon avis, conclut-il sans se départir de son sérieux, alors que c'étaient là d'excellentes nouvelles.

— C'est fantastique ! s'exclama Aiden, avec sincérité.

— Je suis content de vous l'entendre dire, parce que je n'étais pas certain que vous accepteriez de partager le contrat avec votre collègue. Ce qui signifiera diviser la prime en deux, et travailler en binôme pendant quelques mois. Mais après la scène à laquelle j'ai assisté hier ici même, je ne vous cache pas que j'avais quelques doutes à ce sujet. Que s'est-il passé exactement la semaine dernière, sur l'île, si je puis me permettre ?

Perry ne le quittait pas des yeux, attendant sa réponse.

Il n'était pas idiot, et il avait sans doute déjà sa petite idée.

Et pas seulement au sujet du malentendu qu'avait provoqué cette histoire de présentation et de clé USB, mais sur un plan plus personnel.

Aiden n'avait pas l'intention de mentir. Au contraire, il allait se battre pour Chloé, en priant que tout finisse par s'arranger.

Il prit une profonde inspiration et se lança :

— Chloé et moi avons enfreint le règlement interdisant les relations au travail, admit-il avec tact. Et j'ai l'intention de continuer à la voir à l'extérieur, si elle accepte mes excuses après nos divergences d'hier.

Perry fronça les sourcils, les yeux brillants de colère, les lèvres pincées.

— Je me doutais de quelque chose dans ce genre-là entre vous deux. Maintenant, la situation risque de créer des tensions qui pourraient vous faire perdre vos moyens et porter tort au travail. C'est exactement pour cette raison que le règlement interdit les relations personnelles entre collègues, vous le savez. Vous comprendrez que cela va finir par un renvoi, n'est-ce pas ? Pas seulement vous, mais aussi Chloé. Avec tout ça, je me trouve dans l'obligation de licencier deux de mes meilleurs éléments.

Le règlement interdisant les liaisons entre collègues ne tolérait aucune entorse, Aiden ne l'ignorait pas, car cela pouvait nuire à la bonne cohésion des équipes, entre autres choses. Des cas semblables s'étaient produits dans d'autres entreprises et même au sein de leur agence autrefois.

Chloé et lui ne bénéficieraient d'aucun passe-droit.

L'un d'eux devrait démissionner. Et il avait résolu de se dévouer.

Par amour pour elle.

Il voulait créer les conditions permettant le succès et la pérennité de leur relation, entre autres la sécurité matérielle.

D'autant que son emploi et sa carrière représentaient énormément à ses yeux, il le savait.

— Je peux vous proposer un compromis qui arrangerait tout le monde, dit-il. Je vous remets ma démission qui sera effective dans trois mois, une fois que la campagne pour le Saint-Raphaël Resort sera achevée. Par ailleurs, j'aimerais que Chloé assure seule la gestion du projet par la suite, puisque c'est moi qui quitterai l'agence.

Son patron écarquilla les yeux de stupeur.

— Vous renoncez à votre carrière pour cette fille ?

Aiden acquiesça. S'il le pouvait, il sacrifierait bien davantage à celle qu'il aimait et avec qui il voulait vivre le restant de son existence.

— Oui, parce que je tiens énormément à elle.

Perry se donna le temps de la réflexion.

— Je pense que cela pourrait marcher.

Immensément soulagé, Aiden retint à grand-peine un cri de triomphe.

— Pourrions-nous coucher notre accord par écrit, monsieur ?

— Entendu.

Les deux hommes se serrèrent chaleureusement la main.

— C'est un crève-cœur de vous perdre, je dois vous le dire, Aiden, ajouta son patron. Enfin, je ne suis pas inquiet pour vous. Je vous souhaite bonne chance.

— Merci pour vos encouragements, monsieur. J'en aurai besoin.

Qu'importe, du moment que Chloé était sauvée ? Il monterait son affaire plus tôt que prévu, voilà tout. Il ne regrettait pas sa décision qui lui paraissait juste et raisonnable.

Et avec la femme de sa vie à ses côtés, il se sentait capable de déplacer des montagnes.

Il ne lui restait plus qu'à la convaincre.

A la fin de la journée, Aiden se rendit directement chez Chloé, plutôt inquiet du déroulement de la soirée.

Il espérait qu'elle lui pardonnerait, mais il ne pouvait exclure l'hypothèse que, blessée et toujours en colère, elle ne veuille plus entendre parler de lui et l'envoie promener.

Il préférait ne pas y penser.

Il frappa à la porte et perçut des pas de l'autre côté du battant.

Puis le silence.

Elle regardait par le judas, il l'aurait parié. Les secondes passèrent, il se dit qu'elle ne se manifesterait pas.

— Ouvre, Chloé, je sais que tu es là. J'ai à te parler.

Pas de réponse. Il se passa nerveusement la main dans les cheveux avec un soupir exaspéré. Cette tête de mule allait lui en faire voir des vertes et des pas mûres. Tant pis pour lui, il ne pouvait s'en prendre qu'à lui-même. Mais c'était sans compter sur sa détermination inébranlable.

— Je ne bougerai pas d'ici, je te préviens. Il faut que je te parle. Remarque, je peux le faire du couloir, si tu tiens absolument à ce que tes voisins soient au courant de ta vie privée.

La clé finit par tourner dans la serrure et la porte s'entrouvrit.

Elle parut sur le seuil, vêtue d'un pantalon de jogging et d'un débardeur, sans maquillage, les cheveux noués en queue-de-cheval.

Elle était belle à se damner.

Il répondit à son air renfrogné par un sourire.

— Je peux entrer ?

Sans mot dire, elle s'effaça pour le laisser passer avec une raideur qui révélait sa tension intérieure. C'était la première fois qu'il pénétrait chez elle. Le vestibule donnait sur le salon. Son œil fut attiré par les touches de couleur vive, un camaïeu de carmin et de vert émeraude. Apparemment elle affectionnait les teintes vibrantes. La pièce était chaleureuse, accueillante, à l'image de sa propriétaire.

Quand elle ne ressemblait pas à un taureau furieux, comme en cet instant précis.

Il se retourna pour lui faire face. Elle se tenait à l'autre bout de la pièce. Trop loin à son goût.

C'était lui qui avait pris ses distances, il ne se le reprocherait jamais assez.

Elle le dévisageait toujours dans un silence glacial.

— Je te dois des excuses pour ne pas avoir cru en toi, déclara-t-il du fond du cœur.

Elle releva le menton et le défia du regard.

— Ça, tu peux le dire.

Elle ne se dégelait toujours pas, ne se jetait pas dans ses bras comme il l'avait espéré. Il sentit son estomac se nouer, même s'il n'avait jamais cru qu'elle lui faciliterait la tâche.

— Je me suis comporté comme un imbécile. Je suis profondément désolé, Chloé. J'aurais dû comprendre que je pouvais t'accorder une confiance absolue. Je n'aurais jamais dû partir de l'île comme un voleur en te laissant seule. J'aurais dû rester et te parler à cœur ouvert…

Elle décroisa les bras plaqués sur sa poitrine.

— D'accord, dit-elle d'une voix blanche, dénuée d'émotion.

D'accord ? C'était tout ce qu'elle trouvait à dire ?

Un début de panique lui tordit les tripes. Et s'il était

trop tard pour réparer le mal qu'il avait fait ? Il déglutit péniblement, un nœud dans la gorge.

— Tu me pardonnes ?

Elle haussa les épaules.

— Pour quoi faire ?

Il poussa un grognement sourd. Sa froide indifférence le rendait fou. Son frère avait raison, au fond. Il allait devoir sortir le grand jeu si elle continuait de la sorte. Ramper à genoux. Ou sortir l'artillerie lourde pour obtenir une réaction un peu plus passionnée.

Il avança d'un pas dans sa direction.

— Pourquoi tu devrais me pardonner ? Parce que je t'aime.

Elle étouffa un hoquet de surprise, les yeux dilatés, la bouche entrouverte, comme assommée par le choc.

Enfin, il avait réussi à capter son attention. Il s'approcha encore.

— Je m'en veux d'avoir laissé le passé interférer entre nous. Tu ne ressembles pas à Paige. Quel abruti j'étais ! Et c'est quand j'ai failli te perdre que je l'ai compris. Au lieu de ressasser les vieilles rancœurs, j'aurais dû depuis longtemps les remiser au placard. J'étais en train de passer à côté de l'essentiel. Un avenir avec toi.

Il était tout près d'elle maintenant.

— Je sais que tu m'aimes aussi, poursuivit-il, le regard vrillé au sien pendant qu'il énumérait toutes les raisons pour lesquelles elle devait accepter ses excuses. Parce que je veux être avec toi. Parce que je veux t'épouser et fonder une famille avec toi.

Elle secoua la tête avec vigueur.

— Tu ne peux pas débarquer la gueule enfarinée et me débiter ce boniment, Aiden. Sauf si tu crois vraiment à ce que tu dis.

Cette fille était une boule d'énergie. Et quel esprit elle avait !

— Je pèse chacun de mes mots.

Il emprisonna ses mains tremblantes dans les siennes.

— Il y a toujours eu quelque chose entre nous. On a collaboré ensemble pendant deux longues années en refusant d'admettre cette attirance magnétique, qu'on a compensée par une solide amitié. Et puis, durant notre séjour sur l'île, dans cet endroit enchanteur et romantique où les journées s'écoulaient hors de toute contrainte — loin des collègues, de boulot et du reste — avec ta présence rayonnante à mes côtés, eh bien, il n'a pas été difficile de tomber amoureux de toi. Hattie d'ailleurs l'avait compris avant moi. Mais j'ai résisté à cause de ma triste expérience avec Paige. En tout cas, je t'aime, je n'ai aucun doute là-dessus, et je ferai mon possible pour que ça marche entre nous.

— Oh ! Aiden…, bredouilla-t-elle d'une voix vibrante d'émotion, les yeux humides de larmes.

La peur le saisit et il sentit son cœur rater un battement.

— Ce sont des larmes de joie, hein, rassure-moi ?

— Evidemment, gloussa-t-elle, oscillant entre les rires et les pleurs.

Elle noua les bras autour de son cou et l'embrassa. Il se laissa emporter par un flot d'émotions qui le submergèrent comme une grande marée déchaînée. A croire que le nouveau tour que venait de prendre leur relation éveillait en lui une vague de sensations étourdissantes.

Leur baiser s'approfondit, et il sentit son désir grimper en flèche, tel un volcan entrant en éruption.

Elle s'alanguit, une plainte inarticulée lui échappa, alors encouragé, il céda à la tentation.

Il voulait s'enfouir en elle, déterminé à ne faire qu'un

avec elle, comme si c'était la première fois qu'il découvrait l'amour.

D'un geste fébrile, il la souleva dans ses bras et l'emporta vers sa chambre dont il referma la porte d'un coup de pied.

Impatients, ils se déshabillèrent mutuellement, arrachant leurs vêtements avec frénésie avant de tomber sur le lit, nus comme au premier jour.

Il saisit son beau visage entre ses mains, inclina la tête et s'empara de sa bouche en même temps qu'il prenait possession de son corps… lentement, profondément, voluptueusement, unis dans le plaisir qu'ils se donnaient l'un l'autre à n'en plus finir, encore et encore.

Chloé regarda Aiden. Rompue de fatigue, incroyablement heureuse, comblée, elle se nicha contre son flanc, la tête au creux de son épaule.

Elle n'avait pas eu de mal à lui pardonner, ayant compris à son corps défendant la raison pour laquelle il avait fait fausse route en plongeant tête baissée dans des conclusions hâtives.

Par la suite, il avait déployé de si grands efforts, avec une telle force de conviction, pour implorer son pardon et lui prouver qu'il était capable de reconnaître ses torts, qu'elle avait fini par le croire.

Elle poussa un soupir de bonheur et un sourire béat joua sur ses lèvres lorsqu'il referma un bras autour de sa taille, laissant paresseusement courir les doigts sur la courbe de sa hanche.

Il l'aimait comme elle l'aimait, elle nageait dans la félicité… quand soudain elle se remémora un détail qui pourrait bien réduire à néant son bonheur tout neuf.

Un vent de panique la traversa, elle releva vivement la tête et croisa le regard brûlant qu'il posait sur elle.

— Et au bureau ? Comment fera-t-on si quelqu'un

découvre le pot aux roses à propos de nous deux, tu y as pensé ?

— Perry est au courant, je lui ai tout dit, répondit-il sans se départir de son calme.

Comment pouvait-il rester aussi détaché ? se demanda-t-elle, la peur au ventre, décidée à présenter sa démission pour éviter un licenciement qui risquerait d'entacher son CV.

— Tu ne parles pas sérieusement ! s'écria-t-elle, incrédule. On est virés, c'est ça ?

Il afficha un large sourire.

— Personne ne sera viré et tu vas garder ton poste. Ecoute, Luca a appelé Perry pour lui dire qu'il a l'intention de mélanger nos deux concepts dans sa stratégie. Du coup, j'ai passé un marché avec le patron. Je reste à l'agence pendant trois mois, le temps de t'aider à mener à bien la campagne du Saint-Raphaël Resort. Ensuite, c'est toi qui te chargeras de la gestion du budget quand j'aurai donné ma démission. Ah, j'allais oublier. Tu auras la moitié du bonus.

La stupeur se peignit sur son visage.

— C'est de la folie ! Tu ne peux pas faire ça !

— Non seulement je le peux, mais je l'ai fait. C'était ça ou prendre la porte, toi, moi ou tous les deux ensemble. Je ne voulais pas risquer de te faire perdre ton poste.

Elle déglutit avec peine, mesurant l'ampleur de son sacrifice.

— Mais, et toi ? Que vas-tu devenir ?

Il tendit la main pour lui caresser tendrement la joue du bout des doigts.

— Voilà longtemps que je pense à monter ma propre affaire. Honnêtement, je suis assez doué dans mon domaine, je crois. Cela va m'obliger à me lancer plus tôt que prévu, c'est tout. Et puis tu sais quoi ?

Elle nota l'étincelle d'humour dans ses yeux.

— Je donne ma langue au chat.

Il lui décocha un sourire ravageur.

— Si tu décides un jour de travailler pour moi — le plus vite possible, comme je l'espère — tu n'auras plus à t'inquiéter de la clause sur les relations au travail. Au contraire, l'obligation de coucher avec le patron figurera en toutes lettres sur ton contrat, je m'y engage. C'est à prendre ou à laisser.

Elle rit de bon cœur.

— Je prends ! Et plutôt deux fois qu'une ! Les avantages en nature, ça ne se refuse pas. En tout cas, pas avec toi, mon amour.

Encore plus de passions, encore plus de séduction...

Passions

Des romans intenses, sensuels et captivants.

6 VOLUMES DOUBLES INEDITS tous les 1er du mois !

« Le trésor des Drummond »

Une trilogie de Jennifer Lewis qui vous fera voyager de Long Island à la Floride, de l'Ecosse à Singapour, et rêver au rythme de trois passionnantes histoires d'amour !

9,99 €
Le volume de 3 romans INEDIT

Rendez-vous dans vos points de vente habituels ou sur www.harlequin.fr

Passions

— *Le 1er juin* —

Passions n°470

Le prix de la séduction - Yvonne Lindsay

Sophie, envahie par une vague d'appréhension, plonge son regard dans celui vert et sombre de Zach Lassiter, son nouveau patron. Cet homme si incroyablement séduisant lui cache quelque chose, elle en est sûre. Serait-il impliqué dans la mystérieuse disparition de leur directeur ? Et pourquoi semble-t-il vouloir la fuir ? C'est ce qu'elle est bien décidée à découvrir. Même si cela signifie se servir de l'attirance insensée qu'elle ressent pour lui...

L'amant du Colorado - Barbara Dunlop

Alors qu'elle croyait avoir trouvé la paix dans les montagnes du Colorado, Niki doit se rendre à l'évidence. Non seulement cela n'a pas suffi à décourager les puissants ennemis de sa mère, qui semblent plus que jamais décidés à récupérer un document compromettant. Mais, en plus, elle se sent tomber sous le charme de Sawyer Layton, son nouveau voisin. Or, elle ne peut pas se permettre le luxe d'une aventure, aussi tentante soit-elle. Car si Sawyer découvrait sa vraie identité, elle serait vraiment en danger. Elle n'a plus qu'un seul choix : renoncer aux délicieuses sensations qu'il lui inspire...

Passions n°471

L'héritier amoureux - Michelle Celmer

Nick Caroselli a beau retourner le problème dans tous les sens : s'il veut obtenir l'héritage de son grand-père, il doit fonder une famille. Alors, quand Terri, son amie d'enfance, lui confie son projet d'avoir un bébé et de l'élever seule, une idée commence à germer dans son esprit. Et s'il lui proposait un mariage de convenance ? Et puisque Terri tient à son indépendance presqu'autant que lui, il ne sera jamais question de sentiments entre eux, ce qui devrait simplifier les choses. Pourtant, en imaginant cette femme aux longs cheveux de jais entre ses bras, un frisson de désir aussi ardent qu'impétueux le fait trembler...

Une rencontre envoûtante - Michelle Celmer

Un parfum captivant, un halo de cheveux dorés... Rob Caroselli n'en croit pas ses yeux lorsque la femme qui se tient devant lui se présente comme Caroline Taylor, la spécialiste en marketing fraichement arrivée de Los Angeles pour sauver Caroselli Chocolate de la crise. Carrie... la mystérieuse inconnue croisée la veille, lors d'une fête, avec qui il vient de passer la nuit la plus extraordinaire de sa vie. Comment, alors qu'il lui suffit de croiser son regard pour sentir l'air s'embraser de nouveau entre eux, pourrait-il travailler avec elle ? Or, avec l'héritage en jeu, il n'a pas le droit à l'erreur...

Passions n°472

Les promesses du désir - Kat Cantrell

Troublée ou en colère ? Ou les deux ? Cia est bouleversée. Si elle a conclu un contrat de mariage avec le beau et riche Lucas Wheeler, c'est seulement pour obtenir les fonds nécessaires à financer son œuvre caritative. Et les termes de leur accord interdisent tout contact physique entre eux. Seulement voilà, vivre aux côtés de ce séducteur invétéré se révèle plus difficile qu'elle ne l'avait prévu. Car comment nier l'attraction de plus en plus irrésistible qui les envoûte ? Hélas, elle ne doit pas céder à la tentation : car dans quelques semaines, un divorce scellera la fin de leur pacte...

Surprise par l'amour - Rachel Lee

Mais où avait-elle la tête quand elle a embauché Liam O'Connor pour remettre en état son ranch ? Sharon ne sait que faire. Côtoyer cet homme solitaire et taciturne la peine : il lui rappelle Chet, son mari disparu, dont il était le meilleur ami. Sans compter qu'il éveille en elle des sensations oubliées depuis bien longtemps. Le renvoyer ? Impossible, il n'a pas de ressources, nulle part où aller... Elle doit simplement se ressaisir et ignorer les douces émotions qu'elle ressent en sa présence. Car entre eux, il ne pourra jamais y avoir rien d'autre qu'une relation amicale...

Passions n°473

Dans les yeux d'un Fortune - Crystal Green

Exaspérée, Laurel Redmond se tourne vers l'importun qui vient de s'assoir à côté d'elle au bar et se tait soudain, fascinée par la caresse de son regard bleu d'azur... Mais alors qu'elle tente de retrouver un semblant de contrôle, l'inconnu se présente, brisant aussitôt la magie de l'instant. Il s'appelle Sawyer Fortune et, qu'importe son sourire irrésistible, elle connaît sa réputation de dangereux séducteur et pour rien au monde n'accepterait de figurer sur la longue liste de ses conquêtes...

Pour l'amour de Rose - Christine Wenger

« Toi et moi, nous sommes les tuteurs de Rose »... Désespérée, Lisa mesure la portée des mots que Sully vient de prononcer. Ainsi, pour respecter le dernier souhait de sa sœur, elle va devoir partager l'éducation de sa nièce avec ce cow-boy macho, cohabiter avec lui, supporter sa présence chaque jour... Mais très vite, elle se ressaisit. Pour l'amour de Rose, elle est prête à faire bien des sacrifices. Et même – qui sait ? – à apprivoiser celui qui, son stetson à la main, la scrute en silence, avec une expression qu'elle ne lui a jamais vue : mélange étonnant de tendresse et d'espoir.

Le goût de la passion - Sarah M. Anderson

Depuis que son premier amour l'a abandonnée avec leur fils Seth, aujourd'hui adolescent, Jenny consacre sa vie à ce dernier et à son métier d'institutrice. Aussi, lorsqu'une équipe de télévision envahit son école pour tourner un film sur Billy Bolton, un sportif célèbre, elle laisse éclater sa colère. Une colère qui se double d'un sentiment étrange lorsqu'elle fait la connaissance de la star du film. Car loin d'être la brute arrogante qu'elle imaginait, Billy est un mélange de calme, de danger et de séduction, un cocktail explosif et fascinant auquel elle pourrait bien succomber un jour...

Une troublante illusion - Marie Ferrarella

Serrant entre ses doigts l'archet de son violon, Elizabeth tente d'endiguer le désespoir qui l'envahit. Là-bas, au fond de la salle, un couple vient d'apparaître, se tenant par la main. Comment a-t-elle pu croire qu'un homme aussi remarquable que Jared pouvait s'intéresser à elle ? Elle aurait dû deviner qu'il était fiancé, que ses marques d'attention n'étaient que des signes d'amitié. Et tandis qu'elle reporte son attention sur sa partition, sa décision est prise : à l'issue du concert, elle disparaîtra. Jamais elle ne reverra celui qui, durant quelques jours, lui a donné l'illusion d'être aimée...

Passions n°475

La tentation faite homme - Debbi Rawlins

Série : «Les amants de Blackfoot Falls - Tome 3»

Dès son arrivée à Blackfoot Falls, Nikki a compris quel genre d'homme était Trace McAllister : un don Juan au corps de rêve et au regard brûlant. Autrement dit, tout ce qu'elle a toujours fui comme la peste ! N'est-elle pas mieux placée que quiconque pour savoir à quel point ces séducteurs, prêts à toutes les promesses pour mettre une femme dans leur lit, sont dangereux ? Mais quand elle pense au lit de Trace, justement, au torse parfait que ce dernier cache sous son t-shirt, et à ce petit sourire si sexy qu'il ne semble adresser qu'à elle seule, Nikki ne sait plus très bien pourquoi elle devrait résister à la tentation...

Emportée par le plaisir - Lisa Renee Jones

Créer la prochaine chorégraphie de *Pas de Deux*, la célèbre émission à succès ? C'est la chance que Kat attendait : concilier un travail qu'elle adore et la vie stable à laquelle elle aspire, après des années de tournées incessantes. Mais *Pas de Deux*, c'est aussi l'émission de Jason. Jason, son ex-mari, qui lui a préféré sa carrière. Jason, dont le rire sensuel l'enveloppe à peine franchi le seuil du studio. Jamais elle n'a oublié la façon qu'il avait de la tenir dans ses bras, ni le plaisir fou que lui seul savait lui donner. Travailler avec Jason, n'est-ce pas prendre le risque de s'abandonner au désir qu'ils ont toujours l'un pour l'autre et d'avoir, une nouvelle fois, le cœur brisé ?

Best-Sellers n°605 • suspense

La coupable parfaite - Laura Caldwell

A Chicago, une femme est accusée d'avoir empoisonné sa meilleure amie dans le but de lui ravir son mari. Aux yeux de la police, la culpabilité de la prévenue ne fait aucun doute. En revanche, pour l'intrépide et brillante avocate Izzy McNeil, qui se lance alors dans sa première affaire pénale, rien n'est moins sûr. Sa cliente a beau se montrer étrangement secrète, Izzy n'est pas du tout convaincue par la thèse du crime passionnel. A tel point qu'elle décide de mener sa propre enquête pour éclaircir les zones d'ombre et découvrir la vérité. Mais ce qui s'annonce comme l'affaire de sa carrière ne pouvait pas tomber plus mal car la vie personnelle d'Izzy est en plein chambardement : son ex-fiancé fait un retour retentissant alors même qu'elle tente de construire une nouvelle histoire d'amour.
Entre sombres secrets et passions inavouables, Izzy plonge peu à peu dans un monde où les relations aux allures inoffensives peuvent se révéler dangereuses…

Best-Sellers n°606 • suspense

Dangereux faux-semblants - Heather Graham

Pétrifiée, Madison Darvil ne peut détacher son regard de l'épaisse flaque de sang qui macule le sol. Qui rôdait cette nuit dans les sous-sols sinueux des studios de cinéma où elle travaille, et a sauvagement égorgé la belle Jenny Henderson, une jeune actrice dont la carrière était en train de décoller ? La police soupçonne le petit ami de Jenny, mais Madison, elle, refuse de croire à sa culpabilité : jamais celui qu'elle considère comme son petit frère n'aurait pu commettre un crime aussi odieux ! Parce qu'elle veut à tout prix qu'il soit innocenté, mais aussi parce qu'elle veut faire enfermer le criminel qui peut de nouveau – et à tout instant – frapper, Madison accepte d'apporter son aide à Sean Cameron, l'agent du FBI dépêché sur place. Un homme auréolé de mystère qu'elle peine à cerner… et dont la présence la trouble plus encore quand il lui révèle qu'il connaît son secret et que, comme elle, il a le pouvoir de communiquer avec les morts.

Best-Sellers n°607 • roman

L'héritage des Granger - Brenda Jackson

Des années plus tôt, Jace, Caden et Dalton Granger ont laissé derrière eux Charlottesville, la maison de leur enfance, et les terribles souvenirs qui y sont attachés. Mais, aujourd'hui, ils sont de retour pour exaucer le dernier souhait de leur défunt grand-père : sauver l'entreprise dans laquelle des générations de Granger ont mis toute leur énergie et leur passion.

Lorsqu'il découvre que *Granger Aeronotics*, qu'il a toujours connue florissante et à la pointe du progrès, est aujourd'hui au bord de la faillite, Jace n'a qu'une envie : claquer la porte et retourner à la vie qu'il s'est construite loin de Charlottesville. Hélas, comment le pourrait-il alors qu'il a solennellement juré à son grand-père, sur son lit de mort, de reprendre les rênes de l'entreprise familiale ? S'il veut sauver *Granger Aeronotics* et démasquer le traître qui a vendu certains de leurs secrets de fabrication à leur plus grand concurrent, Jace n'a qu'une solution : faire appel à Shana Bradford, la meilleure consultante de la ville.

Mais à peine pose-t-il les yeux sur la jeune femme qu'il pressent que cette collaboration sera bien plus difficile qu'il ne l'avait envisagé. Comment consacrer toute son énergie à sauver *Granger Aeronotics*, comme la situation l'exige, alors que les formes pulpeuses, la voix douce et le regard lumineux de Shana l'obsèdent jour et nuit ?

Best-Sellers n°608 • historique

La scandaleuse - Nicola Cornick

Londres, Régence

Susanna, en chair et en os ? Impossible ! Et pourtant… James Devlin, stupéfait, doit se rendre à l'évidence : c'est bien sa première épouse qui rit et danse avec insouciance au bal le plus prisé de la saison, et qui fait mine de ne pas le reconnaître ! Comment Susanna ose-t-elle réapparaître ainsi comme si de rien n'était, après avoir disparu sans laisser de traces, neuf ans plus tôt, au lendemain de leur nuit de noces ? Et comment peut-elle croire que se présenter sous un faux nom suffirait à le tromper, lui ?

Alors que la colère le submerge avec la même force qu'autrefois, James se jure que Susanna ne quittera pas ces lieux sans lui avoir donné l'explication qu'il attend depuis neuf ans. Ni sans lui avoir avoué ce qu'elle fait aujourd'hui au bras de l'un des célibataires les plus en vue de Londres. Car même s'il refuse de se l'avouer, il ne peut supporter l'idée que Susanna soit à un autre homme que lui…

Composé et édité par les
éditions HARLEQUIN
Achevé d'imprimer en Italie (Milan)
par Rotolito Lombarda
en avril 2014

Dépôt légal en mai 2014